Karin Lindberg
Böhmische Hoffnung

AF201807

Das Buch

Böhmen 1937: Als die junge Alba Lemberg nach einem Aufenthalt bei Verwandten nach Hause zurückkehrt, währt die Freude über das Wiedersehen nur kurz. Denn schon bald gerät sie mit den Eltern über deren Vorstellung für ihre Zukunft aneinander.

Vater Carl will von Albas Plänen, eine Lehre im Betrieb zu absolvieren, nichts wissen. Der Patriarch hat andere Sorgen, er ringt um den Erhalt der Lemberg-Webereien, dazu bereiten ihm Fehler aus der Vergangenheit seelische Qualen. Dass auch die Mutter ihre ganz eigenen Gründe hat, die willensstarke Erstgeborene schnell unter die Haube zu bringen, ahnt niemand.

Alba kämpft für ihren Traum und bringt damit ihre Geschwister gegen sich auf, was zu weiterem Unfrieden im Hause Lemberg führt. Sie freundet sich heimlich mit dem Hilfsarbeiter Miroslav an, um mehr über die Weberei und die Nöte der Arbeiterschaft zu erfahren. Miroslavs unverblümte Art macht ihr anfangs schwer zu schaffen, doch lernt Alba durch ihn, vieles mit anderen Augen zu sehen …

Die Autorin

Karin Lindberg war zehn Jahre in den Chefetagen internationaler Konzerne tätig, doch sobald ihr erster Roman veröffentlicht war, reichte sie ihre Kündigung ein, um jede freie Minute zu schreiben. Sie erschafft mit Begeisterung starke Heldinnen und attraktive Helden, legt ihnen Steine in den Weg und lässt sie am Schluss doch ihr Happy End erleben. Karin Lindberg wohnt mit ihrer Familie vor den Toren Hamburgs. Inzwischen hat sie mehr als dreißig Romane veröffentlicht, die weit über eine Million Mal verkauft wurden.

KARIN LINDBERG

Böhmische Hoffnung

DIE LEMBERG-SAGA

ROMAN

TINTE
&
FEDER

Deutsche Erstveröffentlichung bei
Tinte & Feder, Amazon Media EU S.à r.l.
38, avenue John F. Kennedy, L-1855 Luxembourg
April 2024
Copyright © der deutschsprachigen Ausgabe 2024
By Karin Lindberg
All rights reserved.

Umschlaggestaltung: bürosüd⁰ München, www.buerosued.de
Umschlagmotiv: © Lukasz Szwaj © Travel mania © Marina Voyush © Hein
Nouwens / Shutterstock; © Abigail Miles / ArcAngel © Inkling design /
Alamy Stock Vector / Alamy
1. Lektorat: Angela Kuepper
2. Lektorat und Korrektorat: VLG Verlag & Agentur, Haar bei München,
www.vlg.de
Gedruckt durch:
Amazon Distribution GmbH, Amazonstraße 1, 04347 Leipzig /
Canon Deutschland Business Services GmbH, Ferdinand-Jühlke-Straße 7,
99095 Erfurt /
CPI books GmbH, Birkstraße 10, 25917 Leck

ISBN 978-2-49671-405-0
e-ISBN 978-2-49671-404-3

www.tinte-feder.de

VORWORT

Liebe Leserin, lieber Leser,

es sind Liebe, Mitgefühl und Respekt, die uns tragen. Mit Empathie können Gräben überwunden und Verletzungen der Seele geheilt werden. Wem menschliche Schicksale am Herzen liegen, der findet in diesem Buch eine lesenswerte Familiengeschichte, die in einem heute verlorenen Landstrich, in Böhmen, spielt.

Nach aktuell gültigem Verständnis würde man vielleicht einiges anders beschreiben, als ich es getan habe, aber ich möchte den Alltag und das Leben in diesem Roman so authentisch wie möglich darstellen. Die Äußerungen der Protagonisten spiegeln nicht meine persönliche Meinung wider.

Es ist die Geschichte eines von der Karte verschwundenen Landes und seiner Bewohner. Wie überall gab es auch dort gute Menschen und schlechte. Helden und Bösewichte. Einige Protagonisten handeln mutig und entschlossen, andere sehen zu oder verstecken sich hinter ihren eigenen Ängsten.

Ich möchte Ihnen, liebe Leserin, lieber Leser, mit diesem Roman eine Welt zeigen, die es heute nicht mehr gibt. Ich möchte Sie in die Vergangenheit entführen und Ihnen mit

meinen Zeilen unterhaltsame Stunden bescheren. Hoffentlich fiebern Sie mit meinen Charakteren ebenso mit, wie ich es beim Schreiben getan habe.
Mit herzlichen Grüßen

Karin Lindberg

Böhmen-Karte

»Heimat ist der Duft unserer Erinnerungen.«

Anke Maggauer-Kirsche

PERSONENREGISTER

Familie Lemberg

Carl Lemberg Hausherr und Familienoberhaupt

Emilie Lemberg Hausherrin

Ferdinand Lemberg Ältester Sohn

Alba Lemberg Älteste Tochter

Charlotte Lemberg Jüngste Tochter

Kilian Lemberg Jüngster Sohn

Helene Schwemmer Emilies Mutter

Hausangestellte

Josef Teschner Oberster Hausdiener

Maria Schlegel Hausdame

Theresia Püschel Köchin

Kitty Knoll Hausmädchen

Margot Wenzel Hausmädchen

Otto Herzog Chauffeur

Sonstige

Günter Scholz Betriebsleiter Weberei Märzdorf

Margarete Winter Weberin

Walter Preissler Buchhalter

Miroslav Svoboda Hilfsangestellter

Alfred Weisser Freund der Familie Lemberg

Paul Weisser Sohn von Alfred Weisser

Gretl Pfaffenhofer Albas Schulfreundin

Anita Schwartz Albas Schulfreundin

Kurt Letzel Ferdinands Schulfreund

Augustin Hildburg Dorfpfarrer

Jarmila Procházková Carls Geliebte aus Prag

PROLOG

Jede Familie hat ihre Geheimnisse. Die der Lembergs müssen unter allen Umständen gewahrt werden. Sie sind tödlich, denn sie haben die Kraft, alles zu zerstören.

Kapitel 1

Albas Blick schweifte aus dem Fenster ihres Eisenbahnabteils. Böhmens Winter war etwas, worauf man sich verlassen konnte, dachte sie, und ein Lächeln stahl sich auf ihr Gesicht. Die schwache Wintersonne hatte sich hinter die hohen Felsen und Wälder verzogen, ihr sanfter Schein färbte den Abendhimmel rosarot. Ein Mäusebussard kreiste hoch in der Luft, in der Hoffnung auf eine Mahlzeit. Auf einem schneebedeckten Feld entdeckte Alba einige Rehe, während das stetige Rattern des Zuges sie seit Stunden begleitete.

Ein sehnsüchtiges Kribbeln der Vorfreude überlief Alba. Bis eben war ihr nicht bewusst gewesen, wie sehr sie die Heimat in den vorausgegangenen Monaten vermisst hatte, in denen sie von Zürich über Paris bis Berlin von einer befreundeten Familie zur nächsten weitergereicht worden war. Es sei nur zu ihrem Besten, hatten die Eltern ihr nach der Matura im Frühjahr erklärt. Die Hochschulfreie zu erlangen, war ein Zugeständnis der Eltern an sie gewesen, aber danach erwarteten Vater und Mutter von ihr, dass sie sich als höhere Tochter auch so verhielt und sich nach einem passenden Gatten umschaute – weil das bis dahin nicht der Fall gewesen war, hatte man sie »verschickt«. Was Alba sich wünschte, interessierte dabei bedauerlicherweise niemanden. Von ihrem kühnsten Traum, ein technisches Studium wie ihr Bruder Ferdinand absolvieren zu dürfen, war sie in etwa so weit entfernt wie ein Ochse davon, Milch zu geben. Seit sie denken konnte, hatte sie sich für die ratternden Maschinen, die feine Technik und den Aufbau der Webstühle im familieneigenen Betrieb interessiert. Traurigerweise hatte sie niemand ernst genommen, weil sie ein Mädchen war. Alba seufzte. Sie wäre ja sogar schon zufrieden gewesen, wenn sie wenigstens in der Weberei hätte arbeiten dürfen, und sei es nur im Büro. Sie sehnte sich nach einer sinnvollen Tätigkeit und bezweifelte, dass sie diese als Mutter und Ehefrau finden würde. Als ob Klavierspielen, das Beherrschen verschiedener Sprachen und dem passenden Mann das Ja-Wort zu geben alles im Leben einer Frau gewesen sein sollte. Nun, wenn es nach ihren Eltern ging, schon. Aber Alba hatte einen freien Willen und ließ ihn sich nicht verbieten, ob Vater und Mutter das passte oder nicht. Sie lächelte weiter, denn ihre Heimkehr war ein freudiger Moment, den Alba sich nicht trüben lassen würde. Mit den Problemen konnte sie sich später auch noch beschäftigen. »Bald bin ich zu Hause«, murmelte sie vor sich hin und schob die Gedanken an die Diskussionen beiseite, die sie mit den Eltern über deren verstaubte Ansichten garantiert würde führen müssen.

Alba stieß einen tiefen Seufzer aus, denn so ganz konnte sie ihre Bedenken nicht abschütteln. Spätestens, wenn sie mich bitten, etwas auf dem Klavier vorzuspielen, wird es Streit geben, schoss es ihr durch den Kopf. Dann würden die Eltern nämlich erkennen, dass Alba ihre Zeit nicht mit dem Studium der Klassik, sondern mit anderen Ausschweifungen verbracht hatte. Nicht einmal einen Verlobten habe ich gefunden, dachte sie amüsiert.

Dabei hatte sie sehr wohl begriffen, dass die vermeintlichen Freundschaftsbesuche nur bei den Freunden und Verwandten organisiert worden waren, wo es heiratsfähige Söhne gab. Darauf hatte sie sich nicht eingelassen. Als ob ein Ehemann das wäre, was ihr zum Glück fehlte! Bestimmt nicht.

So verdrießlich manches in der Familie Lemberg für Alba sein mochte, so sehr hatte sie ihr dennoch gefehlt. Nicht nur ihre Lieben, auch die hügeligen Landschaften, die dichten Wälder, grünen Wiesen und die weiten Felder. Obwohl es in Märzdorf oder der nächstgrößeren Stadt Braunau nicht an Möglichkeiten mangelte, sich die freie Zeit zu vertreiben, herrschte dort nicht die Hektik, wie Alba sie in den Metropolen, die sie besucht hatte, kennengelernt hatte. Das Leben in der Großstadt war nichts für sie. Alba hatte wenig Freude beim Besuch von verbotenen Tanzlokalen, verrauchten Bars und geheimen Clubs empfunden. Das hatte die Tochter von Mutters Freundin Käthe in Berlin aber schlicht nicht interessiert, und sie hatte Alba permanent als Alibi benutzt, um auf den Putz zu hauen. Es war – kurz gesagt – ermüdend gewesen. Alba freute sich daher umso mehr, dass sie jetzt, kurz vor Weihnachten, bald wieder im eigenen Bett schlafen konnte, ohne dass sie jemand herauszerrte, um das Nachtleben zu erkunden.

Zudem war dies ihre liebste Jahreszeit, wenn die Natur in einen tiefen Schlaf fiel und alles still und damit magisch wurde. Den langen Nächten in der Idylle des Winters, den zugefrorenen Teichen, auf denen man Schlittschuh laufen konnte, wohnte dieser besondere Zauber inne, den Alba im Sommer nicht in gleicher Weise wahrnahm. Sie sehnte den Geruch von gebratenen Äpfeln und Nüssen herbei und freute sich auf lange Spaziergänge im schneeglitzernden Winterwald. Vielleicht würde sie gleich morgen mit ihrem jüngeren Bruder Kilian auf einen der vielen Hänge zum Rodeln gehen.

Die Durchsage des Schaffners, dass man den Bahnhof in Braunau in Kürze erreichen würde, riss sie aus ihren Träumereien. Alba stand auf und zog sich eilig ihren Wintermantel über. Da sich außer ihr niemand mehr im Abteil befand, mühte sie sich selbst mit dem Reisegepäck ab. Einen Atemzug lang war sie von der schweren Last überwältigt und taumelte rückwärts, dann fand sie das Gleichgewicht wieder und machte sich auf den Weg zum Ausgang. Sie benötigte keine Hilfe; alles, was sie wollte, konnte sie selbst erreichen.

Mit einem zufriedenen Ausdruck auf dem Gesicht wartete sie an der Tür darauf, dass der Zug mit lautem Quietschen in den Bahnhof einfuhr und schließlich zum Stehen kam. Ihr Herz schlug ein wenig höher, als die Trittstufen herausgeklappt wurden und sie aussteigen konnte.

Als Alba einen Fuß vor den anderen setzte und sich ihren Koffer vom Schaffner herausreichen ließ, atmete sie tief ein. Es roch nach Kohle, Dampf, heißem Öl und einem Hauch von Schwefel. Sie schaute sich kurz um. Der Bahnsteig war zwar gefegt worden, aber da es in den letzten Tagen vermutlich ununterbrochen geschneit hatte, war man den Schneemassen nicht Herr geworden. Alba blickte sich nach einem Dienstmann um, konnte aber keinen entdecken.

»Können Sie endlich weitergehen?«, schimpfte eine füllige Matrone hinter ihr. »Sie halten alles auf!«

Alba setzte ihren Weg fort, obwohl sie sich ärgerte. Nicht alle schienen so gut gelaunt zu sein wie sie. Sie hielt sich gerade und ignorierte die Frau. Alba war zwar ein paar Monate weg gewesen, aber sich dennoch im Klaren darüber, dass der ein oder andere wusste, wer sie war. Die Tochter von Carl Lemberg zankte nicht in aller Öffentlichkeit mit Fremden. Albas Erziehung verlangte von ihr, dass sie sich nicht auf das kratzbürstige Niveau dieser übel gelaunten Person herabließ.

Ein Pfiff ertönte, die Türen wurden geschlossen und die Dampflok rollte mit der Melodie des Motorenlärms und den sich bewegenden Stahlmassen langsam an. Kurz hielt Alba inne und bewunderte die wachsende Kraft des schwarzen Ungetüms. Es schlummerte eine große Sehnsucht in ihr, die Art und Wirkungsweise von Motoren und Maschinen näher zu erforschen. Aber allein ihr Interesse daran zu bekunden, kam für die Eltern einem halben Skandal gleich. Daran hatte sich während ihrer Abwesenheit bestimmt nichts geändert. Eine gewisse Resignation regte sich in ihr. Alba wollte sich nicht schon wieder über die Ungerechtigkeit aufregen, dass ihr Bruder Ferdinand in Prag an der Deutschen Technischen Hochschule studieren durfte – und sie nicht. Deshalb lief sie weiter und dachte nicht mehr an den Zug mit all seinen technischen Details und Errungenschaften.

Sie bemühte sich, mit vorsichtigen Schritten die feinen Wildledersstiefel nicht im Schneematsch zu ruinieren, und überquerte den Bahnsteig. Sie lief durch das kleine Bahnhofsgebäude, in dem ein paar Ankömmlinge ihre Lieben begrüßten, und trat schließlich suchend auf die überdachten Stufen davor. Im Zwielicht des scheidenden Tages konnte sie Vaters Chauffeur nicht gleich entdecken.

»Alba!«, hörte sie dann eine männliche Stimme, und ihr Herz vollführte einen freudigen Satz.

Ferdinand! Jetzt sah sie ihn auch. Ihr Bruder war mit Vaters schwarzem Opel Admiral gekommen, um sie abzuholen. Er lehnte lässig an der Fahrertür und winkte ihr zu.

Sie hatte ihn monatelang nicht gesehen und schrecklich vermisst. Ferdinand lief los und war mit wenigen Schritten bei ihr. Alba ließ ihren Koffer fallen und breitete ihre Arme aus. Ihr Bruder war einen ganzen Kopf größer als sie, obwohl sie mit ihren eins achtundsechzig alles andere als klein war. Seine dunkelbraunen Haare waren einen Tick zu lang, eine widerspenstige

18

Strähne fiel ihm immer wieder in die Stirn. Auf einen Hut, wie die meisten Herren ihn bei diesem Wetter trugen, hatte er verzichtet. Die Knöpfe seines dunkelgrauen Mantels waren nicht geschlossen, der Kragen hochgeschlagen. Ferdis graublaue Augen strahlten und ein Lächeln umspielte seine Mundwinkel, ehe er sie in seine Arme zog. Er roch nach einem würzigen Rasierwasser. Kein Wunder, dass ihm die Herzen der Frauen schon immer reihenweise zugeflogen waren, dachte Alba und schmiegte sich an seine breite Brust.

»Wie schön, dich zu sehen! Mensch, Ferdi, Vater hat mir gar nicht erzählt, dass du vor mir zu Hause sein würdest! Ich habe angenommen, dass du noch bis zum Heiligen Abend in Prag bleiben müsstest.«

»Ich konnte es früher einrichten«, antwortete er leichthin. Nachdem Ferdinand sie für einige Sekunden umarmt hatte, schob er sie ein wenig von sich, hielt sie dabei an den Schultern fest und betrachtete sie ausgiebig. Prüfend, ganz so, wie es sich für einen liebenden Bruder gehörte, der sich um das Wohlergehen seiner jüngeren Schwester sorgte. Er versuchte, seinen Blick streng aussehen zu lassen, aber es gelang ihm nicht so recht. Alba grinste.

»Wenn die große Tochter nach Hause zurückkehrt, übernehme ich gern das Abholkommando«, erklärte er fröhlich. »Verzeih, dass ich keinen roten Teppich für Madame ausgebreitet habe. Wie ich sehe, sind dir die letzten Monate gut bekommen, Schwesterchen.«

»Ach, hör auf, du machst mich ganz verlegen. Sicher sehe ich scheußlich aus nach der langen Fahrt.« Alba versuchte, ihre kastanienbraunen Locken mit den Händen in Form zu bringen, aber sie ahnte auch ohne Spiegel, dass es ihr nicht gelang.

»Du kannst gar nicht scheußlich aussehen, Alba. Dafür bist du viel zu hübsch.«

»Oh, du alter Schwerenöter. Spar dir deine Sprüche für die Damenwelt auf, anstatt sie an mir zu vergeuden.« Alba wusste, dass sie mit ihren langen Beinen, der schmalen Figur und den feinen Gesichtszügen als attraktiv angesehen wurde. Aber sie war nicht auf der Suche nach Verehrern, und sowieso wäre es ihr lieber gewesen, wenn sie mehr nach dem Inhalt ihres Köpfchens als nach dem Aussehen beurteilt worden wäre. Leider war das selten der Fall.

Ferdinand nahm ihren Koffer. »Vielleicht übe ich ja einfach nur ein wenig?«, neckte er sie. »Komm, lass uns fahren, ehe wir hier festfrieren.« Es war eiskalt, ihr Atem hinterließ kleine weiße Wölkchen in der Luft. Ihre Wangen prickelten bereits.

Gemeinsam gingen sie zum Auto, Ferdinand wuchtete ihr Gepäck in den Kofferraum. »Himmel, Alba, was hast du da drin? Backsteine?«

Sie gab ihm einen spielerischen Klaps auf den Oberarm. »Du hast wohl vergessen, dass ich seit Monaten nicht mehr zu Hause war. Kann ich fahren?«

Ferdinands Gesichtsausdruck spiegelte nach ihrer Bitte keine Freude wider, sondern Unbehagen. Mit einem Seufzen antwortete er: »Hältst du das für eine gute Idee?« Das Knallen des sich schließenden Kofferraumdeckels war so laut, dass Alba zusammenzuckte.

Widerstand regte sich in ihr. Sie kniff die Augen zusammen. »Und ob! Du weißt, dass ich es kann.«

Ferdinand seufzte und rieb sich über die Stirn, als ob er Kopfschmerzen bekäme. Alba betrachtete ihren Bruder einen Augenblick und begriff, dass dieser angespannte Ausdruck nicht ihr galt. »Was ist denn los?«, wollte sie wissen. »Habt ihr euch schon wieder gezankt?«

»Wer?« Ferdi stellte sich nur dumm, aber Alba ließ nicht locker.

»Na, Vater und du natürlich! Ich kann doch sehen, dass dich was bedrückt.«

Alba bedauerte, dass seine Differenzen mit den Eltern sich in den letzten Monaten nicht einfach in Wohlgefallen aufgelöst hatten.

»Du weißt doch, wie er ist, Schwesterherz. Lass uns fahren.«

»Nur, wenn ich hinters Steuer darf.«

»Du bist und bleibst eine Nervensäge.«

Sein Gesicht verriet eine gewisse Heiterkeit über das Wiedersehen. Es überwog jedoch der Ausdruck von Leid, gepaart mit einem schmerzhaften Lächeln, wie es nur ein besorgter Bruder an seine Schwester richten konnte. Natürlich wollte er nicht, dass sie fuhr, weil der Vater fuchsteufelswild werden würde, wenn er es herausfand. Sie hatte ja nicht mal einen Führerschein. Aber das war ihr egal.

»Bitte«, flehte Alba mit einem unschuldigen Augenaufschlag und wusste bereits, ehe er die Lippen öffnete, dass sie gewonnen hatte.

»Na gut, aber setz mir die Karre nicht in den Graben. Die Straßen sind vereist!«

Alba klatschte wie ein kleines Kind und lachte auf. »Denkst du vielleicht, ich bin eine Amateurin?«

Ferdinand hatte im letzten Jahr, ehe sie zu ihrer Reise aufgebrochen war, immer wieder heimlich mit ihr auf einem Feldweg geübt, weil sie ihn so lange bearbeitet hatte, bis er schließlich aufgegeben hatte. Zuerst hatte sie sich ein bisschen dusselig angestellt; die Sache mit dem Kuppeln und Schalten war gar nicht so leicht gewesen, aber am Ende des Sommers war sie wie eine Rennfahrerin über die Stoppelfelder gebrettert.

»Schon gut, Alba. Gnade dem Mann, der dich einmal heiratet. Du wirst ihn in Grund und Boden diskutieren.«

Alba überging diese Spitze, wusste aber sehr wohl, dass Ferdi recht hatte. Sie war nun mal keine Maus, die still zu allem

Ja und Amen sagte. Das war schon immer ihr Problem gewesen. Oder nein, nicht ihres, vielmehr das ihrer Eltern.

Alba klemmte sich hinter das Steuer und stellte Sitz und Spiegel ein. Dann startete sie den Motor. Der Reihen-Sechszylinder des Opels röhrte auf. »Fantastisch!«, murmelte sie selig und gab Gas. Die Reifen drehten kurz durch und das Heck brach aus und sofort hob sie die Spitze ihres rechten Fußes ein wenig an. Damit bekam sie die Sache schnell wieder in den Griff. »Bis nach Märzdorf ist es nicht weit«, versuchte sie ihren Bruder zu beruhigen, der mit einem gequälten Laut auf dem Beifahrersitz zusammengesunken war.

»Vater bringt mich um, wenn du eine Beule in den Admiral fährst.«

»Nun hab dich nicht so!«, schimpfte Alba. »Seit wann bist du so eine Heulsuse? Ich passe schon auf.«

Darauf erwiderte Ferdinand nichts, und sie konzentrierte sich aufs Fahren. In den Kurven schwamm sie ein wenig mit dem Heck, aber das gehörte bei dem Wetter einfach dazu. »Ich liebe es!«, jauchzte sie, als sie das Ortsschild passierten und sie endlich in den dritten und letzten Gang hochschalten konnte.

»Du wirst uns umbringen«, brummte Ferdinand düster, wirkte aber einigermaßen entspannt auf dem Beifahrersitz. Sie merkte, dass er sie nur necken wollte, und hielt den Mund. Ferdinand schaute derweil aus dem Fenster.

Die Bezirksstraße war von hohen Bäumen und meterhohen Schneeverwehungen gesäumt, es war fast dunkel. Die verschneiten Felder zogen an ihnen vorbei. Hier sagten sich wirklich Fuchs und Hase gute Nacht, stellte Alba glücklich fest und hielt das Lenkrad mit beiden Händen umfasst. Als sie die Buswendeschiene im Oberdorf erreichten, bremste sie, merkte jedoch zu spät, dass sie die Geschwindigkeit unterschätzt hatte. Der Admiral kam vor dem Gasthaus ins Schlittern.

»Verdammt«, fluchte sie, schaltete in den ersten Gang herunter und bremste dann.

»Alba!«, schrie Ferdinand auf und schlug die Hände vor dem Gesicht zusammen.

Sie versuchte, das Schlimmste zu verhindern. Aber die Kurve, die sie nach rechts hätte nehmen müssen, um zum Elternhaus zu kommen, verpassten sie und schlitterten weiter. Alles ging so schnell. Das Heck brach aus und es gelang ihr nicht, die Kontrolle über das Fahrzeug zurückzuerlangen. Stattdessen drehten sie sich mehrfach im Kreis. Alba verlor die Orientierung – und so landeten sie schließlich im Straßengraben, direkt neben dem Mühlenbach.

Ferdinand stieß einen so derben Fluch aus, dass Albas Ohren klingelten. Ihr Herz hämmerte hart gegen ihren Brustkorb.

»Bist du verletzt?«, wollte sie von Ferdinand wissen.

»Nein! Ich wusste, dass es eine ganz dumme Idee ist«, knurrte Ferdinand zwischen zusammengebissenen Zähnen und stieg aus, um den Opel in Augenschein zu nehmen.

Sie hatten Glück im Unglück, wenigstens war ihnen nichts geschehen. Der Motor lief noch, ein paar Schneeflocken tanzten im Scheinwerferlicht. Albas Hände begannen zu zittern, deshalb ließ sie das Lenkrad nicht los. Wie hatte das nur passieren können? Sie machte sich Vorwürfe und gleichzeitig Sorgen wegen des Donnerwetters, das sie seitens der Eltern erwarten würde.

»So was aber auch!«, schimpfte sie und schloss kurz die Augen. Es dauerte nur ein paar Sekunden, bis sie sich ausreichend gefangen hatte, um die Tragweite der Situation zu erfassen. Sie stieg mit weichen Knien aus und trat neben Ferdinand. Er hatte die Arme vor der Brust verschränkt und wirkte alles andere als begeistert. Ihr Bruder musste nicht aussprechen, was er dachte. Entweder er würde einen riesigen Rüffel kassieren, weil er Vaters Wagen in den Graben gesetzt hatte, oder Alba *und* er bekamen eine so üble Standpauke, dass sie die erste Form der Vorhaltungen um ein Vielfaches übersteigen würde.

»Es tut mir leid«, murmelte Alba kleinlaut. »Ich bringe das wieder in Ordnung. Ich versprech's.«

»Oh, Alba, halt doch nur für eine Sekunde mal deinen Mund! Dafür, dass du gerade erst angekommen bist, hast du schon genug angerichtet. Wie konnte ich nur so blöd sein …« Den Satz brauchte er nicht zu Ende sprechen; sie wusste auch so, dass es ganz allein ihre Schuld war.

Alba holte Luft, um zu antworten, als sie etwas hörte. Sie hielt inne.

Verdammt. Wenn sie bis eben die Hoffnung gehegt hatte, dass sie den Admiral auf die Straße zurückschieben konnten, ehe sie jemand entdeckte, verpuffte diese jetzt, als sie ein Pferdegespann mit Glöckchengebimmel näher kommen hörte. Großartig. Einfach großartig. Unerfreulicher hätte ihre Ankunft nicht laufen können.

»Lüg bloß nicht für mich«, warnte sie ihren Bruder. »Ich nehme die Schuld auf mich.« Sie würde ihn nicht den Kopf für sie hinhalten lassen. Auf keinen Fall.

»Du musst verrückt geworden sein. Du wirst bis in alle Ewigkeiten Hausarrest bekommen, oder noch schlimmer, Klavierstunden bei Fräulein Sauerbier.«

Alba verzog den Mund. Ferdinand wusste natürlich, wie sehr Alba ihre musikalische Erziehung schon immer gehasst und wie vehement die Mutter darauf bestanden hatte. Dass er in dieser verzwackten Situation scherzen konnte, war jedoch eine kleine Erleichterung für sie. Mit Humor würden es ihre Eltern aber vermutlich nicht nehmen, dass sich Albas rebellisches Wesen in den letzten Monaten nicht geglättet hatte. Trotzdem – sie wollte nicht Ferdinand für das, was sie verursacht hatte, büßen lassen.

Der Schlitten mit den beiden Kaltblütern war nun so nahe, dass Alba erkennen konnte, wer auf dem Bock saß. »Gretl

Pfaffenzeller«, stieß sie erleichtert hervor und winkte ihrer alten Schulfreundin zu. Bestimmt konnte sie ihnen helfen. Gretl brachte die Pferde zum Stehen. Weiße Wölkchen stoben aus den Nüstern der schweren Tiere.

»Alba? Ferdinand? Ist euch was passiert?« Gretl trug braune Hosen, schwarze Stiefel und einen Fellmantel. Ihre blonden Haare waren zu einem Bubikopf geschnitten und nicht mehr hüftlang wie früher. Sie befestigte die Zügel, legte die Peitsche weg und sprang behände in den Schnee. »Seid ihr verletzt?«

»Nein, uns geht es gut! Aber der Wagen steckt fest«, antwortete Alba.

»Willkommen zu Hause, Alba! Das hast du dir sicher anders vorgestellt.« Gretl umarmte sie innig. Sie roch nach Heu und Pferden, ein vertrauter und angenehmer Duft.

»Da sagst du was«, erwiderte Alba kleinlaut; trotzdem freute sie sich wahnsinnig, ihre Freundin so unverhofft wiederzusehen.

»Dich schickt der Himmel«, flötete Ferdinand und grinste schelmisch. »Ein Engel kommt uns in dieser Notlage gerade recht.«

Alba unterdrückte ein Kopfschütteln. Ihr Bruder würde die Situation doch nicht ausnutzen, um mit Gretl zu schäkern? Gewundert hätte es sie aber nicht, er war ein Schürzenjäger. Hoffentlich wusste ihre Freundin, dass Ferdi keine ernsten Absichten hegte.

»Ich bin wahnsinnig froh, dich zu sehen, Gretl, aber die Umstände hätten etwas glücklicher sein können. Nun ist es nicht mehr zu ändern, und wir haben glücklicherweise keinen Kratzer abbekommen. Aber ich dusselige Gans habe Vaters Wagen in den Graben gesetzt, obwohl Ferdi mich noch gewarnt hat. Kannst du uns helfen? Vielleicht können wir so einem großen Donnerwetter entgehen.«

Gretl nickte. »Natürlich. Glaubt ihr, es gelingt uns, dass wir das Auto gemeinsam zurück auf die Straße schieben, oder soll ich die Pferde abspannen?«

Ferdinand zog seinen Mantel aus und hängte ihn an die Kutsche. »Ich will ungern noch mehr Zeit verlieren. Ich kriege das hin; Alba, du steuerst. Und du, Gretl, meinst du, du kannst mit mir gemeinsam vom Heck aus schieben?«

Beinahe hätte Alba die Augen verdreht. Es war offensichtlich, was er vorhatte. Gretl grinste spöttisch und hob eine Augenbraue. Entweder durchschaute sie Ferdinand oder sie hatte kein Interesse an ihm. Sie blieb jedenfalls völlig gelassen. »Ein starker Mann. Soso. Dann zeig mal, was du kannst.« Sie stapfte durch den Schnee zum Kofferraum des Wagens. Wenigstens stand er richtig.

»Alba«, wies Ferdinand sie an, »du musst den Gang rausnehmen und von der Fahrerseite aus mitschieben. Klar?«

Im Normalfall hätte sie gegen seinen autoritären Ton protestiert; da sie jedoch für diese missliche Lage verantwortlich war, hielt sie den Schnabel und tat, wie geheißen.

Ein paar Minuten dauerte es, aber schließlich stand der Admiral wieder auf der Straße. So als wäre nichts passiert.

Alba stieß die Luft aus und schickte ein kleines Dankgebet gen Himmel. »Du behältst das aber für dich«, bat sie Gretl.

Die nickte und hob die Hand zum Gruß an die Stirn. »Aber klar. Unter einer Voraussetzung.«

»Ja?«

»Wir treffen uns bald einmal im Café Herzog am Ringplatz und beschwatzen, wie es dir in den letzten Monaten ergangen ist. Ich bin wahnsinnig gespannt, zu hören, was du alles erlebt hast.«

Alba umarmte ihre Freundin. »Das ist doch selbstverständlich, und ich freue mich darauf! Das machen wir unbedingt. Danke, Gretl.«

»Darf ich auch mitkommen?« Ferdinand drängte sich mit einem breiten Grinsen dazwischen.

Gretl und Alba tauschten einen wissenden Blick, dann schenkte Gretl Ferdinand ein Lächeln. »Das mach mal schön mit deiner Schwester ab. Guten Abend, ihr zwei.« Sie kletterte wieder auf ihren Kutschbock und setzte den Weg in Richtung Braunau fort, wo die Druckerei von Gretls Familie lag. Alba wollte noch fragen, warum sie mit dem Pferdegespann unterwegs war und nicht mit dem Pritschenwagen, aber das würde sie nachholen – dank ihrer Achtlosigkeit waren sie ohnehin schon viel zu spät dran.

Ferdinand war bereits eingestiegen und rief ungeduldig. »Nun komm schon. Mutter wird sich längst fragen, wo wir bleiben. Und wenn es nach mir geht, möchte ich unser kleines Geheimnis bewahren.«

Alba entging sein Unterton nicht. Also hat er tatsächlich Streit mit Vater gehabt, dachte sie, während sie stumm auf den Beifahrersitz kletterte. Die beiden waren wie Hund und Katz. Es war schon früher kaum ein Tag vergangen, an dem Vater und Ferdi sich nicht in die Wolle bekommen hatten.

Sie näherten sich der Villa Lemberg und Albas Anspannung wuchs. Sie sah die vielen beleuchteten Fenster des Familienhauses schon von Weitem. Ferdinand steuerte den Admiral sicher durch die schmiedeeisernen Tore. Der Weg war auch hier schneebedeckt. Sie freute sich auf die Rückkehr; ein Glücksgefühl darüber, endlich wieder zu Hause zu sein, machte sich in ihr breit. Alles war so vertraut. Der kleine Erker, in dem man so schön sitzen und lesen konnte. Das große Speisezimmer mit dem hübsch verzierten Kamin, über dem das Bild des Großvaters prangte, um alle daran zu erinnern, wem sie es zu verdanken hatten, dass sie heute hier waren. Alba dachte an die unzähligen Bilder im Haus, die die Wände zierten. Die Motive reichten von Jagdszenen bis hin zu Stillleben, die die Mutter bevorzugte.

In fast jedem Zimmer lagen teure Perserteppiche, das gute Porzellan wurde in verschiedenen Buffetschränken aufbewahrt, die so zahlreich waren, dass nicht alle in ein Zimmer passten. Das Erdgeschoss der Villa war weitläufig und beherbergte nicht nur die Wohnräume der Familie, sondern auch Vaters sowie Mutters Schreibzimmer und eine hervorragend ausgestattete Bibliothek. Teure Seidentapeten zierten die Wände hier wie auch in den Schlafräumen der Familie. Die Hausmädchen bewohnten eine Kammer unter dem Dach, die Köchin, die Hausdame und der Hausdiener hatten ihre Unterkünfte im Souterrain, wo sich neben der Küche auch noch die Vorratsräume befanden. Niemand im Ort konnte so ein prächtiges Heim vorweisen wie die Lembergs. Alba fragte sich, ob sich während ihrer Abwesenheit wohl etwas verändert hatte.

Das brachte sie zur eigentlichen Frage zurück: ihre Zukunft.

Das ernste Gespräch über eine berufliche Perspektive, das sie mit den Eltern hatte führen wollen, konnte sie sich nach der ganzen Aufregung abschminken. Wenn die Luft ohnehin schon dick war, brauchte sie erst gar nicht mit ihren Wünschen anzukommen. Sie versuchte, sich nichts anmerken zu lassen, aber eine erdrückende Enge in ihrer Brust dämpfte plötzlich die Freude über die Rückkehr. Es schien, als wären alle Hoffnungen, die sie in diesen Abend gesetzt hatte, auf einen Schlag verpufft.

Kapitel 2

Carl Lemberg saß an seinem Schreibtisch. Die dunklen Möbel in seinem Arbeitszimmer wirkten im Schein des elektrischen Lichts geradezu erdrückend. Die Weberei hatte er heute früher verlassen, es war jedoch noch so viel zu erledigen, dass er sich in sein häusliches Arbeitszimmer zurückgezogen hatte. Immer wieder rieb er sich über die pochenden Schläfen. Aber egal, was er tat, es änderte nichts an den Zahlen, die vor seinen Augen auf dem Papier verschwammen.

Nicht jetzt, nicht so kurz vor Weihnachten, konnte er die nötigen Schritte veranlassen, die es brauchte, um die Rentabilität in dem Maße zu steigern, wie es für ein Unternehmen dieser Größe nötig war, um langfristig überleben zu können.

Überleben, wiederholte er in seinem Kopf. Das hatten sie bis jetzt geschafft. Immerhin. Doch die Folgen der Depression infolge der Weltwirtschaftskrise nach dem Schwarzen Freitag hatten sie nie ganz abschütteln können. Dabei war das schon beinahe zehn Jahre her! Eine halbe Ewigkeit. Drei Jahre nach dem großen Börsenzusammenbruch hatten sie Emilies Mitgift – eine Färberei im Riesengebirge – schießen müssen. Nach dem Schwarzen Freitag hatte sie sich einfach nicht mehr rentiert, da die Aufträge ausgeblieben waren. Danach waren ihnen nur noch Märzdorf und Dittersbach geblieben, die sich auf andere Stoffe spezialisiert hatten. Aber auch das war ein Kraftakt gewesen. Carl hatte wie ein Löwe dafür gekämpft, die beiden Fabriken im Braunauer Ländchen halten zu können. Er dachte an seinen Vater und daran, dass er sich im Grab umdrehen würde, wenn er wüsste, womit sie heute zu kämpfen hatten. Seinerzeit war Benedikt Lemberg als Sohn eines Tuchmachers mit zwanzig Jahren als Webergeselle nach Brünn gegangen. Mit großem Fleiß hatte Carls Vater sich zu einem führenden Industriellen emporgearbeitet, Fabriken gekauft und es zu einem Großunternehmen in Braunau gebracht, das nach seinem Tod von seinem ältesten Sohn Gustav weitergeführt wurde. Carl als der Jüngere hatte im Gegenzug ein prächtiges Startkapital erhalten und sich ein eigenes hochmodernes Unternehmen in Märzdorf aufgebaut. Dass er heute vor derartigen Schwierigkeiten stehen würde, hätte man sich damals nicht vorstellen können.

»Hol's der Teufel«, brummte Carl und lehnte sich in seinen dunklen Ledersessel zurück. Die Tischlampe mit dem grünen Schirm warf einen sanften Schein auf die edle Mahagoniplatte, auf der zahlreiche Unterlagen ausgebreitet lagen.

Wenn es nur die Fabrik wäre!

Seine vier Kinder bereiteten ihm mindestens im gleichen Maße Kopfzerbrechen wie die Finanzen. Carl war jedoch kein Mann, der viel Zeit mit Hadern und Grübeln verbrachte, wenn er ohnehin zu keinem Ergebnis käme. Da an diesem Abend nicht mehr mit einer Lösung gerechnet werden konnte, schob er die Buchhaltungsauswertungen ineinander und legte sie in einen braunen Hefter, den er sogleich in der Aktentasche verschwinden ließ. Gerade rechtzeitig, wie er merkte, denn die Klinke wurde heruntergedrückt und seine Ehefrau trat ein. Emilies kinnlange blonde Haare fielen in sanften Wellen um ihr herzförmiges Gesicht. Ihr Mund war scharf geschnitten, die

Lippen in unnachgiebiger Präzision zu einem Lächeln verzogen, das mehr Frage als alles andere war. Sie trug ein knielanges dunkelblaues Kleid mit weißen Nähten aus einem der edelsten Seidenstoffe, die sie in der Weberei Lemberg herstellten. Die zweireihige Perlenkette mit den passenden Ohrsteckern passte perfekt dazu.

»Mein Lieber, du sitzt ja immer noch hier.« Der leichte Tadel, überspielt mit einem sanften Ausdruck, entging ihm nicht. »Willst du nicht kommen und deine Alba begrüßen?«

»Sehr gern. Ich bin froh, dass sie zurück ist. Dann sind wir ja endlich wieder vollständig.«

Charlotte, die jüngere Schwester, war schon seit ein paar Tagen aus dem Mädchenpensionat zurück. Erschrocken war er, als Charlotte Anfang der Woche angekommen war. Sie war so fraulich geworden – aber kein Stück weiser. Carl hatte gehofft, dass die Lehrkräfte des teuren Pensionats seiner Tochter ein wenig Vernunft eintrichtern würden. Oder nein, das war es nicht einmal, denn Charlotte wusste genau, was sie wollte. Sie legte nur aus den falschen Gründen einen übertriebenen Ehrgeiz an den Tag – und der galt nicht ihren schulischen Leistungen.

»Ich bin sehr gespannt, Alba wiederzusehen«, unterbrach Emilie seine Gedanken.

»Nicht nur du! Ich bin gespannt, ob ihr die Reise gutgetan hat. Manchmal mache ich mir Sorgen darüber, dass Alba viel zu klug für eine Frau ist. Andererseits, wenn ich an Charlotte denke … Bei ihr kommt es mir manchmal so vor, als ob es außer hübschen Kleidern, teurem Schmuck und der Sehnsucht nach Luxus gar nichts in ihrem Köpfchen gibt.« Er verstummte.

»Dann hättest du das Kind nicht so verwöhnen dürfen! Was willst du eigentlich, Carl?«

Sie hatten diese Art von Gesprächen oft geführt.

»Ich finde, du bist zu streng mit den Kindern!«, fuhr Emilie fort.

Carl merkte, wie er sich langsam, aber sicher aufregte. »Du stehst mir in nichts nach, Liebes. Als ob deine Ansprüche geringer wären; du gibst nur viel zu oft nach, wenn es um die Erfüllung der materiellen Wünsche geht. Wenn es nach mir ginge, müssten die Kinder nicht in Saus und Braus leben.«

»Wenn du dann fertig bist, würde ich mich freuen, wenn du kommst, um Alba zu begrüßen.« Emilie war der Inbegriff von Eleganz; nichts an ihr verriet, dass sie höchstwahrscheinlich nicht mit ihm einig war.

Carl merkte trotzdem, dass er sich auf dünnem Eis bewegte. Das Thema Geld war etwas, das zwischen Emilie und ihm oftmals zu Spannungen führte. Er fand, sie lebte zu verschwenderisch, und sie beschwerte sich, dass er ihr nicht das bieten würde, was sie verdient hatte. Als ob er etwas für die wirtschaftlichen Entwicklungen im Land könnte! Carl atmete durch und beruhigte sich; er wollte nicht streiten. Außerdem hatte Emilie in vielen – nicht allen – Punkten recht. Sie war eine mustergültige Ehefrau und Mutter, die hohe Ansprüche an sich selbst hatte. Diese Perfektion verlangte sie in gleichem Maß auch von ihren Lieben – und den Angestellten im Haus. Das konnte für alle Beteiligten mitunter zu einer Anstrengung werden, die an Qual grenzte, zumindest, wenn es um den äußeren Schein ging. Sitte und Anstand waren zwei Tugenden, die bei Emilie hochgehalten wurden, ebenso wie die Zurschaustellung des Familienreichtums. Gerade noch rechtzeitig erinnerte Carl sich daran, dass sie als Ehepaar dasselbe Ziel hatten: das Unternehmen und die Familie in bestmöglicher Weise in die Zukunft zu führen. Deshalb schätzte er seine Frau so sehr, auch wenn sie sich manchmal nicht einig waren. Der Gedanke stimmte ihn milde.

Als er begriff, dass Emilie noch immer vor ihm stand und darauf wartete, dass er seine Tochter begrüßte, erhob er sich eilig. »Liebling, entschuldige bitte, ich habe über meiner Arbeit die Zeit vergessen. Ich bin gleich da.«

Nur ein leises Ausatmen und das kurze Zusammenpressen ihrer Lippen machte deutlich, was Emilie dachte. *Wieder mal.* Carl arbeitete gern und viel. Zu viel vielleicht, und doch wurde er niemals allem gerecht.

Emilie hielt ihren Rücken gerade und die Hände vor dem schlanken Körper gefaltet. Mit einem erhabenen Nicken vergab sie ihm sein Fehlverhalten. »Natürlich, mir ist klar, dass du sehr beschäftigt bist. In diesem Zusammenhang wollte ich ohnehin noch etwas mit dir besprechen. Wie du weißt, kommen am zweiten Weihnachtstag die Weissers und dein Bruder zu Besuch. Welchen Wein sollen wir zum Essen servieren? Ich müsste Josef sonst noch einmal bemühen, ein paar Flaschen ins Haus kommen zu lassen. Natürlich erst, wenn ich mich mit Theresia abgestimmt habe, was das Menü betrifft. Unsere Köchin hat mir ganz wunderbare Vorschläge unterbreitet. Du kannst dir sicher vorstellen, dass die Zeit drängt. Heute ist der Zweiundzwanzigste ...«

Carl schwirrte der Kopf. Es war ihm herzlich egal, welchen Tropfen er zum Braten im Glas hatte. Dabei überließ er die Zügel lieber dem Personal und natürlich seiner Frau. Er hatte andere Sorgen.

Emilie musste diesbezüglich etwas ahnen, aber sie fragte nicht nach – sie fand, dass die Geschäfte seine Sache waren. Und in dieser Hinsicht stimmte er ihr zu. Nichts wäre lästiger, als wenn er seiner Frau auch noch Rechenschaft für die Fabriken schuldig wäre.

»Ich bin davon überzeugt, dass ihr die beste Wahl ohne mich trefft«, antwortete er daher ruhig. »Überlassen wir es Josef, die Bestände zu prüfen. Solltet ihr danach noch meinen Rat bezüglich der Auswahl benötigen, sprechen wir gern noch einmal miteinander, mein Liebling.«

Vermutlich wollte seine Frau auch den teuersten Champagner zur Begrüßung anbieten. Carl unterließ es, die Summe im Kopf zu überschlagen, die ihn ein solches Abendessen samt erlesenen Tropfen kosten würde. Früher hätte er darüber gelacht, doch seitdem war eine Menge passiert.

Nein, das war ein Pfad, den er jetzt nicht beschreiten wollte.

»Liebling, wärst du so nett und würdest mir Josef nach oben schicken? Ich möchte mich umziehen«, bat er seine Frau stattdessen.

»Ich glaube, er ist beschäftigt, aber Ignaz kann dir behilflich sein.«

Er fragte nicht, was der Butler Wichtigeres zu tun hatte, als sich um die Anliegen seines Hausherrn zu kümmern, und antwortete: »In Ordnung, Liebling. Dann sehen wir uns gleich zum Abendessen.« Noch ein Punkt, den er mit seiner Gattin bei Gelegenheit besprechen musste. In diesem Haus gab es viel zu viel Personal. Mit all den technischen Errungenschaften, die er in den letzten Jahren trotz der angespannten Wirtschaftslage angeschafft hatte, müsste er mindestens die Hälfte entlassen. Aber das Gerede im Dorf konnte er nicht gebrauchen. Es würde sich herumsprechen wie ein Lauffeuer, und es war nicht gut für die Arbeitsmoral in der Weberei. Nein, das wollte er nicht riskieren. Zumindest im Moment nicht.

Aber im neuen Jahr musste es ein paar Veränderungen geben, denn so konnten sie nicht weitermachen. Wenn mir dann hoffentlich nicht die besten Leute davonlaufen, dachte er niedergeschlagen.

* * *

Charlotte saß vor ihrem Frisiertisch und bürstete sich die goldenen Locken. Alle Lichter in ihrem Zimmer waren angeschaltet und verbreiteten ein angenehmes Licht, obwohl es draußen bereits dunkel war. Die zartrosafarbenen Tapeten schimmerten hier und da in der Reflexion des Deckenleuchters. Gerade war Alba angekommen, jetzt waren alle wieder daheim, Weihnachten konnte kommen. Wenn sie nur in Stimmung wäre! Das Gegenteil war der Fall. Im Pensionat hatte Charlotte alle Gedanken an ihr Zuhause beiseitegeschoben, aber gerade wurde ihr überdeutlich bewusst, dass sich nichts geändert hatte. Charlotte war immer noch die jüngere Schwester in der zweiten Reihe und Alba diejenige, auf die alle zuerst schauten. Das allein war schon schlimm genug, aber Alba sah dazu auch noch fantastisch aus, war klug und ließ sich durch nichts aus der Ruhe bringen. Es war nicht so, dass Charlotte ihre Schwester hasste, aber es war ihr ein Dorn im Auge, dass Alba meist besser dastand als sie, ohne es überhaupt zu merken. Charlotte hatte ihre Schwester noch nicht begrüßt, seit Ferdinand sie vom Bahnhof abgeholt hatte, und auch jetzt verspürte sie kein großes Bedürfnis danach.

Nachdenklich strich sie immer wieder über ihr Haar, dann legte sie die Bürste weg und betrachtete das Ergebnis. Die Frisur war in Ordnung, aber der Rest? Sie rückte ein Stück näher an den Spiegel heran und fuhr sich mit dem Zeigefinger über den kleinen Höcker auf dem Nasenrücken, der sie immens störte. Sie machte einen Schmollmund und übte eine kokette Pose. Ihre Lippen fand sie zu schmal, aber zu Hause konnte sie selbstverständlich keinen Lippenstift auftragen. Ihre Mutter ahnte nicht einmal, dass sie drei verschiedene in strahlenden Rottönen besaß. Und wenn es nach Charlotte ging, sollte es auch so bleiben. Mutter mochte es nicht, wenn junge Damen sich schminkten. Für eine höhere Tochter schickte sich das ihrer Meinung nach nicht. »Du willst doch nicht obszön und billig wirken«, hatte Mutter zuletzt zu ihr gesagt und die perfekt gezupften Brauen streng nach oben gezogen.

Mutter begriff überhaupt nichts! Es war nun mal Mode, sich die Lippen tiefrot zu schminken und diese wundervollen Marlenehosen zu tragen. Nichts davon war ihr erlaubt.

Sie stieß einen gelangweilten Seufzer aus. Wie sollte sie die Ferien bloß überleben? Hier, in diesem kleinen Nest, in dem nicht einmal zweitausend Menschen wohnten? Und der Großteil davon waren auch noch Bauern oder Fabrikarbeiter!

Obwohl sie das Leben im Pensionat nicht vermisste, so fehlten ihr jetzt bereits die Gelegenheiten, sich außerhalb dieser Wände zu amüsieren. Charlotte stand auf und strich die Falten ihres Rockes glatt, zu dem sie eine Bluse mit feinen Perlmuttknöpfen trug. Hochgeschlossen, weil der Knutschfleck an ihrem Hals noch immer nicht vollständig verblasst war. Sie schob den Stehkragen ein wenig herunter und betrachtete die nur mehr gelblich-grünliche Verfärbung auf der rechten Halsseite. Dass dieser Schweizer Tölpel auch nicht hatte aufpassen können. Nun, das sollte ihr eine Lehre sein. Bis jetzt war es gut gegangen und sie hatte dieses kleine Zeugnis ihrer Freizeitbeschäftigung vor allen verbergen können. Nicht auszudenken, wenn die Eltern Wind davon bekommen hätten. Oder die Lehrer im Pensionat.

Charlotte wollte sich lieber nicht vorstellen, was dann mit ihr passiert wäre. Luzern war ja schon schrecklich abgelegen, aber zumindest gab es dort etwas außerhalb der Schulmauern zu erleben. Wäre sie an einen anderen, noch kleineren Ort im Hinterland verschickt worden, wäre sie eingegangen wie eine Primel, die man vergessen hatte zu gießen.

Sie atmete aus und beruhigte sich allmählich wieder. Es war zum Glück niemandem aufgefallen, und die paar Tage, die es brauchte, bis alles verheilt war, würde sie das Malheur verbergen können. Zum Glück war Winter und man konnte sich warm anziehen. Was sie allerdings am Vierundzwanzigsten tun sollte, wenn Abendgarderobe erwartet wurde, wusste sie noch nicht.

»Kommt Zeit, kommt Rat«, murmelte sie den blöden Spruch vor sich hin, den Mutters Lieblingshausmädchen Margot so gern verwendete.

Bloß nicht die, dachte Charlotte. Die petzt alles weiter. Das war immer schon so gewesen. Wenn sie als Kind einmal über die Stränge geschlagen hatte und es Margot zu Ohren gekommen war, war Charlotte dran gewesen. Das war nicht wie mit der gutmütigen Hausdame Maria, die immer ein offenes Ohr für die Sprösslinge der Familie Lemberg gehabt hatte.

Nun, Charlotte war längst kein Kind mehr – ihre heutigen Geheimnisse waren jedoch um einiges wertvoller und mussten deshalb um jeden Preis bewahrt werden. Ansonsten könnte sie sich die Freiheiten, die sie sich regelmäßig gönnte, abschminken.

»Oh, wenn es hier nur etwas zu erleben gäbe, das es überhaupt wert wäre, geheim gehalten zu werden«, bemitleidete sie sich selbst, während sie ihr Zimmer verließ, um rechtzeitig zum Abendessen zu erscheinen.

Im Hause Lemberg wurde das Leben normalerweise nicht sehr förmlich gehalten, aber heute, da endlich alle Familienmitglieder wieder vereint waren, hatte die Mutter deutlich gemacht, dass die Mahlzeiten in den kommenden Tagen gemeinsam eingenommen würden. Zu einem gewissen Teil war Mutters Forderung sicher auch durch die Anwesenheit von Großmutter Helene bedingt. Charlotte hatte manchmal den Eindruck, dass sich Emilie vor ihrer eigenen Mutter fürchtete.

»Was brabbelst du da vor dich hin?« Eine Stimme riss Charlotte aus ihren Gedanken.

»Großmutter«, stieß sie ertappt hervor.

Was hatte sie gehört? Charlotte wurde warm unter ihrer Bluse, doch sie ließ sich nichts anmerken und lächelte. Das war etwas, was sie wunderbar beherrschte: einen unschuldigen Gesichtsausdruck.

Helene Schwemmers Antlitz mochte einmal Liebreiz versprüht haben, aber falls es je so gewesen war, war das lange her. Ihr Mund war zu schmal, die Augen zu stechend, die Haut über den hohen Wangenknochen wirkte dünn wie Pergament. Scharfe Linien dominierten ihr längliches Gesicht. Großmutter stützte sich auf einen Stock; die Gicht hatte ihr in den letzten Tagen zu schaffen gemacht. Sie hielt sich mit purer Willenskraft aufrecht und war, wie immer, tadellos in feinen Zwirn mit passendem Schuhwerk gekleidet. Eine Grande Dame, der es bisweilen an Herzlichkeit fehlte. Charlotte wusste, dass ihre Großmutter früh dazu gezwungen worden war, ein Leben als Witwe zu führen, nachdem sie zuvor schon den ältesten Sohn im großen Krieg verloren hatte. Mit fünfzig war ihr Mann von einem Tag auf den anderen durch einen Hirnschlag von ihr gegangen. Helene war nichts übrig geblieben, als sich persönlich um die Geschäfte zu kümmern. Sie hatte die Schwemmer-Fabriken in Warnsdorf mit strengem Regiment geführt, bis der jüngere Sohn Theodor sie, mit Ausnahme von Emilies Mitgift – die Färberei im Riesengebirge –, übernommen hatte. Das erklärte zumindest Mutter immer, wenn das Thema angesprochen wurde. Im gleichen Maße wie Charlottes Mutter sich von der Vorstellung, selbst arbeiten zu müssen, distanzierte, war sie dankbar, da sie dadurch zu einigem Reichtum gekommen war, den sie mit in die Ehe gebracht hatte. Das hatte sie häufig erzählt, vor allem im Zusammenhang damit, dass die Töchter zwar Schulbildung genießen sollten, aber das Unternehmen den zukünftigen Gatten überlassen durften. Hoffentlich kam das alles heute Abend nicht schon wieder auf den Tisch, schoss es Charlotte durch den Kopf, während sie ihrer Oma anbot, sie nach unten zu führen. Die alten Geschichten langweilten sie.

»Wenn der Tag gekommen ist, an dem ich die Treppen nicht mehr ohne Hilfe gehen kann, werde ich es dich wissen lassen,

Kind«, entgegnete Helene. Die Blasiertheit in Großmutters Tonfall machte Charlotte wütend.

Dann halt nicht, hätte sie beinahe erwidert, biss sich aber gerade noch rechtzeitig auf die Unterlippe. Das hätte ihr gerade noch gefehlt. Wenn sie ihrer Oma mit einem schnippischen Kommentar widersprach, würde nicht das Vermögen der Familie Schwemmer, sondern Charlottes schlechtes Benehmen das Hauptthema des Abends werden. Auf diese Art von Aufmerksamkeit konnte Charlotte verzichten. Nicht, dass sie nicht gern im Mittelpunkt stand. Das schon, aber nicht auf diese Weise. Sie brauchte Bewunderung mindestens so sehr wie andere Leute Sahne im Bohnenkaffee.

Außerdem würde ein Tadel an Charlottes Manieren auf ihre Mutter Emilie zurückfallen. Und ihren Zorn mochte sich Charlotte nicht zuziehen. Sie hatten ein ausgesprochen gutes Verhältnis, das nicht unbedingt von mütterlicher Liebe, aber doch von dem Wissen geprägt war, dass Charlotte die Tochter im Hause war, auf die man sich verlassen konnte. Was man von Alba nicht behaupten konnte. Die machte immer genau das, wonach ihr der Sinn stand, und schämte sich nicht einmal dafür, dass sie ständig in Vaters Fabrik die Nase zwischen Webstühle und in den Maschinenraum steckte. So war es jedenfalls gewesen, ehe man sie auf die lange Reise geschickt hatte.

Es war nicht so, dass Charlotte Alba nicht leiden konnte, aber sie mochte ihre ältere Schwester auch nicht besonders. Schon allein deswegen passte Charlotte auf, dass sie in Mutters Augen stets in einem besseren Licht dastand. Es genügte, dass Alba Vaters Liebling war, sie sollte nicht auch noch die Mutter auf ihre Seite ziehen.

Während Helene vorausschritt, folgte die Enkelin ihrer Großmama nach unten.

Gemeinsam betraten sie schließlich das Esszimmer. Ein Hausmädchen hatte Feuer im Kamin geschürt, eine Schallplatte wurde abgespielt und sanfte Pianoklänge waren zu vernehmen. Der ovale Esstisch, an dem bequem bis zu fünfzehn Leute sitzen konnten, stand auf einem feinen Perser. Die Kristalle des Kronleuchters funkelten und unterstrichen das Ambiente des Speisezimmers. Mutter hatte Wert darauf gelegt, dass er gestern, vor den Weihnachtsfeiertagen also, in stundenlanger Kleinarbeit vom Personal auf Hochglanz gebracht worden war.

Im Erker befand sich ein kleines Sofa mit einem runden Beistelltisch, auf dem eine Grünpflanze stand. Über dem Kamin hing ein Gemälde vom Vater, dem Carl viel zu verdanken hatte. Die Webereien, Spinnereien und Färbereien der alteingesessenen Familie waren weit über die Grenzen von Böhmen hinaus bekannt. Vater wurde nicht müde, die lange Historie zu betonen, vor allem, wenn Großmutter am Tisch saß. Charlotte ödeten diese Gespräche an – alles, was sie daran interessierte, war, dass sie sich nicht selbst um den Fortgang der Betriebe würde kümmern müssen. Schon deswegen konnte sie Albas Interesse am Familienbetrieb beim besten Willen nicht verstehen.

Alba. Ihre große Schwester. Da stand sie. Hübsch und eloquent wie immer. Der Stachel der Eifersucht saß tief in Charlottes Fleisch. Es wirkte mühelos, wie Alba mit wenigen Mitteln erreichte, strahlend schön zu sein. Ausgeprägte Wangenknochen und klare Züge prägten Albas Gesicht, aber – da waren sich alle einig – das schönste an ihr waren die ausdrucksstarken grünen Augen, in denen man, wenn man genau hinsah, goldene Sprenkel erkennen konnte. Alba war gerade in eine Diskussion mit dem Vater vertieft – natürlich. Sie hatte sich schon wieder um seine Aufmerksamkeit bemüht, während Ferdinand mit dem Jüngsten, Kilian, ein paar Boxbewegungen simulierte. Kilian schien jedoch wenig motiviert, mit dem großen Bruder zu kämpfen – und sei es nur im Spaß. Kilians aschgraue Haare waren streng nach hinten gekämmt, über seinen blaugrauen Augen wuchsen buschige

Augenbrauen. Er hatte sinnliche Lippen, beinahe schon wie die eines Mädchens, und ein wenig abstehende Ohren. Sein Gesellschaftsanzug wirkte zu groß an ihm. Der Vierzehnjährige war hager und blass, er war schon immer zart und kränklich gewesen. Doch kein Arzt hatte je etwas finden können. Charlotte liebte Kilian sehr, auch wenn sie wenig gemeinsam hatten. Sie konnte generell nicht gut mit der Schwäche anderer umgehen. Außer bei Kilian; für ihn hatte sie einen Platz in ihrem Herzen reserviert.

Mutter gab gerade einen tadelnden Kommentar in Richtung Ferdinand und Kilian von sich, dass Boxen wohl nichts für das Esszimmer sei, als sie Helene und Charlotte entdeckte. Sie hielt mitten im Satz inne, und Charlotte wusste genau, warum.

Nun bin ich doch zu spät, schoss es Charlotte durch den Kopf. Sie hatte am Frisiertisch mal wieder die Zeit vergessen. Zum Glück war Großmama an ihrer Seite. Mutter würde es nicht einfallen, sie zu rügen, weil es Helene sonst auch auf sich beziehen konnte – schließlich waren sie gleichzeitig eingetroffen. Charlotte atmete erleichtert aus. Das hätte ihr noch gefehlt, wenn sie vor allen wie ein Kleinkind geschimpft würde.

Alba kam auf Charlotte zu und umarmte sie. »Liebe Schwester, wie schön, dich zu sehen.«

Charlotte musste sich neidvoll eingestehen, dass Albas strahlende Schönheit in den Monaten ihrer Abwesenheit zugenommen hatte. Die kastanienbraunen Locken ihrer Schwester glänzten, und sogar zu dieser Jahreszeit hatte ihr Teint eine gesunde rosige Farbe. Ihre Lippen waren voll und rot – sie benötigte nicht einmal einen Hauch von Schminke, um verführerisch zu wirken. Gemein ist das, dachte Charlotte missgünstig. Sie ließ sich jedoch nichts anmerken und lächelte süßlich.

Charlotte mochte vielleicht nicht Albas natürliche Anmut besitzen, aber sie hatte einen eisernen Willen und würde alles tun, um das zu erreichen, was sie sich vorgenommen hatte.

Diesbezüglich war sie Alba gar nicht so unähnlich – auch wenn sie gänzlich andere Ziele verfolgten. Charlotte konnte sich nichts Erstrebenswerteres vorstellen, als einen passenden Gatten an sich zu binden – dabei war es ihr herzlich egal, dass sie erst in zwei Monaten den achtzehnten Geburtstag feierte. Sie wusste heute schon, was sie wollte: einen reichen Erben, der im besten Falle einen Titel und ein prachtvolles Anwesen in einer deutschsprachigen Metropole vorweisen konnte. Obwohl sie Tschechisch, Französisch sowie Italienisch und Englisch recht gut beherrschte, ging nichts über die eigene Muttersprache. Dabei wollte sie keine Abstriche machen.

Das Blöde war nur, dass die Eltern nie in eine Heirat einwilligen würden, ehe Alba unter der Haube war; so wollte es die Tradition.

»Du siehst bezaubernd aus, Alba«, erwiderte Charlotte jetzt. Niemand wusste, was sie wirklich dachte. Und es war ja auch nicht gelogen; sie gönnte es Alba nur nicht, dass sie nichts dafür tun musste, um so hübsch auszusehen.

»Nun, da wir endlich vollständig sind«, übernahm Vater das Wort, »lasst uns zu Tisch gehen. Ich bin sicher, Theresia scharrt bereits mit den Hufen.«

Das bezweifelte Charlotte. Frau Püschel, die Köchin, wusste, wo ihr Platz im Hause war. Aber sie sagte natürlich nichts, weil sie verstand, wie Vater es gemeint hatte. Sie gingen zum großen Esstisch; der funkelnde Lüster erstrahlte über der weißen Tischdecke.

Alba zog sich den Stuhl neben Vater heran, den eigentlich Charlotte hatte haben wollen. Zu spät. Dann war es eben so. Sie setzte sich zur Rechten der Mutter. Das war auch nicht verkehrt, sie war ihrer Mutter so viel näher als Alba. Charlotte brannte es geradezu unter den Nägeln, ihrer Familie nach dem Abendessen vorzuführen, wie sehr sie ihr ohnehin schon flüssiges Klavierspiel verbessert hatte. Eine Fähigkeit, mit der sie auf nahezu jeder Soiree, Familienfeier oder Abendgesellschaft glänzen konnte. Über dem Applaus vermochte sie sogar die vielen lästigen Stunden des Übens zu vergessen.

Während die Vorspeise, eine klare Brühe mit Eierstich, Markklößchen und Gemüse, aufgetragen wurde, berichtete Alba von ihrer Reise. Dass sie sich immer in den Mittelpunkt drängen muss, dachte Charlotte verärgert, löffelte die Suppe schweigend und starrte düster in ihren Teller.

»Nun sitz doch aufrecht, Kind«, ermahnte die Mutter sie auch noch, als wäre sie neun und nicht siebzehn.

Charlotte presste die Lippen zusammen und schluckte einen Kommentar hinunter. Sie tupfte sich den Mund mit einer Serviette ab und trank einen Schluck Wein. Ein Privileg, das man ihr endlich zugestanden hatte. Natürlich war ihr bewusst, wo ihre Grenze lag, und sie trank nie mehr als ein halbes Glas am Tisch der Eltern. Hier wusste sie sich zu benehmen, aber neulich in der Schweiz hatte sie ziemlich über die Stränge geschlagen. Bei einem heimlichen Treffen, von dem natürlich im Pensionat niemand etwas hatte wissen dürfen, hatte Charlotte viel zu viel Likör getrunken. So viel, dass sie sich an die Hälfte des Abends nicht einmal mehr erinnerte. Zum Glück hatte ihre Zimmergefährtin sie sicher nach Hause gebracht. Am nächsten Schultag hatte sie eine Migräne vorgetäuscht, um nicht aus dem Bett zu müssen. Charlotte lächelte in sich hinein. Sie wusste sich zu helfen und hatte genaue Vorstellungen davon, wie sie ihre Ziele erreichen würde.

* * *

Ferdinand war angespannt. Erst gestern Abend hatte er sich heftig mit dem Vater gestritten – er konnte auf eine Wiederholung verzichten. Wenigstens war mit dem Opel Admiral alles in Ordnung, und er musste den Zwischenfall gar nicht erst zur

Sprache bringen. Albas Geradlinigkeit in Ehren, aber er hätte nie zugelassen, dass sie diesen Schlamassel hätte ausbaden müssen. Ferdinand war es gewohnt, dass er vom Vater zur Schnecke gemacht wurde. Auf einmal mehr wäre es nicht angekommen. Trotzdem war er erleichtert, dass sie mit einem blauen Auge davongekommen waren.

Das Hausmädchen Kitty brachte gerade eine Schüssel mit dampfenden Kartoffeln ins Speisezimmer. Ihre Pausbacken glänzten, das Lächeln war höflich, aber leer. Margot kam mit der Platte Tafelspitz und Kren hinter ihr herein; sie war eine Frau jenseits der fünfzig. Ihre Augen waren zwei wässrige grüne Pfützen, das Gesicht breit und grob. Josef, als Ranghöchster im Hause, schenkte in seiner etwas steifen, aber anmutigen Art Wein nach. Sein graues Haar war streng mit Pomade frisiert, die Lippen selbstbewusst geschlossen, doch nicht fest zusammengepresst, obwohl er nur in Ausnahmefällen von sich aus sprach. Ferdinand nickte dem langjährigen Angestellten zu und ließ ihn gewähren.

»Erzähl, Junge, wie ergeht es dir in Prag mit den Professoren?«, wandte Großmutter sich an Ferdinand.

Er betupfte sich den Mund mit der Serviette, ehe er antwortete. »Danke, gut. Ich habe nach den letzten Vorlesungen und Vorträgen der Professoren wunderbare Ideen sammeln können, wie wir die neuesten technischen Errungenschaften auch bald bei uns einsetzen können. Ich habe zusammen mit einem Kommilitonen einen Motor nachgebaut, und der hat für viel Applaus im Hörsaal gesorgt. Es macht mir Freude, Wirkungsgrade zu berechnen und dadurch Schlüsse für Neuerungen zu ziehen.«

Vater schnaubte. Carls Gesicht hatte sich verhärtet; es hatte den Ausdruck von übertriebener väterlicher Strenge angenommen, den Ferdinand viel zu gut kannte. Ferdinands Kehle wurde eng. Dass sein alter Herr nicht ein einziges Mal einfach zuhören konnte! Warum wehrte er sich so gegen den Fortschritt? Seinerzeit hatte er doch selbst vieles verändert und war damit erfolgreich geworden. Wieso traute er es ihm nicht zu? Es wurmte ihn, dass Vater nicht erkannte, welche Talente in ihm steckten.

»Du sollst lernen und dir keine Flausen in den Kopf setzen lassen«, äußerte Vater prompt und nickte Kitty zu, dass sie ihm einige Kartoffeln auf den Teller legen durfte.

Leider stellte sich das Hausmädchen dabei recht ungeschickt an und ein dampfender goldgelber Erdapfel landete statt auf dem Porzellan in Vaters Schoß.

Ferdinand verkniff sich ein Schmunzeln. Er suchte Albas Blick, der zu sagen schien: das arme Ding. Es war nie gut, wenn man sich vor den Herrschaften blamierte.

Charlotte fing an zu husten und hielt sich die Serviette vor den Mund, um ihr Amüsement zu verbergen. Es gelang ihr mehr schlecht als recht, aber das überraschte Ferdinand nicht. Charlotte hatte noch nie viel Mitgefühl für andere aufbringen können. Mutter schnappte entsetzt nach Luft, während Großmutter despektierlich die Lippen schürzte. Ferdinand wusste, dass Großmutter das Fehlverhalten der Angestellten indirekt ihrer Tochter vorwerfen würde. Da war die alte Dame gnadenlos; zum Glück war sie ihren Enkeln gegenüber milder eingestellt. Ferdinand mochte sie, denn seltsamerweise wusste er tief in seinem Inneren, dass Großmutter nur einfach nicht zeigen konnte, dass sie im Grunde alle in ihrer Familie gernhatte – bis auf den Schwiegersohn vielleicht. Ferdinand hatte schon viele Gelegenheiten gehabt, das mitzuerleben.

»Ich bitte vielmals um Entschuldigung.« Josef, als ranghöchster Angestellter, nahm Kitty die Schale aus den Händen. »Unglaublich. Hinaus mit dir«, war alles, was er in ihre Richtung noch äußerte. Sein dunkler Anzug war faltenfrei, das Hemd gestärkt und blütenweiß. Seine Miene spiegelte normalerweise nicht einen einzigen Gedanken wider, der in ihm vor sich ging.

Doch nach diesem äußerst unangenehmen Vorfall konnte sogar Josef ein Stirnrunzeln nicht unterdrücken, während sich seine Nasenflügel blähten. Ferdinand fand es nicht so dramatisch, es war doch nur eine Kartoffel! »Ich kann mich nur wiederholen und mich für Kitty entschuldigen, Herr Lemberg. Es wird nicht wieder vorkommen«, erklärte der Hausangestellte jetzt.

Vater hob nur eine Hand und gab Josef damit zu verstehen, dass er dem obersten Hausdiener nicht die Verantwortung für die Ungeschicklichkeit der jungen Kitty gab. Er reichte dem Butler seine Serviette, in der die Kartoffel nun sicher verpackt war. Josef tauschte die Serviette gegen eine neue aus, die er vom Buffet holte. Er breitete sie mit einer gekonnten Bewegung über Vaters Schenkeln aus.

Ferdinand ermüdete das Ganze, aber auf eine seltsame Weise fand er es auch lächerlich übertrieben.

Auch seine Mundwinkel zuckten jetzt verräterisch. Als er den Blick hob, traf er auf die strengen Augen seiner Mutter. Sie schien sagen zu wollen: Mach dich ja nicht über Vater lustig.

Ferdinands kurzer Augenblick der Freude verflog. Es war anstrengend, wie wenig Humor man an diesem Tisch zeigen durfte, um nicht als ungezogen verurteilt zu werden. Dabei war er mit seinen dreiundzwanzig Jahren ein erwachsener Mann, auch wenn er sich hier selten wie einer fühlte.

Das Thema Studium war glücklicherweise vom Tisch, da Alba gerade eine Geschichte aus Paris zum Besten gab, wo die Hausangestellte beim Servieren immer den Daumen in die Suppe gehalten hatte. Er war dankbar; der Versuch, die Stimmung etwas aufzulockern, gelang Alba spielend leicht. Es war ein schmaler Grat, auf dem sie hier wanderten, das wussten sie alle.

»Es ist traurig, den Verfall der Sitten mit ansehen zu müssen. Meine Großmutter, Gott hab sie selig, speiste noch am Tisch des Kaisers. Damals wusste man noch, was sich gehört und was nicht«, warf Großmutter ein.

»Ach wirklich, Großmutter? Das habe ich ja noch gar nicht gehört! Kannst du mehr darüber erzählen?«, bat Ferdinand.

»Lieber nicht, und vom Kaiserreich ist auch nichts mehr übrig«, kommentierte Vater mit einer gewissen Bitterkeit, die viel mehr sagte als seine Worte an sich. »Wir Sudetendeutschen haben uns Österreich über lange Zeit zugehörig gefühlt, und viele hadern immer noch damit, dass wir uns seinerzeit den Nachbarn nicht haben anschließen dürfen. Ich für meinen Teil hätte es für die bessere Lösung gehalten, als zur Tschechoslowakei zu gehören. Wohin das geführt hat, sehen wir ja gerade. Schuld an dem allen ist der Kaiser, denn der hat schließlich den Krieg verloren!«

Ferdinand wusste, dass die Spitze in Richtung Großmutter ging. Die ließ sich nicht anmerken, was sie davon hielt. Klar wurde, wenn man in ihre regungslosen Gesichtszüge blickte, jedoch, dass Vater sagen oder tun konnte, was er wollte, sie würde immer anderer Meinung sein. Es war nichts Neues für Ferdinand, am Tisch mitzuerleben, dass die beiden sich nicht ausstehen konnten. Er hatte nur verdrängt, wie anstrengend sich so ein Essen im Elternhaus gestalten konnte.

»Sieh nur, wohin die Habsburger uns gebracht haben«, spottete Vater und trank nach diesem absichtlich provozierenden Satz einen Schluck Wein.

»Ich denke, wir alle haben unser Glück selbst in der Hand. Was weißt du schon vom Kaiserreich?« Großmutter schnitt ihren Tafelspitz und schaute den Schwiegersohn dabei nicht einmal an. Deutlicher hätte sie den Mangel an Wertschätzung ihm gegenüber kaum zum Ausdruck bringen können.

Ferdinand bemerkte, dass die Mutter blass geworden war; ihr Gesicht wirkte versteinert. Sicher fürchtete auch sie einen großen Streit zwischen den beiden. Es wäre nicht das erste Mal gewesen. Weder der eine noch die andere waren dafür bekannt, nachzugeben. Wobei man Großmutter kein hitziges Temperament nachsagen konnte; das Gegenteil war der Fall. Sie war eine kalte Frau mit felsenfesten Überzeugungen. Während Vaters Wut schnell hochschäumte und sich meist genauso rasch wieder beruhigte. Beide zusammen ergaben eine hochbrisante Kombination.

»Während du zu Hause im Warmen und Trockenen Uniformen hast schneidern lassen, diente ich im Feldhaubitzenregiment und stand an der serbischen, russischen und italienischen Front. Im Gegensatz zu dir, liebe Schwiegermutter, weiß ich traurigerweise sehr gut, wie es sich anfühlt, wenn man Granatsplitter im ganzen Körper stecken hat und die Freunde um einen herum im Schlamm verrecken. Also erzähl mir nicht, ich wüsste nichts übers dahingeschiedene Kaiserreich Österreich-Ungarn. Ich weiß mehr, als mir lieb ist.« Sein Tonfall war leise. Gefährlich leise.

Ferdinands Atem stockte. Alle wussten, dass Großmutter zwar nicht hautnah dabei gewesen war, aber einen großen Verlust hatte hinnehmen müssen, den sie nie ganz verwunden hatte. Der älteste Sohn, Emilies großer Bruder Leopold, war nie aus dem Krieg zurückgekehrt. Er war ihr Liebling gewesen. Der jüngere Bruder Theodor hatte nie die Fußstapfen des älteren ausfüllen können. Die Qual auf Großmutters verhärmten Zügen entging Ferdinand nicht. Er wünschte, dass dieses Thema endlich durch ein anderes ersetzt würde, aber wagte nicht, zu sprechen.

Sogar Josef, der stumm vor dem Buffet stand, war erstarrt und hatte die Augen weit aufgerissen, als fürchtete er, dass die beiden aufeinander losgehen könnten.

Alba hatte den Blick gesenkt, und sogar von Charlottes Gesicht war die Maske lieblicher Unschuld verschwunden und purem Entsetzen gewichen.

Ein harter Zug legte sich um Großmutters schmale Lippen. Sie schien die Einzige zu sein, die sich nicht von Vater einschüchtern ließ. Und klein beigeben kam für sie ohnehin nicht infrage. »Da sieht man mal wieder, dass es zu viele Leute gibt, die andere dafür verantwortlich machen, wenn alles den Bach runtergeht. Ich wüsste gar nicht, wie ich mein Leben ohne Sherry überstanden hätte.« Sie seufzte nicht, aber es war eindeutig, dass sie sich liebend gern eine Hand an die Stirn gehalten hätte, um klarzumachen, wie unerträglich sie das Gespräch mit ihrem Schwiegersohn fand. Auch wusste Ferdinand, so wie alle anderen am Tisch, dass die Beleidigung allein Vater galt.

Ferdinand fragte sich für einen Moment, ob Großmutter bezüglich des Sherrys scherzte. Sie war keine Trinkerin; es war überhaupt das erste Mal, dass sie erwähnte, jemals Schwierigkeiten mit etwas in ihrem Leben gehabt zu haben. Niemand lachte. Nicht einmal sie selbst.

Josef schien Großmutters Worte als Aufforderung zu verstehen; er näherte sich mit der Weinflasche. Die Luft war zum Schneiden. »Darf ich?«, wandte er sich an die alte Dame. Sie wedelte nur mit der Hand, was nein bedeutete.

»In Paris gab es doch sicher sehr gute Weine, Alba?«, versuchte Mutter die Situation zu retten. Besser, es wurde das Thema gewechselt, ehe jemand doch noch die Fassung verlieren konnte.

»Tatsächlich wurden dort stets zu jedem Gericht verschiedene Tropfen gereicht«, nahm Alba den Ball auf.

»Dann kann ich ja etwas von dir lernen«, versuchte auch Ferdinand dazu beizutragen, dass die Stimmung etwas gelöster wurde.

»Die Franzosen können ja nicht viel, aber das schon«, merkte Großmutter an und ließ ihr Besteck sinken. »Konntest du denn auch an deinem Klavierspiel arbeiten? Ich würde gern etwas von dir hören.«

Ferdinand sah, wie Charlottes Mund schmal wurde. Er wusste, dass sie darauf brannte, zu zeigen, was sie konnte. Er hatte die Rivalität zwischen den Schwestern nie verstanden. Sie waren so unterschiedlich, dass niemand auf die Idee gekommen wäre, sie zu vergleichen. Aber Charlotte tat sich damit schwer und versuchte immer, Alba auszustechen, was ihr oft genug gelang – weil sie wusste, wo Albas wunde Punkte lagen. Ferdinand mochte beide Schwestern sehr gern, obwohl er mehr Gemeinsamkeiten mit Alba hatte. Mit ihr war er als Kind oft heimlich davongeschlichen, um im Dorfteich zu baden oder an Orten herumzustreifen, wo es verboten war. Mit der Zeit hatten sie sich etwas voneinander entfernt, weil er Dinge lernen durfte, die ihr nicht erlaubt waren. Als ob er etwas dafür könnte, dass man Mädchen im Pensionat keine Physik oder höhere Mathematik lehrte.

Charlotte hingegen wusste, wo ihr Platz war, sie rebellierte nicht gegen das, was von ihr erwartet wurde. Anstrengend konnte sie trotzdem sein, aus anderen Gründen.

»Was ist mit Charlotte? Du hast doch sicher auch an deinen Fähigkeiten gearbeitet? Wieso lassen wir nicht die Jüngere anfangen?«, wandte Ferdinand daher ein.

Charlotte dankte es ihm mit einem zuckersüßen Lächeln. Alba wirkte erleichtert.

Glücklicherweise kamen beim Dessert unverfänglichere Themen auf den Tisch. Vater wirkte merkwürdig schweigsam, beinahe so, als wäre er in Gedanken weit weg. Ferdinand und er hatten kein gutes Verhältnis, noch nie gehabt. Als ältester Sohn konnte er es seinem Vater selten recht machen. Trotzdem merkte Ferdinand, dass seinen alten Herrn etwas beschäftigte, und er fragte sich, was es war. Vielleicht konnten sie die Feiertage ja dazu nutzen, um einander näherzukommen. Immerhin sollte er einmal die Geschäfte übernehmen, daran zumindest bestand kein Zweifel. Und Ferdinand empfand es nicht als Bürde, sondern als Segen. Allerdings war er sich durchaus bewusst, dass die Töne, die er anschlagen wollte, andere waren, als die, die seinem Vater vorschwebten. Alles zu seiner Zeit, sagte sich Ferdinand und löffelte schweigend den Schokoladenpudding. Lange würde er es jedoch nicht mehr aushalten können, Vaters permanente Kritik kommentarlos hinzunehmen.

Kapitel 3

Alba liebte es, auf dem Betriebsgelände zu stehen und der jährlichen Weihnachtstradition zu folgen, bei der Essen und Getränke an die Belegschaft verteilt wurden. Sie hatte regelrecht darauf hingefiebert und war unendlich froh, dass sie rechtzeitig nach Hause zurückgekehrt war. Alba kannte sich auf dem der Villa gegenüberliegenden Grundstück so gut aus, dass sie sich blind zurechtgefunden hätte. Ein paar Schneeflocken tanzten in der Luft, der Himmel war grau. Es war klirrend kalt.

An der Stelle, wo sich die Fabrik heute befand, hatte früher eine der drei Mühlen im Ort gestanden; das wusste sie aus den Erzählungen ihres Vaters. Die Weberei war nach Abriss der alten Mühle von Albas Vater errichtet worden. Gebaut worden war ein zweistöckiger Trakt, in dessen Sälen mechanische Webstühle, Spulmaschinen und noch weitere zu einer Weberei gehörende Gerätschaften aufgestellt worden waren. Weil die Geschäfte so gut gelaufen waren, war schon bald ein weiterer zweistöckiger Trakt an das bestehende Gebäude angebaut worden. Dort wurde das Verpackungsmaterial gelagert. Schlichterei und Zettlerei waren ebenfalls dort untergebracht. In diesem Betriebsteil wurden spezielle Arbeitsvorgänge durchgeführt, die nicht direkt an den Webstühlen erledigt werden konnten.

Im Hofraum waren das Kessel- und das Maschinenhaus entstanden, von dem aus durch eine Dampfmaschine sämtliche Transmissionen in allen Sälen angetrieben worden waren. Mit einer Lichtmaschine war der für den Betrieb erforderliche Strom erzeugt worden, ehe man an das zentrale Netz angeschlossen worden war. In einem weiteren Anbau waren im Erdgeschoss die Kanzleien sowie das Kistenmagazin untergebracht. Darüber lagen die Wohnräume für den Betriebsleiter. Die Nachfrage nach den in Märzdorf erzeugten Waren war einst groß gewesen. Man hatte Damast, Seide, Chiffon und Leinen hergestellt. Doch dann kam die Weltwirtschaftskrise und vieles hatte sich seitdem verändert. Vater hatte die Produktion umstellen lassen, um zu überleben. Heute wurden in Märzdorf Gewebe aus Seide, Kunstseide, Zellwolle, Servietten und Damaste gefertigt.

Im letzten Jahr hatte Vater erzählt, dass sich die Lage zwar gebessert habe, aber von der goldenen Zeit, wie er sie so gern beschrieb, konnte man heute nur noch träumen. Sie wusste, dass die Eltern es nicht guthießen, dass sie sich für Politik interessierte, aber sie ließ es sich nicht verbieten. Sie wusste deshalb, dass der Druck durch die zunehmende Tschechisierung immensen Einfluss auf die Rentabilität des Betriebes hatte, weil staatliche Aufträge fehlten. Die wurden nur noch an tschechische Unternehmen vergeben. Nach dem Zusammenbruch der Habsburger Monarchie nach dem großen Krieg 1918 hatte sich für die Sudetendeutschen und alle anderen Minderheiten im Land alles verändert. Im Zuge der Weltwirtschaftskrise hatte sich die Lage nur noch weiter zugespitzt. Alba fand es schade, dass sie sich mit niemandem dazu austauschen konnte. Die Männer in der Familie nahmen sie nicht ernst, Ferdinand eingeschlossen, und ihre Freundinnen interessierten sich kaum für diese Themen.

Alba blickte über den Hof zum Bächlein. Die Abwässer wurden in den Mühlengraben geleitet, der abgedeckt mitten durch das Fabrikgelände floss. Der Kanal war seinerzeit vom Vorbesitzer zum Antrieb des Mühlenrades errichtet worden. Deswegen wurde dieser Wasserlauf im Volksmund Mühlengraben genannt. Die einheimischen Arbeitskräfte hatten in der Blütezeit nicht ausgereicht; die Arbeiter waren aus dem Adlergebirge, Isergebirge und aus der Rochlitzer Gegend nach Märzdorf gekommen. Auch Tschechen aus dem angrenzenden Gebiet waren in das Dorf übergesiedelt. Die Firma hatte neben einem Betriebskindergarten sogar Wohnungen für die Leute gebaut. Das Haus hieß Amerika, der Grund dafür war ihr nicht bekannt, aber Alba gefiel diese Idee. Nicht alle Fremden waren geblieben, als die Bedingungen schwieriger geworden waren. Und es hatte auch hier Entlassungen gegeben. Natürlich. Kein Unternehmer war darum herumgekommen.

Heißer Dampf stieg aus den riesigen Suppentöpfen. Alba kehrte ins Hier und Jetzt zurück. Die Angestellten hatten in Vaters Auftrag fünf Tische aus dem Pausenraum hinaus in den Innenhof der Weberei getragen. Weiße Tischdecken und Windlichter mit flackernden Kerzen zierten sie. Alba trug Fingerlinge und ihren dicken Wintermantel, während sie Fischsuppe, die es traditionell an Weihnachten gab, an die Belegschaft verteilte. Auf Tschechisch hieß das Gericht *rybí polévka* – das Rezept war dasselbe. Natürlich waren heute nicht nur Deutsche unter den Angestellten, obwohl sie die Mehrheit im Dorf bildeten. Das Verhältnis untereinander war in Ordnung, wobei es auch hier immer wieder zu Spannungen kam. Aber nicht an diesem Tag, das hoffte Alba jedenfalls.

Heute standen die Webstühle früher still, damit man gemeinsam am Nachmittag des Dreiundzwanzigsten das Weihnachtsfest einläuten konnte, ehe über die Feiertage Betriebsruhe herrschte. Außer der Suppe gab es heißen Punsch. Und Karlsbader Becherbitter, den grünlich-bräunlichen Kräuterlikör aus Karlsbad. An normalen Tagen war Alkohol auf dem Betriebsgelände verboten, aber heute war ein besonderer Anlass. Seit vielen Jahren hielt die Familie Lemberg es so, dass sie zu Weihnachten Essen und Getränke als Dankeschön für den geleisteten Einsatz an die Belegschaft verteilte. Niemand im Hause Lemberg war sich zu schade dafür, obwohl Charlotte dabei vielleicht eine Ausnahme bildete. Ihre Schwester guckte missmutig drein, aber war natürlich anwesend, weil sie musste. Alba unterdrückte ein mildes Lächeln. Charlotte war nicht gemacht für den Dienst am Menschen, so viel war klar. Man konnte ihr zugutehalten, dass sie gar nicht erst versuchte, ein Geheimnis daraus zu machen, dass sie keinen Sinn darin sah, sich auf diese Weise bei den Angestellten zu bedanken.

Vielleicht begreift sie es irgendwann, überlegte Alba, dass wir ohne die Mitarbeiter gar nichts wären. Alba glaubte nicht daran, dass Charlotte jemals genügend Demut aufbringen würde, um zu begreifen, in welchem Maße die Familie Lemberg ihren Wohlstand den einfachen Leuten zu verdanken hatte.

Charlotte hatte die Lippen geschürzt und wünschte jedem, dem sie einen Teller Suppe reichte, in gelangweiltem Tonfall einen guten Appetit und ein frohes Fest. Alba hingegen gefiel es, so konnte sie den Angestellten ein wenig näherkommen. Einige kannte sie natürlich, die langjährigen Mitarbeiter. Da war der Scholz Günter, der, seit sie denken konnte, als Betriebsleiter arbeitete, seine Schäfchen immer im Blick hatte und seine Untergebenen mit strenger Hand, doch gleichwohl mit Nachsicht führte. Oder der gutmütige Webermeister Josef Kalous, der zwar für jeden ein offenes Ohr hatte, jedoch keine Faulheit duldete. Gerade reichte Alba Gerda Meitner, einer der Weberinnen, einen vollen Suppenteller. Sie war älter geworden, aber in ihren Augen lag noch immer der fröhliche Glanz, den Alba von ihr kannte. Sie arbeitete, seit Alba sich erinnern konnte, im Unternehmen. Ihre Finger wirkten leicht geschwollen, was an der Kälte liegen musste.

»Guten Appetit«, wünschte Alba. »Und frohe Weihnachten.«

»Danke, Fräulein Lemberg. Für Sie auch. Für Sie auch.«

Alba genoss die feierliche Stimmung und die Verbundenheit, die sie von den Gesichtern der Angestellten ablesen konnte. Vater tat viel für sie. Er sorgte dafür, dass die Frauen im Kindergarten Plätze für den Nachwuchs bekamen. Wenn die Mitarbeiter krank wurden, bezahlte er sie trotzdem. Albas Großvater hatte in Braunau einst sogar ein Krankenhaus errichten lassen. Damals waren die Zeiten noch golden gewesen. Alba war sich darüber im Klaren, dass es nach dem Zusammenbruch der Österreichisch-Ungarischen Monarchie große Veränderungen gegeben hatte. Es lief anders heute, und es war nicht mehr viel Geld für Wohltätigkeit übrig. Aber wo man konnte, wurde geholfen. Doch die Lage im Sudetenland war angespannt, das wusste jedes Kind. Arbeitslosigkeit war in vielen Orten ein großes Problem. Deshalb waren die Leute in Märzdorf überaus loyal, weil auf Carl Lemberg Verlass war. Alba war stolz auf ihren Vater und wünschte sich sehr, auch ein Teil dieses Unternehmens zu sein. Ihr wurde schwer ums Herz, weil alle ihre Versuche, sich einbringen zu dürfen, bislang abgeschmettert worden waren. Aber sie würde nicht aufgeben, und irgendwann würde Vater einsehen, dass sie hilfreich sein konnte, obwohl sie nicht als Sohn geboren worden war. Sie hatte keine Ahnung, ob sie im Falle einer Heirat einen Teil der Lemberg-Weberei in die Ehe miteinbringen würde; Vater hielt sich diesbezüglich bedeckt. Alba war auch nicht versessen darauf, mit ihm über das Heiraten zu reden, sie war froh, wenn man sie damit in Ruhe ließ. Außerdem wollte sie sich schon gleich gar nicht verhökern lassen, indem man einem möglichen Kandidaten Fabrikanteile versprechen musste, damit er sie ehelichte. Kurz dachte sie an Ferdinand, der auch keinen leichten Stand beim Vater hatte – Alba hatte nie begriffen, wieso. Aber sie wollte nicht so hart mit ihrem alten Herrn ins Gericht gehen;

der erstgeborene Sohn musste einfach andere Maßstäbe erfüllen, dessen war sich Alba bewusst. Und er hatte wirklich viele Entscheidungen zu treffen, seine Tage waren lang und kräftezehrend, er hatte so hart für das, was er aufgebaut hatte, gearbeitet. Natürlich konnte er nicht immer einer Meinung mit allen sein. Aber das sahen die Leute nicht, wenn sie dem Direktor im feinen Anzug begegneten. Es war kein leichtes Leben an der Spitze einer Firma, in der man für so viele Familien die Verantwortung trug, vor allem in diesen Zeiten. Oft genug schimpfte Vater über die Gewerkschaften oder die schwindende Arbeitsmoral, die man sich gerade jetzt überhaupt nicht erlauben konnte. Aber im Stich lassen würde Carl Lemberg seine Leute nie. Und Alba war davon überzeugt, dass jeder in der Belegschaft sein Bestes geben würde, um die schwierigen Zeiten zu überstehen.

Der nächste Mitarbeiter reihte sich bei Alba ein, und sie konzentrierte sich wieder auf ihre Aufgabe. Sie kannte ihn nicht. Es war ein junger Mann, seine Jacke war abgetragen und fadenscheinig. Er trug eine Schiebermütze auf dem dunkelblonden Haar. Seine Gesichtszüge waren kantig, beinahe grob, die Wangenknochen standen ein wenig hervor. Das Bemerkenswerteste an ihm waren die grünen Augen. Er lächelte nicht. Das Gegenteil war der Fall. Ein zynischer Zug lag um seinen Mund, der ihn älter wirken ließ. Sein Blick war offen und wach. Sie schätzte ihn auf Anfang zwanzig, hätte sich aber täuschen können. Etwas in seiner Haltung ließ ihn geheimnisvoll wirken, er hatte die Hände in den Hosentaschen vergraben und die Schultern nach oben gezogen. Es kam ihr so vor, als ob er etwas zu verbergen hatte, oder nein, sie hatte den Eindruck, dass er zwar hier war, weil es sich gehörte, er es aber gleichzeitig nicht genoss.

Warum starrt er mich so an?, überlegte sie verunsichert.

»Darf es etwas Suppe sein?«, fragte Alba und merkte, dass ihre Stimme nicht so fest klang, wie sie es gewohnt war.

»Ein saftiger Braten wäre mir lieber«, antwortete er mit einem Lächeln, dabei hielt er sie mit seinem Blick gefangen. Sie hörte einen leichten tschechischen Akzent aus seinem Deutsch heraus. Alba ertappte sich, wie sie zurücklächelte. Eine unerklärliche Spannung breitete sich in ihrem Inneren aus, der sie sich nicht entziehen konnte. Dann erst begriff sie, dass seine Antwort frech und provokativ gewesen war. Alba widerstand dem Drang, ihn weiter anzulächeln, daher demonstrativ und straffte sich. Sie war irritiert über das Verhalten dieses Mannes. Wusste er nicht, wer sie war? Sein Benehmen war vielleicht nicht respektlos, aber es war auch nicht angemessen. Sie versuchte jedoch, sich nichts anmerken zu lassen, obwohl sie ihn seltsam fand. Natürlich erwartete sie nicht, dass der junge Mann in einem tiefen Knicks vor ihr versank, um sich für eine heiße Suppe zu bedanken. Aber die anderen Mitarbeiter hatten sich ihr gegenüber nie so … überzeugt von sich selbst … benommen. Sie konnte es nicht genau benennen, was es war, das sie so durcheinanderbrachte.

Für einen Moment starrte sie ihn wortlos an, genauso direkt hielt er ihr stand. Jeder andere hätte zuerst weggesehen, aber dieser Mann nicht. Im Gegenteil. Er schien sich einen Spaß daraus zu machen, sie mit einer solchen Intensität mit seinem Blick zu fixieren, dass Alba ganz heiß wurde. Trotz des Wintertages!

Als sie es nicht mehr aushielt, schöpfte sie eine Kelle Suppe in den Teller und reichte ihm die warme Speise. »Guten Appetit und frohe Weihnachten. Sagen Sie, wie heißen Sie?«

Sie wollte sich nachher bei Vater nach dem jungen Mann erkundigen. Sein Verhalten ihr gegenüber kam ihr vor wie eine Herausforderung.

Kurz zögerte er, dann folgte ein Nicken. Als ob er das Recht hätte, ihr diese Information zu verweigern. Albas Unmut angesichts dieser Ungezogenheit wuchs. Gerade als sie auf einer Antwort bestehen wollte, fing er an zu sprechen.

»Ich bin Miroslav. Aber machen Sie sich nicht die Mühe, darüber nachzudenken, wo ich herkomme und wer ich bin. Bis morgen haben Sie mich sowieso wieder vergessen. Während Sie in der warmen Stube sitzen und sich auf die Schulter klopfen, weil sie einmal im Jahr etwas für andere getan haben, schuften sich andere Menschen für Ihr Wohl ab, damit Sie feine Kleider tragen können, während andere nichts haben.«

Alba schnappte nach Luft. Dann schaute sie sich hastig um, ob jemand von ihrer Familie seine Worte gehört hatte. Sie war baff. Ihr Herz pochte wie verrückt.

So was war ihr noch nie untergekommen.

Sie stand hier in der Kälte und wollte jedem etwas Gutes tun, und er? Er holte sich die Suppe, und statt sich zu bedanken, gab er Kommentare ab, die ihm nicht zustanden. Was für ein Flegel.

Niemand hatte etwas von ihrem inneren Aufruhr mitbekommen. Charlotte schien in ihrer eigenen Gedankenwelt zu verweilen, während sie weitestgehend schweigend Suppe verteilte. Mutter plauderte ein paar Worte mit einer anderen Weberin, Vater und Ferdinand schenkten den Karlsbader Becherbitter aus. Kilian goss heißen Punsch in Becher für alle, vorrangig Frauen, die keinen Likör trinken wollten.

Alba wollte sich gerade mit einer Zurechtweisung an diesen frechen Miroslav wenden, als sie sah, dass er bereits weitergegangen war. Er stand bei einer Gruppe von Männern und löffelte seine Suppe. Fassungslos schaute sie ihm hinterher.

Also so was! Sie war zutiefst irritiert.

Nach einem Augenblick rief sie sich zur Ordnung. Sie besaß zu viel Größe, als dass sie sich die Blöße geben würde, auf Miroslavs Unverschämtheiten einzugehen. Ignorieren war in dem Fall das Beste. Bestimmt hatte er sich nur wichtigmachen wollen. Doch eine Antwort auf das Warum mochte ihr partout nicht einfallen, egal, wie oft sie diese kurze Unterhaltung im Geiste auch durchging. Und sein Lächeln bekam sie leider auch nicht mehr aus dem Kopf, was sie vielleicht noch mehr aufregte als alles andere.

Alba kümmerte sich um die nächsten Mitarbeiter, lächelte tapfer und verteilte Suppe. Aber vergessen konnte sie nicht, wie seltsam sich dieser Mann ihr gegenüber verhalten hatte.

Menschen wie Sie, hatte er gesagt.

Was sollte das überhaupt heißen?

Alba war sich darüber im Klaren, dass sie als Tochter eines Industriellen einen höheren Lebensstandard hatte als ein Arbeiter. Aber immerhin hatte dieser Miroslav eine Stellung bei ihnen, er wirkte gut genährt. Kräftig und gesund. Er gehörte nicht zu den Tausenden, die arbeitslos waren. Hier im Sudetenland waren es viele. Sehr viele.

Miroslav stand in Lohn und Brot, vermutlich bewohnte er ein Zimmer im Haus für die Angestellten. Er hatte also, fand Alba, keinen einzigen guten Grund, ihr gegenüber so unhöflich zu sein. Schon gar nicht, weil er als Tscheche, die überall im Land auf Geheiß der Regierung bessergestellt waren, sogar ein Recht auf Arbeitslosenhilfe hätte. Wenn ein Deutscher die Stellung verlor, bekam er keine Krone mehr – außer er war in der Gewerkschaft organisiert, die zahlten einen gewissen Ausgleich. Ansonsten war man auf Almosen angewiesen, weil das, was man über die Ernährungskarte beziehen konnte, bei Weitem nicht ausreichte. Das war nur eines von vielen Themen, das die Dörfler umtrieb. Nichts davon konnte auf diesen Miroslav zutreffen. Was war dann sein Problem? Alba kam zu keinem logischen Schluss – das gefiel ihr nicht.

Sie konnte die Gedanken an diese Begegnung nicht einfach abschütteln. Sie musste mehr über ihn erfahren. Was konnte sie überhaupt dafür? Dass er persönlichen Groll gegen sie und ihre Familie hegte, war jedenfalls deutlich geworden.

Ihre Augen wanderten unfreiwillig immer wieder zu ihm, als wäre sie eine Marionette, deren Kopf von einem unsichtbaren Faden in diese Richtung gelenkt wurde, ohne dass sie großen Einfluss darauf hatte. Auch jetzt warf Alba Miroslav wieder einen verstohlenen Blick zu. Er stand mit dem Rücken an die Hauswand gelehnt und rauchte eine Zigarette, während er ganz offen zu ihr herüberschaute. Sein Ausdruck war schwer zu deuten, von Bewunderung lag jedenfalls keine Spur darin. Er betrachtete sie jedoch mit einer unverhohlenen Neugier, die an Unverschämtheit grenzte.

Alba senkte die Lider und merkte, wie glühende Hitze in ihren Wangen aufflammte. Nein. Von ihm ließ sie sich nicht diesen wunderbaren Tag verderben. Sie hatte die Weihnachtsfeier mit den Arbeitern immer genossen und so würde sie es auch heute halten. Erneut wandte sie Miroslav das Gesicht zu und funkelte ihn an. Das wiederum schien ihn zu amüsieren, denn plötzlich zuckten seine Mundwinkel verräterisch.

Arroganter Affe, dachte Alba und behandelte ihn für die restliche Zeit der Feierlichkeiten wie Luft. Doch immer wieder spürte sie seinen Blick auf sich, und seltsamerweise freute sie sich darüber.

* * *

Es war ein langer Tag gewesen. Emilie saß erschöpft mit ihrer Mutter im Salon. An den Wänden mit den blassgrünen Seidentapeten waren die Lampen eingeschaltet, sie verbreiteten ein zartes und angenehmes Licht. Die drei Gemälde mit Jagdszenen mochte Emilie allerdings nicht so gern, aber Carl bestand darauf, sie hängen zu lassen, obwohl sie sie lieber mit fröhlicheren Motiven gekleidet hätte. Im Kamin prasselte ein

Feuer. Die Damen tranken heißen Tee, nachdem die Familie zuvor ein leichtes Abendessen zu sich genommen hatte. Ferdinand und Carl hatten sich danach in die Bibliothek zurückgezogen; sie diskutierten mal wieder heftig über Arbeitsrecht und andere Firmenthemen, die Emilie langweilten. Deshalb hatte sie die Männer höflich vom Tisch verbannt. Dass die zwei ständig aneinandergerieten, fand sie unerträglich. So sollte es zwischen einem Vater und seinem Sohn nicht sein. Aber so war es schon immer gewesen. Die beiden hatten wirklich so gut wie nichts gemeinsam – bedauerlicherweise. Carls Erwartungen an Ferdinand waren nach ihrem Dafürhalten nicht nur mäßig übertrieben, sondern utopisch. Der Junge konnte es ihm einfach nicht recht machen, dabei war Ferdinand so ein kluger Kopf. Eigensinnig, ja, aber das konnte man ihm wohl kaum zum Vorwurf machen. Carl konnte nicht wollen, dass Ferdinand ihm nach dem Mund redete – doch genau so kam es ihr manchmal vor.

»Ich verstehe nicht, warum ihr den ganzen Tag in der Kälte steht und Suppe verteilt«, riss Mutter Emilie aus ihren Gedanken.

Emilie unterdrückte einen Laut des Missfallens. Sie hatte es ihrer Mutter schon oft erklärt. Jedes Jahr aufs Neue. »Es ist nun mal Tradition«, antwortete sie dennoch höflich und rührte mit dem Löffel in ihrer Tasse, damit sich der Zucker darin auflöste. »Es ist eine Geste an die Belegschaft, ein symbolischer Akt, der ihnen zeigt, dass wir uns um sie kümmern. Ein Abschluss am Ende des Jahres, bei dem wir uns für den geleisteten Arbeitseinsatz bedanken, ehe der Betrieb über die Feiertage stillsteht.«

»Bedanken? Die sollten sich vor euch verbeugen und nicht umgekehrt. Sie müssten euch die Füße küssen, dass sie eine Stellung haben und nicht arbeitslos sind, wie so viele andere. Ihre Familien hungern nicht. Selbst wenn ich der Idee, dass ihr etwas Gutes für die Belegschaft tun wollt, etwas abgewinnen könnte, verstehe ich nicht, warum ihr katzbuckelt. Die Suppe könnte die Köchin mit den Hausmädchen verteilen.«

Emilie enthielt sich eines weiteren Kommentars, gegen die vermeintlichen Argumente ihrer Mutter konnte sie nur verlieren. Helene begriff es nicht, wollte nicht verstehen, worum es ging: Es war ein Signal der Verbundenheit. Aber so hatte ihre Mutter die Geschäfte seinerzeit nie geführt. Helene Schwemmer strahlte keine Wärme aus, das hatte sie nie getan. Aus ihr sprach eine bittere Härte, die sich in erster Linie gegen sie selbst richtete. Emilie hatte nie begriffen, warum das so sein musste. Natürlich verstand Emilie, dass ihre Mutter Schweres hatte durchmachen müssen, aber sie hatte immerhin noch zwei weitere Kinder gehabt – doch die waren nie auch nur an den Podest herangekommen, auf den sie ihren verstorbenen Erstgeborenen gesetzt hatte, schon zu dessen Lebzeiten nicht. Was Emilie dabei überraschte, war, dass es sie immer noch bedrückte, dass sie sich auch heute noch wünschte, ihre Mutter würde ein einziges Mal ein warmes Wort für sie übrighaben.

»Es ist heute eben anders als früher«, entschlüpfte es Emilie, und sofort ärgerte sie sich, dass sie ihrer Mutter Anlass bot, sie erneut zu belehren. Es war demütigend, als erwachsene Frau zurechtgewiesen zu werden; vor allem war es Unsinn, denn Emilie wusste, dass sie ihren Haushalt geradezu perfekt organisiert hatte.

Helene nahm die Worte zwar zur Kenntnis, aber rührte sich, entgegen Emilies Erwartungen, nicht. Die Tür ging auf und Alba trat ein. Sie hatte sich nach dem Essen noch einmal umgezogen, trug jetzt einen Rock aus feiner Wolle und einen wärmenden Pullunder über der Bluse. Alba setzte sich zu ihnen.

»Möchtest du auch einen Tee? Dann klingele ich nach einem Mädchen«, bot Emilie ihrer Tochter an. Sie war froh über die Ablenkung und hoffte, dass Helene das vorausgegangene Thema nicht weiter vertiefen würde.

Alba schüttelte den Kopf. »Nein, schon in Ordnung. Vielen Dank. Ich habe bei Theresia gerade einen heißen Kakao bekommen.«

Emilie schloss für einen Moment die Augen. Dass Alba noch immer mit den Hausangestellten Umgang pflegte, missfiel ihr. Als Kind schon war sie stets zu Theresia in die Küche entwischt, wo sie mit Keksen und anderem verhätschelt worden war. Doch dafür war Alba allmählich zu alt. Früher hatte Emilie dieses Verhalten gerade noch tolerieren können, Kinder waren nun mal neugierig und umtriebig. Doch heute hätten Albas Prioritäten woanders liegen sollen als beim Tratsch mit dem Personal. Alba müsste sich allmählich um einen eigenen Haushalt bemühen, einem Ehemann Kinder gebären, statt sich selbst heißen Kakao in der Küche servieren zu lassen, als wäre sie sieben und nicht neunzehn.

»Nun, Kind, erzähl. Du hast noch kein Wort darüber verloren, ob du nach der langen Reise einen männlichen Bewunderer mit ernsthaften Absichten hast«, forderte Helene ihre Enkelin auf.

Emilie entdeckte immer dann sanftere Züge im Gesicht der alten Frau, wenn es um ihre Enkelkinder ging. Von Herzlichkeit konnte man dabei noch nicht sprechen, aber es lag mehr Wärme in diesem Satz, als Emilie je von ihrer eigenen Mutter erfahren hatte.

Emilie wagte nicht, darauf zu hoffen, dass Alba Neuigkeiten dieser Art für sie hatte. Es war ihr peinlich, dass ihre neunzehnjährige Tochter noch keinen einzigen Verehrer vorzuweisen hatte. Alba war, soweit Emilie wusste, bisher an niemandem interessiert gewesen. Sie verstand nicht, was mit dem Mädchen los war. Anstatt sich für hübsche Kleider und Jungs zu begeistern, hatte sie sich als Jugendliche nur in die Weberei zu ihrem Vater geschlichen. Oder schlimmer, sie war mit Ferdinand in den Wäldern umhergestreift und mit zerrissenen Röcken und dreckigen Schuhen wieder nach Hause gekommen.

»Ach, Großmutter«, antwortete Alba mit einem angespannten Lächeln. »Man muss heutzutage nicht so jung heiraten.«

Die alte Dame hob eine Braue. »Ich hoffe doch, dass ich dich falsch verstehe.«

Alba faltete die Hände im Schoß. Sittsam, aber ihre Haltung war alles andere als unterwürfig. Im Gegenteil, ihre Tochter wirkte, als wäre sie bereit für eine ernsthafte Diskussion über ihr Verständnis vom Leben. Deshalb war auch Emilie auf der Hut, denn jedes Fehlverhalten der Enkelin würde ihr von Helene als persönliches Versagen angelastet werden. So war es immer schon gewesen.

Alba holte Luft, ehe sie antwortete. »Was ich zum Ausdruck bringen wollte, ist, dass niemand dabei war, in den ich mich verlieben könnte. Ich bin noch so jung.« Sie sprach geduldig und ruhig, aber Emilie wusste, dass das nur Fassade war. Alba war rebellisch und hatte einen schrecklichen Dickkopf. Vermutlich kostete es sie die größte Mühe, ihr Temperament zu zügeln und nicht in die Welt hinauszuschreien, dass sie es so halten würde, wie es ihr in den Kram passte. Was das bedeutete, konnte Emilie nur erahnen. Sie hatte nie begriffen, was in Alba vor sich ging. Nie verstanden, warum sie sich nicht wie jedes andere Mädchen verhielt, das aus guten Verhältnissen stammte. Wenn das schon das Schlimmste gewesen wäre! Emilie unterdrückte ein Seufzen. Neben ihrem rebellischen Wesen war Alba auch noch mit einem Verstand gesegnet, der sie irgendwann in große Schwierigkeiten bringen konnte. Schon allein deswegen musste das Kind bald verheiratet werden, ehe sie Flausen in den Kopf gesetzt bekam und Dummheiten beging, die ihr den Weg in die Zukunft mit spitzen Steinen pflasterten.

»Du bist fast zwanzig!«, warf Emilie ein und spürte, wie sich ihr Herzschlag beschleunigte, weil sie Angst vor dem hatte, was womöglich gleich noch ausgesprochen wurde.

Albas Träumereien waren eine Sache, diese in Gegenwart der Großmutter auf den Tisch zu bringen, eine andere. Plötzlich fühlte sich Emilie schrecklich erschöpft, aber der Drang, die Situation nicht aus dem Ruder laufen zu lassen, war stärker.

Den Blick, den die Tochter ihr zuwarf, vermochte Emilie mühelos zu deuten. Alba würde den Teufel tun, aber ganz sicher keine Hochzeit in naher Zukunft planen. Mit wem auch? Niemand war je gut genug für sie. Albas Wesen war für Emilie stets ein Buch mit sieben Siegeln gewesen.

»Ich möchte einen Beruf erlernen«, erklärte Alba ihrer Großmutter jetzt.

Emilie atmete gepresst und unterdrückte ein Augenrollen. Sie hasste dieses Thema. Dass Alba ständig davon anfangen musste! Erwartete sie sich womöglich von ihrer Großmutter Hilfe in diese Richtung? Möglich wäre es, aber Emilie wusste, dass sie an der Stelle auf Granit beißen würde. Helene mochte die Familiengeschäfte aus der Not heraus geleitet haben, doch sie hatte jeden einzelnen Tag davon verabscheut und den Moment herbeigesehnt, in dem Emilies Bruder Theodor endlich das Zepter hatte übernehmen können.

»Einen Beruf?«, stieß die Großmutter mit einem missbilligenden Zungenschnalzen hervor. Emilie spürte die Spannung im Raum, die sich nach Mutters Antwort nur noch verdichtete. »Wieso nur? Sei froh, dass du nicht arbeiten musst.«

Alba wirkte nach der Antwort ihrer Großmutter geradezu verzweifelt, was Emilie mit einem leisen Seufzer quittierte, ehe sie sagte. »Lebst du nicht in einem schönen Haus? Hast du nicht alles, was du brauchst? Warum in Herrgotts Namen reicht dir das nicht?« Emilies Puls schnellte in die Höhe. Leider hörte man ihrer Stimme an, dass sie sich darüber aufregte. Sie fasste sich schnell und trank einen Schluck Tee, ehe sie fortfuhr: »Charlotte redet nicht so einen Unsinn daher wie du. Sie schätzt die Privilegien, die sie als unsere Tochter genießt. Sie freut sich darauf, eine gute Partie zu finden. Und das solltest du auch tun.« Emilie hatte sich wieder im Griff. Streng blickte

65

sie Alba ins Gesicht, mit einer stummen Warnung, von jetzt an kein falsches Wort mehr zu verlieren.

Alba wirkte resigniert und senkte die Lider. Sie schaute auf ihre sittsam gefalteten Hände und zuckte dann mit den Schultern. »Es ist traurig, dass ihr mich nicht verstehen wollt. Ich bin nun mal nicht perfekt! Nicht so, wie ihr es euch wünscht«, erwiderte sie mit einer tiefen Bitterkeit in der sonst so melodischen Stimme.

Emilie verspürte kein Mitleid, das Gegenteil war der Fall. Sie stand zwar nicht mehr kurz davor, die Fassung zu verlieren, aber doch die Geduld. In diesem Augenblick begriff sie, dass man Alba endlich einen Riegel vor ihre wilden Träumereien schieben musste. Ein für alle Mal. Sie würde mit Carl in Ruhe darüber sprechen, was zu tun war, damit diese elenden Diskussionen ein Ende nahmen. So bald wie möglich.

»Charlotte ist nicht so aufmüpfig und neugierig wie du. Das ist auch besser für sie«, erklärte die Großmutter Alba gerade und legte ihrer Enkelin eine Hand auf den Schenkel. Sie sagte es, als wäre Neugier etwas Schlechtes, wie eine Erbkrankheit, der man nicht entgehen konnte. In diesem Fall konnte Emilie nur zustimmen. Albas Flausen würden zu Schlimmem führen, wenn sie nicht bald in den sicheren Hafen der Ehe gelenkt wurde. Ein starker Mann würde wissen, wie man mit Alba umging, und ihr zeigen, welchen Platz sie in der Familie hatte. Emilie sehnte den Tag herbei, an dem die Tochter unter die Haube gebracht würde. Eher würde sie keine Ruhe geben.

»Männer wollen keine Frauen, die mehr im Kopf haben als sie«, fuhr ihre Mutter mit ihren Erklärungen fort.

Emilie hätte es nicht treffender ausdrücken können. In diesem Punkt stimmte sie ihr voll und ganz zu. Sie hatte in ihrer eigenen Kindheit erlebt, wie die Frau sich tagein, tagaus als Geschäftsführerin abgeplagt hatte. Die ständigen Belange der Mitarbeiter, die ewigen finanziellen Entscheidungen, der Druck der Konkurrenz hatten

Mutter belastet. Die politischen Schwierigkeiten nach Ende des großen Krieges waren noch dazugekommen. Emilie war froh, dass ihr dergleichen erspart geblieben war. Dass Helene trotz allen Widrigkeiten das Familienimperium gerettet hatte, obwohl es eigentlich unter ihrer Würde lag, arbeiten zu müssen, war eine große Leistung, die Emilie respektierte. Aber Albas Wünsche hatten damit nichts zu tun. Was in aller Welt sollte so interessant daran sein, eine Fabrik zu leiten, dass Alba dem hinterherjagte, als sei es ihr sehnlichster Wunsch?

Alba reckte ihr Kinn nach vorn. Sie saß kerzengerade da. »Nun, dann ist es ja vielleicht ganz gut, dass ich nicht auf der Suche nach einem Ehemann bin, wenn mich mit meinem Verstand ohnehin keiner will.«

»Was redest du wieder für einen Unsinn, Alba? *Natürlich* wirst du heiraten. Und jetzt will ich nichts weiter von dir hören«, schnitt Emilie ihrer Tochter das Wort ab. »Geh auf dein Zimmer und denk darüber nach, wie ungezogen du dich vor deiner Großmutter benimmst. Ich weiß nicht, wofür wir all das Geld in das beste Pensionat investiert haben, wenn du mit diesem Suffragetten-Unfug ankommst. Ich frage mich, wer dir diese Flausen in den Kopf gesetzt hat, und verbitte mir jedes weitere Wort. Und nun lass uns bitte allein. Ich werde keiner weiteren Narretei von dir zuhören, ohne dir eine Backpfeife zu verpassen. Und dafür bist du weiß Gott zu alt, aber ich werde es tun, wenn du dich jetzt nicht beherrschst! Mutter, was habe ich nur falsch gemacht?« Emilie hob ihre Hand in Richtung Helene. Es hatte eine rhetorische Frage sein sollen, aber ihre Mutter schien gewillt zu sein, Emilie zu erklären, was ihrer Meinung nach mit der Erziehung der ältesten Tochter anders hätte laufen müssen.

»Zuerst einmal«, begann Mutter auch schon wie befürchtet, »muss ich dir sagen, dass du mit dem Namen deiner Tochter wohl bedauerlicherweise schon zur Geburt ein Zeichen gesetzt hast!«

Emilie rührte sich nicht. Alba war nach Emilies Großmutter väterlicherseits benannt. Die war wild gewesen, hatte man sich in der Familie erzählt, ungezähmt geradezu. Der Großvater hatte die Künstlerin auf einer Geschäftsreise in Andalusien kennen und lieben gelernt. Großmutter Alba hatte das Leben genossen, sie hatte ausgelassene Feste gefeiert, sich mit Künstlern getroffen und zeitlebens nie das getan, was die Gesellschaft von ihr erwartet hatte. Emilie hatte sie als kleines Mädchen kennengelernt und das, woran sie sich erinnerte, war durchweg angenehm. Großmutter Alba war sanft gewesen und weise, aber in der Tat nicht angepasst. Sie war herzensgut und ein Quell der Wärme in Emilies Kindheit gewesen. Als sie in das Gesicht ihres Neugeborenen geblickt hatte, das so rund, rosa und lieblich gewesen war, war es ihr richtig erschienen, sie nach der Urgroßmutter zu benennen. An Rebellion hatte sie damals natürlich nicht gedacht, überhaupt war es Unsinn, diese Eigenschaften mit einem Namen zu verbinden, aber ganz abstreiten konnte Emilie Parallelen nicht, wobei Alba im Vergleich zu ihrer Namensgeberin geradezu sittsam war. Und sie hatte bedauerlicherweise keine künstlerische Ader; Albas Talente – wenn man dem Kind glauben mochte – lagen in der Naturwissenschaft, was natürlich auch völlig unpassend war. Leider.

»Einen größeren Unsinn habe ich ja noch nie gehört.« Emilie bereute ihre Antwort sofort, als sie sah, wie Mutter reagierte.

»Du hast noch nie zugeben können, wenn du einen Fehler gemacht hast.«

Hinter Emilies Schläfen begann es zu pochen. Womit hatte sie es verdient, immer wieder vor diese Herausforderungen gestellt zu werden? Emilie erlaubte sich keine Antwort auf diese Frage; die Erinnerungen an die Scheidewege ihres Lebens waren zu schmerzhaft, und daran zu denken, konnte sie jetzt nicht auch noch ertragen.

Kapitel 4

In der Lemberg-Villa herrschte emsiges Treiben, als Alba am Weihnachtsmorgen aus ihrem Zimmer im ersten Stock auf den Flur hinaustrat. Der Dielenboden knarzte unter dem Teppich. Draußen strahlte die Sonne von einem tiefblauen Winterhimmel. Über Nacht hatte es noch einmal ein paar Zentimeter geschneit. Der schneebedeckte Garten glich einem glitzernden Wunderwerk. Margot, Mutters Lieblingshausmädchen, staubte in der Halle die Vertäfelung der Wände ab, während Kitty die schweren Teppiche mit dem elektrischen Vakuumreiniger bearbeitete. Sie trug dabei wie immer einen schwarzen Rock, ein weißes Blüschen und eine kleine Schürze. Auf Häubchen verzichtete man im Hause Lemberg, nur zu festlichen Anlässen sollten die Angestellten sie tragen. Eifrig wirkte Kitty bei der Arbeit jedenfalls nicht. Alba ging die Stufen der geschwungenen Treppe hinunter und grüßte, wobei ihre Stimme vom Geräusch des Geräts verschluckt wurde.

Die beiden Hausangestellten deuteten einen Knicks an. Daraufhin wurden Kittys Bemühungen etwas dynamischer. Alba trat an sie heran. »Darf ich mal?«, fragte sie halb schreiend, um den Lärm des Geräts zu übertönen, und erntete dafür einen ungläubigen Blick aus den blauen Kuhaugen des Mädchens.

»Selbstverständlich, Fräulein Lemberg. Wobei …«

Alba ließ Kitty gar nicht erst ausreden; es war ihr egal, was sich gehörte und was nicht. Sie hatte noch nie einen Staubsauger von Nahem betrachtet. Sie ließ die Düse über den Teppich gleiten und beobachtete, wie ein paar Flusen darin verschwanden. Zugegeben, der Krach, den das Ding verbreitete, war enorm, aber dass diese Art von Reinigung überhaupt durch eine technische Errungenschaft möglich war, faszinierte Alba. Sie schaltete den Strom ab und begutachtete den Vakuumreiniger von allen Seiten.

»Entschuldigung, Fräulein Lemberg?«, sprach Margot sie an, den Staubwedel wie einen Paradesäbel in die Luft gereckt.

»Ja, Margot, was gibt es?« Alba richtete sich aus der Hocke auf und sah Margot direkt ins Gesicht.

»Ich denke, Ihre Mutter …«

Alba wollte den Rest gar nicht hören und hob die Hand, um Margot zu unterbrechen. »Schon gut. Hier, Kitty, mach bitte weiter. Ich wollte ohnehin frühstücken gehen.« Alba brauchte sich keine Zurechtweisungen von Margot anzuhören, wusste aber bereits, dass sie dafür später von Mutter Schelte bekäme, weil Margot mit Sicherheit petzen würde. Für den Moment war es Alba gleichgültig, sie würde damit umgehen, wenn es so weit war. Wie mit allem anderen auch, das ihr gegen den Strich ging. Und das war eine Menge.

Das Gespräch mit Mutter und Großmama im Salon nach der Weihnachtsfeier hatte sie noch nicht verdaut. Dass ihre Bedürfnisse und Wünsche in diesem Haus nicht zählten, regte sie auf, und das konnte sie nicht länger hinnehmen. Sie lebte doch nicht im neunzehnten Jahrhundert, sondern war eine moderne Frau, die ihre eigenen Entscheidungen treffen konnte. Weil Margot nichts dafür konnte, pflaumte sie das Hausmädchen nicht an. Da wäre die Wut nur an falscher Stelle herausgelassen. Anders als Charlotte war sie keine von denen, die ihre Emotionen am Personal abarbeiteten. Ihre Schwester hatte nicht das geringste Problem damit, jeden, der in ihrer Reichweite war, ihre wechselhaften Launen spüren zu lassen.

Kitty knickste erneut und schaltete den Vakuumreiniger wieder ein. Alba sah Margot an, dass sie noch etwas loswerden wollte, aber es war zu laut. Also nutzte sie die Gelegenheit, um zu verschwinden. Sie nahm die Treppe in den Souterrain der Villa, wo sich die Küche befand. Sie hatte keine Lust, heute Morgen Mutter und Großmutter zu begegnen, die vermutlich im Speisezimmer saßen – oder gleich dort auftauchen würden.

Theresia stand hinter dem Herd. Ihre braunen Haare waren über den Sommer fast vollständig ergraut, ihre Gestalt so füllig wie eh und je. Frau Püschel war streng, aber sie hatte das Herz am rechten Fleck. In vielen Punkten waren ihre Ratschläge mütterlicher, als die von Albas eigener Mutter es jemals gewesen waren. An der Wand neben dem großen Herd hingen gusseiserne Pfannen und Töpfe. Es roch köstlich, verschiedene Düfte hatten sich miteinander vermischt. Für Theresia war es einer der anstrengendsten Tage des Jahres. Alba wollte ihr nicht zur Last fallen, sondern war nur auf der Suche nach etwas Frieden, den sie in Gegenwart von Mutter und Großmama nicht finden würde.

»Guten Morgen«, grüßte Alba und Theresia wandte sich ihr zu.

»Guten Morgen, Alba«, erwiderte die langjährige Angestellte und wischte sich die Hände an der Schürze ab. »Was machst du denn hier unten?«

Theresia war so lange in der Küche der Lembergs beschäftigt, dass sich Alba überhaupt nicht an eine Zeit ohne sie erinnerte. Als Dreikäsehoch war Alba schon immer zu ihr nach unten gehuscht, nicht nur um sich Plätzchen und anderes Naschwerk von der Köchin servieren zu lassen. Sie hatte die Frau ins Herz geschlossen; Theresia kam ihrer Vorstellung von einer liebenden Tante näher als alles, was sie in ihrer Familie hatte. Deshalb hatte sie Theresia auch verboten, sie zu siezen, als es an der Zeit gewesen wäre, das zu tun. Wenn Mutter davon erfuhr, würde Alba einen Rüffel bekommen. Trotzdem ließ sie es sich nicht nehmen, sooft es ging in den Souterrain der Villa zu huschen, wo sie ein paar friedvolle Momente in Theresias Gegenwart erleben konnte. Gerade an diesem Morgen war Alba danach, sie konnte nicht schon zur ersten Mahlzeit Mutters und Großmamas strenge Blicke ertragen.

»Kann ich etwas von der Sauerteigsuppe frühstücken?«, erkundigte sich Alba. Die einfache Mahlzeit wurde von Mutter und Großmutter verschmäht, doch die Angestellten aßen sie jeden Morgen. Manchmal auch ihr Vater, aus nostalgischen Gründen, wie er ihr einmal erklärt hatte. In der Häuslerwirtschaft der Großeltern mütterlicherseits hatte er das Gericht in Kindertagen oft vorgesetzt bekommen. Albas Großmutter Agnes, die leider vor drei Jahren verstorben war, stammte aus einer ärmlichen Familie, die zwar Felder bestellt hatte, aber nicht davon hatte leben können. Sie hatten sich zusätzlich als Tagelöhner verdingen müssen. Dass Albas Großvater Benedikt, der gut betucht gewesen war, das arme Bauernmädchen Agnes geheiratet hatte, kam in Albas Vorstellung dem perfekten Märchen gleich. Für ihren Vater Carl war es mehr als das, es bedeutete für ihn, dass er sich zwar darüber im Klaren war, dass sie wohlhabend waren, er aber großen Wert darauf legte, alle immer wieder daran zu erinnern, dass ihre Wurzeln auch dort lagen, wo man den Boden mit den Händen bestellt hatte, wo das tägliche Brot auf dem Tisch nicht selbstverständlich gewesen war.

»Ich weiß, dass du dir nicht viel aus der Suppe machst, sondern aus ganz anderen Gründen hier unten bist. Aber mir solls recht sein, Alba, setz dich doch. Magst du ein Glas Milch dazu?«

Alba ging zum Herd und schaute in alle Töpfe. Für den Abend köchelte eine Backobstsoße in einem kleinen Gefäß, die zum Stollen als Nachtisch gereicht wurde. Die Biersoße für den Karpfen entdeckte Alba ebenfalls. Vermutlich gab es eine Gänseleberterrine zur Vorspeise, wie jedes Jahr, die musste schon in der Kühlung ruhen. Was das Menü am Heiligen Abend betraf, wurde nicht viel geändert, seit Emilie die Hausherrin war. Das hatte Theresia Alba letztes Jahr verraten.

»Theresia, erzähl mir noch mal, welche sind die traditionellen Gerichte, die es auch bei den Bauern gibt?«, wollte Alba wissen, weil sie am Abend beim Vater punkten wollte. Garantiert würde das Thema beim Gespräch aufkommen, und nachdem Alba kürzlich mit ihrer Mutter aneinandergeraten war, wollte sie wenigstens ihren alten Herrn auf ihre Seite ziehen.

»Dem Brauch nach sollen neun Gerichte serviert werden, bestehend aus Suppe, Brot mit Honig, Karpfen, Kartoffelsalat, Früchten – getrocknet, frisch oder aus Dosen – und Nachtisch: Apfelstrudel oder das traditionelle Weihnachtsbrot. Und dann eben noch, was sich so anbietet. Warum fragst du überhaupt? Du willst doch keinen Bauern heiraten?« Theresia zwinkerte ihr zu.

Alba grinste. »Das nicht, aber heute Abend wird Vater wieder betonen, wie wichtig es für uns ist, zu wissen, wo unsere Wurzeln liegen. Dass wir dankbar sein sollen für alles, was wir haben.«

»Und da hat er doch recht, oder meinst du nicht?« Theresia füllte etwas von der Sauerteigsuppe in einen Teller und setzte ihn Alba vor die Nase. Alba wollte Theresia ihre wahren Beweggründe für die kleine Fragerei aber nicht verraten, daher antwortete sie ausweichend.

»Das hat er, aber manchmal übertreibt er ein wenig. Sonst ist er nicht gerade abergläubisch, aber an den Festtagen müssen wir dem heiligen Protokoll folgen.«

Theresia hielt inne. »Glaubst du, ich weiß nicht, dass wir für acht Leute decken müssen, obwohl nur sieben da sind? Ich finde es richtig, dass er darauf besteht. Niemand im Haus möchte ein Unglück heraufbeschwören.«

Alba verkniff sich ein Grinsen. »Ich bezweifle, dass etwas Schlimmes passieren würde, wenn dieses Jahr nur für sieben gedeckt wird. Als ob eine gerade oder ungerade Zahl für das Glück einer Familie von Belang sein könnte.«

»Das will ich lieber nicht herausfinden, liebes Kind. Und keiner darf vom Tisch aufstehen, bevor das Essen beendet ist, aber das weißt du selbst. Wer es dennoch tut, bringt seiner Familie Unglück und Tod, deshalb erinnere ich dich noch einmal daran. Bleib einfach sitzen und sei nicht ungeduldig.«

Alba schüttelte den Kopf und lachte. »Ich glaube nicht an so etwas. Ich bin für mein eigenes Glück verantwortlich; es spielt keine Rolle, ob wir zur selben Zeit den Tisch verlassen oder nicht. Und beim Wein sind die Eltern auch nicht abergläubisch, weil welcher getrunken wird, obwohl das Brauchtum sagt, dass keiner serviert werden darf.«

Theresia ging nicht darauf ein, sondern erwiderte: »Ihr bindet ja auch nicht die Tischbeine mit Seilen zusammen. Außerdem heißt es dem Brauchtum nach, dass derjenige, der den Tisch zuerst verlässt, als Nächstes stirbt. Falls dich bislang keines meiner Argumente überzeugen konnte, tut es vielleicht dieses.«

Alba seufzte und zuckte mit den Schultern. Sie würde sich nicht mit Theresia darüber streiten, dass sie die meisten dieser Bräuche für Unsinn hielt. Aber die Angst, dass man etwas Schlimmes heraufbeschwören könnte, war vermutlich auch der Grund, warum die meisten Familien an diesem Brauch festhielten – egal, ob reich oder arm. Beschreien wollte man ein Unglück schließlich nicht. Alba nickte daher nur abwesend. »Ich frage mich, wer sich so was ausgedacht hat.«

»Ich finde es gut, dass man nicht alles vergisst, was in früheren Zeiten einmal wichtig war. Und nun löffele deine Suppe und halt mich nicht länger von der Arbeit ab.« Theresia drückte Alba die Schulter, eine freundliche und vertrauliche Geste, die dem Personal sonst nicht zugestanden wurde. Aber Alba kannte Theresia schon ihr ganzes Leben, sie hatte im Gespräch mit der Köchin manchen Kummer verarbeitet und fühlte sich bei ihr bestens aufgehoben. Geborgen auf eine besondere Weise, wie es nur bei Menschen möglich war, die einen ehrlich mochten und nicht, weil es von ihnen verlangt wurde.

Alba lächelte und hob scherzend die Hand zum Gruß an die Stirn. »Jawohl, Frau General.«

Daraufhin schnaubte Theresia kurz. Danach gluckste sie leise vor sich hin, während sie sich wieder an die Arbeit machte.

Alba hatte noch nicht einmal halb aufgegessen, als die Hintertür aufflog und Ferdinand hereinfegte. Er wischte sich etwas Schnee vom Kragen und wünschte einen guten Morgen. Sein Haar war zerzaust, das Gesicht von der Kälte gerötet.

»Ferdinand?«, stieß Alba überrascht hervor. Er ließ keine Zeit für Fragen, stibitzte sich einen Pfefferkuchen aus dem Glas und verschwand ohne ein weiteres Wort so schnell, wie er gekommen war, aus der Küche über die Treppe nach oben.

»Was glaubst du, hat er draußen gemacht?«, wollte Alba von Theresia wissen. »Spazieren war er ja wohl nicht.«

Die Köchin stemmte die Hände in die Hüften, die Lippen geschürzt. »Wenn du meinst, dass er die Nacht auswärts verbracht hat, dann ja. Als ich gestern Abend noch aufgeräumt habe, ist er aus derselben Tür geschlichen, durch die er heute wiedergekommen ist.«

Alba hob eine Braue. Sie hatten diesen Ausgang oft benutzt. Früher. Wenn niemand hatte wissen dürfen, wohin sie gingen oder was sie vorhatten. Alba war baff, dass Ferdinand Geheimnisse hatte und sogar über Nacht wegblieb.

»Würde mich nicht überraschen, wenn dein werter Bruder einmal Probleme bekäme. Aber meist sind es doch nur die Frauen, die leiden müssen, wenn was passiert ist.«

Alba kniff die Augen zusammen. »Du denkst, er war bei einem Mädchen?« Wie konnte das möglich sein, wo er doch in Prag studierte? Gewundert hätte es Alba aber nicht. Hatte er nicht erst neulich Gretl schöne Augen gemacht? Das erinnerte sie daran, dass sie ihre Freundin noch nicht getroffen hatte. Sie würde sich nach Weihnachten bei ihr melden, vor dem Fest hatten alle schrecklich viel zu tun.

Aber Gretl und Ferdinand? Soweit sie sich erinnerte, war Gretl im letzten Jahr häufiger mit einem anderen jungen Mann ausgegangen, aber seitdem konnte viel passiert sein.

Was Ferdinand betraf, würde sie ihm bei Gelegenheit einmal auf den Zahn fühlen, was er des Nachts so trieb. Aber eines war klar: Was es auch immer gewesen war, es konnte nur seinem Vergnügen dienen, denn Ferdinand dachte genauso wenig ans Heiraten wie Alba. In dem Punkt waren sie sich zweifellos einig, wenn auch aus unterschiedlichen Gründen.

»Was fragst du mich das? Und jetzt lass mich arbeiten, sonst wird das nichts mit dem Festessen heute«, betonte Theresia erneut, diesmal nachdrücklicher.

»Schon gut, Theresia. Ich werde dich nicht länger aufhalten.« Alba stand auf und ging hinauf in den Wohnbereich der Villa. Im Salon wurde der Weihnachtsbaum aufgestellt; die Hausmädchen hatten dafür den Schmuck vom Dachboden geholt und schleppten unzählige Kisten ins Zimmer.

»Die Tanne hat der Förster gerade gebracht, ins Esszimmer kommt auch eine«, erklärte Kitty und rührte sich nicht.

Dem Mädchen kann man beim Gehen die Schuhe besohlen, dachte Alba. Lange war sie noch nicht bei ihnen beschäftigt, und wenn sie sich nicht anstrengte, würde es nicht von Dauer sein. Das erkannte sie am strengen Blick von Maria Schlegel, der Hausdame. Sie war so hoch wie breit, trug ihr graues Haar zu einem straffen Knoten frisiert und war, wie immer, von Kopf bis Fuß in Schwarz gekleidet. Sie klatschte in die Hände. »Husch, Kitty, von allein wird das nicht erledigt.« Dann wandte sie sich der Tochter des Hauses zu und lächelte freundlich. »Guten Morgen, Fräulein Alba. Und frohe Weihnachten. Es wird ein wunderbares Fest werden! Kann ich etwas für Sie tun?«

»Nein, vielen Dank. Ich wollte nur kurz den Baum bestaunen.«

»Prächtig ist er, nicht wahr? Wir stellen ihn auch so auf, dass man noch an den Flügel herankommt.«

Alba biss sich auf die Innenseite ihrer Wange. Ihr wäre es lieber, jemand würde den Flügel zu Kleinholz verarbeiten, anstatt ihn ins rechte Licht zu rücken. Am Tag ihrer Ankunft war der Familie schnell klar geworden, was sie gar nicht erst versucht hatte zu verbergen: Ihr Klavierspiel war so miserabel wie eh und je. Egal, sagte sie sich. Ein »Stille Nacht« oder »O Tannenbaum« würde sie noch hinbekommen, oder besser, Charlotte darum bitten. Die würde sich freuen. Hoffentlich. Alba fand es schade, dass sie sich nicht näherstanden, aber ihr fehlte es an Themen, um sich mit ihrer Schwester länger als drei Minuten am Stück unterhalten zu können. Sie hatte oft das Gefühl, dass alles, was sie tat oder von sich gab, nur dazu beitrug, dass Charlotte sie noch weniger mochte. Es war bedauerlich, aber vielleicht konnte man in einer Familie nicht verlangen, dass sich alle in tiefer Zuneigung miteinander verbunden fühlten.

* * *

Das Abendessen war köstlich gewesen, traditionell und doch festlich. Auf dem Tisch hatte man die feinste weiße Damasttischdecke ausgebreitet, das frisch geputzte kostbare Silber funkelte im Schein des großen Leuchters, in dem rote Kerzen brannten. In den Weingläsern aus böhmischem Kristall befand sich ein exklusiver Bordeaux. Das Beste an diesem Essen war jedoch, dass es einmal keine Streitereien gegeben hatte. Carl war zufrieden. Er legte die Serviette weg und war kurz davor, die Tafel aufzulösen, sodass man sich beizeiten auf den Weg zur Christmette machen konnte. Seine Kinder bewerteten die Tradition, dass alle gleichzeitig vom Tisch aufstehen sollten, als verstaubt und albern. Aber es war etwas, mit dem er aufgewachsen war, deshalb bestand er darauf. Und seine Familie war abergläubisch genug, dass sie nicht versuchte, ihm die Ausübung der Weihnachtsbräuche auszureden. Es war seltsam, dass sich die ungleichen Sprösslinge gerade in diesen Punkten einig schienen. In heutigen Zeiten war Carl zudem jedes Mittel recht, das weiteres Unglück verhinderte. Mit den gegebenen wirtschaftlichen und politischen Anforderungen hatte er auch so schon alle Hände voll zu tun.

Weil er Emilie versprochen hatte, das Weihnachtsfest nicht mit Ausführungen über seine Politikverdrossenheit zu verderben, hatte er sich bei Tisch diesbezüglich zurückgehalten. Aber es fiel ihm schwer, mit seiner Meinung hinter dem Berg zu halten, vor allem, wenn er sah, was aus der Jugend wurde. Wenn er sich früher so verhalten hätte, wäre schon lange alles den Bach runtergegangen. Nur schien das von seinen Kindern keines wahrhaben zu wollen.

Kilian wirkte müde, während er in gedämpftem Tonfall mit Alba plauderte. Dem Jungen fehlte die nötige Durchsetzungskraft, um sich zu behaupten. Er war schon immer kränklich und zart gewesen. Emilie hatte Carl seinerzeit bekniet, den Buben deshalb nicht aufs Internat zu schicken, sondern ihn das hiesige Gymnasium in Braunau besuchen zu lassen, damit sie sich um ihn kümmern konnte. »Carl«, hatte sie immer wieder betont, »der Junge wird weit weg von uns untergehen und nicht zurechtkommen; sieh doch, wie sehr er uns und die Sicherheit des Elternhauses braucht. Schick ihn nicht weg, das steht er nicht durch.« Carl fragte sich heute, ob es nicht ein Fehler gewesen war, seiner Frau ihren Willen zu lassen. Vielleicht hätte es Kilian abgehärtet, wenn er sich nicht ständig unter Mutters Rock hätte verkriechen können.

Carl schob die Gedanken beiseite, ehe er doch etwas äußerte, was den Haussegen an diesem Festtag so empfindlich störte, dass der brüchige Frieden bröckelte. Die Gefahr war groß, dass man sich verbal an die Gurgel sprang, wie es vor ein paar Tagen beinahe der Fall gewesen wäre. Emilie hatte ihn danach heftig gerügt, was ihm einfiele, bei Tisch so mit ihrer Mutter umzuspringen. Daran wollte er nicht mehr denken, sondern beruhigte sich damit, dass der Tag von Helenes Abreise näherrückte – bald war er die alte Schachtel wieder los. Die blasierte Art der Schwiegermutter ging ihm gegen den Strich. Und ihr albernes Getue, dass sie etwas Besseres sei, nur weil ihre Familie mehr Geld hatte als seine, konnte er kaum aushalten. Dass die Schwemmers ein größeres Vermögen angehäuft hätten, behauptete sie zumindest; ob es stimmte, konnte Carl nicht sagen. Emilie hatte seinerzeit einen stattlichen Betrag und die Färberei im Riesengebirge als Mitgift erhalten, doch auch das war heute nur noch Geschichte. Seine Schwiegermutter sah den Bankrott der Färberei natürlich in seinem Versagen begründet und nicht darin, dass die Weltwirtschaftskrise so manchem Geschäftsmann das letzte Hemd gekostet hatte. Geld, Geld, immer nur Geld, dachte er mit einem unterdrückten Seufzen.

Heute Abend nicht, beschloss er und betrachtete stattdessen seine Lieben am Tisch.

Charlotte unterhielt sich mit Ferdinand, und die Schwiegermutter war bisher auch überraschend friedlich gewesen. Carl war zufrieden mit sich und der Welt. Der Cognac, den er zum Nachtisch getrunken hatte, mochte einen Teil dazu beitragen, dass er die Probleme des Lebens mit einem Schleier zudecken konnte. Er erlaubte es sich ausnahmsweise, zur Feier des Tages nicht so streng zu sich und seinen Lieben zu sein.

Emilie hatte sich über den teuren Zobel gefreut, den er ihr aus Prag mitgebracht und fein verpackt unter den Baum gelegt hatte. An Weihnachten hatte er sich nicht lumpen lassen.

Carl räusperte sich. »Liebe Familie. Danke für das gemeinsame Festessen. Nun wollen wir uns auch beim Herrn bedanken und die Geburt Jesu Christi in der Mette feiern. Bis Mitternacht ist es nicht mehr lange.« Er erhob sich gleichzeitig mit den anderen und rückte seinen Stuhl zurück. »Der Chauffeur wird uns bringen.«

Carl fuhr zwar oft selbst, aber für größere Strecken und gerade bei besonderen Anlässen nutzte er die Dienste des Fahrers gern.

Ferdinand meldete sich zu Wort. »Ich gehe zu Fuß, nach dem üppigen Mahl wird ein kleiner Verdauungsspaziergang genau das Richtige sein.«

»Ich komme mit dir«, erklärte Alba, und ihr Bruder nickte zustimmend.

Charlotte schürzte die Lippen. »Also, ich fahre! Ich laufe doch nicht und ruiniere mir das teure Schuhwerk. Nein, danke. Dafür ist es auch viel zu kalt und zu weit.«

Was das betraf, lieferten seine Kinder ihm keine Überraschungen. Dass Kilian nicht durch die eisige Nacht marschieren durfte, verstand sich von selbst. Und Helene war zu alt für Spaziergänge dieser Art. Der Schwiegerdrachen würde auch für eine zweiminütige Fahrt den Wagen kommen lassen. Dabei ging es ihr schon ums Prinzip; es war wichtig zu zeigen, was man hatte und wer man war. Carl konnte ihr zumindest in diesem Punkt uneingeschränkt zustimmen. In der Kirche ging es nicht nur ums Beten, sondern darum, gesehen zu werden.

»Gut, nachdem wir das geklärt haben, lasst uns die Vorbereitungen treffen.« Er schüttelte den Ärmel lässig zurück, um auf seine Armbanduhr zu schauen. »Abfahrt in einer halben Stunde, vielleicht wollt ihr euch noch etwas frisch machen. Alba, Ferdinand, ich erwarte, dass ihr pünktlich seid.«

»Natürlich, Vater«, gab Alba zurück und schenkte ihm ein Lächeln. Es war offen und herzlich und zur Abwechslung las er keine Rebellion in ihrem Blick.

Denk nicht daran, sagte er sich. An diesem Abend würde er sich ein einziges Mal nicht den Kopf über die Zukunft zerbrechen. Die Last auf seinem Kreuz wog schwer. Auch wenn

Emilie gern so tat, als sei die Kindererziehung ihre Sache, so wusste Carl, dass er als Vater eine wichtige Rolle spielte. Er war das Vorbild, der Fels in der Brandung, das Oberhaupt, das stets mit kühlem Kopf und Bedacht handeln musste. Auch wenn das bedeutete, dass er manchmal Entscheidungen für seine Familie treffen musste, die nicht jedem gefielen. So oder so, er hatte bei den wichtigen Angelegenheiten im Hause Lemberg das letzte Wort, und so würde es auch bleiben.

* * *

Kurz vor dem Anstieg fuhren sie an einigen größeren und kleineren Bauernhöfen vorbei, deren verschneite Felder hinter den Häusern lagen. Märzdorfs schmuckvolle Barockkirche befand sich am westlichen Ende des Hoppichwaldes. Obwohl Carl es nicht zugegeben hätte, war er froh, dass er den steilen Berg nach dem üppigen Mahl nicht zu Fuß erklimmen musste. Der Hang war von Laubbäumen und Sträuchern bewachsen, die ihre nackten Äste in den Nachthimmel reckten.

»Nach alten Berichten soll hier früher einmal ein heidnischer Opferplatz gewesen sein«, erklärte er, während er die Dörfler beobachtete, an denen sie vorbeifuhren. Viele von ihnen waren bei ihm beschäftigt, aber nicht alle. Es gab noch eine Nudelfabrik im Dorf, und natürlich besaßen einige auch einen Bauernhof oder eine Häuslerwirtschaft mit einem weiteren Einkommen.

»Gut, dass man seine Sünden heute mit der Beichte loswerden kann«, erwiderte Emilie, und er hörte an ihrem Tonfall, dass sie dieses Thema nicht vertiefen wollte. Er wusste selbst nicht, warum er gerade jetzt auf die Geschichte des Kirchberges gekommen war. Vielleicht, weil er sich manchmal fragte, welches Opfer er wohl darbringen könnte, damit der Nebenbetrieb in Dittersbach gerettet werden könnte. Aber gerade heute wollte

Carl nicht darüber nachdenken. Er atmete tief durch und zwang die angespannten Schultern, sich zu senken. Jetzt war nicht der Zeitpunkt, um sich mit den Problemen des Alltags zu befassen.

Der Chauffeur Otto Herzog steuerte den Opel sicher und langsam den Aufgang zum Georgsberg hinauf. Der Admiral schaffte es gerade nach oben, zweimal drehten die Räder durch, und Carl musste die Luft anhalten.

Otto hielt schließlich neben dem Pfarrhaus mit seinen Nebengebäuden. Er öffnete die Hintertür, half zunächst den Damen heraus, während Carl und Kilian selbstständig ausstiegen. Gemeinsam gingen sie in die alte Barockkirche. Carl führte Helene am Arm, während Emilie mit Kilian und Charlotte eintrat.

Carl ließ seinen Blick über die bereits Anwesenden gleiten. In der hintersten Reihe saßen die Ärmsten. Jeder hatte sich, so gut es eben ging, herausgeputzt. Er stutzte, als ihm bewusst wurde, dass ein Gesicht fehlte, das ihm sonst immer an dieser Stelle aufgefallen war. Aus Gründen, an die er nur ungern dachte.

»Nun geh schon weiter«, flüsterte Emilie hinter ihm und schob ihn mit dem sanften Druck ihrer Finger vorwärts, bis sie schließlich die Bank erreichten, auf der die Familie Lemberg immer saß. Die Kirche war, wie es zu Weihachten üblich war, nur von Kerzenlicht erhellt.

Ferdinand und Alba trafen gerade noch rechtzeitig ein, ehe die schweren Türen geschlossen wurden. Carl unterließ es, ihnen einen tadelnden Blick zuzuwerfen. Dafür ging ihm zu viel im Kopf herum.

Während der gesamten Messe war er abwesend, murmelte die bekannten Gebete, ohne den Sinn darin zu fühlen, wie er es sonst tat. Er sang Lieder, ohne mit dem Herzen dabei zu sein. Carl dachte an etwas, das viele Jahre zurücklag. Bilder zogen vor seinem inneren Auge vorbei; vergangene Entscheidungen, die er bislang nicht hinterfragt hatte, erschienen ihm jetzt zweifelhaft. Eine bedrückende Enge machte sich in seinem Brustkorb breit, die ihm das Atmen erschwerte. Es kam ihm so vor, als läge ein Mühlstein auf seinen Lungen.

Er fragte sich, während er gepresst Luft holte, wann es sich in seinem Kopf gedreht hatte, wann die Veränderung einer Lüge zur gelebten Wahrheit geworden war.

Die Wahrheit, die er seitdem nach außen hin jeden Tag als zutreffend und gut erscheinen ließ. Auf ihr war das Wohlergehen seiner Familie und Firma erbaut. Carl hatte sich seinerzeit geschworen, das zu schützen, was ihm lieb und teuer war. Doch heute Abend fragte er sich zum ersten Mal, ob es die richtige Entscheidung gewesen war. Sein unregelmäßiger Puls und der kalte Schweiß auf seiner Stirn gaben ihm die Antwort darauf, auch wenn er es nicht wahrhaben wollte.

* * *

Nach der Messe, als der Pfarrer ihm auf dem Weg nach draußen beim Verabschieden für die großzügigen Spenden an die Pfarrei und das Armenhaus dankte, konnte Carl nur einsilbig antworten. Das fiel sogar Emilie auf und sie schaute ihn mit fragendem Blick von der Seite an. Deshalb riss Carl sich zusammen und tat, was man von ihm erwartete. Äußerlich merkte ihm niemand mehr etwas an. Das konnte er gut.

Doch als sie zu später Stunde zu Hause eintrafen, zog er sich wortlos in sein Arbeitszimmer zurück. Carl goss sich im Dunkeln einen Fingerbreit Cognac ein und starrte aus dem Fenster. Die Sterne leuchteten in Böhmen heller als anderswo, das fiel ihm nicht zum ersten Mal auf, aber jetzt besonders. Carl fragte sich nur, ob nach dem, was er vor Jahren getan hatte, für ihn nicht eher ein Platz in der Hölle reserviert war als dort oben.

Kapitel 5

Charlotte hatte ihren Bruder früher schon ein paar Mal dabei beobachtet, wie er sich davongestohlen hatte und erst spät oder gar nicht wiedergekommen war. Heute, am zweiten Weihnachtsmorgen, war er besonders spät dran. Es war nach neun, als er die Treppen heraufgeschlichen kam.

»Wo kommst du her?« Charlotte trat aus dem Schatten der Wände hervor und Ferdinand zuckte zusammen. Sein Anzug war zerknittert; ihr fiel auf, dass es derselbe war, den er am Abend zuvor getragen hatte. Die Krawatte war gelockert und der oberste Knopf seines weißen Hemdes war geöffnet. Auf seinen Wangen lag ein Bartschatten.

»Jessas, Charlotte. Willst du mich umbringen?«, stieß Ferdinand atemlos hervor.

»Oh, überhaupt nicht, mein Lieber«, gab sie mit einem zuckersüßen Lächeln zurück. »Beantwortest du meine Frage noch?«

Ferdinand schob sich eine Haarsträhne aus dem Gesicht. »Ich wüsste nicht, was dich das angeht.«

Charlotte begriff, dass sie einen anderen Ton anschlagen musste, um ans Ziel zu kommen. Sie schürzte die Lippen und blickte leidend drein, dabei klimperte sie mit den Wimpern. »Bitte, Ferdinand, ich spüre doch, dass du mich verstehst.«

»Au contraire, Schwester. Ich verstehe überhaupt nicht, worauf du hinauswillst.«

Charlotte trat dichter an ihn heran. So nah, dass sie den zarten Duft einer Frau an ihm riechen konnte. Also doch. Sie sah darin ihre Chance, etwas von Ferdinand zu bekommen, wenn sie sein Geheimnis wahrte. »Ich sterbe, wenn ich nicht bald einmal etwas erlebe! Bitte, nimm mich mit, wenn du ausgehst. Irgendwo muss etwas los sein, das weiß ich«, flehte sie ihn an.

Nun schien Ferdinand zu begreifen, was sie im Sinn hatte. »Oh, Charlotte. Das geht auf keinen Fall.«

Davon ließ Charlotte sich nicht beirren. »Sag schon, wo treibst du dich nachts herum? Ich will tanzen. Musik hören. Feiern.«

»Du bist siebzehn.« Er sagte es in einem Tonfall, als wäre er ein Greis oder ihre Anstandsdame.

»Bitte, Ferdinand. Nur ein einziges Mal. Ich verspreche auch, dass ich mich benehmen werde.«

Jetzt lachte er, und Charlotte spürte, wie Hitze in ihren Wangen aufstieg. Nicht vor Scham, sondern deshalb, weil er ihr den Willen versagte. Zorn flammte in ihr auf.

»Ich bin froh, dass ich nicht dein Vater bin«, erklärte er auch noch in einem spöttischen Tonfall, der sie auf die Palme brachte. Dann schob er ihr Halstuch mit zwei Fingern beiseite. Sie war nicht schnell genug und schnappte empört nach Luft. »Was soll das?«, zischte sie.

Ferdinand nickte wissend. »Aha. Hab ich mir's doch gleich gedacht. Sonst läufst du nicht so hochgeschlossen herum. Sogar zu Weihnachten hast du einen Schal getragen. Haha, leichtes Halskratzen, hast du gesagt. Du denkst, unsere Eltern sind dumm! Ich hoffe, du weißt, was du tust.«

Charlotte reckte ihr Kinn nach vorn. »Mindestens so gut wie du.«

Ihr Bruder stieß resigniert den Atem aus. »Das ist wohl etwas völlig anderes. Erstens bin ich älter als du. Und zweitens ein Mann.«

Charlotte presste die Lippen für einen Moment zusammen, ehe sie antwortete. »Ich dachte, du wärst modern eingestellt.«

»Nicht bei meiner Schwester.«

Sie verdrehte die Augen. »Wovor hast du eigentlich Angst? Davor, dass ich etwas Unüberlegtes tue, oder davor, dass Vater mich dabei erwischt und dich dann dafür verantwortlich macht?«

Anerkennung blitzte in seinen Augen auf, was sie freute. Er nahm sie endlich ernst. Sehr gut. »Du bist echt eine Nervensäge, weißt du das?«, brummte Ferdinand schließlich.

»Nimmst du mich dann das nächste Mal mit?«, hakte sie nach.

Ferdinand stöhnte. »Na gut. Wenn ich zum Tanz im Stadthotel am Braunauer Ringplatz gehe, nehme ich dich mit.«

Sie fiel ihm um den Hals. »Danke! Du bist der Beste.«

»Wenn ich das mal nicht bereue«, murmelte ihr Bruder, während er sich müde die Augen rieb. Es war offensichtlich, dass er eine Nacht mit wenig Schlaf hinter sich hatte.

Charlotte, übermütig von ihrem kleinen Sieg, fragte unverblümt: »Und wer ist die Frau, mit der du deine Zeit verbringst? Jedes Mal eine andere?«

Ferdinand schüttelte den Kopf. »Das geht zu weit, liebste Schwester. Ich hoffe aber, dass du selbst vorsichtig bist. Verhindern kann man das Schlimmste bei dir ja wohl nicht, da bleibt einem nur übrig, Schadensbegrenzung zu betreiben.«

Charlotte war nicht dumm. Natürlich wusste sie, dass sie sich kein Kind andrehen lassen durfte. Die Mädchen aus dem Pensionat, einige zumindest, waren diesbezüglich sehr mitteilsam gewesen. Sie hatten kein Problem damit gehabt, ihr offen zu erklären, wie man eine Schwangerschaft vermeiden konnte. Bis zum äußersten war sie ohnehin nie gegangen. Bisher war kein Mann dabei gewesen, dem sie sich hatte hingeben wollen. Aber das behielt sie für sich.

»Ich verspreche dir, dass du keinen Grund zur Klage haben wirst.« Dazu hob sie drei Finger zum Schwur. »Bis dann, Ferdi.« Sie drückte ihm einen Kuss auf die Wange und tänzelte leise vor sich hin singend die Treppenstufen nach unten.

Auf dem Flur im Erdgeschoss hörte sie, dass im Arbeitszimmer heftig diskutiert wurde. Die Neugier packte sie, und Charlotte drückte sich in eine Nische an der Wand, wo sie schon als Kind häufig gelauscht hatte.

»Bitte, Vater, ich verstehe nicht, warum du mir das verwehrst, was ich mir sehnlichst wünsche!« Alba klang verzweifelt.

Charlotte verdrehte die Augen. Ihre Schwester würde für sie noch jegliche Chance auf eine baldige Heirat ruinieren, indem sie auf diesem irrsinnigen Bedürfnis nach einem Studium oder einer Berufsausbildung beharrte. Warum konnte Alba sich nicht einen reichen Mann suchen, fortziehen und das Feld räumen?

Alles muss man selbst machen, dachte Charlotte und hätte beinahe an einem Fingernagel gekaut. Sie riss die Hand zurück, als sie sich gerade noch rechtzeitig daran erinnerte, dass sie sich diese Unsitte schon lange abgewöhnt hatte.

Charlotte hörte, wie Vaters Faust auf den Schreibtisch donnerte. »Schluss damit, Alba! Ich hätte das viel früher unterbinden müssen. Jetzt haben wir den Salat. Dein Platz ist nicht in einer Fabrikhalle oder einem Büro, dein Platz ist im Haus, wie es sich für eine Frau deines Standes schickt.«

Genau, dachte Charlotte. Sag ihr endlich, dass sie sich ihre Ideen ein für alle Mal abschminken kann. Dann fügt sie sich in ihr Schicksal. Damit wäre allen geholfen.

Charlotte hörte Schritte in der Halle und verließ ihren Posten. Sie hatte ohnehin genug gehört. Eines war klar: Jemand musste Alba zu ihrem Glück verhelfen, allein würde sie es nie schaffen, sich einen passenden Ehemann zu suchen.

Gut, dass sie mich hat, stellte Charlotte fest, zufrieden mit sich und den Erkenntnissen des zweiten Weihnachtsmorgens. Vielleicht bot sich ja heute Abend bereits die Gelegenheit. Onkel Gustav mit seiner Frau und die Weissers, eine befreundete Familie, würden zu einem zwanglosen Essen kommen. Charlotte wusste, dass die Weissers einen unverheirateten Sohn hatten. Paul hieß er. Sie erinnerte sich nicht, wie er aussah. Es war Jahre her, seit sie ihn zuletzt gesehen hatte. Ob adrett oder hässlich spielte für Charlotte allerdings keine Rolle, solange er ihrer Schwester einen Ring an den Finger stecken würde. Die Familien waren befreundet, sie lebten nicht weit weg, und sie hatten Geld. Das dürfte doch wohl genügen. Oder etwa nicht?

* * *

Alba verspürte wenig bis gar keine Lust, an diesem Abendessen teilzunehmen, bei dem es doch nur darum ging, zu zeigen, was man hatte und wer man war. So kam es ihr zumindest vor. Vor allem mochte sie eines nicht, nämlich auf das reduziert zu werden, was sie als ihren größten Schwachpunkt betrachtete: die ledige Tochter im heiratsfähigen Alter zu sein. Sie hatte mehr zu bieten als die Fähigkeit, ein Menü oder einen Sitzplan zu erstellen. Schon die Erinnerung daran, wie viel Zeit sie gestern mit ihrer Mutter damit zugebracht hatte, selbigen für den heutigen Tag anzufertigen, löste einen Schauder bei ihr aus.

Ihr Leben wäre deutlich einfacher, wenn sie sich in ihr Schicksal fügen würde, dessen war Alba sich bewusst. Aber sie war nicht bereit, sich dem auszuliefern. Wie war es möglich, dass sie das, was für sie vorherbestimmt war, einfach nicht annehmen konnte?

Sie seufzte. Alba betrachtete sich abschließend im Spiegel, der neben dem wunderschön verzierten Kleiderschrank aus Eichenholz hing. Sie trug ein langes dunkelgrünes Abendkleid aus Chiffon, das in der Taille von einem schmalen goldenen Gürtel geziert wurde. Der Ausschnitt war sittsam, sie hatte sich gegen Schmuck entschieden. Zwei Kämmchen mit glänzenden Glasperlen steckten in ihren kastanienbraunen schulterlangen Locken. Heute würde sie die fügsame Tochter spielen, um Zeit zu gewinnen. Der Streit mit dem Vater am Morgen hatte ihr bewusst gemacht, dass sie so niemals das erreichen würde, was ihr wichtig war. Sie brauchte eine andere Lösung. Wie die aussehen sollte, wusste sie nicht. Und heute Abend würde sie auch keine Antwort darauf finden. Dafür waren zu viele Menschen geladen, die die gleiche Ansicht teilten. Von den Gästen konnte sie keine Unterstützung erwarten.

Alba wollte sich früh verabschieden. Als Frau konnte man leicht Kopfschmerzen vortäuschen, ohne dass andere Verdacht schöpften. Eigentlich mochte Alba es nicht, sich unter Vorspiegelung falscher Tatsachen aus der Affäre zu ziehen, doch nach den Weihnachtstagen und den unendlichen Diskussionen, die doch nicht zum Ziel geführt hatten, fühlte sie sich erschöpft. Dünnhäutig. Sie hatte zwar nicht Charlottes hitziges Temperament, aber wenn man sie reizte, konnte Alba sich vergessen und Dinge aussprechen, die sich nicht gehörten. Sie musste einen kühlen Kopf bewahren. So schwer konnte das doch nicht sein.

Als sie über den Flur lief und den oberen Treppenabsatz erreichte, hörte sie, dass die ersten Gäste bereits eingetroffen waren. Sie hielt sich am Geländer fest und ging langsam nach unten in Richtung Salon, aus dem Gemurmel und Musik zu hören waren. Alba begrüßte zunächst ihren Onkel Gustav mit seiner Frau Clara. Er war Vaters älterer Bruder und schüchterte sie mit seiner direkten und geradezu barschen Offenheit ein. Clara hingegen war ein liebreizendes Wesen mit schmalen Schultern und kleinem Selbstvertrauen, das zu Hause nicht viel zu sagen hatte. Ihre Kinder, Vetter Alexander und Base Erika, waren bereits verheiratet und heute anderweitig verabredet. Alba war nicht traurig darüber, sie fand große Familienessen anstrengend.

Josef, der Butler, bot Alba ein Glas Champagner an, und sie griff zu. »Herzlichen Dank«, meinte sie mit einem Kopfnicken zu ihm und wurde sogleich von Clara in ein Gespräch über ihre Reise verwickelt.

Alba verfiel in einen Monolog; dabei ließ sie natürlich die Berliner Eskapaden mit Käthe aus, sie hatte sie ja nicht einmal genossen.

»... die Selbstständigkeit der modernen Frau hat die Lebensweise verhängnisvoll entfremdet ...«, hörte Alba eine männliche Stimme hinter sich, die sie nicht sofort einordnen konnte.

Ihre Nackenhaare sträubten sich.

»... ureigene Aufgaben der Frau... von der Natur bestimmt ...«

Leider konnte sie nur Wortfetzen dieser Unterhaltung erfassen, da es zu laut im Salon war.

»... habe gelesen ... der modernen Frau muss es schwerfallen, sich in die Aufgaben der Ehe als Gattin und Mutter hineinzufinden ...«

Alba drehte sich um und schaute in das Gesicht eines dunkelhaarigen Mannes, den sie nicht gleich erkannte. Er war hochgewachsen, sein Haar war ordentlich gescheitelt und kürzlich geschnitten worden. Er trug ein Einstecktuch im Anzug, und auch sonst wirkte er wie geleckt. Aber das war es nicht, was Alba stutzen ließ. Es war dieser zynische Zug um seinen Mund

und das spöttische Blitzen in seinen Augen, das sie nach seinen eben geäußerten Parolen auf die Palme brachte.

Gerade gab er wieder etwas zum Besten. »Und dann steht da auch noch die Idee zur Diskussion, dass Frauen selbst eine politische Meinung im Parlament vertreten sollen, als ob es nicht genügen würde, dass sie wählen dürfen.«

Alles in Alba krampfte sich zusammen.

Sie vergaß sich. »Na hören Sie mal, was reden Sie da bloß für einen Unsinn!«, unterbrach sie den Mann, woraufhin er seinen Kopf ein wenig neigte und sie betrachtete. Langsam und ungeniert, als gehörte sie ihm. Alba schnappte nach Luft. Also so was! »Natürlich können wir unsere eigene Meinung vertreten! Müssen es sogar!«

Im Hintergrund sah sie, dass ihre Mutter von Albas Einschreiten Wind bekommen hatte. Emilie gab ihr mit einem eindringlichen Blick zu verstehen, dass sie sich zusammenreißen sollte, was in ihrem Fall bedeutete, dass Alba schweigen musste. Emilie stand da wie die perfekte Gastgeberin, die mit Stolz ihre Umgebung beherrschte. Die Tochter kannte den Ausdruck auf dem Gesicht der Mutter nur zu gut, und Alba wusste, dass sie um jeden Preis vermeiden musste, noch etwas von sich zu geben, das die Harmonie des Abends empfindlich stören könnte.

Oje, dachte Alba. Ich hätte schweigen sollen. Der Frieden im Hause Lemberg war nach dem kontroversen Gespräch mit dem Vater am Vormittag ohnehin brüchig.

Aber nein. Sie bereute nichts. Gar nichts.

Alba reckte ihr Kinn nicht trotzig nach vorn, obwohl die Verlockung groß war. Sie wich seinem Blick nicht aus; im Gegenteil, sie funkelte ihn an.

Der Mann trat auf sie zu und hielt ihr die Hand hin. Alba konnte nicht anders, als ihm ihre zu reichen, woraufhin er einen Handkuss andeutete.

»Du bist groß geworden, um nicht zu sagen, erwachsen. Wie schön, dich wiederzusehen.«

Sie brauchte nicht zu fragen, wer er war, denn das erübrigte sich, als sie begriff, dass Paul Weisser, der Sohn von Vaters Geschäftsfreund, vor ihr stand. Sie waren sich als Kinder hin und wieder begegnet, aber das war lange her. Sehr lange. Nicht lange genug.

Paul war als Jugendlicher zunächst auf ein Internat und dann zum Studium nach München geschickt worden. Seitdem hatte sie ihn nicht mehr gesehen und deshalb erst nicht erkannt.

Und ihn auch keinen einzigen Tag vermisst. Paul hatte sie früher, sie erinnerte sich jetzt wieder, permanent mit seiner Art aufgeregt. Er war einige Jahre älter und hatte sie wie ein Kleinkind behandelt, von oben herab, als ob er alles besser wüsste. Daran hatte sich über die Zeit nichts geändert. Obwohl die Gründe heute andere waren.

Es war entsetzlich, dass junge Männer diese alten Denkweisen vertraten, wie er es offensichtlich tat. Nach dem, was er eben von sich gegeben hatte, musste sie das annehmen. Sie konnte ihre Abscheu kaum verbergen, aber entsann sich ihrer Manieren und presste die Lippen zusammen, um nicht das zu sagen, was in ihr vor sich ging.

Weil Alba keine Szene machen wollte, lächelte sie schließlich süßlich. Es fiel ihr schwer, aber sie brachte danach tatsächlich die Worte über ihre Lippen, die man von ihr erwartete, und tat so, als hätten die letzten zwei Minuten gar nicht stattgefunden. »Guten Abend, Paul.«

Er hielt ihre Finger zu lange fest, deutete einen weiteren Handkuss an, dann erst ließ er sie los. Er lächelte nicht, aber in seinen Augen blitzte etwas auf, das Alba aufregte: Spott.

Paul musste im Studium als Hauptfach Arroganz belegt haben. Unerträglich, dieser Mensch. Und dann noch seine frauenfeindlichen Sprüche! In diesem Haus fielen seine Sätze jedoch auf fruchtbaren Boden, das war Alba klar. Doch sie würde sich nicht erlauben, eine Debatte vom Zaun zu brechen, wie sie sie gern mit ihm geführt hätte. Sie hätte ihn mit Sicherheit in Grund und Boden diskutiert; aber nein, das sparte sie sich für ein andermal auf. Für sie stand zu viel auf dem Spiel. Gerade rechtzeitig erinnerte sie sich daran, dass sie heute die gute Tochter sein wollte, zumindest zum Schein. Fügsam. Geschmeidig. Liebreizend.

Der Start war ihr schon mal gründlich misslungen. Alba atmete tief durch und sagte nichts weiter. Das Schweigen zwischen ihnen wurde allmählich unangenehm, aber Paul machte keine Anstalten, ein Gespräch zu eröffnen oder sich höflich abzuwenden. Er schien den Moment zu genießen, denn er ließ sie nicht aus den Augen, durchbohrte sie förmlich mit seinem intensiven Blick. Alba wurde heiß und kalt gleichzeitig. Vor Wut, weil sie nicht das loswerden konnte, was ihr auf der Zunge lag.

Albas Vater trat zu ihnen und klopfte Paul auf die Schulter. Sie atmete erleichtert auf, weil der Bann gebrochen war. Paul nickte Carl zu, als dieser sagte: »Junge, wir haben uns noch gar keinen guten Abend gewünscht. Wie ich höre, bist du deinem alten Herrn eine große Stütze im Unternehmen. In diesen schwierigen Zeiten können wir gute Männer, die mit Verstand und Kalkül arbeiten, dringend gebrauchen.«

Alba schwieg und hielt sich an ihrem Champagnerglas fest. Schließlich wandte sie sich wieder Clara zu, die sie nach der Begegnung mit Paul komplett vergessen hatte. Wie unhöflich! »Verzeih, Clara, ich muss ja allen einmal Hallo sagen«, redete Alba sich aus der unangenehmen Situation heraus.

Ihr war schwindelig vor Unbehagen. Sie unterließ es jedoch, sich Luft zuzufächeln, und ärgerte sich vielmehr innerlich darüber, dass sie zu Beginn die Fassung verloren hatte. Das durfte heute keinesfalls noch einmal passieren.

Allmählich sollte sie sich doch daran gewöhnt haben, dass sie mit ihrer Meinung, Frauen könnten alles, was Männer auch beherrschten, allein dastand. Sie wollte ja auch nicht ins Parlament einziehen, sondern nur einen Beruf erlernen!

Ferdinand trat an ihre Seite und flüsterte dicht zu ihrem Ohr gebeugt: »Das wäre um ein Haar schief gegangen, liebe Schwester. Wie ich sehe, hast du kein bisschen von deiner rebellischen Ader aufgegeben. Ich dachte, irgendwann kommst auch du auf den Trichter, dass …«

»Dass was?«, unterbrach Alba Ferdinand mit einem Zischen. »Warte, sag es lieber nicht. Ich will es gar nicht hören. Gerade von deiner Seite hätte ich etwas mehr Unterstützung erwartet!«

Ferdinand blickte schuldbewusst drein, dann trank er einen Schluck Champagner. »Du hast recht, natürlich, Alba. Entschuldige. Machen wir es doch so, du begleitest mich und Charlotte an Silvester zum Tanz ins Stadthotel am Ringplatz, dafür stehe ich dir heute Abend bei, sollte es bei Tisch noch einmal darum gehen, dass junge Damen heutzutage mehr können, als sich um Heim und Kinder zu sorgen.«

Sie wusste, dass er es so meinte, wie er es sagte, und ihr Zorn verpuffte. Es fühlte sich gut an, einen Verbündeten zu haben. Ihre Schultern sanken ein wenig herab. In milderem Tonfall erwiderte sie: »Es gibt heute viele Frauen, die studieren. Aber das muss ich dir nicht sagen; ich bin mir sicher, du kennst jede Einzelne von ihnen, sofern sie hübsch ist.«

Ferdinand grinste. »Bedauerlicherweise ist Maschinenbau nichts, was die Damenwelt anzieht. Ich fürchte, du stellst da eine Ausnahme dar.«

»Ganz im Gegenteil. Ich glaube, viele Mädchen wären geneigt, sich der Technik zuzuwenden, sofern man sie ließe. Aber nein, stattdessen verbringe ich tagein, tagaus meine Zeit damit, mich erklären zu müssen. Es ist so ermüdend.« Sie unterließ es, eine Hand an die Stirn zu heben, sondern nippte stattdessen an ihrem Champagnerglas.

»Heißt das, du kommst mit zum Tanz?«, hakte Ferdinand nach.

Alba verdrehte die Augen. »Du willst nur, dass ich Charlottes Kindermädchen spiele. Was ist denn mit dem Ball des Märzdorfer Fechtvereins?«

Ferdinand zuckte mit den Schultern. »Oh, da lasse ich mich lieber nicht blicken.«

»Oje. Sag bloß, du hast einer Dame den Kopf verdreht und fürchtest jetzt ihre Rache?«

»So in etwa.« Er grinste.

»Wenn du heute wirklich auf meiner Seite stehst, denke ich darüber nach.«

»Liebe Schwester, ich stehe immer auf deiner Seite.«

»Ja, nett gesagt, aber Taten sagen mehr als Worte.«

Vater klopfte mit einem Gäbelchen gegen sein Glas, und die Gespräche verstummten. Nachdem er alle Anwesenden noch einmal förmlich begrüßt hatte, bat er die Gesellschaft zu Tisch. Alba war froh, dass sie die Sitzordnung bereits kannte und wusste, dass sie nicht neben diesem schrecklichen Paul Weisser Platz nehmen musste. Sie ließ sich Zeit und den anderen den Vortritt. Ihren Champagner hatte sie nicht ausgetrunken und stellte das halb volle Glas auf einem Beistelltisch ab, ehe sie den Salon verließ. Eine lose Zunge wäre nicht hilfreich, nachdem sich ihre guten Vorsätze für den Abend schon während des Aperitifs als unerfüllbar erwiesen hatten. Beim Essen würde sie es besser machen, nahm sie sich vor. Sie würde sich von nichts und niemandem provozieren lassen. Zuversichtlich ging sie über den Teppich hinüber und erstarrte, als sie das Speisezimmer betrat. Charlotte saß auf ihrem Platz und unterhielt sich angeregt mit Clara. Der Stuhl neben Paul Weisser war frei.

Nicht zu fassen.

Missmut stieg in Alba auf. Sie wusste nicht, was in ihre Mutter gefahren war. Dass sie Alba erst tagelang mit dem Sitzplan beschwatzte und am Ende doch etwas änderte, ohne es ihr zu sagen, regte sie auf. Aber so war es immer schon gewesen; man entschied über ihren Kopf hinweg. Alba atmete kurz durch und ließ sich nichts anmerken. Als Paul ihr Eintreffen bemerkte, stand er auf und rückte Alba den Stuhl zurecht, wie es sich gehörte. Sein selbstverliebtes Grinsen machte es auch nicht besser. Im Gegensatz zu Alba schien Paul nichts gegen ihre Gesellschaft zu haben.

»Danke«, brachte Alba mühsam hervor und breitete die Serviette würdevoll auf ihrem Schoß aus.

Das würde ein langer Abend werden. Ein sehr langer Abend.

* * *

Carl Lemberg saß mit den Männern bei einer guten Zigarre und teurem Cognac in der Bibliothek. Ohne die Frauen führten die Gespräche unweigerlich zu einem Thema: Politik und Geschäft, was für die Anwesenden zusammenhing. Sie alle hatten als Mitglieder einer Minderheit im Land mit ähnlichen Problemen zu kämpfen. Bis dahin war es ein angenehmer Abend gewesen, wenn man davon absah, dass Charlotte ein wenig zu tief ins Glas geschaut hatte. Er nahm es mit Humor, aber Emilie hatte gereizt reagiert und die jüngere Tochter nach dem Dessert auf ihr Zimmer geschickt. Maria Schlegel hatte sie begleiten müssen, weil sie nicht mehr geradeaus hatte gehen können. Das Kind würde morgen einen dicken Kopf haben und hoffentlich eine Lehre daraus ziehen.

Allerdings würde er seinen Angestellten ein paar Takte erzählen. Wer auch immer Charlotte so viel nachgeschenkt hatte, würde sich erklären müssen. Normalerweise erledigte das Josef, aber nachdem der Champagner serviert worden war, hatte der Hausdiener sich beim Schärfen des Tranchiermessers verletzt und war für den restlichen Abend ausgefallen.

»Sudetenkrise! Wenn ich das Wort noch einmal irgendwo höre, wird mir schlecht!«, riss Gustavs Stimme Carl aus seinen Gedanken. »Es geht doch nicht nur um uns Sudetendeutsche, sondern darum, dass Minderheiten von der Regierung kaltgestellt werden.«

Dabei musste Carl seinem Bruder zustimmen. »Als Unternehmer stehen wir alle gleichermaßen mit dem Rücken zur Wand.«

Es war kein Geheimnis, aber so deutlich ausgesprochen hatte Carl bislang noch nie, was ihn – und die meisten anderen deutschen Industriellen – derzeit beschäftigte.

»Es geht ja nicht nur um uns und unsere Firmen«, fügte Alfred Weisser hinzu. »Viele Kinder hungern, weil die Eltern keine Unterstützung vom Staat bekommen, nur weil sie keine tschechischen Wurzeln haben. Das ist doch nicht in Ordnung. So wurden die Tschechen zur Kaiserzeit nicht behandelt. Es ist meine Heimat, mein Land, egal, welche Sprache ich spreche. Diese Ungerechtigkeiten müssen aufhören. Meine Hoffnungen liegen nach dem Delbos-Besuch in einer anständigen Behandlung der Minderheiten. Und, liebe Freunde, bedauerlicherweise müssen wir uns dazuzählen, aber das ist ja nichts Neues«, schwadronierte Alfred Weisser und paffte dabei seine Zigarre.

Carl hatte selbstverständlich alle Artikel und Berichte über den Besuch des französischen Außenministers in Prag verfolgt. Es ging um die ungewisse Zukunft der drei Millionen Sudetendeutschen im Land, von denen die Industriellen am schwersten gebeutelt waren. Als Firmeninhaber lastete immenser Druck auf ihnen; sie waren für so viele Schicksale mitverantwortlich und wollten nicht noch mehr Menschen in die Arbeitslosigkeit entlassen. Dabei ging es nicht in erster Linie um den eigenen Geldbeutel, sondern um das Wohl einer ganzen Bevölkerungsgruppe. Dass es einmal so weit kommen würde, hatten sie sich nicht vorstellen können. Sie waren allesamt für den österreichischen Kaiser ins Feld gezogen – und jetzt wurde man verdammt. Carl wollte nicht melancholisch werden, aber es fiel ihm zunehmend schwer. Weil der finanzielle Druck auf seinen Schultern lastete. »Das Ausland hat schon lange bemerkt, dass es so für uns nicht weitergehen kann. Ich hoffe, Delbos' Besuch hat dazu beigetragen, dass die europäische Diplomatie endlich die richtigen Schritte einleitet«, kommentierte Carl nachdenklich. »Frankreich und England ist es nicht egal, was mit uns passiert. Sie wissen, was auf dem Spiel steht.«

»Eben! Die Zukunft Mitteleuropas hängt davon ab! Durch Kriegsglück sind die Tschechen in die Lage gekommen, über andere Minderheiten zu regieren. Das bricht uns jetzt das Genick«, schimpfte Gustav.

Carl wusste, dass auch sein Bruder Gustav und sein Freund Alfred mit den Folgen der Wirtschaftskrise zu kämpfen hatten. Obwohl es niemand konkret aussprach, war es doch ein offenes Geheimnis, dass alle den Gürtel bereits enger geschnallt hatten. Sehr eng.

»Überindustrialisiert‹, schreiben die Zeitungen«, hakte Alfred ein. »Als ob das was Schlechtes wäre! Und jetzt schaltet sich Hitler auch noch ein! Der soll sich mal lieber um sein Polenproblem kümmern. Was haben wir denn mit dem zu schaffen?«

»Dem gefällt es halt nicht, dass die Tschechei die einzige demokratische Insel in einem Meer von autoritären und halb autoritären Nachbarn ist«, erwiderte Carl, dem es auch nicht behagte, dass der Führer der Deutschen sich einmischte. Obwohl er objektiv nichts gegen den Mann einwenden konnte – er hatte viel für Deutschland getan in den letzten Jahren –, hatte er ein ungutes Gefühl. »Aus purer Barmherzigkeit wird Hitler sich gewiss nicht für die Sudetendeutschen einsetzen. Mir gefällt nicht, was er mit den eigenen Minderheiten im Land macht.«

»Du meinst doch sicher die Juden, Kommunisten und Sozialisten«, sprach Gustav das aus, was alle wussten.

Carl zuckte mit den Schultern. »So ist es. Der Mann ist mit Vorsicht zu genießen. Er räumt alles aus dem Weg, was ihm nicht passt, und das könnten eines Tages auch wir sein.«

»So ein Unsinn«, widersprach Gustav. »Er macht es genau richtig, schau dich doch mal in Europa um. Hat die polnische Kommission nicht gerade den Plan veröffentlicht, dass dreißigtausend Juden nach Madagaskar ausgesiedelt werden sollen? Hitler ist mit seiner Meinung nicht allein, im Gegenteil, er ist nur der Einzige, der seine Reden auch zügig umsetzt. Und nicht nur die! Schaut doch mal ins Reich. Die Zeit der Massenarbeitslosigkeit ist lange vorbei. Dort kann man endlich wieder stolz darauf sein, ein Deutscher zu sein. Eines ist klar, so kann es mit uns nicht weitergehen. Und wenn unsere eigenen Jungaktivisten sich schon nicht durchsetzen können, ist mir jede Hilfe recht, sogar die von Herrn Hitler. Sechs Anträge auf ein Volksschutzgesetz haben sie in diesem Jahr in Prag abgelehnt. Sechs!«

Alfred überschlug die Beine und betrachtete seinen Sohn Paul, der bislang eher zurückhaltend mit Kommentaren gewesen war, genau wie Ferdinand. »Was sagt die Jugend dazu?«, erkundigte Alfred sich bei den beiden. »Immerhin geht es um eure Zukunft.«

»Delbos hat die französischen Sorgen angesichts des Zustandes der Sudetendeutschen im tschechischen Staat zum Ausdruck gebracht. Jetzt wird über einen tschechischen Pressefrieden debattiert, der der deutschen Exilpresse doch nur ein Redeverbot aufdiktieren würde – von Frieden kann da gar keine Rede sein«, wagte Paul als Erster einen persönlichen Kommentar unter dem kritischen Blick der Älteren.

»Pah, da pfeif ich drauf!«, knurrte Gustav und stellte sein Glas so energisch ab, dass es klirrte. »Die Regierung Hodža ist ein Witz! Solange die an der Macht sind, wird uns nie geholfen!«

»Wie können wir in diesen krisengeschüttelten Zeiten zueinanderfinden? Statt den Konflikt zu schüren, müssen wir Lösungen suchen. Worauf es sonst hinausläuft, dürfte doch allen klar sein«, warf Ferdinand ein, der bis eben geschwiegen hatte.

»Zueinander?«, schnaubte Carl. »Es gibt nur eine Lösung! Autonomie!«

Gustav fuhr fort, nicht minder erregt: »Da könnte ich ja auch mit dem Teufel in den Urlaub fahren, wenn ich noch weitere Kompromisse eingehen soll. Keinen einzigen staatlichen Auftrag habe ich in den letzten Jahren bekommen. Keinen.«

»Uns geht es nicht besser«, stimmte Alfred zu. »Das wird sich erst wieder ändern, wenn das Sudetenland Autonomie erlangt. Ein Zueinanderfinden, wie du so schön sagst, Ferdinand, ist unmöglich geworden. Unmöglich. Die Tschechen wollen das doch auch gar nicht. Sie wollen uns ausbluten lassen, das ist alles.«

Carl hob die Hand und setzte sich etwas aufrechter hin; er hatte keine Lust, dass aus einer Debatte ein hitziger Streit wurde. Nicht heute Abend. »So bedauerlich ich es auch finde, aber wir werden das Problem heute Abend nicht lösen. Seid ihr nächste Woche beim Parteitreffen?«, versuchte er, das Thema in eine andere Richtung zu lenken.

Carl war vor zwei Jahren in die SdP eingetreten, als die Zustände sich nach der Ernennung von Beneš zum Staatspräsidenten immer weiter verschlimmert hatten.

»Einige rufen ja schon nach dem Verbot der Partei, böse Zungen stellen sie als Ableger der NSDAP dar, was totaler

Unsinn ist. Darüber kann ich nur lachen, die Ziele könnten unterschiedlicher nicht sein. Der SdP geht es um die Rechte der Sudetendeutschen, die vom tschechischen Staat an die Kandare genommen werden, und um nichts anderes! Das ist das Gegenteil von den Zielen von Hitlers Partei, die den Minderheiten im eigenen Land das Leben schwer macht.«

Gustav und Alfred nickten. »Selbstverständlich«, stimmte Gustav zu. »Wobei man mittlerweile damit rechnen muss, dass die Versammlung mal wieder aufgelöst wird. Hört man ja jetzt allerorts, dass die tschechische Staatspolizei Spaß daran hat, uns nach Belieben zu drangsalieren.«

»Es ist ein Witz«, fuhr Alfred fort. »Ich habe große Lust, dem Polizeirat an die Gurgel zu springen, wenn ich sehe, wie er die Männer für seine Zwecke einsetzt.«

»Die Absicht ist klar, wir sollen durch diese Repressalien nur weiter geschwächt werden«, warf Gustav ein. »Das Gegenteil ist der Fall; so bringen sie uns nur näher zusammen.«

»Ich vertraue darauf, dass die Jungaktivisten in unserem Sinne arbeiten. Aber ich fürchte, die Tschechoslowakei kann uns gar keine Autonomie zusprechen«, erklärte Paul ruhig. Er wirkte besonnen. Gefasst. Nicht so hitzig erregt wie sein Vater.

Carl betrachtete den jungen Mann für einen Moment stumm, ehe er fragte: »Warum nicht?«

»Ist das nicht offensichtlich?«, antwortete Alfred für seinen Sohn. »Sie brauchen unsere Fabriken, und noch mehr die Steuern, die wir zahlen!«

Carl hatte genug davon gehört. Er wusste aus Erfahrung, dass die Diskussion jetzt nur noch aufgeladener werden würde. Natürlich stand ihnen allen das Wasser bis zum Hals, aber einen Bürgerkrieg, das konnte doch niemand wollen. Auch nicht die tschechische Regierung. »Ich bin jedenfalls der Meinung, dass wir diesen Konflikt mithilfe der großen europäischen Staatsmänner lösen können und müssen. England und

Frankreich haben beide gleichermaßen Interesse daran, dass wir uns die Köpfe hier im Land nicht gegenseitig einschlagen. Die Regierung muss zur Vernunft kommen. Ja, ich verstehe, dass die Tschechen nach der Habsburger-Regierung mit den Säbeln rasseln, um zu zeigen, dass sie die Oberhand haben. Aber jeder Blinde sieht, dass es so nicht weitergehen kann.«

Alfred erhob sich. »Es ist spät, vielen Dank für die Gastfreundschaft, mein Lieber.«

Carl verabschiedete seinen Freund und dessen Sohn. Ferdinand brachte die beiden zur Tür, während Carl seinen Bruder bat, kurz zu bleiben. Es gab noch etwas, was er mit ihm besprechen wollte, das ihn seit der Christmette nicht losgelassen hatte.

»Mir ist in der Kirche aufgefallen, dass ein Platz auf der letzten Bank leer war. Sie ist tot.«

Mehr musste er nicht sagen; Gustav begriff sofort, wen er meinte. Die Züge seines Bruders verhärteten sich. »Endlich«, sagte Gustav kalt.

Carl wusste nicht, mit welcher Reaktion er gerechnet hatte, aber sicher nicht mit dieser Gleichgültigkeit. Oder vielleicht doch. Es war schwer zu sagen. Die Sache war so lange her, man hatte sich seitdem nur in einem geübt: dem Schweigen und Verschweigen. Auch jetzt merkte Carl, dass Gustav nicht bereit war, über das, was damals wirklich passiert war, zu sprechen.

»Lass es ruhen«, warnte Gustav ihn mit einem Blick, der Carl klarmachte, dass es für seinen Bruder nichts mehr gab, was er zu dem Thema diskutieren wollte.

In Carl sah es anders aus. Je mehr Zeit verstrich, desto tiefer wurden die Zweifel in ihm. Trotzdem hörte er sich sagen: »Du hast recht.«

Das schien Gustav zu beruhigen, seine Züge wurden etwas weicher. Was sein Bruder nicht wusste, war, dass Carl dem Pastor über Josef das Geld für das Begräbnis der Frau gegeben hatte, sonst hätte sie nicht einmal einen richtigen Grabstein bekommen. Nach der Reaktion eben hielt Carl es jedoch für klüger, seinen Bruder nicht darüber zu informieren. Er war sich ja selbst nicht sicher, ob es dumm gewesen war. Andererseits, die Frau war tot, nun konnte sie nicht mehr reden.

Gustav klopfte Carl väterlich auf die Schulter. »Es war ein wunderbarer Abend, vielen Dank. Nun werde ich mal nach meiner Frau sehen und euch die wohlverdiente Nachtruhe gönnen. Auf Wiedersehen, Carl.«

Carl blieb mit einem drückenden Gefühl in der Magengrube zurück und fragte sich, ob es ihm jemals gelingen würde, Frieden mit der Vergangenheit zu schließen.

Kapitel 6

Der Haussegen bei den Lembergs hing auch am einunddrei-ßigsten Dezember noch schief. Emilie befand sich gerade mit der Hausdame Maria in ihrem Schreibzimmer im Gespräch, als Charlotte hereinplatzte und jammerte: »Es ist so ungerecht, dass ich zur Strafe nicht mit auf den Ball darf!«

Emilie bewahrte Haltung, doch innerlich bebte sie vor Wut. Sie war so kurz davor, ihrer fast erwachsenen Tochter eine Ohrfeige zu verpassen, dass es sie größte Mühe kostete, sich zu beherrschen. Letztlich trug sie selbst die Schuld für das Geschehen, denn sie war für die Erziehung verantwortlich. Carl hatte Charlottes Fehlverhalten beim Abendessen neulich mit Amüsement aufgenommen, aber Emilie war noch immer fassungslos darüber, dass ihre Tochter sich vor den Augen der wichtigsten Verwandten und Freunde derart danebenbenom-men hatte. Betrunken! »Frau Schlegel, bitte lassen Sie uns einen Augenblick allein, wir führen die Unterhaltung später fort.«

»Sehr wohl, gnädige Frau«, antwortete Maria, schlug ihr Haushaltsbuch zu und verließ den Raum mit emsigen Schritten.

Charlotte schniefte und betupfte sich die Augen mit einem Spitzentaschentuch. »Ich habe mich seit Tagen auf den Silvestertanz gefreut, wieso darf ich nicht mit?«

Nun passierte es doch. Emilie rutschte die Hand aus. »Damit du weißt, warum du heulst!«

Charlotte riss die Augen auf und hielt sich die Wange.

Emilie wusste nicht, wohin mit sich und ihren bebenden Händen, also setzte sie sich wieder und legte die Handflächen flach auf die Tischplatte. Sie zitterte selbst ein wenig.

Die eigene Tochter zu schlagen, hatte ihr nicht die Genugtuung gebracht, die sie sich erhofft hatte. Das Gegenteil war der Fall. Nun fühlte sie sich auch noch schuldig, weil sie es dazu hatte kommen lassen. Herrgott noch mal, stöhnte sie innerlich. Ich dachte, wenn sie groß sind, wird es einfacher.

Emilie unterdrückte den Impuls, sich die angespannte Stirn zu reiben, und blieb mit regungsloser Miene sitzen. »Wir haben dir Privilegien zugestanden, und du hast mir gezeigt, dass du nicht in der Lage bist, dich zu benehmen. Das hat Folgen. Es muss eine Strafe geben, sonst lernst du nichts daraus.«

»Aber doch nicht an Silvester!«, protestierte Charlotte und schob die Unterlippe ein wenig vor.

»Du hast Hausarrest und bleibst zu Hause. Du kannst dieses Buch lesen, so lernst du womöglich doch noch, was sich gehört und was nicht!« Emilie schob ihrer Tochter die Lektüre über den Tisch zu.

»›Das ABC des guten Tons. Ein Ratgeber für jedermann‹«, las Charlotte und blinzelte ungläubig. »Das kann nicht dein Ernst sein, Mutter.«

»Und ob. Und jetzt will ich kein Wort mehr darüber hören. Ich habe Wichtigeres zu tun, als mich mit deinem Fehlverhalten zu beschäftigen. Du hast mich schwer enttäuscht, Charlotte.«

Charlottes Unterlippe zitterte, ein paar weitere Krokodilstränen tropften aus ihren Augenwinkeln. Emilie hatte genug vom Gejammer ihrer halbwüchsigen Tochter. »Geh mir aus den Augen«, schnappte sie und wedelte mit der rechten Hand, als wäre das Mädchen eine lästige Fliege. Auf Charlotte hatte sie gezählt, nie hätte Emilie damit gerechnet, dass gerade sie bei der erstbesten Gelegenheit aus der Reihe tanzte. Emilie hörte, wie ihre Tochter das Zimmer verließ und die Tür leise hinter sich ins Schloss zog.

Oder bin ich doch zu streng?, überlegte sie und schaute aus dem Fenster. Dunkle Wolken hingen am schiefergrauen Winterhimmel. Das dämmrige Licht des scheidenden Tages zeichnete die Kanten und Umrisse der nackten Bäume und Sträucher etwas weicher. Sie war auch einmal jung gewesen, mit Träumen und Flausen im Kopf. Gerade kam es ihr vor, als sei das eine Ewigkeit her. Sie dachte an ihre Vergangenheit und an das, was hätte sein können, wenn sie sich damals anders entschieden hätte und nicht Carls Frau geworden wäre. Sie dachte an eine Liebe, die nicht hatte sein dürfen, und an das, was sie trotzdem gewonnen hatte. Ihr Leben hätte sich anders gestaltet, wenn sie Karel gefolgt wäre, aber wäre es besser gewesen? Sie bezweifelte es, deshalb war sie ja mit Carl verheiratet. Emilie wusste, dass sie die richtige Entscheidung getroffen hatte, und doch … Gerade zupfte Wehmut an ihrem Herzen, die sie weicher in Bezug auf Charlottes Zorn machte. Emilie konnte ja gut verstehen, dass das Kind etwas erleben wollte. Aber sie musste ihre Lektion lernen, das hatten sie alle durchlebt.

Emilie schluckte, doch der Kloß in ihrem Hals verschwand dadurch nicht. Sie fuhr sich mit der Hand über das Haar und streifte damit die Erinnerungen an die Vergangenheit ab. Sie war niemand, der mit sich und dem Schicksal haderte. Warum sie es gerade jetzt dennoch tat, wusste sie nicht, und länger darüber nachdenken wollte sie auch nicht. »Es ist, wie es ist«, stieß sie hervor und setzte sich mit ineinander verschränkten Fingern an ihren Schreibtisch zurück. Sie nahm sich einen kurzen Augenblick, um sich zu fassen, und klingelte dann nach Maria. Sie wollte das Gespräch mit ihr fortsetzen, zur Tagesordnung übergehen, so wie sie es immer tat, wenn etwas an ihr nagte, das sie ohnehin nicht mehr ändern konnte.

* * *

Ehe Emilie am Abend mit Carl zum Ball des Fechtvereins aufbrach, schaute sie noch einmal nach ihrer jüngsten Tochter. Emilie klopfte leise und betrat Charlottes Zimmer mit einem schlechten Gewissen. Das Mädchen hatte sich bisher nie etwas zuschulden kommen lassen. Vielleicht war sie zu hart mit ihr ins Gericht gegangen. Schließlich hatte das Kind keinen Schaden angerichtet. Emilie wusste, dass weder Gustavs noch Alfreds Familie ein Wort in der Gesellschaft darüber verlauten lassen würden, dass Charlotte es mit dem Alkohol übertrieben hatte. Alle hatten sich amüsiert – nur Emilie nicht, die war entsetzt gewesen, weil sie das von ihrer Lieblingstochter einfach nicht erwartet hatte. Aber Fehler waren menschlich. Trotzdem wollte Emilie, dass Charlotte etwas daraus lernte – zudem würde sie eine einmal getroffene Entscheidung nicht wieder zurücknehmen. Wie würde sie sonst dastehen? Nein. Das ging schon aus Prinzip nicht, änderte aber nichts an der Tatsache, dass Emilie sich nicht sicher war, ob sie mit der harten Strafe richtig entschieden hatte.

Emilie fand Charlotte halb sitzend im Bett, mit einem Berg an Kissen im Rücken und einem Buch in der Hand. Zu Emilies Freude war es der Ratgeber, den sie ihr am Morgen übergeben hatte. Die Tochter trug ein Bettjäckchen aus blassrosa Seide, das sie mit einer Grazie zur Schau stellte, als würde sie Modell für einen Katalog sitzen. Charlotte hatte sich in ihr Schicksal ergeben, so viel war klar. Ein mildes Lächeln schlich sich auf Emilies Gesicht, während sie sich zu ihrer Tochter auf die Bettkante setzte.

»Schön, du liest es«, kommentierte sie mit Blick auf das Buch.

»Aber natürlich, Mutter. Du hattest recht; ich habe mich danebenbenommen und muss an mir arbeiten. Ein solches Verhalten wie am zweiten Weihnachtstag wird nicht mehr vorkommen.«

Emilie strich Charlotte über den Kopf und nickte. »Gut, ich bin froh, dass du das einsiehst. Soll ich Kitty bitten, dir noch etwas aus der Küche zu holen? Eine Tasse heiße Schokolade mit ein paar Spitzbuben vielleicht? Die magst du doch so gern, und ich weiß zufällig, dass wir noch welche haben.«

Die runden Kekse, die mit Johannisbeergelee gefüllt waren, gehörten zu Charlottes Lieblingsgebäck. Als sie klein gewesen war, hatte man die Plätzchendosen immer vor ihr in Sicherheit bringen müssen, sonst wären an Weihnachten keine mehr da gewesen. Charlotte war ein pummeliges Mädchen gewesen, bis sie im Alter von vierzehn Jahren entschieden hatte, schlank sein zu wollen. Ihre Tochter besaß einen eisernen Willen, dem Emilie Anerkennung zollte. Aber heute Abend sollte das Kind nicht so streng zu sich sein.

»Nein, vielen Dank. Du machst dir bitte keine weiteren Gedanken über mich; ich werde den Jahreswechsel ruhig verbringen und dank dieser Lektüre mehr darüber lernen, was sich für eine Dame gehört. Schließlich habe ich Pläne für meine Zukunft. Nur wenn ich eine gute Tochter bin, kann ich später auch eine gute Ehefrau werden.«

Diese Worte klangen wie Engelsgesang in Emilies Ohren. Ein Gefühl der tiefen Zufriedenheit, dass sie mit der Bestrafung die richtige Entscheidung für Charlottes Silvesterabend gefällt hatte, regte sich in Emilie. Sie spürte, wie ihre angespannten Schultern ein wenig herabsanken. »Es tut gut zu wissen, dass du nun verstehst, warum ich so aufgebracht war und warum es sein musste, mein Kind.« Emilie stand auf und gab Charlotte einen Kuss auf die Stirn. Sie lächelte still.

»Ich wünsche euch einen schönen Abend beim Ball der Fechter«, erklärte Charlotte mit einem offenen Lächeln.

Emilie drückte ihre Hand, dann nickte sie. »Wir sehen uns morgen.«

Als Emilie Charlottes Zimmertür hinter sich schloss, merkte sie, dass ihr ein Stein vom Herzen fiel. Nicht weil Charlotte sich plötzlich so fügsam zeigte, sondern weil das Kind begriffen hatte, worum es ging. Emilie schaute noch nach Kilian, der seit zwei Tagen mit einer Erkältung das Bett hütete, und machte sich dann daran, sich für den Ball festlich zu kleiden.

* * *

Margot Wenzel balancierte einen Stapel frisch gemangelter Bettlaken in den Armen, während sie die Treppe nach oben erklomm. In der Villa war es still; die Herrschaften sowie die größeren Kinder waren längst zu ihren Verpflichtungen aufgebrochen. Nur Kilian und Charlotte waren daheimgeblieben. Das Hausmädchen verkniff sich ein schadenfrohes Grinsen. Es war nur recht, dass Charlotte ihre Strafe an diesem Abend verbüßen musste und nicht mit Alba und Ferdinand feiern durfte, die nach Braunau zum Silvesterball gefahren waren. Margot wusste über alles Bescheid, die gnädige Frau hatte ihr beim Frisieren von ihren Sorgen erzählt; auch, welche Gewissensbisse sie wegen der Bestrafung gehabt hatte. Margots Loyalität galt ihrer Hausherrin; schon immer war das so gewesen, und daran würde sich auch niemals etwas ändern. Schließlich war sie seinerzeit nur wegen der gnädigen Frau in die Villa Lemberg gekommen. Margot war der jungen Braut vor Jahren direkt nach der Eheschließung aus dem elterlichen Haushalt nach Märzdorf gefolgt. Sie kannte Emilie seit ihrer Jugend und wusste daher, dass sie ein paar Geheimnisse mit sich herumtrug, die Margot bekannt waren, obwohl Emilie sich vermutlich nicht darüber im Klaren war, wie viel sie wirklich wusste. Bei ihr waren diese Dinge jedoch sicher. Sie würde die gnädige Frau niemals durch unbedachte Worte in Bedrängnis bringen. Allerdings glaubte Margot zu wissen, dass Emilies Strenge ihren Kindern gegenüber so heftig war, weil sie ihre Sprösslinge davor bewahren wollte, selbst in Schwierigkeiten zu kommen – wie sie selbst seinerzeit. Die gnädige Frau leistete so viel, was oft nicht gesehen oder sogar missverstanden wurde. Obwohl die gnädige Frau üblicherweise richtig urteilte und dementsprechend handelte, stimmte Margot ihr in einem Punkt heute nicht zu: Im Gegensatz zu Emilie traute Margot Charlottes schneller Einsicht nicht über den Weg. Charlotte hatte es faustdick hinter den Ohren; ihre geschmeidige Wandlung nach dem Ausbruch am Morgen löste Misstrauen bei Margot aus. Deshalb blieb sie vor der Tür des Mädchenzimmers stehen und legte das Ohr an das kühle Holz. Es war nichts von drinnen zu hören. Das an sich war nicht ungewöhnlich, denn Emilie hatte ihr vorhin beim Frisieren erleichtert erklärt, dass Charlotte sich der empfohlenen Lektüre widmete. Dass das Mädchen nicht nur einsichtig, sondern auch willig sei, mehr über das gute Benehmen einer jungen Dame aus gutem Hause zu lernen.

Das mochte stimmen; trotzdem wurde Margot das Gefühl nicht los, dass sie nach Charlotte sehen sollte. Margot klopfte leise und wartete. Sie wollte das Mädchen fragen, ob es noch etwas benötigte, nur um sicherzugehen, dass es auch wirklich in seinem Zimmer war. Diesem selbstsüchtigen Braten war alles zuzutrauen. Margot hatte zu oft in ihren Augen Egoismus aufblitzen sehen, der sie zur Annahme verleitete, dass sie das fügsame Töchterchen nur vorspielte. Charlotte war berechnend. Auf ihre Weise konnte sie charmant sein, aber bei den Angestellten war sie für ihre wechselhaften Launen bekannt.

Das verwöhnte Ding bekam immer, was es wollte, und wenn das nicht der Fall war, sorgte es dafür, dass andere darunter zu leiden hatten. Schon allein deswegen konnte Margot nicht glauben, dass Charlotte sich damit zufriedengab, an diesem Abend nicht ausgehen zu dürfen, und keinen Gefallen daran fand, das Personal für ihre Strafe mitleiden zu lassen, wie sie es sonst zu tun pflegte. Die jüngste Tochter der Lembergs liebte festliche Anlässe, das war schon immer so gewesen. Dass sie nicht zum Ball gehen durfte, konnte sie daher nicht mit einem Lächeln quittieren. Das war unmöglich.

Als Margot keine Antwort bekam, klopfte sie erneut. Sie wartete ein paar Sekunden, und als sich nichts regte, fühlte sie sich in ihrem Misstrauen bestätigt und drückte die Klinke herunter. Margot lugte vorsichtig ins Zimmer. Nur das kleine Nachtlicht brannte, der Leuchter an der Decke war ausgeschaltet, die Vorhänge zugezogen. Der sanfte Schein erhellte das Bett und ließ die Formen von Charlottes Körper erahnen. Sie hatte sich in ihre dicke Daunendecke eingekuschelt. Das Buch lag neben ihr auf einem Kopfkissen. Sie war eingeschlafen. Alles war in Ordnung.

Margot war zunächst überrascht. Dann atmete sie erleichtert aus. Gott sei Dank! Bis eben hatte sie ernsthaft befürchtet, dass Charlotte sich den Anweisungen der Eltern widersetzt haben und ausgebüxt sein könnte, um auf eigene Faust zum Ball zu gelangen.

Margot verließ das Zimmer und brachte die gemangelten Bettlaken nach oben in den zweiten Stock, wo die Wäsche in einem alten Schrank zwischen Lavendelsäckchen gelagert wurde. Als sie über die schmale Treppe in die erste Etage zurückkehrte, entdeckte sie Kilian, der gerade aus Charlottes Zimmer schlüpfte.

»Kilian, pst, sei leise, Charlotte schläft schon«, ermahnte ihn Margot.

Der Junge fuhr ertappt herum. Er trug einen karierten Flanellpyjama und Bettschuhe. »J-ja, ich weiß.«

Margot hob eine Braue. Etwas war seltsam. Warum schaute der Bub sie aus weit aufgerissenen Augen an, als hätte sie ihn bei etwas Verbotenem erwischt? Margot nahm die letzten Stufen und trat auf den Teppich. Sie fragte ganz ruhig: »Kann ich dir noch etwas bringen? Brauchst du etwas?« Seine Erkältung schien auf dem Wege der Besserung zu sein, er war nicht mehr ganz so blass wie zuletzt. Oder rührte die zarte Rötung auf seinen Wangen von etwas anderem? Von einer Lüge vielleicht? Sie sah bestimmt nur Gespenster, überlegte Margot, während sie ihn weiter skeptisch beobachtete.

Der jüngste Spross der Familie Lemberg schüttelte den Kopf und wich ihrem Blick aus. »Nein, danke. Ich werde auch schlafen gehen. Es ist sinnlos, allein bis Mitternacht zu warten. Gute Nacht, Margot.«

Kilian wandte sich ab und verschwand in seinem Zimmer, das direkt neben Charlottes lag. Nachdenklich schaute Margot ihm hinterher, aber kam nicht darauf, was sie so seltsam daran fand. Dann entschied sie sich dafür, in die Küche zu gehen, um eine Scheibe vom Stollen mit einem Glas Milch zu sich zu nehmen, ehe sie selbst ins Bett ging. Ihr war der Jahreswechsel einerlei, morgen war ein Tag wie jeder andere, den sie im Dienste der Familie verbringen würde.

Am Fuß der Treppe blieb sie stehen und betrachte das Porträt der gnädigen Frau, das nun schon so viele Jahre dort an der Wandvertäfelung hing. Sie war nicht älter geworden, nur schöner. Margot spürte, wie sich ihr Mund zu einem schwachen Lächeln verzog. Sie mochte mit Carl Lemberg verheiratet sein, aber ihre Sorgen, Nöte und auch die Freude teilte sie nur mit ihr.

Das war der Grund, der Margot veranlasste, sich noch einmal umzudrehen und in den Flur zurückzukehren, anstatt in die Küche zu gehen. Dort ließ sie die Begegnung mit Kilian in ihrem Kopf noch einmal Revue passieren. Etwas war ohne Zweifel merkwürdig an seinem Verhalten gewesen. Wie von selbst bewegten sich Margots Füße über den Teppich bis zu Charlottes Zimmer. Sie hatte vorhin nachgesehen, alles war in Ordnung gewesen; warum hatte sie nur dieses starke Bedürfnis, erneut hineinzugehen? Obwohl sie sich sagte, dass es unnötig sei, drückte sie die Klinke herunter und öffnete die Tür, ohne vorher zu klopfen. Dunkel und still lag der Raum vor Margot. Zu still, wie sie jetzt bemerkte. Nicht mal das leise Geräusch von Charlottes Atem war zu hören. Margot betrat das Zimmer und bewegte sich vorsichtig in Richtung Bett. Sie riss die Decke mit einem Ruck zurück und schnappte nach Luft. Also doch! Anstatt Charlotte fand Margot einen Haufen drapierter Kissen auf der Matratze. Dieser kleine Satansbraten!

Ihr Gefühl hatte sie nicht getrogen, aber wirklich freuen konnte sich Margot nicht darüber. Sie verachtete Charlotte dafür, dass sie ihrer lieben Frau Mama mit ihrem Verhalten Kummer bereitete. Aber Charlottes Fehlverhalten zu verschweigen, kam für Margot nicht infrage.

Das Hausmädchen verließ das Zimmer eilig. Sie war wütend auf Charlotte. Wenn es nach ihr gegangen wäre, hätte sie das Mädchen einmal richtig versohlt, egal, ob sie schon siebzehn war oder nicht. Margot stapfte mit schnell klopfendem Herzen hinauf in die Kammer unter dem Dach, die sie sich mit Kitty teilte. Das junge Ding war natürlich nicht da, bestimmt war sie irgendwo feiern. Margot ahnte, dass sie das faule Mädchen morgen wieder aus dem Bett würde scheuchen müssen. Das ging beinahe täglich so; ansonsten würde Kitty es nie pünktlich zum Arbeitsantritt schaffen. Margot weckte Kitty nicht aus Nächstenliebe, sondern weil sie nicht ihre Arbeit mit erledigen wollte. Aber allmählich ging ihr die blöde Gans gehörig auf die Nerven.

Margot setzte sich auf ihr Bett und überlegte, was zu tun war. Sie konnte sich nicht wirklich beruhigen; ihre Hände zitterten leicht, weil sie sich so über Charlottes Frechheit aufregte. Sie wollte der gnädigen Frau nicht den Abend verderben, außerdem konnte sie schlecht zur Turnhalle laufen, wo der Ball des Fechtvereins heute stattfand, um Emilie darüber zu informieren. Aber was, wenn Charlotte Dummheiten machte und ihr etwas passierte? Margot rang mit sich und wusste zum ersten Mal seit vielen Jahren nicht, was sie tun sollte.

* * *

Charlotte war hochzufrieden, als sie die Villa mit Alba und Ferdinand in den frühen Morgenstunden des ersten Jänner 1938 betrat. Es war ein rauschendes Fest gewesen. Sie hatte so viel getanzt und gelacht, dass ihre Fußsohlen brannten und sie ganz verschwitzt war. Alba und Ferdinand waren nicht erfreut gewesen, als Charlotte in Braunau auf dem Ball aufgetaucht war – verspätet zwar, aber nicht zu spät –; trotzdem hatten sich ihre Geschwister dazu bereit erklärt, Stillschweigen zu bewahren und sie zu decken. Mit Kilian hatte sie vereinbart, dass er gegen dreiundzwanzig Uhr das Nachtlicht löschte. Falls ihre Eltern nach der Rückkehr noch einmal in ihr Zimmer schauen würden, wären sie zufrieden und erleichtert, dass Charlotte selig schlummerte. Ha! Wie leicht sich ihre Eltern doch hinters Licht führen ließen – doch im Pensionat hatte es ja auch immer geklappt. Alles lief nach Plan! Charlotte war hochzufrieden mit sich und ihrer Cleverness.

»Ich habe einen Bärenhunger«, erklärte Ferdinand, der ordentlich beschwipst war. Er ging zum Brotschränkchen und schaute, was er finden konnte. »Will noch jemand etwas?«

Alba legte ihren Mantel ab. »Ja, gern, ich esse etwas mit dir.«

Charlotte schüttelte den Kopf. »Nein, ich habe keinen Hunger; gute Nacht, ihr beiden.«

Sie hatte keinen Tropfen Alkohol getrunken, gut, fast keinen, zum Anstoßen um Mitternacht hatte sie von einem Glas Sekt genippt, aber das zählte nicht. Nicht wirklich. Aber das war gut so. Sie hatte nach dem zweiten Weihnachtstag kein Interesse an einer Wiederholung dieser unsäglichen Kopfschmerzen und Übelkeit, die sie beinahe den ganzen folgenden Tag mit einem üblen Kater ans Bett gefesselt hatten. Zudem durfte man ihr am Neujahrstag nicht anmerken, dass sie weg gewesen war.

Charlotte wollte daher auch so schnell wie möglich ins Bett gehen. Sie war überglücklich, dass sie allen gerecht geworden war. Mutter war nicht mehr böse; im Gegenteil, sie war stolz auf Charlotte, dass sie sich gefügt hatte. Stattdessen hatte sie ihren Willen durchgesetzt und den Ball nicht verpasst.

Charlotte gab Ferdi ein Küsschen auf die Wange und drückte Alba kurz, dann zog sie die Schuhe aus und schlich auf dünnen Seidenstrümpfen die Treppe hinauf. Die Eltern schlummerten vermutlich längst und Kilian sowieso. Die Angestellten schliefen im Dachgeschoss, bis auf Maria und Josef. Die beiden hatten ihre Kammern im Souterrain, wo sich auch die Küche befand. Schon deswegen hatte Charlotte schnellstmöglich verschwinden wollen, nicht dass Theresia noch aus Pflichtgefühl im Nachthemd auftauchte, um den Kindern etwas aufzutischen. Charlotte glaubte zwar nicht, dass Theresia sie verpetzen würde, dafür war sie viel zu weich und nachgiebig, aber sicher konnte sie sich dabei nicht sein. Ihr Puls schnellte in die Höhe, während sie die letzten Stufen nahm. Sie fühlte sich beinahe wie eine Diebin im eigenen Zuhause. Sie liebte den Nervenkitzel. Im Pensionat hatte sie sich oft genug davongeschlichen, sodass sie wusste, wie man sich leise, nahezu lautlos bewegte. Sie benötigte kein Licht, sie fand sich auch im Dunkeln zurecht. Der blöde Dielenboden unter dem Teppich knarzte nur an einer

Stelle. Charlotte biss sich auf die Unterlippe, um keinen Laut des Missfallens von sich zu geben.

Als sie ihr Zimmer erreichte, drückte sie die Klinke langsam herunter und schlüpfte geschmeidig hinein. Erst nachdem sie die schwere Eichentür hinter sich geschlossen hatte, atmete sie erleichtert aus. Geschafft! Im selben Moment hörte sie das Klicken des Nachtlichts und Charlotte schrie leise auf.

Im Schein der Lampe entdeckte sie ihre Mutter, die im bordeauxfarbenen Samtmorgenmantel auf Charlottes Bett thronte und sie mit versteinerter Miene anstarrte.

»Mutter!«, stieß Charlotte entsetzt hervor.

»Wo kommst du her?« Mutters Stimme war gefährlich leise.

Charlottes Knie wurden weich, ihr Herz stolperte. Ihr wurde heiß und kalt gleichzeitig.

Verdammt. Das hatte sie nicht kommen sehen. Nie im Leben hätte sie damit gerechnet, dass sie auffliegen könnte. Ihr Plan war so gut durchdacht gewesen!

Kapitel 7

Alba saß im Salon der Villa und las. Es störte sie zunehmend, dass sie zum Nichtstun verdammt war. Gut, das stimmte so nicht ganz, denn wenn es nach den Eltern gegangen wäre, hätte es ausreichend Möglichkeiten gegeben, sich zu beschäftigen. Alba sollte ihre Fähigkeiten in der Haushaltsführung verbessern sowie das Klavierspiel; ihr war erlaubt, sich in denselben Organisationen einzubringen, in denen Mutter Mitglied war. Aber Alba hatte kein Interesse an Treffen des Kulturverbandes, ebenso wenig daran, mehr darüber zu erfahren, wie man einem zukünftigen Gatten ein schönes Heim bereitete. Sie sah auf und seufzte. Der Blick aus dem Fenster besserte ihre Laune auch nicht. Der Himmel war grau und wolkenverhangen. Zusätzliches Licht wurde in jedem Raum benötigt, weil es an diesem Jännertag nicht vollständig hell wurde. Nicht nur das Wetter war gedrückt. Auch die Stimmung in der Villa Lemberg war am vierten Jänner noch getrübt, nicht nur Albas. Es hatte am Neujahrsmorgen ein gewaltiges Donnerwetter gegeben, bei dem nicht nur Charlotte ihr Fett wegbekommen hatte, sondern auch Alba und Ferdinand. Alba hatte ihre Schelte stillschweigend hingenommen, aber sie fühlte sich ungerecht behandelt, denn sie hatte Charlotte nicht darum gebeten, die Regeln zu brechen. Nur Kilian war glimpflich davongekommen, weil das kränkelnde Nesthäkchen immer bevorzugt wurde. Ein Glück für ihn, denn der Arme hätte es nie gewagt, Charlotte zu widersprechen, und konnte gar nichts dafür –, das wussten offenbar auch die Eltern.

Alba seufzte und schlug den leinengebunden Roman zu, mit dem sie es sich im Erker des Salons in einem Sessel bequem gemacht hatte. Sie konnte sich nicht recht auf die Lektüre konzentrieren. »Die Brüder Tommahans« waren im letzten Sudetendeutschen Monatsheft empfohlen worden, aber Alba mochte die Texte von Wilhelm Pleyer nicht, wie sie gerade wieder feststellte, und legte das Buch zur Seite.

Ein Blick aus dem Fenster verriet ihr, dass der Zeitpunkt von Charlottes Abreise gekommen war. Der Chauffeur wartete mit dem Admiral vor der Tür. Das Wetter passte wirklich zur Stimmung. Es war traurig. Es kam ihr so vor, als ob über dem ganzen Haus ein Schleier der Schwermut lag. Auch Alba fühlte sich seltsam betrübt.

Sie stand auf und verließ den Salon. Als sie die leisen Stimmen ihrer Eltern vernahm, stockte sie. Normalerweise wäre sie nicht stehen geblieben und hätte schon gar nicht gelauscht, aber als ihr Name fiel, konnte sie nicht anders. Sie folgte dem Gemurmel über den Flur. Die Tür zu Vaters Arbeitszimmer war nicht geschlossen, sondern nur angelehnt.

»... Alba muss schnellstmöglich verheiratet werden. Das Mädchen ist viel zu unabhängig und eigensinnig. Das hat sie von dir«, erklärte Emilie spitz.

Alba musste gegen ihren Willen schmunzeln, obwohl sie sich über dieses Heiratsthema eigentlich nicht amüsieren konnte. Dass Emilie ihren Gatten mit der Äußerung »das hat sie von dir« indirekt beleidigte, schien ihr gar nicht aufgefallen zu sein. Oder sie nahm es in Kauf, weil sie auf den Vater wütend war. Auch ohne diese Konversation belauscht zu haben, war Alba klar, wie aufgebracht ihre Mutter über die derzeitigen Umstände in der Familie war. Dass Alba nun Charlottes Fehlverhalten mit ausbaden musste, gefiel ihr jedoch ganz und gar nicht. Als ob sie nicht genug mit ihren eigenen Sorgen zu tun gehabt hätte.

Charlottes Eigensinn trug nunmehr dazu bei, dass Alba noch strenger behandelt wurde. Die Forderung war klar, sie hatte es eben gehört: Sie sollte verheiratet werden. Selbst wenn Alba gewillt gewesen wäre, den Bund der Ehe einzugehen, gäbe es keinen einzigen Kandidaten, der dafür infrage kam. Es war nicht so, dass sie etwas gegen Männer hatte, bislang war ihr nur keiner begegnet, der ihr Interesse länger als für ein paar Minuten gefesselt hatte. Seltsamerweise tauchten vor ihrem inneren Auge plötzlich zwei Gesichter auf. Die Erinnerungen an Miroslav und Paul kamen so unvermittelt, dass Alba erschrak. Das Einzige, was diese Männer gemeinsam hatten, war, dass Alba beide abscheulich fand.

»Sie wird den Teufel tun«, prophezeite Carl seiner Ehefrau und brachte Alba damit erneut zum Schmunzeln. Vater kannte sie eben sehr gut, und er hatte recht. Ihre Eltern konnten sich den Mund fusselig reden, von wegen, sie müsse Heim und Kinder anstreben, weil es sich so gehöre. Alba würde erst heiraten, wenn sie einen Mann gefunden hatte, der sie mit allem, was sie ausmachte, liebte – und sie ihn. In der Hinsicht war sie nicht bereit, klein beizugeben, obwohl sie das noch nie so offen ausgesprochen hatte. Über Gefühle redete man in der Familie nicht; Alba kam es manchmal so vor, als ob sie als lästig angesehen wurden. Sie verstand sogar, wieso. Um zu funktionieren, wie es von der Gesellschaft erwartet wurde, musste man zu oft über die eigenen Bedürfnisse hinweggehen und sich selbst aufgeben. Die Träume. Die tiefsten Wünsche und Sehnsüchte. Alba war eine weltoffene Frau, sie hielt sich zumindest dafür, und schon allein deswegen war sie nicht bereit, sich den Anforderungen der Eltern zu fügen, nur um so schnell wie möglich unter die Haube gebracht zu werden. Warum überhaupt die Eile? Das war etwas, worüber sie in den letzten Tagen häufiger nachgedacht hatte, aber zu keinem Schluss gekommen war.

»Du bist zu weich ihr gegenüber«, fuhr Emilie fort. »Wenn sie die Jüngere wäre, würde ich ja gar nichts sagen. Aber nach Charlottes Betragen mache ich mir um sie mindestens so große Sorgen wie um Alba. Wir müssen dafür sorgen, dass sie beide standesgemäß heiraten, und das so schnell wie möglich. Das könnte uns auch in Bezug auf die Firma weiterhelfen, oder etwa nicht?«

Alba verdrehte die Augen. Mehr wollte sie nicht hören. Sie hasste es, wenn über Menschen – Frauen im Besonderen – gesprochen wurde, als wären sie ein Stück Vieh, das man auf dem Markt verhökern wollte, um den besten Preis zu erzielen.

Alba ging mit einem dumpfen Gefühl der Machtlosigkeit ins Foyer der Villa, wo Charlotte in Hut und Mantel buchstäblich auf gepackten Koffern saß und auf Mutter wartete. Sie war blass und hatte sich bislang nicht davon erholt, dass sie in der Gunst der Mutter gefallen war. Alba hatte Mitleid mit ihrer Schwester, die sehr an ihrer Mutter hing. Aus eigener Erfahrung wusste Alba, dass Emilie unbarmherzig werden konnte, wenn sie enttäuscht von ihren Kindern war.

»Charlotte, ich wollte mich von dir verabschieden. Ich wünsche dir alles Gute, und halt die Ohren steif, das wird schon wieder.«

Charlotte, die sonst spitzzüngig und schlagfertig war, erwiderte gar nichts. Alba sah, wie ihre Schwester schluckte und sie aus großen Augen anstarrte.

Ferdinand war bereits gestern nach Prag abgereist, er hatte es nicht länger zu Hause ausgehalten. Er als ältester hatte neben Charlotte den größten Ärger abbekommen. Vor allem von Vater, der ihn beschuldigt hatte, falsch gehandelt zu haben.

Verantwortungsvoll wäre es Vaters Meinung nach gewesen, wenn Ferdinand Charlotte nicht hätte mitfeiern lassen, sondern sie wieder zurückgebracht hätte. »An den Haaren hättest du sie nach Hause zerren müssen, um zu zeigen, dass du ein Mann bist!«, hatte Vater geschrien. »Stattdessen hast du dich als Memme erwiesen!« Das allein war für Ferdinand schon schlimm genug gewesen. Dass diese Standpauke und Belehrung aber vor den Augen aller – sogar vor dem Personal – stattgefunden hatte, war zu viel für ihn gewesen. Sie verstand gut, dass ihr Bruder die Schnauze von der vermeintlichen Familienidylle vollgehabt hatte und mit wehenden Fahnen nach Prag abgerauscht war, um dort sein Studium fortzusetzen. Ferdinand tat ihr leid, aber sie hatte nicht für ihn in die Bresche springen können. Wenn Vater in dieser rasenden Wut war, hielt man besser die Klappe. Trotzdem schmerzte es Alba, wie sehr ihre Geschwister litten. Alba nahm es sich nicht so sehr zu Herzen. Sie war es gewohnt, dass Mutter sie kritisch betrachtete, und vom Vater hatte sie nur einen kleinen Tadel zu hören bekommen, ehe er sich Ferdinand mit bekanntem Ergebnis vorgeknöpft hatte.

Alba umarmte Charlotte und, untypisch für ihre Schwester, klammerte sie sich an Alba eine Sekunde länger als nötig fest, ehe sie voneinander abließen. »Bis zu den nächsten Ferien«, krächzte Charlotte mit belegter Stimme.

Alba strich kurz über ihre Wange. »Mutter regt sich bald wieder ab. Sobald sie dich höchstpersönlich im Pensionat abgeliefert hat und wieder auf dem Rückweg ist, wird sie sich die Augen darüber ausheulen, wie sehr sie dich vermisst.«

»Dieses Mal nicht«, erwiderte Charlotte düster, und obwohl Alba nicht mit Worten zustimmte, fürchtete sie doch, dass ihre Schwester recht haben könnte. Wer in Emilies Augen versagte, landete schnell im Abseits. Bisher hatte Charlotte immer geglänzt.

Alba wusste, dass Charlotte, wäre der Fall umgekehrt, sich voller Schadenfreude amüsiert hätte, aber so ein Mensch war Alba nicht. Es tat ihr leid, dass ihre kleine Schwester auf diese Weise erfahren musste, was es bedeutete, erwachsen zu werden. Wenn man die Regeln nicht befolgte, bekam man nicht wie früher keine Süßigkeiten, sondern wurde mit Eiseskälte und, noch schlimmer, dem Gefühl, eine Enttäuschung zu sein, bestraft.

* * *

Das Klackern, Dröhnen und Ächzen der Webstühle drang durch die geschlossene Tür von Carls Büro. Man erreichte es über eine schmale hölzerne Treppe, die von der zweiten Etage der Fabrikhalle auf eine Galerie hinaufführte. Am Geländer hing eine große Uhr, die in Richtung der Webstühle und großen Spulen zeigte.

Neben Carls Büro lag das Schreibzimmer der Sekretärin und das der Buchhaltung. Der Betriebsleiter belegte ein Kämmerchen mit Fenster auf der Galerie, von wo aus er einen guten Überblick über die Weberei hatte – doch meistens war er ohnehin in der Halle unterwegs.

Vor Carls Schreibtisch saß der Buchhalter auf der vordersten Kante des Stuhls, als wäre es ein Schleudersitz, von dem er befürchtete, er könnte jeden Augenblick in die Luft gehen. Walter Preissler hatte schütteres mausgraues Haar, eine hohe Stirn und einen buschigen Oberlippenbart. Über seinem weißen Hemd trug er Unterarmschoner und Hosenträger.

»Die Abwärtsspirale ist nicht länger aufzuhalten«, fuhr Walter Preissler mit seinen Ausführungen über die Unternehmensfinanzen fort. »Der Betrieb in Märzdorf steht nach wie vor einigermaßen gut da. Aber die Versuche, die Flachsspinnerei in Dittersbach zu retten, haben am Kapital gezehrt. Angesichts der zunehmenden Tschechisierung sieht es düster aus; wir hätten mindestens zwei oder besser drei staatliche Aufträge benötigt, um das Ergebnis auf eine schwarze Null bringen zu können. Wir verlieren Geld, Herr Lemberg.«

Carl wusste das alles selbst, er hatte es schon vor Weihnachten realisiert, aber bislang noch nicht den Mut aufgebracht, öffentlich bekannt zu machen, dass es weitere Entlassungen geben würde. Doch daran würde nun kein Weg mehr vorbeiführen. Die Flachsspinnerei in Dittersbach musste geschlossen werden. Sobald wie möglich. »Ich muss noch einmal nach Prag reisen und um ein Gespräch mit dem Wirtschaftsministerium bitten«, erklärte Carl erschöpft.

Nichts in Walter Preisslers Miene regte sich. Sie wussten beide, dass es ein aussichtsloses Unterfangen werden würde. »Ich muss es versuchen«, sagte er dennoch gefasst. Doch niemand hier glaubte an Wunder. »Außerdem habe ich in der kommenden Woche ohnehin einen Termin bei der Kreditanstalt der Deutschen in Prag; ich werde versuchen, noch einmal eine Erhöhung unserer Linie zu erreichen, bei der Filiale in Braunau komme ich nicht weiter.«

»Natürlich, Herr Lemberg«, antwortete Walter Preissler. »Gut, dass Sie das erwähnen, denn zum Jänner sind auch die Steuerzahlungen für das erste Quartal fällig.«

Carl mochte gar nicht fragen, wie es um den Kontostand bestellt war; er wusste auch so, dass es eng war. Sehr eng. »Wir werden das Kind schon schaukeln«, erklärte er stattdessen mit all der Zuversicht, die er aufbringen konnte.

Erst nachdem der Buchhalter sein Büro verlassen hatte, lehnte Carl Lemberg sich im Stuhl zurück, öffnete die oberste Schreibtischschublade und holte eine Packung Vlasta-Zigaretten heraus. Mit schlechtem Gewissen zündete er sich eine mit seinem alten silbernen Sturmfeuerzeug an, das ihn im großen Krieg schon begleitet hatte. Carl hatte das Rauchen eigentlich aufgegeben, aber er brauchte etwas in den Fingern, um sich und seine

Nerven zu beruhigen. Er saß im schmalen Lichtkegel, den seine Tischlampe verbreitete. Dahinter verschmolzen die Umrisse der Möbel mit der Dunkelheit des Büros in der Schwärze des Winterabends. Er drehte sich gedankenverloren im Stuhl und sah die Spiegelung seines Gesichts in der Scheibe. Es waren die Züge eines alternden Mannes, der außer Ermüdung nichts mehr empfand.

Carl war sich nicht sicher, wie lange er weiterkämpfen konnte. An allen Fronten. Nicht einmal privat schien derzeit irgendetwas reibungslos zu funktionieren. Seine Kinder tanzten aus der Reihe, bereiteten ihm beinahe so viele Kopfschmerzen wie das in die Schieflage geratene Unternehmen.

Ein leises Klopfen ließ ihn aufschrecken, und er fuhr herum.

»Ja, bitte«, gab er von sich und drückte die Zigarette eilig im Aschenbecher aus, bis er sich daran erinnerte, dass Emilie ja bereits gestern mit Charlotte in Richtung Schweiz aufgebrochen war und ihn somit nicht ertappen konnte. Seine Gattin wollte Charlotte persönlich ins Pensionat bringen, auch, um mit der Schulleitung zu klären, dass man Charlotte mit äußerster Strenge und der Forderung nach maximaler Disziplin begegnen musste. Dass sie vom Pensionat erwartete, ihr die Flausen, die man dem Mädchen offenbar in der Schweiz in den Kopf gesetzt hatte, wieder auszutreiben. Carl war froh, dass er wenigstens diesen Kampf nicht mit ausfechten musste.

Es war unfassbar zermürbend, dabei zuzusehen, wie in allen Bereichen seines Leben scheinbar alles in tausend Scherben zerfiel und nur noch ein Windhauch fehlte, um das gesamte Konstrukt seines Lebens zum Einsturz zu bringen.

Die Tür öffnete sich und Alba trat ein. »Guten Abend, Vater«, begrüßte ihn seine älteste Tochter.

Sie trug ein schlichtes karminrotes Tageskleid, über ihren Schultern hing ein gelbes Seidentuch. Alba schnupperte in die Luft, und ein gewisses Unbehagen breitete sich in ihm aus. Er würde sich nicht dafür rechtfertigen, dass er geraucht hatte, und Alba würde nicht fragen. So gut kannte er sie. Er sah jedoch in ihren Augen, dass sie wusste, dass er es selbst gewesen war und nicht ein Besucher.

Der Arzt hatte Carl vor drei Jahren dringend geraten, aufzuhören; bis gestern hatte er durchgehalten – von den seltenen Zigarren mal abgesehen, die er sich nur in besonderem Rahmen gönnte.

»Alba, Liebes, was machst du denn hier? Ist alles in Ordnung?«, erkundigte er sich und bot ihr mit einer Geste an, sich zu setzen.

Alba zog sich den Stuhl heran, auf dem zuvor der Buchhalter gesessen hatte, und nahm Platz. »Ich wollte schon seit meiner Rückkehr mit dir sprechen.« Sie stockte, und beide erinnerten sich, dass sie kürzlich eine Unterhaltung geführt hatten, die damit geendet hatte, dass er ihr den Mund verboten hatte.

Carl erwiderte nichts. Er war schlicht zu erschöpft, um wütend darüber zu werden, dass Alba noch immer darum kämpfte, ihre Interessen durchzusetzen. Letztlich zollte er ihr insgeheim sogar Respekt dafür, dass sie nicht klein beigab. Aber das hätte er niemals laut ausgesprochen.

Alba räusperte sich und verschränkte die Hände sittsam im Schoß. »Es ist so, Vater, dass ich meine Tage nicht damit verbringen kann, zu sticken oder Klavier zu üben. Es bringt mich um, nichts Sinnvolles zu tun zu haben.«

»Mit Haus und Kindern wäre dir nicht langweilig«, gab er zurück und betrachtete Albas Reaktion.

Ihr linkes Auge zuckte und ihr Mund wurde etwas schmaler. Er konnte nur erahnen, wie viel Beherrschung es sie kostete, ihm nicht laut zu widersprechen.

»Natürlich, Vater. Es ist nun aber so, dass ich noch keinen passenden Kandidaten kennengelernt habe. Soll ich etwa so lange in der Villa sitzen und Däumchen drehen, bis jemand auftaucht, um mich zu ehelichen?«

Auf den Kopf gefallen war sie nicht, aber das hatte er auch vorher schon gewusst. Carl mochte, wie klug sie war. Es war ein Jammer, dass Alba nicht als Junge zur Welt gekommen war. Sie hätte einen guten Chef abgegeben, aber als Frau ging das natürlich nicht. Man musste sich nur Helene ansehen, um das zu erkennen. Schwierige Entscheidungen machten das zarte Geschlecht in den meisten Fällen zu verbitterten Wesen, und das wollte er für Alba nicht. Wenn sie nur in seinen Kopf schauen könnte, dann würde sie verstehen, dass er ihr ihre Wünsche nicht verwehrte, weil er sie für unfähig hielt, sondern um sie zu schützen. Das Leben als Unternehmer war in vielen Fällen von komplexen Sorgen geprägt, die er seiner Tochter nicht wünschte. Nicht einmal seinen Feinden.

Carl seufzte. Er sah, dass Alba auf eine Antwort wartete, die er nicht hatte. »Was willst du von mir, Alba?«, fragte er daher rundheraus.

Sie schien damit nicht gerechnet zu haben. Ihre Augen weiteten sich ein wenig, so als sei sie überrascht, dass er sie ernst nahm. Das tat er. Das hatte er immer getan. Ach, könnte sie es nur begreifen!

»Ich möchte, dass du mir eine Stelle gibst. Von mir aus als Weberin, oder zur Not als Putzfrau. Irgendetwas, damit ich die Stunden des Tages mit etwas Sinnvollem verbringen kann. Ich weiß, ich habe keine Ausbildung, aber ich bin gewillt, zu lernen. Wenn ich schon nicht studieren darf, dann verwehre mir nicht die einzige Möglichkeit, mich am Ende des Tages nicht länger nutzlos zu fühlen.«

Er lachte auf. »Als Putzfrau? Das hältst du nicht eine Woche durch.«

Alba reckte ihr Kinn nach vorn und straffte sich. »Ich werde es dir beweisen. Ich werde mich nicht beklagen. Ich möchte nicht, dass mir jemand eine Extrawurst brät, ich erledige die niedrigsten Arbeiten, wenn es sein muss.«

Carl wurde rasch wieder ernst. »Das meinst du nicht so.«

»O doch!«, widersprach sie. »Und wie!«

Dann, plötzlich, sprang Alba auf und kam um den Tisch herum, sie nahm Vaters Hand und ging vor ihm in die Hocke. Es hätte nicht mehr viel gefehlt, und sie wäre vor ihm auf die Knie gegangen. »Vater, bitte. Gib mir die Möglichkeit!« Alba wirkte nicht verzweifelt, aber fest entschlossen, dieses Mal nicht zu gehen, ehe sie das bekam, wonach es sie so sehnlichst verlangte.

Carl spürte, dass er ihr nicht mehr lange widerstehen konnte. Etwas in ihm wurde weich. »Du willst bei mir als Fabrikarbeiterin anfangen? Als ungelernte? Du willst die niedersten Arbeiten verrichten, ohne dich zu beschweren?«

Alba nickte, und ihr strahlendes Lächeln und die funkelnden Augen sagten alles, was er wissen musste. Sie meinte es ernst. Und er wollte ihr diese Chance geben, weil alles, was er sich vom Leben wünschte, war, seine Lieben glücklich zu sehen. Hoffentlich würde er diese Entscheidung nicht eines Tages bereuen. Mit dem nächsten Atemzug sagte er sich stumm: Sie wird schnell zu dem Schluss kommen, dass das Leben als gewöhnliche Arbeiterin härter und anstrengender ist, als sie es sich in ihren kühnen Tagträumen ausmalt.

Vermutlich würde das alles bereits Schnee von gestern sein, bis Emilie zurück war. Hoffentlich. Seine Ehefrau würde wenig Verständnis dafür aufbringen, dass er Alba in der Fabrik arbeiten ließ, aber das war Carl gerade einerlei. Alba sollte ihre Chance haben. Wenn sie verstand, dass man nichts im Leben geschenkt bekam, noch weniger im Betrieb des Vaters, dann war das eine Lektion, die sie lernen durfte. Was sollte schon passieren?

»In Ordnung«, sagte er schließlich und stand auf. »Willkommen im Unternehmen. Ich rede mit unserem

Betriebsleiter, was für dich infrage kommt, du kannst morgen früh anfangen. Um sieben Uhr ist Dienstantritt.«

Alba fiel ihm um den Hals. »Danke! Ich danke dir von Herzen.«

Carl schloss für eine Sekunde die Augen und genoss das kurze Gefühl der Harmonie und Glückseligkeit. Es tat gut, zur Abwechslung einmal nicht der Spielverderber zu sein. Blieb nur zu hoffen, dass er diese leichtfertig getroffene Entscheidung nicht irgendwann bereute.

* * *

Alba konnte ihr Glück nicht fassen. Leichtfüßig und mit einem Lächeln im Gesicht verließ sie Vaters Büro. In der Fabrikhalle brannte die Nachtbeleuchtung. Die letzten Arbeiter hatten ihre Posten verlassen, während sie in Vaters Büro gewesen war. Lediglich die Putzkolonne war noch unterwegs. Alba wünschte ihnen einen guten Abend und trat dann hinaus in die Dunkelheit. Sie hatte keinen Mantel dabei, weil sie aus einem Impuls heraus von der Villa zum Betriebsgelände gelaufen war. Das Gespräch war so anders verlaufen, als sie erwartet hatte. Sie war glücklich, dass sie es endlich geschafft hatte, ihren Vater zu erweichen. Aber Alba war nicht dumm. Sie wusste, dass sie ihn in einer schwachen Stunde angetroffen hatte. Nicht nur Charlottes Eskapaden zerrten an seinen Nerven, es musste auch wirtschaftliche Schwierigkeiten geben. Alle sudetendeutschen Unternehmer hatten mehr oder minder damit zu tun. Sie hatte erst vorhin in der Völkischen Umschau, die nach Vaters Frühstück noch im Esszimmer gelegen hatte, gelesen, was die Sudetendeutschen bewegte. Es war immer das gleiche Lied, Absatzrückgänge der heimischen Unternehmen führten zu mehr Arbeitslosigkeit. Die sudetendeutsche Industrie lag am

Boden. Schon allein deswegen wollte Alba in der eigenen Firma helfen, wo sie konnte.

Alba umschlang ihren Körper mit den Armen und setzte ihren Weg fort. In der Schwärze der Nacht sah sie eine Zigarette glimmen. Als sie weiterging, erkannte sie, dass es Miroslav war, der an die Mauer gelehnt in der Dunkelheit stand und sie mit seinem neugierigen Blick musterte. Ein leises Lächeln umspielte seine Mundwinkel und seine Augen folgten ihr interessiert. Sie erinnerte sich noch gut an die Weihnachtsfeier mit Miroslavs provokantem und frechem Verhalten, trotzdem fand sie ihn irgendwie aufregend. Und attraktiv. Er war anders als alle Männer, die ihr bisher begegnet waren.

»Guten Abend«, grüßte Alba höflich, ohne sich ihre Gedanken anmerken zu lassen.

Sie hatte erfahren, dass Miroslav als Hilfsarbeiter in der Weberei tätig war. Er schien fleißig zu sein, aber stur; er ließ sich nicht gern etwas sagen.

Herr Scholz hatte ihr noch erzählt, dass er aus einer anderen Gegend gekommen sei, weil er dort seine Arbeit verloren habe. Wenn sie hätte wetten müssen, hätte sie ihre Karte darauf gesetzt, dass er dort wegen seines frechen Mundwerks und seiner aufrührerischen Art rausgeflogen war.

»Guten Abend, gnädige Dame«, erwiderte Miroslav in einem spöttischen Tonfall, der Alba dazu veranlasste, stehen zu bleiben.

»Was hast du für ein Problem mit mir? Ab morgen arbeite ich in der Fabrik, und ich erwarte von dir, dass du mir denselben Respekt wie allen anderen Arbeiterinnen entgegenbringst.«

Miroslav hob eine Braue, seine Augen funkelten interessiert. »Du *arbeitest* hier?«

Alba strafte ihn mit einem eisigen Blick. »Was dagegen?«

»Nicht im Geringsten. Meine Augen mögen es, schöne Frauen anzusehen.«

Alba merkte, dass Hitze in ihre Wangen schoss. Dieser Kerl war absolut unverschämt. Dummerweise regte sich ein nervöses Flattern in ihrer Magengrube.

»Das verbitte ich mir«, gab sie streng zurück.

»Was denn? Du wolltest doch, dass ich dich wie alle anderen behandele.« Er grinste selbstgefällig. Seine Körperhaltung war aufrecht und offen, als ob er es genießen würde, mit Alba zu sprechen.

»Dann heißt das, dass du den weiblichen Angestellten schöne Augen machst?«, fragte sie und spürte etwas Ähnliches wie Eifersucht in sich aufsteigen. Wie absurd!

»Nur den gut aussehenden. Und da du die hübscheste von allen bist, bist du auch die Einzige, die von mir Komplimente bekommt.«

Also so was! Der nahm sich ja Freiheiten heraus! Weil sie nicht wollte, dass er merkte, wie sehr er sie mit seinen Äußerungen aus dem Gleichgewicht gebracht hatte, schüttelte sie den Kopf und drückte ihren Rücken durch. »Spar dir das Süßholzgeraspel. Ich habe hier nicht mehr zu sagen als du. Wenn du dir erhoffst, durch mich irgendwelche Sonderbehandlungen zu erhalten, dann hast du dich geschnitten.«

»Das will ich nicht. Aber verrate mir eines.«

»Was?« Ihre Stimme klang beinahe ein wenig atemlos, hoffentlich bemerkte er es nicht.

»Wieso willst du in der Fabrik arbeiten, wo du doch ein schönes Zuhause, hübsche Kleider und all das hast?«

Alba verdrehte die Augen. »Obwohl du es mir nicht glauben wirst, meine Mutter würde dich nach dieser Aussage sofort ins Herz schließen.«

Er hob eine Braue. »Das bezweifle ich.«

»Zumindest teilt ihr die Meinung, dass ich hier nichts verloren habe. Stell dir vor, ich bin keine von den Frauen, die sich damit begnügen, Däumchen zu drehen. Ich will alles über unsere Weberei lernen.«

»Warum solltest du das wollen?« Seine Mimik ließ nicht erkennen, was in ihm vor sich ging. Sie spürte, dass sie sein Interesse damit geweckt hatte. Etwas an seinem Blick löste ein merkwürdiges Kribbeln in ihrer Magengrube aus.

Miroslav war ein Einzelgänger, gesegnet mit genügend Selbstvertrauen, um allein durchs Leben zu gehen, daher überraschte sie seine Gegenfrage nach dem, was sie bisher über ihn erfahren hatte, nicht. Alba zuckte mit den Achseln. »Du hast recht. Vergiss es. Guten Abend.«

Ohne auf eine Antwort seinerseits zu warten, marschierte sie davon, doch sie spürte seinen Blick im Rücken. Alba lächelte nicht, aber sie fasste einen Entschluss. Sie würde alles tun, um alle Zweifler davon zu überzeugen, dass sie mehr konnte, als hübsche Kleider und einen bekannten Namen zu tragen. Sie war mehr als die schöne Hülle, das würden die anderen auch noch merken. Vor allem dieser eingebildete Kerl.

Kapitel 8

Emilie war eine Woche unterwegs gewesen. Seit ihrer Rückkehr lag sie mit einer schweren Grippe darnieder, die sie von der Reise in die Schweiz mit nach Hause gebracht hatte. Der Geruch von Krankheit hing überall im Raum, die schweren dunkelblauen Vorhänge waren halb zugezogen. Carl saß an ihrem Bett und versuchte, sie dazu zu bewegen, ein paar Schlucke Hühnerbrühe zu trinken, die Theresia frisch für sie gekocht hatte, weil man ihr heilende Wirkung nachsagte. »Liebling, bitte, trink etwas.« Eigentlich hatte er Emilie davon erzählen wollen, dass er Alba einen Denkzettel verpassen würde. Er war davon überzeugt, dass das Kind schon nach wenigen Tagen das Handtuch werfen würde, weil ihr die niederen Arbeiten in der Weberei zu viel wurden. Es war die beste Lösung, wenn Alba selbst merkte, dass ihr romantisierter Traum, selbst berufstätig zu sein, gar nicht so angenehm war, wie sie es sich ausmalte. Doch Emilies Zustand ließ nicht zu, dass er ihr jetzt davon erzählte, das hätte sie nur unnötig aufgeregt.

Emilies Lider flatterten. Dunkle Schatten lagen unter ihren Augen. Das Nachthemd klebte ihr am Körper. Carl und sie hatten zwei Schlafgemächer, aber meistens ruhte er an ihrer Seite – außer sie hatten Streit, oder, wie in diesem Falle, einer war krank. So matt und hilflos hatte er sie noch nie erlebt, nicht einmal nach der Geburt ihrer Kinder.

»Später«, krächzte Emilie und schloss die Lider sogleich wieder. Er betupfte ihre Stirn mit einem feuchten Tuch und breitete es darauf aus. »Du glühst ja immer noch, ich werde gleich Doktor Gürsch anrufen, dass er noch einmal nach dir sieht. Findest du es nicht drollig, dass er sich von seiner Frau kutschieren lässt, weil er selbst keinen Führerschein hat?«

Er erhielt keine Antwort auf seinen schwachen Versuch, zu scherzen. Carl machte sich ernsthaft Sorgen, zumal er heute einen schweren Tag vor sich hatte und danach gleich verreisen musste. Den Banktermin konnte er nicht verschieben, einen Termin im Ministerium hatte er gar nicht erst erhalten – wie er es vorausgesehen hatte. Auch ohne die Tatsache, dass er bald die Flachsspinnerei schließen musste, kam er nicht darum herum, sich mit der Gewerkschaft zu unterhalten, die irrsinnige Forderungen nach mehr Lohn stellte. Und das bei dieser Wirtschaftslage!

Statt ihnen einige Prozente mehr in Aussicht zu stellen, musste er ihnen verkünden, dass es bald noch mehr Arbeitslose geben würde. Carl stöhnte und tauschte das feuchte Tuch auf Emilies Stirn noch einmal gegen ein kühles aus, ehe er aufstand. »Komm bald auf die Beine, Emilie, ich brauche dich hier.«

Sie reagierte nicht. Carl verließ das Schlafzimmer und ließ sich von Josef beim Ankleiden helfen. Sein Diener bearbeitete das Jackett mit der Fusselbürste, ehe er es ihm reichte. »Wie geht es der gnädigen Frau heute Morgen?«, erkundigte sich der treue Hausangestellte mit sorgenvoller Miene.

»Schlecht. Sehr schlecht. Ich habe sie noch nie so schwach gesehen. Eine schwere Grippe, sagte der Arzt gestern; ich lasse gleich noch einmal nach ihm rufen. Bitte erstatte mir dann sofort Bericht. Ich bin bis zum Mittag im Büro.«

»Jawohl, Herr Lemberg, natürlich.«

* * *

Alba stand im Erdgeschoss des Hauptgebäudes und fegte. Die Fabrik war beinahe verlassen, die Schicht der Arbeiter schon seit einiger Zeit beendet. Sie hatte noch zu tun, geputzt werden konnte erst, wenn die Maschinen stillstanden. Sie lehnte sich auf den Stiel ihres Besens und gähnte leise. Nach ihrem ersten Arbeitstag war Alba erschöpft, aber glücklich. Zu einem Teil zumindest, denn gleichzeitig machte sie sich Sorgen um ihre Mutter. Der Arzt hatte gesagt, dass sie aufgrund weiterer Fieberschübe ganz sicher noch eine Weile das Bett würde hüten müssen. Am Tag war sie gut versorgt, sagte sich Alba, nicht umsonst gab es Angestellte in der Villa. Allen voran, davon war Alba überzeugt, würde Margot sich aufopferungsvoll um die gnädige Frau kümmern. Das hatte sie immer schon getan, wenn Emilie unpässlich gewesen war.

Obwohl es schrecklich war zu sehen, wie die eigene Mutter schwach und geradezu hilflos darniederlag, so wusste Alba doch, dass sie sich davon erholen würde. Es würde nur eine Weile dauern. Bis dahin hatte sie also noch Zeit, um sich zu überlegen, wie sie es ihr beibringen konnte, dass sie Vaters Herz erweicht hatte.

Vielleicht muss ich es ihr gar nicht sagen, überlegte sie, obwohl sie wusste, dass es nur so lange geheim bleiben würde, wie sie das Bett hütete. Bis zu ihrer Genesung musste Alba sich überlegen, wie sie es der Mutter schmackhaft machte, dass sie in der Weberei arbeitete. Mutter konnte in ihrem aktuellen Zustand keine Aufregung vertragen, war viel zu schwach dafür. Alba bezweifelte sogar, dass sie es überhaupt verstehen würde. Sie war kaum bei Bewusstsein.

Herausfinden würde sie es sowieso irgendwann, bloß nicht sofort. Verschweigen konnte man es ihrer Mutter auf Dauer wohl kaum, doch Alba würde es so lange wie möglich hinauszögern – wenn sie sich bis dahin als unentbehrlich im Unternehmen erwiesen hatte, würde Vater sich vielleicht auf ihre Seite stellen. Das hoffte sie. Sie hoffte es sehr. Alba wollte aber auch nicht, dass Vater dann mit eisigem Schweigen bestraft würde. Das konnte Emilie gut, wenn etwas nicht nach ihren Vorstellungen umgesetzt wurde.

Ach. Sie stieß einen leisen Seufzer aus. Es war ein Dilemma, für das sie derzeit keinen Ausweg parat hatte, der alle Seiten zufriedenstellte.

Später, sagte sie sich, finde ich eine Lösung. Womöglich geschah ein Wunder und Emilie hatte ein Einsehen mit Albas Wünschen. Einen Kompromiss konnte sie der Frau Mama jedenfalls nicht anbieten, denn es gab keinen Verehrer, mit dem sie im Gegenzug für die Freiheit, sich am Unternehmen beteiligen zu dürfen, ausgehen konnte. Das, davon war Alba überzeugt, hätte Mutters Gemüt garantiert beruhigt. Zumindest kurzfristig.

Kommt Zeit, kommt Rat, überlegte sie und wollte gerade weitermachen, als sie angesprochen wurde.

»Faul herumstehen kannst du gut«, hörte sie eine männliche Stimme. Alba fuhr herum.

So eine Unverschämtheit! Ihr Magen zog sich zusammen. Miroslav lächelte, und seine Augen funkelten herausfordernd, was überhaupt nicht zu seiner Aussage passte.

Ihr Atem stockte. Miroslav tippte mit den Fingern zum Gruß an seine Schiebermütze und nickte ihr zu, als hätte er sie eben nicht schon wieder mit einer dreisten Äußerung provoziert.

Albas Herz schlug schneller. Weil er mich aufregt, dachte sie irritiert.

»Und warum treibst du dich hier noch herum?«, fragte sie und reckte das Kinn ein Stück weit nach vorn.

»Zum Nachsitzen war ich jedenfalls nicht hier«, antwortete der hagere Kerl und grinste auch noch.

»Ach, nein? Warum dann?«, hakte sie nach.

»Wüsste nicht, was dich das angeht«, erklärte er frech.

Alba schluckte. Sie hatte sich allem Anschein nach noch immer nicht an die Unverfrorenheiten dieses Lackels gewöhnt. »Wenn du sonst nichts zu sagen hast, kannst du mir ja getrost aus dem Weg gehen, damit ich weitermachen kann und nicht länger *faul* herumstehe«, gab sie spitz zurück und starrte ihn böse an.

Miroslav blieb davon unbeeindruckt und zuckte mit den Schultern. Dann zog er eine Zigarette aus der Jackentasche und schob sie sich in den Mundwinkel.

»In der Produktionshalle ist Rauchen verboten«, mahnte Alba.

»Ich rauche ja gar nicht.«

Himmel, hilf! Dieser Mensch war eine Provokation auf zwei Beinen. Alba atmete tief ein, und nur unter größten Anstrengungen gelang es ihr, nicht ausfallend zu werden. Wieso brachte sie dieser Kerl dermaßen aus der Fassung? Im Allgemeinen ließ Alba sich nicht auf die Sticheleien anderer Leute ein, aber in seinem Fall schien ihre übliche Herangehensweise nicht zu funktionieren. Sie wollte ihm am liebsten die Zigarette aus dem Mund reißen und in einen Aschenbecher stopfen.

»Wie auch immer. Geh mir aus dem Weg«, brummte sie stattdessen und berührte ihn im Vorbeigehen mit der Schulter.

Miroslav taumelte zur Seite. Damit schien er nicht gerechnet zu haben. Stumm fegte sie weiter zwischen Verpackungsmaterial und Wareneingang, wo sich Papierfetzen, lose Fäden, kleine Wollknäuel und anderer Dreck im Laufe des Tages angesammelt hatten. Miroslav sagte nichts mehr, aber sein leises Lachen klang noch lange nach seinem Verschwinden wie Musik in Albas Ohren. Sie wunderte sich über sich selbst, dass sie überhaupt einen Gedanken an einen wie Miroslav verschwendete, aber merkte doch, dass sie immer wieder sein attraktives Gesicht vor ihrem inneren Auge aufblitzen sah.

* * *

Am nächsten Tag befand sich Carl im Besprechungsraum der Zentrale der Kreditanstalt der Deutschen in Prag. Der Boden war blank gewienert, der ovale Tisch aus Mahagoni musste ein Vermögen gekostet haben, ebenso wie die Ledersessel, in denen man saß wie auf Wolken. Carl wollte nicht zynisch sein, aber ganz gelang es ihm nicht, die Idee abzuschütteln, dass das Geld besser in die angeschlagene Industrie investiert werden sollte als in die schicke Büroeinrichtung. Carl wollte nicht aus dem Fenster sehen, aber eine vorbeiflatternde Taube erregte seine Aufmerksamkeit und lenkte ihn ab. Ein paar Sonnenstrahlen bahnten sich ihren Weg durch die Wolkendecke, hier und da blitzte ein Stückchen blauer Himmel auf.

Natürlich würde er bleiben und weiterkämpfen, es gab keine andere Option. Zu viele Schicksale hingen davon ab, dass er das Ruder noch einmal herumriss. Zähe Verhandlungen hatte er mit den beiden Herren von der Bank geführt. Seit Stunden. Carl war erschöpft, aber ließ sich nichts davon anmerken. In der letzten Nacht hatte er zudem kein Auge zugetan. Die Sorgen hatten ihn nicht zur Ruhe kommen lassen. Um seine Frau. Um seine Firma. Um seine Familie.

»Es tut uns leid, Herr Lemberg«, erklärte Helmut Zeissler, der zuständige Bankier gerade. »Aber ich fürchte, wir können Ihnen in dieser Angelegenheit nicht weiter entgegenkommen. Wir haben die Linie ja schon einmal erhöht, aber ich muss Ihnen leider mitteilen, dass uns die Hände gebunden sind. Das verstehen Sie doch, oder?«

Carl reagierte nicht. Stocksteif saß er da und umklammerte das Wasserglas so fest, dass seine Knöchel weiß hervortraten.

Die Worte sickerten langsam in sein Gehirn hinein. Aber die Bedeutung wollte er nicht verstehen.

Alleingelassen. Mal wieder. Auf sich gestellt.

Die Stille im Raum wurde ohrenbetäubend. Sein Puls beschleunigte sich, während er sich zunehmend verspannte.

»Haben Sie mal daran gedacht, etwas von den Fertigbeständen zu reduzieren?«, schlug Herr Zeissler vor und beugte sich über die Dokumente mit den aktuellen Unternehmenszahlen, die auf dem Besprechungstisch ausgebreitet lagen.

Nur mit Mühe konnte Carl sich zurückhalten und brüllte nicht los, wie er es gern getan hätte. Es wäre nur ein Moment gewesen, um Dampf abzulassen, den er später bereut hätte. Der Lemberg dreht durch, hätte man hinter seinem Rücken über ihn getuschelt, es weitererzählt. Nein. Die Blöße gab er sich nicht. Stattdessen erklärte er leise: »Gute Idee. Bedauerlicherweise gibt es gerade keine Kunden, die das, was wir auf Lager liegen haben, abnehmen könnten. Die Bestellungen, für die wir die Ware gefertigt hatten, sind leider aufgrund von Konkursen und Betriebsstilllegungen anderer Firmen im Textilverarbeitungsbereich storniert worden. Und die Nachfrage nach Damast, Kunstseide und Zellwolle ist momentan schlichtweg nicht da! Sie wissen doch selbst, wie die Wirtschaftslage im Land ist.«

Wenn er unterging, dann mit Stil. Mit Würde. Mit hoch erhobenem Kopf.

Diese hochnäsigen Lackaffen. Was glaubten sie eigentlich? Dass er ein Amateur war? Carl hatte alles versucht, um für mehr Liquidität in der Firmenkasse zu sorgen. Alles. Aber es reichte nicht. Es reichte nie. Er war nicht der einzige Unternehmer mit Schwierigkeiten; wenn andernorts nicht mehr produziert wurde, konnte er keine Waren absetzen. Die Leute hatten kein Geld für feine Stoffe, sie konnten sich ja nicht einmal mehr die Milch für ihre Kinder leisten. Obwohl es in ihm anders aussah, hielt er sich aufrecht und versuchte, ruhig zu atmen, was ihm bei dem schnellen Herzklopfen nicht leichtfiel.

»Nun gut«, gab Carl schließlich gefasst von sich; nur Menschen, die ihn gut kannten, hätten das leichte Zittern in seiner Stimme wahrgenommen. »Dann will ich Ihnen nicht länger Ihre werte Zeit stehlen.« Er hatte genug gehört und erhob sich. Er würde hier nicht länger seine Zeit verschwenden.

»Sie verstehen doch, dass uns die Hände gebunden sind«, meinte Herr Zeissler noch einmal, als ob eine Wiederholung etwas an der Tatsache geändert hätte, dass Carl ihnen kein Wort glaubte. Sie wollten nicht. »Wir würden Ihnen gern helfen, aber andere Unternehmer haben auch Sorgen. Unsere Finanzkraft ist bedauerlicherweise auch nur beschränkt, sehen Sie, die Regierung …«, palaverte Zeissler weiter.

»Das ist mir bewusst«, unterbrach Carl den Mann mit einer harschen Geste, die ihn sofort zum Schweigen brachte. »Es hilft mir und meinen Arbeitern bloß nicht weiter, denn wir stehen kurz vor dem Bankrott. Bleibt nur zu hoffen, dass Herr Henlein, der Vorsitzende der Sudetendeutschen Partei, sich irgendwann doch noch Gehör im Parlament auf allen Seiten verschafft. Dass man an oberster Stelle ein Einsehen hat, dass es so nicht weitergehen kann, wenn man einen ganzen Landstrich ausbluten lässt. Guten Tag, die Herren.« Carl nickte beiden höflich zu, griff nach seiner Aktentasche und verließ den Besprechungsraum, ohne sich mit einem Händedruck, wie es sich gehört hätte, zu verabschieden. Gutes Benehmen würde ihn nicht mehr retten. Und seine Firma auch nicht.

Carl ließ sich Hut und Mantel von einer der Sekretärinnen reichen und verließ die Bank im Stechschritt, ohne sich erneut umzusehen. Er nahm zwei Treppenstufen auf einmal. Erst auf dem Platz vor dem Gebäude blieb er stehen und versuchte, seinen Herzschlag zu beruhigen. Seine Kehle war eng, er lockerte die Krawatte ein wenig, um besser Luft zu bekommen. Das hatte er sich anders vorgestellt.

Einige Schneeflocken rieselten vom Himmel. Die Wolkendecke hatte sich verdichtet. Carl schlug den Mantelkragen hoch und setzte resigniert den Hut auf. Dabei hatte er so sehr gehofft, dass das neue Jahr besser beginnen würde, als das alte geendet hatte.

Carl ließ die Schultern nicht hängen, er hielt sich gerade. Dann sah er sich nach Otto und dem Wagen um. Als er ihn entdeckte, setzte er sich in Bewegung, zog eine Packung Zigaretten aus der Manteltasche und zündete sich eine an.

Sein Chauffeur begrüßte ihn höflich. »Herr Lemberg, bitte.« Er hielt ihm die Tür auf und Carl stieg in den Fond des Wagens und setzte sich auf die Rückbank, die Aktentasche stellte er neben sich.

Otto wusste natürlich, dass sein Arbeitgeber wieder schwach geworden war, aber hatte keinen Kommentar dazu abgegeben. Auf ihn war Verlass. Er schwieg wie ein Grab. Zuverlässige Mitarbeiter wie Otto Herzog waren rar gesät, umso mehr wusste Carl ihn zu schätzen.

Der loyale Mann stieg auf den Fahrersitz und drehte sich zu seinem Herrn um. »Wo darf ich Sie hinbringen?«

Carl hatte das Hotelzimmer bereits geräumt, ursprünglich war es sein Plan gewesen, gleich wieder nach Hause zu fahren. Mit guten Nachrichten. Jetzt sah er sich nicht in der Lage, direkt in die Heimat zurückzukehren. Er musste nachdenken. Im Betriebsalltag würde ihm das kaum gelingen, das Tagesgeschäft würde ihn nur dazu bringen, die schwerwiegenden Entscheidungen zu verschieben. Während Otto wartete, zog Carl an der Zigarette, inhalierte den Rauch tief in seine Lungen und spürte, wie er sich ein wenig beruhigte. Dann formte sich in seinem Kopf ein Gedanke, von dem er sich am Morgen noch vorgenommen hatte, dass er ihn dieses Mal nicht zulassen würde. Emilie war krank zu Hause. Was war er nur für ein Mann? Aber er brauchte eine kleine Auszeit. Einen Moment der Ruhe, eine Insel, die ihn für ein paar Stunden vergessen ließ, dass die Brücke, auf der er sich bewegte, kurz vor dem Zusammenbruch stand.

»Nach Hanspaulka«, antwortete Carl klar und deutlich und lehnte sich zurück. Die Zigarette warf er aus dem Fenster und kurbelte die Scheibe nach oben.

Otto verzog keine Miene und lenkte den Wagen sicher in Richtung des sechsten Prager Bezirks. Eine der besseren Adressen der Stadt, die sein Fahrer gut kannte. Sein nächstes Ziel lag nur drei Kilometer von der berühmten Burg entfernt. Es dauerte eine Viertelstunde, bis Carl den Wagen verließ und an der Haustür der Jugendstilvilla klingelte. Ein Hausmädchen mit weiß gestärkter Spitzenschürze und Häubchen öffnete.

»Herr Lemberg, guten Tag. Kommen Sie doch bitte herein«, erklärte das Mädchen auf Tschechisch.

»Vielen Dank; ich hoffe, ich komme nicht ungelegen«, gab Carl in ihrer Sprache zurück.

»Bestimmt nicht, bitte.« Sie trat zurück und ließ ihn eintreten.

Er hatte sein Kommen nicht angekündigt, hatte bis vor wenigen Minuten nicht einmal vorgehabt, herzukommen.

Das Hausmädchen führte ihn, nachdem sie ihm Mantel und Hut abgenommen hatte, ins Wohnzimmer. Als Jarmila Carl erblickte, stand sie mit einer geschmeidigen Bewegung, die man ihrem kurvigen Körper nicht zugetraut hätte, auf und lächelte erhaben. Sie kam nicht auf ihn zu, sondern erwartete von ihm, dass er auf sie zueilte.

»Mein Lieber, ich wusste gar nicht, dass du in der Stadt bist«, erklärte sie mit ihrem leichten tschechischen Akzent auf Deutsch. Er begrüßte seine Geliebte mit einem Handkuss.

»Es hat sich kurzfristig ergeben.« Das stimmte zwar nicht, aber das musste Jarmila nicht wissen.

Sie lächelte wissend und klingelte nach dem Mädchen. »Bring uns bitte Erfrischungen«, wies sie die Angestellte auf Tschechisch an, die nach einem höflichen Knicks wieder aus dem teuer eingerichteten Wohnzimmer verschwand.

Jarmila setzte sich auf das Sofa und klopfte auf den Platz neben sich. »Setz dich zu mir und erzähl, was führt dich nach Prag?«

Carl ließ sich nicht zweimal bitten und folgte ihrer Aufforderung. »Lass uns nicht über die mühseligen Dinge des Lebens sprechen«, gab er zurück und nahm ihre Hand. Alles, was er suchte, war ein wenig Zerstreuung. Ablenkung.

Sie neigte ihren Kopf und verzog die Lippen. Es war ein kokettes Lächeln, denn sie war sich ihrer Weiblichkeit bewusst.

Carl war Jarmila vor fünf Jahren in einem Hotel begegnet, in dem sie sich zufällig im Restaurant über den Weg gelaufen waren. Sie waren über die Weinkarte ins Gespräch gekommen, und er hatte erfahren, dass sie allein lebte. Jarmila war vor einigen Jahren Witwe geworden. Kinder hatte sie keine, aber ein gut gefülltes Konto. Sie genoss ihre damit einhergehende Unabhängigkeit, stellte keine Ansprüche an Carl und fragte nie nach seiner Familie. Jarmila war einverstanden, ohne dass sie es jemals hätten artikulieren müssen, dass er sie hin und wieder besuchte, mit ihr ausging, aber niemals mit ihr verreiste oder eine Zukunft plante. Er war ihr Geliebter und sich nicht einmal sicher, ob er der Einzige war. Es interessierte ihn nicht, denn sie beide verband keine Liebe. Er suchte bei Jarmila das, was er von Emilie seit Längerem nicht mehr bekam. Zuneigung. Intimität. Nähe. Und körperliche Lust. Darin war Jarmila eine Meisterin.

Natürlich hatte er ein schlechtes Gewissen Emilie gegenüber. Aber sie vermochte ihm einfach nicht mehr die Art von Wärme zu geben, die Carl benötigte. Er war auch nur ein

Mann mit Bedürfnissen. Und Jarmila war anders als Emilie. Unkompliziert. Sie war eine Frau mit einer eigenen Meinung, aber niemals fordernd. Sie nahm nur, was er zu geben bereit war, weil sie selbst alles hatte.

»Komm her, ich sehe doch, dass du Sorgen hast«, meinte Jarmila jetzt und zog seinen Kopf an ihren üppigen Busen. In ihrem Haus war er ein Liebhaber. Kein Familienoberhaupt. Hier war er nur ein Mann ohne Verpflichtungen. Seine Probleme ließ er vor der Haustür, das gelang ihm sonst nirgendwo. Nur für einen Moment, sagte er sich, bis morgen vielleicht. Dann kehrte er zurück in sein Leben, tauchte wieder in die Schwierigkeiten ein, die ihn nicht mehr schlafen ließen. Aber gerade konnte er nicht mehr kämpfen, er war ausgebrannt. Carl schloss die Augen und atmete Jarmilas süßes, teures Parfum ein. Bei ihr erlaubte er sich, schwach zu sein, weil er es sonst nirgends sein durfte.

* * *

Gerade als Ferdinand mit seiner Begleiterin Erna über die Karlsbrücke marschierte, sprangen die elektrischen Laternen an. Die Lichter der Stadt spiegelten sich in der Moldau wider. Über ihnen thronte die Prager Burg. Leichter Schneefall hatte vor ein paar Minuten eingesetzt. Es war geradezu kitschig schön. Aber das hier war kein romantisches Stelldichein. Noch nicht.

Wenn es nach Ferdinand ging, würde es noch eines werden. Später, nach dieser Versammlung, zu der Erna ihn unbedingt schleppen musste.

»Komm schon, wir müssen uns beeilen«, forderte ihn die hübsche Studentin auf. Anscheinend hatte sie gerade keine Zeit für Romantik. Ferdinand grinste. Sie war ein bisschen verrückt, das gefiel ihm an ihr. Erna war im vierten Semester an der Prager Kunstakademie. Sie stammte aus einer bürgerlichen Familie, trug die einfache Kleidung mit einem Selbstverständnis, das man nicht käuflich erwerben konnte. Ihr dunkles Haar fiel offen über ihre Schultern. Ferdinand hatte sie schon im letzten Jahr auf einer Kunstausstellung im Prager Haus kennengelernt. Sie hatten sich daraufhin ein paar Mal getroffen, aber dann war es im Sande verlaufen. Bis sie sich gestern in einem Kaffeehaus wieder begegnet waren. Ferdinand war nicht verliebt in sie, aber er liebte Ernas Entschlossenheit. Das Feuer, das aus ihren braunen Augen strahlte.

Heute Abend zerrte sie ihn zu einer Versammlung der Jungaktivisten. »Es geht um unsere Zukunft«, hatte sie ihm gestern erklärt, nachdem er sie um eine Verabredung gebeten hatte. »Wenn du mich treffen willst, kommst du mit. Dann sehen wir weiter.«

Also war er nun mit ihr auf dem Weg in einen Bierkeller, in dem nicht nur gebechert, sondern auch diskutiert wurde. Das wusste Ferdinand, auch ohne jemals dort gewesen zu sein. Ihm sollte es recht sein, lange konnte der Abend nicht dauern, und dann würde er Erna für sich haben. Man würde sehen, wohin sie das führte.

In sein Bett hoffentlich. Oder in ihres.

Ferdinand war kein Kostverächter, aber entgegen den Vermutungen seiner Schwestern hatte er die Nächte über Weihnachten, an denen er nicht zu Hause geschlafen hatte, nicht nur mit Damen, sondern auch mit seinem alten Schulfreund Kurt Letzel verbracht. Mit Kurt hatte er Stunden um Stunden über die politische Lage diskutiert. Es war für junge Menschen in diesem Land kaum möglich, sich der aktuellen Krise zu entziehen. Aber Ferdinand hatte schnell gemerkt, dass er mit seiner Meinung, dass man eine gemeinsame Lösung finden musste, ziemlich allein auf weiter Flur stand. Tschechen und Deutsche mussten sich einigen, statt sich im Parlament verbal zu zerfleischen. Die meisten anderen waren extrem in ihren Ansichten. Die Zahlen sprachen für sich. Carl Henleins Partei wurde immer populärer, und das konnte sogar

Ferdinand nachvollziehen, denn den Minderheiten im Land stand das Wasser bis zum Hals. Viele waren bereits abgesoffen. Verwunderlich war es also nicht, dass man sich auf sudetendeutscher Seite gemeinsam organisierte, um von der tschechischen Regierung gehört zu werden.

Kurz dachte Ferdinand an seinen Vater. Auch im Unternehmen Lemberg musste die Lage angespannt sein, obwohl niemand ein Wort darüber verlor. Vielleicht war Carl deshalb über Weihnachten so hart mit ihm ins Gericht gegangen, weil er mit den Nerven am Ende war. Trotzdem verstand Ferdinand nicht, warum *er* immer als Sündenbock herhalten musste.

Erna zupfte ungeduldig an seinem Mantel. »Was ist? Hast du es dir anders überlegt?«

»Nein, natürlich nicht«, erwiderte Ferdinand und lief weiter.

Als sie um die nächste Ecke bogen, entdeckte Ferdinand einen Mann mit Hut, der ihn an seinen Vater erinnerte. Er stieg in Begleitung einer schicken Frau aus einem Opel aus. Die beiden waren offensichtlich auf dem Weg in ein Restaurant.

Erst beim zweiten Hinsehen begriff Ferdinand, dass es tatsächlich sein Vater war, den er da mit einer fremden Dame entdeckt hatte, die einen teuren Pelzmantel und hochhackige Schuhe zu dünnen Seidenstrümpfen trug, die im schwachen Schein des Abends glänzten. Die beiden wirkten vertraut.

Ach du grüne Neune, dachte Ferdinand. Vater geht fremd.

Ferdinand wollte nichts davon wissen, was sein Vater fernab der Heimat trieb. Viele Ehemänner suchten anderswo nach Zerstreuung. Bei seinem Vater überraschte es ihn jedoch, wo er doch immer so korrekt tat. Alles nur Schein, dachte Ferdinand und schaute weg. Nun befand er sich in einem völlig anderen Dilemma.

Was sollte er mit diesem Wissen anfangen? Sein Gewissen regte sich. Musste er Mutter davon berichten? Oder ahnte sie es? Interessierte es sie überhaupt?

Doch. Das ganz bestimmt. Emilie Lemberg war keine Frau, die ihren Gatten mit einer anderen teilte. Aber vielleicht bekam sein Vater zu Hause nicht mehr das, was er brauchte. Er war ein Mann, zwar nicht mehr in der Blüte seines Lebens, aber auch nicht steinalt. Nachdem Emilie Carl vier Kinder geboren hatte, wäre es durchaus möglich, dass sie den ehelichen Pflichten nicht mehr nachkommen wollte.

Ferdinand verzog das Gesicht. Das war etwas, worüber er sich ganz sicher nicht den Kopf zerbrechen wollte. Er wünschte, dass er seinen Vater nicht gesehen hätte, dass er weiter so tun könnte, als wüsste er von nichts. Vielleicht war das die Lösung, denn Vater hatte ihn nicht bemerkt – es bestand also kein Grund dazu, dass er Vaters Seitensprung zu Hause überhaupt erwähnen musste. Ferdinand dachte daran, dass schon in der Antike die Überbringer schlechter Nachrichten geköpft worden waren, und beschloss, dass er darüber schweigen musste. Außerdem ging es ihn nichts an. Irgendwie konnte er seinen Vater sogar verstehen. Ferdinand wusste, wie frostig seine Mutter manchmal sein konnte. Wenig fürsorglich. Und weich schon gar nicht. Es hätte ihn nicht gewundert, wenn sie Carl auch die kalte Schulter zeigte.

Ich tue so, als wüsste ich von nichts, das ist das Einfachste, sagte er sich schließlich. Ich kümmere mich um meine Angelegenheiten.

Ferdinand und Erna setzten ihren Weg schweigend fort. Sie hatte ihn zwar kurz schräg von der Seite angeschaut, als er stehen geblieben war, aber nicht nachgefragt. Wenige Minuten später erreichten sie den Goldenen Kater, einen Bierkeller mit gewölbter Decke, Steinsäulen und groben Eichentischen mit dazu passenden Stühlen, auf denen dünne grüne Kissen lagen. Erna stellte Ferdinand ein paar Freunden vor, aber viel Zeit blieb nicht zum Plaudern, da bald darauf ein junger Mann Mitte zwanzig die Versammlung eröffnete und die üblichen Probleme diskutiert wurden. Er trug einen zweireihigen Anzug, der ihm nicht passte, und eine Krawatte, die ihm zu lose um den Hals baumelte. Das Haar war streng gescheitelt, der schroffe Tonfall machte allen unmissverständlich klar, dass man hier kein Blatt vor den Mund nehmen würde.

Ferdinand bestellte Schwarzbier und eine Gulaschplatte mit Knödeln bei einer hübschen Bedienung.

Der Redner schwadronierte gerade über den Facharbeitermangel als neue Gefahr. Und dann kam die Lehrlingsfrage auf den Tisch. Weil zu viele Betriebe pleite gegangen waren, konnten nicht mehr genügend Facharbeiter ausgebildet werden, und natürlich wurde wiederholt auf die generelle wirtschaftliche Not der Sudetendeutschen, die den Wiederaufstieg einer ganzen Bevölkerungsgruppe verhinderte, hingewiesen, als wüssten das nicht alle Anwesenden bereits. Es diente nur dazu, die Stimmung für das, was noch kommen würde, aufzuheizen.

Der Mann haute mit der Faust auf sein Rednerpult. »Es kann nicht so weitergehen! Es darf nicht so weitergehen. Jetzt ist Schluss. Wir müssen uns organisieren und wehren!«

Zustimmung wurde laut. Einige klatschten und standen auf. Es war der klare Aufruf, eine Revolution zu starten, der bei den Anwesenden auf fruchtbaren Boden fiel.

Bei fast allen.

Das wurde Ferdinand nun deutlich zu radikal. Aber er blieb sitzen und hörte weiter zu. Schließlich hatte er noch etwas mit Erna vor, und ewig konnte diese dämliche Versammlung ja wohl nicht dauern. Natürlich stimmte er in einigen Punkten zu; die Not der Minderheiten im Land, von denen die Deutschen nur die größte Gruppe darstellten, sah er überall. Aber Wut und Hetze hatte noch niemandem geholfen. Seiner Meinung nach mussten die Parteien immer wieder an einen Tisch kommen und miteinander sprechen, nicht übereinander herziehen, bis man einen Kompromiss fand, mit dem alle leben konnten. Dass die heutigen Tatsachen die Folge von vorausgegangenen Handlungen waren, schienen die Anwesenden an diesem Abend nicht begreifen zu wollen oder noch nie als eine Möglichkeit in Betracht gezogen zu haben.

»In der Habsburger Monarchie ist vieles falsch gelaufen, liebe Freunde. Trotzdem ist es nicht gerecht, dass die Sudetendeutschen nun die Unfähigkeit der Habsburger ausbaden sollen – aber danach fragt niemand. Natürlich nicht. Sie tun es einfach! Sie lassen uns leiden!«, donnerte der Redner von seinem Pult.

Es ist einfacher, Parolen zu kreischen, als sich Lösungen zu überlegen, dachte Ferdinand genervt. Er atmete aus und wollte gerade von seinem Bier trinken, als es unruhig wurde. Gebrüll wurde laut. Auf Tschechisch und Deutsch. Stühle kippten. Leute schrien.

Die tschechische Staatspolizei war mit mehreren Einheiten in den Bierkeller gerauscht und nahm nun alle am Schlafittchen, die sie in ihre Finger bekam.

»Los, wir müssen abhauen!«, rief Erna Ferdinand zu und zog ihn auf die Beine.

Er löste sich schnell aus der Schockstarre und stolperte mit Erna davon. Sie hasteten durch die Tür am Ende des Saals zu den Toiletten und schoben sich durch ein schmales Fenster über dem Klo hinaus in den eisigen Jännerabend. Die Kälte spürte er jedoch nicht. Ferdinands Herz klopfte wie verrückt.

Sein Mantel hing noch auf einem Stuhl im Keller, den hatte er in der Eile vergessen. Scheiß auf den Mantel, sagte eine Stimme in seinem Kopf.

»Lauf!«, rief Erna ihm zu, während Polizisten um die Ecke kamen, die beiden als Staatsverräter betitelten und auf sie losstürmten.

Ferdinand rannte davon und passte auf, dass er Erna nicht verlor. Er war zwar schneller, aber er würde sie nicht sich selbst überlassen. Ferdinand rutschte in einer Pfütze aus Schneematsch aus, stolperte und konnte sich gerade noch an der nächsten Hauswand fangen, wo er sich die Hand aufschürfte.

»Weiter, wir müssen weiter«, keuchte Erna, und er beachtete die kleine Verletzung nicht weiter.

Sirenen wurden hinter ihnen laut. Erst als sie vollkommen außer Atem in einem anderen Bezirk in einen Hinterhof einbogen, wo sie sich verstecken konnten, wurde ihm klar, wie knapp das gewesen war. Sein Atem kam stoßweise.

Ferdinand war trotz der Kälte schweißgebadet und bekam nur schwer Luft. Sein Brustkorb hob und senkte sich schnell. Der Hals brannte.

Er blickte in Ernas Gesicht und befürchtete, die gleiche Panik darin zu lesen, die er selbst verspürte. Zu seiner Überraschung bogen sich ihre Mundwinkel nach oben und die braunen Augen funkelten triumphierend. Sie legte ihren Kopf in den Nacken und lachte. »Was für ein Spaß! Diese Idioten kriegen uns nicht!«

Ferdinand war baff. Ihm stand der Mund offen. »Das nennst du Spaß?«, stieß er entsetzt hervor.

Erna trat näher, krallte ihre Finger in sein Hemd und zog ihn zu sich heran, um ihn zu küssen. Die Frau ließ nichts anbrennen. Normalerweise hätte sich Ferdinand über ihre Initiative gefreut, aber im Gegensatz zu ihr fand er nichts an der Situation komisch. Er wusste, wie man bei diesen Versammlungsauflösungen vorging. In den deutschen Zeitungen stand oft genug etwas darüber, und er hörte die Leute auch reden. Als Unternehmersohn hatte er kein Interesse daran, mit dem Staat in Konflikt zu geraten. Und noch weniger, von Polizisten verdroschen und getreten zu werden, ehe er in einer feuchten kleinen Zelle landete und man seinen Eltern das Leben noch schwerer machte, als es ohnehin schon war. Für den Moment war er vielleicht entkommen. Aber nur knapp.

So etwas würde er kein zweites Mal mitmachen. Nein. Für ein bisschen Schmusen würde er seinen Kopf nicht riskieren. Er *dachte* ja nicht einmal so wie sie. Ferdinand löste sich von Erna.

Sie schaute ihn fragend an. Irritiert. Als könnte sie nicht fassen, dass er den Kuss unterbrochen hatte. »Was ist? Sag bloß, du hast dir in die Hosen gemacht, Kleiner?«

»Wenn du das so siehst. Mir ist das zu dumm, ich muss an meine Zukunft denken. Ich bin fast fertig mit dem Studium. Den Abschluss kann ich vergessen, wenn ich im Kittchen sitze oder man mich grün und blau geschlagen und mir dabei das Jochbein zertreten hat, sodass ich drei Monate lang nur noch Suppe löffeln kann.«

»Du bist ein Feigling.«

»Und du bist total verrückt.«

Sie wurde blass vor Wut. »Du hast ein Spatzenhirn, wenn du nicht begreifst, dass eine Revolution unsere einzige Möglichkeit ist.« Erna funkelte ihn zornig an. Verletzt. Sicher hatte ihren Reizen noch niemand vor ihm entsagt. Aber so versessen war Ferdinand nicht auf sie. Sein Interesse an ihr war nach der Aktion im Bierkeller verpufft. Erna war eine Frau, von der er sich in Zukunft fernhalten würde.

»Du bist plemplem, wenn du glaubst, dass das die Lösung ist. Machs gut, Erna«, erklärte er ruhig und ging davon, ohne sie eines weiteren Blickes zu würdigen.

»Schwachkopf!«, rief sie ihm hinterher, aber entlockte Ferdinand damit nur ein trauriges Lächeln. Vorhin hatte er noch gedacht, dass ihm ein bisschen verrückt gefiel. Das Urteil musste er revidieren. Es gefiel ihm ganz und gar nicht.

Kapitel 9

Emilie fühlte sich schwach auf der Brust. Sogar das Luftholen fiel ihr schwer. Jeder Atemzug kostete Kraft, die sie gerade nicht hatte. Sie hatte vergessen, wie lange sie das Bett bereits hütete, wusste jedoch, dass es nach den vielen schwierigen Tagen und Nächten allmählich bergauf ging. Langsam zwar, aber zumindest wurde sie seit gestern nicht mehr von schweren Fieberkrämpfen geschüttelt, gegen die kein Kraut gewachsen schien.

Es war dunkel draußen, Alba saß bei Emilie und las im Schein der Nachttischlampe aus einem Buch vor. Oder war es bereits Abend? Emilie wusste es nicht. Sie konnte sich vage daran erinnern, dass Alba an ihrer Seite gewesen war, um sie zu unterstützen, ihr beizustehen in den dunkelsten Stunden. Carl hatte sie nicht da haben wollen, ihr Mann sollte sie nicht so sehen.

»Alba?«, krächzte Emilie.

»Ja, Mutter? Wie geht es dir? Du bist wach! Soll ich dir etwas Brühe aus der Küche bringen lassen? Einen Tee?«

Emilie lächelte schwach und schloss die Lider erneut. »Nein, nicht jetzt.« Sie streckte die Hand nach ihrer Tochter aus, und Alba ergriff sie sofort und drückte sie aufmunternd.

»Wie spät ist es? Welchen Tag haben wir? Ich … ich weiß gar nichts, das ist mir unangenehm.«

»Es ist Montag, Mutter. Montagmorgen. Geht es dir besser? Ja! Das sehe ich doch. Gott sei Dank. Möchtest du, dass ich dir noch ein bisschen vorlese? Du musst dich weiter ausruhen, du bist noch sehr schwach.«

Als ob sie das nicht selbst wüsste, aber ihr fehlte die Kraft, Alba zu widersprechen. »Ja, mach das«, war alles, was sie mit rauer Stimme erwiderte.

»Kann ich dich vorher etwas fragen?«, hörte sie Alba, und der Tonfall ihrer Tochter war ein wenig leiser, ja beinahe unsicher geworden. Vielleicht täuschte sie sich ja auch.

»Natürlich, Kind.« Emilie brachte nicht die Kraft auf, Alba direkt anzusehen.

»Wer ist Karel?«

Die Frage ihrer Tochter war noch nicht ganz verhallt, als Emilie ein Schock durchlief und sie versuchte, sich aufzusetzen.

Sie riss dabei die Augen so plötzlich und weit auf, dass ihr übel und schwindelig wurde. Alba wirkte alarmiert, besorgt in jedem Fall. Emilie rief sich zur Ruhe, ließ sich matt zurücksinken. Ihr Atem rasselte. Das Herz klopfte unregelmäßig und schnell.

Was hatte sie in ihrem Delirium ausgeplaudert? Etwas über Karel!

O Gott.

Nicht auszudenken, wenn sie Alba im Fieberwahn alles erzählt hatte! Emilie erinnerte sich an die lebhaften Träume, die sich aus Erinnerungen und wirrem Zeug zusammengesetzt hatten. Emilie hatte oft nicht gewusst, ob sie wach gewesen war oder geschlafen hatte. Sie hatte nicht gedacht, dass sie wirklich geredet hatte. Aber Albas Frage war der Beweis, dass die Möglichkeit bestand, dass das Geheimnis ihrer Vergangenheit nun, mehr als zwanzig Jahre später, doch noch gelüftet wurde.

Nein. Das durfte nicht passieren.

Auf gar keinen Fall.

Selbst wenn Alba etwas gehört hatte, das nicht für ihre Ohren bestimmt war, würde Emilie alles leugnen. Sich dumm stellen. Zu mehr war sie ohnehin nicht in der Lage. Niemand würde im Fieber gestammelten Unsinn für bare Münze nehmen – das hoffte sie zumindest.

»Was sagst du, Alba?«, krächzte Emilie, um Zeit zu gewinnen, während sich in ihrem Kopf alles drehte. Ihr war schlecht. Speiübel. Hoffentlich musste sie sich zu allem Unglück nicht auch noch übergeben.

»Wer ist Karel? Du hast immer wieder nach ihm gerufen. Ist er ein Freund der Familie? Ich habe diesen Namen noch nie gehört.« Alba klang nicht misstrauisch oder schockiert.

Immerhin etwas. Trotzdem, die Sache war unangenehm, und Emilie wusste noch nicht, wie sie reagieren sollte, um das Thema so schnell wie möglich ad acta legen zu können.

Emilies Atem kam abgehackt und unregelmäßig. Dann bekam sie einen Hustenanfall, was ihr das Luftholen zusätzlich erschwerte. Alba stützte sie und hielt ihr den Rücken, weil sie zu schwach war, um sich selbst aufrecht zu halten. »Schon gut, Mutter, es geht gleich wieder«, versuchte Alba sie zu beruhigen.

Die Frage nach Karel überging Emilie, auch wenn sie sie natürlich nicht vergessen hatte. Selbst wenn sie gewollt hätte, hätte sie nicht antworten können. Sie konnte überhaupt nicht sprechen. Sie war nach den Tagen der Krankheit entkräftet. Diese verdammte Grippe hatte ihr beinahe den Garaus gemacht. Emilie hasste es, hilflos zu sein. Aber sie ahnte, dass es noch eine ganze Weile dauern würde, bis sie wieder auf die Beine kam.

Dieser Moment mit Alba hatte sie so sehr erschöpft, dass sie zu keinem Wort mehr fähig war. Das schien auch Alba zu begreifen.

»Ruh dich aus, Mutter«, erklärte die Tochter sanft und zog die Decke ein wenig höher. Mütterliche Qualitäten hatte ihre Tochter jedenfalls, überlegte Emilie, mehr als sie selbst vielleicht je gehabt hatte. Sie selbst war nicht gut darin gewesen, am Krankenlager ihrer Kinder zu wachen; oft hatte Theresia an den Bettchen der Mädchen gesessen oder das Kindermädchen, das sie in den ersten Jahren beschäftigt hatten, bis die Kleinen aus dem Gröbsten heraus gewesen waren. Nur bei Kilian war es anders gewesen. Emilie wusste nicht genau, weshalb, aber ihn hatte sie besonders in ihr Herz geschlossen. Er war kleiner gewesen bei der Geburt. Schwächer. Liebesbedürftiger. Er hatte selten geweint, aber immer nach ihrer Nähe gesucht. Das hatte Emilie gefallen, dass der Junge sie so sehr liebte, trotz all ihrer Fehler. Nie hatte er auch nur eine Entscheidung angezweifelt, immer nach Mutter gerufen und nicht nach dem Kindermädchen. Sie hatte sich unersetzlich gefühlt. Bedingungslos geliebt. Vielleicht war es das. Sehnte sich nicht jeder danach?

Das Quietschen der Türangeln verkündete, dass jemand in den Raum trat. Es war nicht ihr Mann, dafür waren die Schritte, die Bewegungen zu leise.

Wo steckte Carl eigentlich? Sie hatte ihn selten gesehen in den letzten Tagen. Oder gar nicht? Emilie war sich nicht sicher. Ungewöhnlich war es nicht; sie hatte ihn ja selbst weggeschickt, auch, damit er sich nicht ansteckte. Er musste seine ganze Kraft in die Firma investieren, sie wusste, dass die Zeiten schwierig waren.

Carl durfte nichts von Karel wissen. Auf gar keinen Fall. Emilie fühlte sich elend. Sie wollte schreien, davonlaufen, aber konnte nicht einmal mehr die Augen öffnen.

»Ah, guten Morgen, Margot. Ja, Mutter ist wach«, hörte Emilie Albas Stimme. Sie klang ruhig, nicht aufgebracht oder alarmiert.

Vielleicht hatte Emilie doch nichts ausgeplaudert. Außer dem Namen natürlich, was schlimm genug war. Ihn nach all den Jahren wieder zu hören, hatte sie selbst schockiert.

Emilie spürte, dass Alba vom Bett aufstand. Kurz fragte sie sich, warum Alba immer nur in der Dunkelheit an ihrer Seite war, dann glitt sie in einen traumlosen Schlummer. Endlich. Sie wollte nicht mehr daran erinnert werden, was sie nicht hatte. Ihre Fieberträume waren real gewesen. Schrecklich. Ein verzerrtes Bild der Realität, an die sie sich entsann. Emilie wollte nichts wissen. Wollte nicht, dass irgendjemand davon erfuhr. Niemals.

Sie hörte, dass Margot leise auf sie einredete und spürte, wie sie irgendwann damit begann, die Morgentoilette – so gut es mit einer entkräfteten Emilie ging – vorzunehmen. Also schlief sie doch nicht. Es war so schwierig zu bestimmen, denn wirklich wach war sie auch nicht. Morgen. Morgen würde es ihr sicher besser gehen. Emilie gab sich den sanften Worten und Bemühungen des vertrauten Hausmädchens hin, die sie ermutigten, bald gesund zu werden, und driftete schließlich doch in einen traumlosen Dämmerschlaf.

* * *

Nachdem Alba das Zimmer ihrer Mutter verlassen hatte, lief sie rasch in ihr eigenes, um sich umzuziehen. Hier atmete sie kurz durch und zog die leichten Vorhänge zurück, um das Fenster zu öffnen. Die Luft war frostig, aber das war genau das, was sie jetzt brauchte, um Körper und Geist zu beleben. Sie hatte die letzte Woche damit verbracht, nachts am Bett ihrer Mutter zu wachen und tagsüber niedere Tätigkeiten in der Fabrik zu verrichten. Sie hatte Müll gesammelt, den Pausenraum gesäubert und das Büro des Betriebsleiters aufgeräumt. Danach durfte sie Böden schrubben und leere Spulen einsammeln, die die Weber und Weberinnen neben den Webstühlen hatten liegen lassen.

Emilie wusste gottlob nach wir vor nichts davon, dass Vater ihr diese Freiheiten zugestanden hatte. Ehe er nach Prag abgereist war, hatte er ihr noch mit ernster Miene erklärt, dass Mutter unter keinen Umständen erfahren dürfe, womit Alba ihre Zeit verbringe. Nicht in ihrem Zustand, hatte er eindringlich betont. Dem hatte Alba nur zustimmen können. Trotzdem bekam sie Angst, dass jemand ihrer Mutter davon erzählte. Vor allem bei Margot hatte sie diese Befürchtung.

Heute Morgen, als das Hausmädchen Mutters Zimmer betreten hatte, hatte Alba Margot einen flehenden Blick gesandt, in dem sie stumm darum gebeten hatte, bloß nichts von ihrer Tätigkeit in der Weberei auszuplaudern. Denn Margot musste es wissen, sie sah Alba jeden Morgen, wenn sie die Villa verließ.

In den vorausgegangenen Tagen war Emilie in einem Zustand gewesen, in dem sie ohnehin nichts begriffen hätte. Alba hatte wahnsinnige Angst um ihre Mutter bekommen, in den Nächten war das Fieber sehr hoch gewesen. Wadenwickel und feuchte Tücher hatte Alba beinahe im Minutentakt wechseln müssen. Ihre Mutter hatte geweint, um sich geschlagen und tatsächlich immer wieder nach einem Karel gerufen. Unzusammenhängendes Zeug hatte sie von sich gegeben, das Alba nicht verstanden hatte. Möglicherweise hätte sie ihre Mutter nicht nach dem Namen fragen sollen, vorhin hatte sie ganz seltsam reagiert. Beinahe so, als ob sie Angst bekommen hätte. Vielleicht hatte sie früher etwas Schlimmes erlebt? Oft durchlebte man schreckliche Ereignisse in den schwächsten Momenten erneut. Nach der Reaktion ihrer Mutter auf das vorsichtige Nachfragen hatte sie das Thema deshalb schnell fallengelassen. Womöglich spielte es auch keine Rolle.

Alba war jedenfalls heilfroh, dass sich Emilie endlich auf dem Weg der Besserung befand. Sie hatte ihre Mutter selten krank erlebt. Ja, hin und wieder lag sie mit einer Migräne im Bett, aber so hilflos hatte sie sie noch nie gesehen. Niemals. Und wenn es nach ihr ging, sollte es auch nie wieder so weit kommen. Es war wirklich Furcht einflößend gewesen.

Allmählich kehrte Mutter zu den Lebenden zurück und war ansprechbar. Zum Glück! Andererseits bekam Alba jetzt Angst, dass ihr eigener Traum sich womöglich bald in Luft auflöste, wenn Emilie von ihrer Tätigkeit in der Weberei erfuhr.

Alba traute Margot diesbezüglich alles zu; sie würde ihr ganz sicher keine Hilfe dabei sein, das Geheimnis vor ihrer Mutter zu bewahren. Aber selbst das Hausmädchen musste begreifen, dass Mutters Zustand noch zu labil war, um sie mit den Banalitäten des Alltags zu konfrontieren. Das hoffte Alba zumindest.

Heute würde Mutter womöglich noch nichts erfahren, aber so schön es auch war, dass es ihr besser ging, in den nächsten Tagen würde Emilie sich wieder mehr und mehr in den Alltag einbringen – und sei es vom Schlafzimmer aus. Garantiert würde Margot sie dann mit allen wichtigen Informationen, die die Angestellte für erzählenswert hielt, versorgen. Margot hatte noch nie eine Gelegenheit ausgelassen, um Alba in die Pfanne zu hauen. Natürlich hatte Mutter auch davon gehört, dass sie den Staubsauger inspiziert und selbst getestet hatte – im Vergleich dazu, dass sie in der Weberei Fußböden schrubbte, war das eine Nichtigkeit. Aber Mutter hatte sich bereits damals aufgeregt, wie würde es erst werden, wenn sie von Albas momentanen Aktivitäten erfuhr?

Alba musste gleich mit Vater darüber sprechen. Er war zwar seit einigen Tagen wieder zu Hause, aber seitdem hatte er sich in der Arbeit vergraben. Nicht einmal zum Abendessen hatte sie ihn gesehen. Das hatte Alba stets allein mit Kilian im Speisezimmer eingenommen. Obwohl die Termine in Prag nicht so gelaufen waren, wie Carl es sich vorgestellt hatte – das zumindest hatte er einmal verlauten lassen –, wirkte er etwas weniger belastet als vor der Abreise. Er war längst nicht mehr so blass und angespannt wie letzte Woche. Das mag aber auch daher rühren, dass es Mutter allmählich besser geht, überlegte Alba, während sie in ihrem Zimmer die Fabrikarbeitskluft anlegte, die sie sich besorgt hatte. Eine graue Hose, ein langes Unterhemd und einen Arbeitskittel über dem Pullover. Schön sah anders aus, aber Eitelkeit war bei ihrer Tätigkeit in der Weberei nicht angebracht.

Alba huschte in die Küche, löffelte in Theresias Gegenwart einen kleinen Teller Sauerteigsuppe und rannte dann über den Hof zur Weberei, wie jeden Morgen. Der Schnee knirschte unter den dicken Sohlen ihrer Stiefeletten. Frostige Luft biss sich in die zarte Haut ihrer Wangen und vertrieb den letzten Rest Müdigkeit aus ihrem Gesicht. Der blassblaue Himmel war klar und wolkenlos, die Temperaturen mussten deutlich unter null Grad liegen.

Alba war spät dran, aber würde es hoffentlich pünktlich schaffen.

Beschweren wollte und würde Alba sich nicht, aber allmählich forderte der Schlafmangel seinen Tribut. Sie fühlte sich erschöpft. Vielleicht konnte sie nach dem heutigen Tag endlich einmal eine Nacht durchschlafen. Mutter würde sie nicht mehr brauchen, um an ihrer Seite zu wachen. Es sei denn, das Fieber kehrte zurück, was Alba nicht hoffte.

Gähnend schlüpfte Alba durch die Eingangstür im Erdgeschoss, schob ihre Arbeitszeitkarte in die Stempelmaschine, wartete, bis das vertraute *Tack* ertönte, und zog sie wieder heraus. Sechs Uhr neunundfünfzig stand in der Spalte für den Montag; es war ein wenig schief, aber das machte nichts. Alba steckte die Karte zurück in das Fach, auf dem nicht ihr Name stand. Noch nicht. Nur auf der Karte hatte der Betriebsleiter ihren Namen notiert. Mit einem Bleistift, als sei noch nicht sicher, dass sie wirklich bleiben durfte.

Nein, sagte sie sich. Sie sollte nicht zweifeln, sie machte die Arbeit gut, sie strengte sich richtig an. Ihr Vater oder Herr

Scholz hatten keinen Grund, unzufrieden mit ihr zu sein. Sicher hatte das mit dem Bleistift nichts zu sagen.

Als sie sich umdrehte – es waren noch andere Arbeiter hinter ihr, die es ihr gleichtun wollten –, entdeckte Alba Miroslav.

Er schaute sie durchdringend an. Der Tscheche bereitete ihr mit seiner stummen Gegenwart eine intimere Begrüßung, als es mit Worten möglich gewesen wäre. Obwohl sie in den letzten Tagen kaum ein Wort mit ihm gewechselt hatte, hatte es doch viele Blicke zwischen ihnen gegeben. Intensive Blicke, die Alba nicht einordnen konnte. Sie spürte während der Arbeit immer wieder seine Augen auf sich ruhen, und nur manchmal lag Spott darin, oft etwas ganz anderes.

Alba fühlte sich gegen ihren Willen zu ihm hingezogen, obwohl er ihr mit seinem frechen Verhalten doch eigentlich zuwider sein sollte. Alba war irritiert über sich und die in ihr widerstreitenden Empfindungen. Sich von einem Mitarbeiter schöne Augen machen zu lassen, war jedenfalls nicht ihr Plan. Deshalb wandte sie sich ab und machte sich auf die Suche nach Günter Scholz, um ihn zu fragen, was für sie heute auf dem Programm stand.

Sie fand den Betriebsleiter an einem der Webstühle, die Gerda Meitner bediente. Sie trug Pulswärmer und einen Schal um den Hals. Obwohl die Fabrikräume beheizt waren, war es recht kühl. Im Sommer war das anders, da kam man wegen der vielen Fenster, die man nicht öffnen konnte, ordentlich ins Schwitzen.

»Servus, Alba«, grüßte die langjährige Angestellte. Günter Scholz nickte und wandte sich an Alba. »Frau Meitner ist gerade mit der Einrichtung des Webstuhls beschäftigt, dafür ist zuvor die Gewebeplanung angesagt. Das ist wichtig, sie muss genau berechnen, wie viel Gramm Garn sie auf der Spule haben muss, damit alles passt«, erklärte er ruhig. »Sie wissen ja sicher, dass wir hier verschiedene Muster herstellen können; das muss natürlich alles vorher festgelegt werden. Genauigkeit ist wichtig. Aber Gerda ist eine unserer Erfahrensten. Sie kann sechs Webstühle gleichzeitig bedienen. Die meisten schaffen nur vier.«

Gerda blickte verlegen zu Boden. Das Lob ging ihr sichtlich runter wie Öl, und sie hatte es sich redlich verdient. Gerda war nicht nur fähig, sondern auch bescheiden und freundlich. Alba mochte sie sehr.

»Es ist beeindruckend, wie das alles ineinandergreift«, erwiderte Alba in höflicher Zurückhaltung.

Herr Scholz sprach kurz mit der Weberin, bis sie alle Fragen geklärt hatten, dann ging er mit Alba zu seinem Büro. Sie wunderte sich ein wenig, denn sonst schickte er sie von einem Platz zum nächsten und nahm sie nicht erst mit hinauf, aber sie sagte nichts.

»Eine Woche ist nun um«, fing er an, nachdem sie das kleine Zimmer auf der Galerie erreicht hatten, in dem er seine Schreibarbeiten erledigte.

»Sie haben recht«, entgegnete Alba mit einem Lächeln.

»Und, wie gefällt es Ihnen bei uns, Fräulein Lemberg?«

Ihre Nägel waren alle abgebrochen, jeder Knochen tat ihr weh, unter ihren Augen musste sie tiefe schwarze Ringe haben.

»Ich liebe es«, gab sie mit einem strahlenden Lächeln zurück.

Der Betriebsleiter erwiderte das Lächeln zwar nicht, aber sie sah an seiner Haltung und seinem Blick, dass ihm ihre Antwort gefiel. Er war jedoch kein Mann, der sich hinter die Stirn schauen ließ. Alba konnte nicht sagen, ob er ihren Einsatz generell guthieß oder ob er einfach der Tochter des Hauses ein bisschen was vom Geschäft zeigte, weil der Direktor es befohlen hatte. Letztlich hatte er sie in der Woche gut behandelt, aber das machte Herr Scholz bei allen. Er war eine verlässliche Führungskraft mit ausgezeichneten Fähigkeiten und gesundem Menschenverstand. Dass sie hier in seinem Büro stand, konnte nur eines bedeuten: Er hatte ihr etwas zu verkünden, das er nicht vor den anderen äußern wollte. Deshalb fürchtete sich Alba ein wenig davor, was er ihr gleich zu sagen hatte. Hoffentlich nicht, dass Vater sie nach Hause schicken ließ. Das würde ihm ähnlichsehen, dass er sich nicht mit der Tochter und ihren Flausen herumschlagen wollte und somit den Betriebsleiter die schlechten Neuigkeiten überbringen ließ. Vor Herrn Scholz würde Alba keine Szene machen, weil ihre Erziehung es anders verlangte. Das wusste auch ihr Vater. In der Hinsicht war Carl Lemberg manchmal bequem – das hatte sie schon bei Meinungsverschiedenheiten mit der Mutter gemerkt. Er ging diesen gern aus dem Weg. War es das, was er jetzt mit Herrn Scholz vorhatte? Ihn vorzuschicken, um die traurige Botschaft zu überbringen?

»Sie haben verschiedene Bereiche durchlaufen, welchen finden Sie am interessantesten?«, hörte sie ihn fragen und war überrascht. Und erleichtert. Aber der »Rauswurf« konnte ja noch kommen. Wirklich angestellt war sie ohnehin nicht, dessen war sie sich bewusst.

»Oh, ich bin der Meinung, dass jede Tätigkeit für sich reizvoll ist. Na ja, das Putzen vielleicht nicht so sehr; es muss aber auch erledigt werden, deshalb finde ich es gut, dass ich diese Erfahrung machen durfte.«

»Das wird Ihren Vater sicher freuen«, entgegnete der Betriebsleiter zufrieden. »Ich wollte Ihnen nur meinen Respekt aussprechen. Ich bin der Meinung, Sie haben sich sehr gut geschlagen, immerhin ist das alles neu für Sie.« Er räusperte sich. »Das wollte ich Ihnen nur mitteilen, ehe Sie mit Ihrem Vater sprechen. Er möchte Sie sehen.«

»Er ist schon da?«, fragte Alba überrascht.

»Ja, heute war er vor allen anderen im Haus.«

Was das bedeutete, konnte Alba nicht sagen, aber ein flaues Gefühl breitete sich in ihrer Magengrube aus. Ihre Handflächen wurden feucht. »Danke, Herr Scholz.«

Kurz darauf wartete Alba vor Vaters Tür und klopfte. Nach seinem »Herein« trat sie ein.

»Guten Morgen, Alba«, begrüßte ihr Vater sie. Auf seinem Tisch stand eine Tasse dampfender Kaffee. »Setz dich bitte.« Er bot ihr keinen Kaffee an.

Sie konnte seiner Mimik nicht entnehmen, ob er gute oder schlechte Neuigkeiten für sie hatte. Alba war so nervös, dass sie kaum atmen konnte. Kein Wort kam über ihre Lippen. Untypisch für sie, aber sie hatte Angst, etwas zu sagen. Sie fürchtete, dass gleich alles zu Ende sein würde. Stumm blickte sie ihn an und wartete, was er mitzuteilen hatte.

Ihr Vater verschränkte seine Finger auf der Tischplatte ineinander und betrachtete seine Tochter für einen Augenblick schweigend.

»Ich habe dich unterschätzt«, erklärte er schließlich. Er lächelte nicht.

Alba holte Luft und blinzelte ein paar Mal.

Hatte er das eben wirklich gesagt?

Sie musste sich verhört haben. Das klang ja beinahe nach einem Kompliment.

Und mit dem Eingeständnis eines Fehlers seinerseits hatte Alba auch nicht gerechnet.

»Dennoch muss ich dir mitteilen, dass es natürlich an dieser Stelle für dich mit der Arbeit in der Weberei zu Ende geht.«

Sie schluckte. Ihre Kehle wurde eng. »Wie bitte? Aus welchem Grund? Habe ich meine Arbeit etwa nicht gut gemacht?« Enttäuschung spülte über sie hinweg.

Sie hatte gehofft, dass das Lob von Herrn Scholz dazu beitragen würde, dass Vater es sich anders überlegen und sie längerfristig beschäftigen würde. Dass er ihr eben das Gegenteil verkündet hatte, ließ Zorn in ihr aufschäumen.

Sie sprang auf und funkelte ihren Vater wütend an; dabei war dies genau das, was sie hatte vermeiden wollen.

Zu impulsiv, dachte sie beschämt. Jetzt wird er mich gleich im hohen Bogen rauswerfen. Verdammt, wieso kann ich nicht einfach die Klappe halten und mir anhören, was er zu sagen hat?

Alba senkte den Kopf und setzte sich. Sie fing an zu schwitzen, schaute auf ihre Füße und versuchte, ihren rasenden Herzschlag zu beruhigen. Als sie schließlich den Blick hob, sah sie, dass Vater sie mit gerunzelter Stirn beobachtete.

Er seufzte. Alba spürte tief in ihrem Herzen, dass es ihm nicht leichtfiel, sie gehen zu lassen, dass er jedoch davon überzeugt war, keine andere Wahl zu haben. Weil es sich nicht gehörte. Weil sie zu Höherem bestimmt war.

Gott, wie sie das hasste.

»Du weißt es doch selbst«, erklärte Vater leise und klang seltsam niedergeschlagen. Alba knirschte mit den Zähnen. Er war der Chef. Er konnte sich über Konventionen hinwegsetzen; hatte er nicht eben zugegeben, dass sie ihn überrascht hatte?

Jetzt bloß nicht frech werden, nahm Alba sich vor, obwohl ihr mindestens drei Antworten auf der Zunge lagen, die sie ihm entgegenschleudern wollte. Mit zänkischem Benehmen kam sie jedoch nicht voran, so viel war klar. Sie musste unter allen Umständen einen kühlen Kopf bewahren, aber das war verflucht schwierig.

Sie überlegte fieberhaft, welche Argumente sie vorbringen konnte, ohne ihn gegen sich aufzubringen, ohne aufmüpfig zu wirken. Oder frech.

Alba fiel keines ein, das sie nicht in früheren Gesprächen bereits angewandt hatte, das nicht wie eine Beleidigung klang.

»Bitte, Vater«, war schließlich alles, was sie mit belegter Stimme hervorbrachte. »Ich wünsche es mir so sehr. Es ist alles, was ich will! Sogar Herr Scholz sagt, dass ich mich gut angestellt habe. Er war zufrieden mit mir und meiner Arbeit.«

Tränen schossen ihr in die Augen. Sie blinzelte sie weg. Sie wollte nicht vor ihrem Vater weinen, was ihn nur darin bestätigen würde, dass sie zu weich war fürs Geschäft. Obwohl er es nie ausgesprochen hatte, wusste sie, wie die Eltern dachten. Mädchen gehörten hinter den Herd. Sollten sich um Heim und Kinder kümmern, weil das Geschäftsleben zu hart war. Alba stimmte dem nicht zu. Im Gegenteil. Sie wusste genau, was sie sich wünschte, und hatte schon in dem Pensionat gemerkt, dass sie mit dem üblichen Frauenkram nie glücklich werden würde. Etwas Langweiligeres als eine Menüfolge zu bestimmen, gab es kaum. Sie wollte mehr vom Leben.

Für einige sehr lange Sekunden, die sich zu einer halben Ewigkeit ausdehnten, blieb es still im Raum. Alba spürte, dass Vater nachdachte. Zweifelte er vielleicht sogar daran, dass er recht haben könnte? Sie hoffte es so sehr.

Schließlich blickte ihr Vater auf die Tischplatte, rieb sich über die Stirn und murmelte etwas Unverständliches. Dann lehnte er sich im Stuhl zurück, und es schien, als fiele Spannung von ihm ab. Er hob die Hände in Hilflosigkeit, als wäre er mit dem Ausgang der Sache nicht zufrieden, und sagte dann: »Gut, Alba, mich hast du überzeugt. Du bist klug. Warum sollte ich auf jemanden wie dich verzichten, wo du es doch ganz augenscheinlich mehr willst als alles andere auf der Welt?«

Sie glaubte zu träumen. Ihr Herz schlug höher. »Vater …«

Er hob die Hand und brachte sie mit einer Geste zum Schweigen. »Warte, Alba, bevor du etwas sagst. Eines wäre noch zu klären.«

»Mutter«, sagten sie unisono.

»Sie wird mich umbringen«, erklärte Vater und sah dabei aus wie jemand, der das Lächeln lange verlernt hatte und nun selbst darüber erstaunt war, dass es ihm noch gelang. Gleichzeitig wirkte er gequält.

»Sie muss es erfahren, oder?«, fragte Alba leise und wagte kaum, ihn anzusehen. Immerhin schlug sie ihm gerade vor, die Mutter zu hintergehen.

Vater hob eine Braue. »Natürlich muss sie das! Wie sollten wir es ihr auch verheimlichen? Nein, Alba. Das kommt nicht infrage. Du musst schon für das, was du tust, geradestehen, auch wenn es unbequem wird.«

»Ich weiß.« Sie seufzte leise. Dass das nicht leicht werden würde, brauchte niemand zu erwähnen. »Dann darf ich eine Ausbildung im Betrieb machen?«

»Moment, junge Dame. Wir reden hier nicht davon, dass du fest angestellt wirst oder dass du eines Tages die Leitung übernimmst.«

Schade, dachte sie. Ich könnte es mir vorstellen, gemeinsam mit Ferdinand. Schnell schlug sie den Blick nieder, denn Vater würde sonst wissen, was in ihr vor sich ging. Sie wollte mehr, als er ihr zu geben bereit war.

»Unser gemeinsames Ziel ist immer noch, dass du heiratest. Das ist auch eine meiner Bedingungen.«

Alba sackte im Stuhl zusammen. Nun kam das schon wieder. Wie müde sie davon war. »Ich wusste, dass ich meine Seele für meine Träume verkaufen muss«, stieß sie bitter hervor. Es hatte ein Scherz werden sollen, aber es klang nicht witzig. Überhaupt nicht. »Tut mir leid«, fügte sie kleinlaut an. »Die Bedingungen sind welche?«

Vater überging ihren Kommentar. »Erstens, du wirst dich in der Gesellschaft bewegen und zustimmen, wenn dich jemand um eine Verabredung bittet. Es gibt genügend heiratsfähige Männer in unserer Gegend, die für dich als Ehepartner infrage kommen.«

Alba unterdrückte ein Augenrollen. Sie hasste es, sich wie ein Stück Fleisch zu fühlen, für das man den besten Abnehmer suchte.

»Zweitens, deine Mutter muss deiner Tätigkeit hier zustimmen. Ich werde diesen Kampf nicht mit ihr führen.«

Alba spürte, dass alle Farbe aus ihrem Gesicht wich. »Wieso nicht?«

»Du weißt so gut wie ich, dass auch sie Sorgen hat. Sie will nur dein Bestes. Das ist im Übrigen alles, was wir alle wollen.«

»Warum kann ich nicht selbst entscheiden, was gut für mich ist?«

»Wenn du einmal selbst Kinder hast, wirst du es verstehen.«

»Dann kann ich es vergessen. Nie im Leben wird sie Ja sagen. Es war schon schwer genug, dich zu überzeugen. Oder vielleicht bist du es gar nicht und schiebst nur Mutter vor, damit du kein Nein über deine Lippen bringen musst«, schimpfte Alba und merkte, wie sich ein Knoten in ihrem Magen bildete.

Vater zeigte sich ob ihrer aufbrausenden Art ungerührt. »Das ist meine Bedingung und gleichzeitig mein letztes Wort.«

Es klang endgültig, und Verzweiflung machte sich in ihr breit. Sie wollte nicht aufgeben. Nicht jetzt. Niemals.

»Du hast gewusst, dass ich sie nie werde erfüllen können, deine blöden Bedingungen!«, wetterte Alba. O nein, nun wurde sie doch laut.

Sie war einfach untröstlich, und das konnte sie leider nicht verbergen. Vater sollte ruhig merken, dass er sie damit in tiefes Unglück stürzte.

»Bleib sachlich«, mahnte er sie.

Alba biss sich auf die Lippe. »Darf ich dann wenigstens weitermachen, bis Mutter wieder gesund ist? Solange sie es nicht weiß, kann sie es mir nicht verbieten.«

Beide wussten, dass das nur ein lahmer Versuch war, aber keine wirkliche Option. Alba fühlte sich verdammt in ihrer

Hilflosigkeit. Warum konnte sie nicht einfach das tun, was sie wollte? Weshalb durften andere über ihr Leben entscheiden? Das war nicht gerecht. Es war unfassbar gemein.

»Am Ende tust du doch sowieso, was du willst.« Alba war überrascht, diesen Satz aus dem Mund ihres Vaters zu hören. »Mir scheint, dass bei der Erziehung meiner Töchter zu viel freies Denken erlaubt wurde. Nun, diese Vorwürfe muss ich mir selbst machen. Auch auf die Gefahr hin, dass ich mich wiederhole. Ich schätze deinen klaren Verstand und ich wäre bereit, dir hier eine Chance zu geben. Aber nur unter den genannten Bedingungen. Da kannst du so viel schmollen, wie du willst. Lass es mich noch einmal formulieren, damit wir am Ende nicht so tun, als wäre es ein Missverständnis, Alba: Meinen Segen für eine Tätigkeit in der Weberei bekommst du erst, wenn Mutter dem ebenfalls zugestimmt hat. Und jetzt lass mich bitte allein. Ich habe zu tun.«

Alba stand auf. Sie war geschlagen. Ihre Schultern sackten nach vorn. Hinter ihren Lidern brannte es. Wortlos verließ sie Vaters Büro. Sie wollte schreien, sie wollte weinen, richtete sich aber wieder auf, drückte die Brust heraus. Zeigte mit keiner Regung, was in ihr vorging.

Alba nahm die Stufen nach unten und ging dann zum Treppenhaus. Mit einem sehnsüchtigen Ziehen in ihrer Brust schaute sie im Erdgeschoss auf die Stempeluhr. Das konnte sie sich jetzt wohl sparen. Sie fühlte sich beobachtet und drehte sich um. Sie war überrascht, als sie Miroslavs Blick begegnete. Er war dabei, Garnspulen von einem Rollwagen in den Lastenaufzug zu laden. Er erhob sich und kam einen Schritt auf sie zu. »Was ist los?«

Alba wusste nicht, wieso, aber dieser Satz berührte etwas in ihr. Sie biss sich auf die zitternde Unterlippe.

Vermutlich war er der Letzte, der sie verstehen konnte. Verstehen wollte. Trotzdem hatte Alba das Gefühl, dass Miroslav im Augenblick der einzige Mensch auf diesem Planeten war, den es kümmerte, was sie bedrückte. Sie wünschte, sie könnte ihm ihr Herz ausschütten. Sehnte sich nach Trost. Anteilnahme.

Alba hatte – seiner Ansicht nach – keinen Grund, sich zu beklagen. Sie hatte alles, was man zum Leben benötigte. Sie besaß sogar weitaus mehr als das, wie Miroslav zuvor selbst in seiner schroffen und direkten Art mehrfach betont hatte. Trotzdem las sie Mitgefühl in seinem Blick, obwohl er nicht einmal wusste, was vorgefallen war. Es lag eine Wärme darin, die sie schon zuvor ein paar Mal bemerkt hatte. Eine Wärme, die sie irgendwie entwaffnete.

Alba trat näher und schluckte, der Kloß in ihrem Hals war riesengroß. »Womöglich hattest du doch recht«, wisperte sie und hörte selbst, wie dünn ihre Stimme klang.

»Womit?«

Eine Gänsehaut breitete sich auf ihren Unterarmen aus. Seine dunkle Stimme drückte mit nur einem Wort all das aus, was sie jetzt brauchte. Nähe. Zuspruch. Und auch das Gefühl, dass das, was sie hier tat, nicht völliger Irrsinn war.

»Dass ich hier nicht hingehöre«, sprach sie nun das aus, was er ihr selbst einmal erklärt hatte. Alba reckte ihr Kinn ein wenig nach vorn, fürchtete Hohn oder Sarkasmus, hatte Angst, dass sie sich eben alles nur eingebildet hatte und gleich einen Spruch seinerseits obendrauf bekäme, der alle Dämme zum Einsturz bringen würde. Dass er tiefer in die Kerbe schlug und sie die Fassung verlor und losheulte wie ein Kind.

Miroslav schwieg und schaute sie aufmerksam an. Dann neigte er seinen Kopf ein wenig zur Seite. Eine kaum merkliche Geste, die die Spannung zwischen ihnen nur wachsen ließ. Kein Spott war auf seinen kantigen Zügen zu erkennen. Nur tiefe Anteilnahme, als wüsste er, auch ohne es von ihr gehört zu haben, dass sie vor wenigen Minuten ihre Träume hatte aufgeben müssen. Träume, die er nicht nachvollziehen konnte; aber dennoch gab er ihr zu verstehen, dass ihre Gefühle in Ordnung waren. Dass er sie respektierte.

»Ich habe mich getäuscht, Alba«, erklärte er jetzt mit rauer Stimme.

Die Art, wie er ihren Namen sagte, jagte kleine Schauer an ihrer Wirbelsäule entlang. »Du gehörst hierher, wie Wasser in einen See.«

Er sagte es, als wäre es wirklich die Wahrheit. Und sie glaubte ihm, weil sie wusste, dass es stimmte.

Alba hielt den Atem an, ehe sie antwortete. »Es ist nett, dass du mich trösten willst. Aber es ist zu spät. Ich muss meine Träume begraben. Vater hat es mir eben mitgeteilt.« Sie blinzelte und schaute Miroslav unvermittelt an.

Seine Miene blieb ernst. »Seit wann gibst du so schnell auf?«

Miroslav stand so dicht vor ihr, dass er sie hätte berühren können, wenn er nur die Hand gehoben hätte. Aber er rührte sich nicht. Der Tscheche betrachtete sie stumm, als wäre sie etwas Besonderes. Achtung las sie in seinem Blick, aber da war noch mehr. Es war die wortlose Anerkennung ihrer Person mit all den Wünschen und Träumen, die er vielleicht nicht teilte, aber dennoch wertschätzte, weil er ihr einen eigenen Willen zugestand. Das war mehr, als Alba nach ihren bisherigen Gesprächen mit ihm erwartet hatte. Womöglich war der erste Eindruck falsch gewesen, denn das hier war echt. Daran bestand kein Zweifel.

Alba nahm einen zarten Duft von Tabak und frischem Schweiß an ihm wahr, und eine ganz eigene Note, die ihn besonders machte. Die Selbstkontrolle ließ Alba für einen Wimpernschlag im Stich. Sie verlor sich im Grün seiner Augen und wünschte sich Dinge, die noch unerreichbarer waren als Mutters Ja zur Fabrikarbeit.

Sie las von Miroslavs Zügen ab, dass er das Gleiche dachte wie sie. Sein Blick war auf ihre Lippen geheftet und wanderte dann wieder hinauf zu ihren Augen. Sein Adamsapfel hüpfte.

Auf einmal waren sie nur ein Mann und eine Frau. Nicht mehr von Klassen getrennt.

Wie konnte ich ihn jemals unmöglich finden?, dachte sie. Er ist der erste Mensch, der ehrliches Interesse an mir und Verständnis für meine Bedürfnisse zeigt.

Sie hob ihre Hand und strich ihm über die Wange. Sie fühlte Bartstoppeln und Wärme. Es kitzelte ein wenig unter ihren Fingerkuppen, aber es war ein schönes Gefühl. Sie hatte noch nie einfach so einen Mann berührt. Kurz zuckte Miroslav zusammen, als hätte er sich über die zarte Sinnlichkeit ihrer Berührung erschrocken. Dann trat er zurück und die Blase zerplatzte.

Niemand sagte ein Wort. Sie waren beide erschüttert, dass es zwischen ihnen einen Moment gegeben hatte, über den sie niemals sprechen durften.

Kapitel 10

Margot stand in der Küche und richtete ein Tablett für die gnädige Frau. Feuchtwarmer Ofenduft waberte durch den Raum. Theresia saß auf dem Bänkchen am Fenster und schälte Kartoffeln. Es war ein grauer Morgen Anfang Feber; in den letzten Tagen hatte es gestürmt und mehr als einen halben Meter hoch geschneit.

»Wie geht es ihr heute?«, erkundigte sich die Köchin bei Margot.

»Ich wünschte, ich könnte sagen, gut, aber davon ist sie noch immer weit entfernt. Doktor Gürsch kommt gleich, er will noch einmal nach ihr sehen. Wo steckt denn Kitty schon wieder?«

»Ich habe sie in den Laden geschickt, um ein paar Besorgungen zu machen. Aber das ist schon eine Weile her. Eigentlich müsste sie längst zurück sein.«

Margot ging die Unfähigkeit des zweiten Hausmädchens allmählich gegen den Strich. Der dummen Gans konnte man beim Laufen die Schuhe besohlen. Vermutlich war sie nicht nur in die Gemischtwarenhandlung gelaufen, sondern machte irgendwo noch eine Pause, verplemperte die Zeit und ging der Arbeit aus dem Weg. Das sah dem faulen Ding ähnlich.

Margot stellte die heiße Teekanne aufs Tablett und machte sich dann auf den Weg nach oben. Sie sah, wie Josef den Landarzt ins Schlafgemach der gnädigen Frau führte. Der Arzt trug einen dicken Wintermantel mit Fellkragen und derbe Stiefel mit dicken Sohlen.

Sehr gut, dachte sie, das passt gut, dass der Arzt jetzt da ist. Sie wollte nichts verpassen und betrat das Krankenzimmer nach den Männern mit dem Tablett für die Patientin.

»Grüß Gott, Herr Doktor«, gab Margot höflich von sich und knickste, wie es sich gehörte. Die blassgelben Vorhänge waren geöffnet worden und etwas Tageslicht fiel auf den edlen Perserteppich, der vor dem Schminktisch der gnädigen Frau lag.

Doktor Gürsch widmete sich bereits seiner Patientin, seinen Mantel hatte Josef über einen Stuhl gehängt.

Emilie war wach. Margot hatte, ehe sie in die Küche gegangen war, nach ihr gesehen und ihr ein paar Kissen unter den Rücken geschoben, um ihren Oberkörper ein wenig aufzurichten. So bekam sie besser Luft. Sie lag seit drei Wochen im Bett; zwar machte sie Fortschritte, aber nur sehr langsam. Das kam Margot ungewöhnlich vor und sie sorgte sich, ob mehr als nur eine Grippe dahintersteckte. Schon allein deswegen brauchte sie eine Beschäftigung im Zimmer, um nicht verschwinden zu müssen.

Josef trat aus dem Schlafgemach und schloss die Tür leise hinter sich, während Margot das Tablett zunächst auf einem Beistelltisch platzierte. Der Anstand hätte es geboten, dass sie den Raum verließ, aber sie wollte unbedingt wissen, was der Arzt sagte. Ihrer Meinung nach befand sich Emilie nach wir vor in einem äußerst fragilen Zustand. So hatte sie ihre Hausherrin nie zuvor erlebt.

Doktor Gürsch klappte seine dunkle Ledertasche auf, nachdem er Emilie begrüßt und sich nach ihrem Befinden erkundigt hatte. Er zog ein Stethoskop hervor und hörte die gnädige

Frau ab. Sie war blass und hatte bläulich schimmernde Ringe unter den Augen, die Wangen waren eingefallen. Sie hatte viel Gewicht verloren, dabei war sie vorher schon schlank gewesen. Nun sah sie mager aus. Die Zimmertür öffnete sich und Carl Lemberg trat ein. Er trug einen zweireihigen Nadelstreifenanzug mit einem weißen Einstecktuch und war offenbar aus dem Büro herübergeeilt; er war atemlos.

»Guten Tag, Doktor Gürsch«, grüßte der gnädige Herr. Carl Lemberg war tadellos gekleidet wie immer. Sein Tweedanzug wies keine Falte auf, die dunkle Krawatte saß akkurat, ebenso wie die Frisur. Die Männer verzichteten auf einen Händedruck, weil der Arzt gerade beschäftigt war.

»Grüße Sie«, erwiderte er, dann maß er Emilies Blutdruck. »Viel zu niedrig, aber wie sollte es anders sein; das ist kein Grund zur Beunruhigung, Frau Lemberg.« Er stand auf und tätschelte Emilies Oberarm. »Gute Besserung weiterhin, kommen Sie rasch wieder zu Kräften.«

Margot konnte nicht länger im Zimmer bleiben, ohne dass es auffällig war, deshalb verließ sie es lautlos, aber nicht ohne ihr Ohr an die Tür zu lehnen, um zu erfahren, was die Herren besprachen. Doch sie unterhielten sich zu leise, sie konnte nichts hören.

»Verdammt«, murmelte sie.

Um ein Haar wäre sie gestürzt, weil sich die Tür unvermittelt öffnete und sie nicht damit gerechnet hatte. Gerade noch konnte sie sich fangen und blieb in der Mitte des Flurs stehen. Margot blickte in das Gesicht von Carl Lemberg, der zwar überrascht war, ihr so nah gegenüberzustehen, aber kein Wort darüber verlor.

Beim Lauschen erwischt zu werden, war unangenehm. »I-ich hatte vergessen, den Tee einzuschenken«, erklärte sie und huschte an Arzt und Hausherr vorbei in das Zimmer.

Dort bekreuzigte sie sich und atmete tief durch. Dann goss sie Tee in eine Tasse und brachte sie hinüber zu Emilie. Ein Tellerchen mit Zwieback stellte sie auf den Nachttisch.

»Danke, Margot«, sagte die gnädige Frau mit rauer Stimme und hustete rasselnd.

Die nächste halbe Stunde widmete sich das Hausmädchen den Bedürfnissen der Patientin. Sie half ihr dabei, die Zähne mit Chlorodont-Zahnpaste zu putzen, und hielt ihr im Anschluss die Waschschüssel nah genug, sodass sie es selbst schaffte, sich frisch zu machen. Beinahe fand Margot es schade, dass sie nun nicht mehr in dem Maße gebraucht wurde, wie es in Emilies schwächsten Stunden der Fall gewesen war. Margot hätte es nicht offen zugegeben, aber sie hatte die Zeit am Krankenbett als erfüllend empfunden. So nah hatte sie sich Emilie nie zuvor gefühlt, die sich Margots Händen in abhängigem Vertrauen hingegeben hatte.

»Wenn Sie noch etwas benötigen, klingeln Sie bitte«, erklärte Margot schließlich und fühlte, wie sich der alte Spalt wieder zwischen ihnen auftat. Nun war sie wieder nur mehr dienstbarer Geist und nicht mehr die enge Vertraute.

Margot verließ das Krankenzimmer, nachdem sie die Kissen noch einmal für Emilie aufgeschüttelt hatte, und lief ein wenig verloren die Treppen hinab in Richtung Küche. Sie entdeckte Kitty, die im Vorratskeller gerade die Einkäufe verstaute und dabei ein Schokoladenpapier verschwinden ließ. Es war nicht das erste Mal, dass Margot bemerkte, dass so etwas passierte. Von ungefähr kamen die roten Pausbacken der dummen Gans ja nicht.

Margot presste die Lippen zusammen und suchte Maria Schlegel. Sie fand die Hausdame in ihrem Schreibkämmerchen, wo sie mit dem Haushaltsbuch zugange war. Es war ein Raum ohne Fenster, eine Lampe brannte auf dem schmalen Schreibtisch.

»Haben Sie eine Minute für mich?«, erkundigte Margot sich mit sittsam vor dem Bauch verschränkten Händen.

»Natürlich, Margot, was kann ich für dich tun?«

»Es geht um Kitty.« Sie trat näher. »Ich habe das Mädchen lange genug in Schutz genommen, aber nun muss ich es loswerden.«

»Was meint du?«

»Sie stiehlt. Ist faul und kann nichts.«

Die Hausdame hob eine Braue. »Sie stiehlt? Das ist eine harte Anschuldigung.«

»Ich habe es gesehen, gerade wieder.«

»Was hat sie an sich genommen?« Maria Schlegel stand auf und wirkte erschüttert.

»Wenn sie einkaufen geht, futtert sie immer etwas von dem, was für die Herrschaften bestimmt ist. Ist Ihnen noch nie aufgefallen, dass ständig Pralinen gekauft werden, obwohl niemand mehr davon isst?« Margot merkte, dass Maria das wohl nicht im gleichen Maße als Affront verstand wie sie, deshalb fuhr sie fort: »Das Schlimmste ist, dass ich ihre ganze Arbeit mitmachen muss. Das geht nicht mehr länger. Ich habe lange genug die Gosche gehalten, aber jetzt ist es genug, wo ich selbst müde bin, nachdem ich die gnädige Frau so aufopferungsvoll gepflegt habe.«

Maria machte eine Geste. »Gut, Margot, ich werde der Sache nachgehen. Ich weiß natürlich, dass Kitty nicht die Fleißigste ist. Und das, was du berichtest, geht natürlich nicht. Danke, dass du mich informiert hast.«

Margot hatte absichtlich ein wenig übertrieben, aber sie wollte, dass Kitty gehen musste. Sie mochte das Mädchen mit ihrer ständig guten Laune und dem schmalen Intellekt nicht. Das allein war schon schlimm genug, aber dass sie auch noch stinkfaul war, konnte Margot nicht ertragen.

Sie dachte kurz daran, was hätte sein können, wenn sie in einer anderen Familie groß geworden wäre. Wenn sie die Möglichkeit gehabt hätte, länger zur Schule zu gehen, wäre etwas aus ihr geworden; sie und Emilie hätten wirklich Freundinnen sein können. Margot konnte ja nichts dafür, dass ihr Vater zu früh gestorben war und die Mutter kein Geld gehabt hatte, sie etwas lernen zu lassen. Einen Moment glaubte sie, was sie sich zusammenreimte. Doch tief in ihrem Inneren wusste sie, dass sie und Emilie niemals das hätten sein können, was sich Margot insgeheim wünschte.

»Danke«, erwiderte Margot und knickste, weil sie merkte, dass die Hausdame das Thema Kitty für beendet hielt.

Mit einem boshaften Grinsen ging Margot in die Küche, wo Theresia gerade einen Brotteig knetete. Die Wangen der Köchin waren gerötet. Margot nahm sich einen Apfel aus dem Korb, setzte sich auf die Bank unter dem Fenster und biss herzhaft hinein. Sie war zufrieden mit sich. Ob Kitty das auch so sehen würde? Vermutlich nicht, und das freute Margot umso mehr.

* * *

»Sei so lieb und fahre für mich zur Apotheke nach Braunau«, wurde Alba von ihrer Mutter gebeten. Alba saß auf einem Stuhl neben dem Krankenlager und leistete der noch immer geschwächten Mutter, wie so oft in den letzten Tagen, Gesellschaft. Die saß im Morgenrock aufgerichtet im Bett, über ihren Beinen lag eine Decke. Das Vorlesen hatte Alba vor einigen Minuten aufgegeben; es gelang ihr einfach nicht, sich auf den Text zu konzentrieren. Immer wieder schweiften ihre Gedanken in Richtung Weberei.

Das Gespräch mit dem Vater lag bereits zwei Wochen zurück, und Alba hatte es noch nicht fertiggebracht, der

Mutter gegenüber das vorzubringen, was sie sich am sehnlichsten wünschte. Seitdem saß sie nur noch in der Villa und blies Trübsal.

Es ist doch sowieso sinnlos, dachte Alba niedergeschlagen und richtete ihren Blick nach vorn. Dunkle Wolken zogen über den Himmel. Grau und düster sah alles aus. Trostlos. Nicht einmal die Sonne war herausgekommen. Seit Tagen ging das nun schon so, und das trübe Feberwetter trug nicht gerade dazu bei, dass Albas Stimmung sich aufhellte. Im Gegenteil. Sie wollte sich am liebsten in ihr Zimmer verkriechen und sich die Decke über den Kopf ziehen.

»Alba?«, holte Mutters Stimme sie aus ihren Grübeleien.

Alba blinzelte. »Entschuldige, was hast du gesagt?«

Mutter schien die Zerstreuung der Ältesten nicht zu bemerken. »Kannst du bitte für mich zur Apotheke gehen? Du wolltest doch heute sowieso nach Braunau, oder habe ich das falsch verstanden?«

»Nein, das stimmt. Die Besorgungen kann ich gern für dich übernehmen. Ich bin mit Gretl und Anita im Café Herzog verabredet, wir haben uns schon so lange nicht mehr gesehen.« Nicht einmal die Aussicht darauf, zwei ihrer Jugendfreundinnen zum Kaffeeklatsch zu treffen, stimmte sie fröhlich. Alles erschien Alba gerade vergebens.

Reiß dich zusammen, sagte die Stimme in ihrem Inneren. Sie war kein Typ, der schnell den Kopf in den Sand steckte, aber momentan schien ihr das Unterfangen, ihre Mutter von ihren Absichten in der Weberei zu überzeugen, nahezu unmöglich. Eher fror die Hölle zu, als dass Mutter in dieser Sache einsichtig werden würde.

»Was benötigst du denn?«, wollte sie von der Mutter wissen, die gottlob keinen Kommentar abgegeben hatte. Sie mochte es nicht, dass Alba Umgang mit Anita pflegte. Vielleicht hatte Mutter auch nicht richtig zugehört, oder ihr fehlte die Kraft, mit Alba zu streiten. Beides war Alba recht – sie besaß ebenfalls nicht die nötige Geduld, um sich mit ihrer Mutter anzulegen. Immerhin, einmal haben wir etwas gemeinsam, dachte Alba mit zynisch verzogenem Mund.

»Leo-Pillen«, war alles, was Mutter erwiderte. Dann senkte sie den Blick, als wäre es ihr peinlich, mehr darüber zu sagen.

Alba schaute die Mutter mit zusammengekniffenen Augen an. Sie hatte keine Ahnung, wofür diese Tabletten gut sein sollten, aber üblicherweise kümmerte sich der Arzt um die Medikation. Alba war davon ausgegangen, dass sie vielleicht eine duftende Creme besorgen sollte, um ihre Laune zu heben. Aber Pillen?

»Doktor Gürsch war doch kürzlich hier, hat er sie dir nicht verschrieben? Er bringt doch sonst alles, was du brauchst. Soll ich ihn anrufen?«

»Hör auf, mich auszufragen, Alba. Kannst du nicht einfach das tun, worum ich dich gebeten habe?« Das klang garstig und streng, beinahe als wäre sie wieder vollkommen die Alte.

Alba schwieg. Gut. Mit Mutters Genesung ging es also voran. Das war erfreulich.

Alba wollte nicht gehässig sein, aber sie hatte Mutters schroffe und herrische Art nicht vermisst. Während der Krankheit hatte sie sich freundlich und dankbar gezeigt, es wäre schön gewesen, wenn sie sich davon etwas bewahrt hätte. Alba begriff, dass das anscheinend nicht der Fall war, und versteifte sich.

Sie würde nicht mit Mutter diskutieren. Alba erhob sich. »In Ordnung. Ich mache mich dann auf den Weg und lasse mich von Otto bringen. Möchtest du noch etwas? Soll ich nach einem Mädchen rufen?«

»Nein, vielen Dank, Alba. Oder doch, schick mir Margot herauf. Doktor Gürsch hat empfohlen, dass ich mich in einem Luftkurort erhole, das wäre gut für die Lungen und das Gemüt.

Ich möchte mit Margot besprechen, was sie für mich einpacken soll.«

Das hatte Alba noch gar nicht erfahren. Mutter wollte verreisen? »Wirklich? Wann fährst du?«

Oje. Das klang ja beinahe schon erfreut. Hoffentlich hatte Mutter nichts mitbekommen. Nein, sie wirkte in Gedanken versunken und war vermutlich bereits dabei zu überlegen, welches Kleid zu welchem Anlass passte. Also ging es wirklich aufwärts mit ihr, und die Aussicht auf eine Kur trug ihr Übriges dazu bei, dass neue Lebensgeister in Mutter geweckt wurden. Sie liebte es, zu verreisen, und noch mehr, in den Urlaub zu fahren. Ein Aufenthalt in einem Sanatorium war nicht dasselbe, aber es war allemal besser, als die trüben Febertage im Bett zu verbringen. Da musste sogar Alba zustimmen.

»Zum Wochenende wird Vater mich bringen. Es gibt ein Sanatorium an der Spindlermühle, das Doktor Gürsch für sehr geeignet hält. Es wird mit Heilbädern und Massagen geworben, es gibt Kneipp-Kuren und natürlich geeignete Diätkost, um wieder auf die Beine zu kommen.«

»Ach, das klingt ja wirklich sehr gut, Mutter. Ich freue mich für dich und ich denke, es wird dir sehr guttun.«

»Zu Ostern könnt ihr mich vielleicht besuchen und ein paar Ferientage mit mir verbringen, ehe ich wieder nach Hause komme.«

Albas eben noch getrübte Stimmung war verflogen. Sie hoffte, Mutter würde nichts davon merken. »Bis Ostern?«, wiederholte sie mit klopfendem Herzen. Das waren mehrere Wochen. »Ostern liegt doch spät, erst im April dieses Jahr.«

Emilie neigte ihren Kopf ein wenig. »Ich weiß, es ist eine lange Zeit.« Sie hustete kurz und brauchte einen Augenblick, bis sie weitersprechen konnte. »Aber ich fürchte, es ist nötig. Diese schreckliche Grippe hat mich völlig aus der Bahn geworfen. Ich zähle auf dich, Alba; du wirst deinen Vater unterstützen und meinen Platz in der Villa würdig ausfüllen.«

Alba hatte etwas ganz anderes im Sinn, aber das musste ihre Mutter nicht erfahren. Sie lächelte und verschränkte die Hände, obwohl sie am liebsten durchs Zimmer getanzt wäre. »Aber natürlich, Mutter! Das werde ich, ganz bestimmt. Du brauchst dir keine Sorgen zu machen und kannst dich auf deine Genesung konzentrieren. Nun muss ich mich sputen, ich will meine Freundinnen nicht warten lassen.« Sie gab der Frau Mama ein gehauchtes Küsschen auf die Wange.

»Ist gut, Kind, dann geh und amüsiere dich. Servus, Alba.«

Nachdem Alba das Zimmer in gemäßigtem Tempo verlassen hatte, um ihre Freude nicht zu zeigen, rannte sie mit wehenden Röcken die Treppe hinunter, weil sie sich nicht länger beherrschen konnte. Ihre Schritte donnerten auf den Stufen, so schnell war sie unterwegs.

Bis Mitte April würde Mutter fort sein! Fast acht Wochen! Alba wusste nicht, wieso sie dabei zuerst an Miroslav und den besonderen Moment dachte, den sie mit ihm in der Weberei erlebt hatte. Sofort verdrängte sie die Erinnerung, aber das sehnsüchtige Ziehen in ihrem Brustkorb blieb. Beinahe zwei Monate würde Mutter also fort sein, das könnte die Gelegenheit für Alba sein, den Vater wieder um den Finger zu wickeln. Wenn sie mit Engelszungen auf ihn einredete, ließ er sie vielleicht erneut in der Weberei arbeiten. Aber alles zu seiner Zeit, sagte Alba sich mit rasendem Puls und schwitzigen Händen. Noch war Mutter nicht fort und … Ein Geräusch irritierte sie.

In diesem Moment kam eine weinende Kitty mit Hut, Mantel und Reisetasche die Dachstiege herunter. Sie schaute Alba nicht an und ging wortlos an ihr vorbei. Das Mädchen schlich förmlich aus dem Haus, aber nicht, ohne die Tür hinter sich ins Schloss zu werfen, sodass es krachte. Wie ungewöhnlich! Was war das denn gewesen?

Alba verstand es nicht sofort, aber reimte sich dann die Antwort zusammen. Kittys Unfähigkeit hatte wohl dazu geführt, dass sie ihre Stelle verloren hatte. Das Mädchen tat Alba leid, doch wer im Hause Lemberg keine Leistung brachte, hatte hier leider nichts zu melden. Das galt nicht nur fürs Personal.

Alba setzte ihren Weg fort, um Margot für Mutter ausfindig zu machen. Sie entdeckte das Hausmädchen im Salon, wo es mit einem Staubwedel zugange war. »Margot? Was ist denn mit Kitty los? Sie hat eben die Villa verlassen.«

Für den Bruchteil einer Sekunde glaubte Alba Schadenfreude in den Augen der langjährigen Angestellten zu entdecken, dann schlug Margot den Blick nieder. Als sie Alba erneut in die Augen schaute, war nichts mehr davon zu erkennen, und Alba glaubte, sich vielleicht getäuscht zu haben. Warum sollte sich Margot darüber freuen, dass ein Mädchen seine Anstellung verlor?

»Frau Schlegel hat ihr kündigen müssen«, erklärte Margot nun ausdruckslos und zuckte mit den schmalen Schultern. Dass es ihr nichts ausmachte, war nun doch offensichtlich, aber das war keine Überraschung. Margot war nicht gerade für ihre Feinfühligkeit bekannt. »Kitty hat sich gern an den Speisen der Herrschaften bedient. Ihre Arbeit hat sie auch nicht gemacht. Aber wenn Sie Genaueres wissen möchten, Fräulein Lemberg, fragen Sie doch bitte die Hausdame. Sie gibt Ihnen sicher gern Auskunft«, fuhr Margot mit ihren Erläuterungen fort.

Alba erwiderte zuerst nichts und überlegte. Normalerweise hätte Margot ihr nicht vorgeschlagen, mit der Hausdame zu sprechen. Nicht einmal als Mutter schwer krank gewesen war, hatte man von Alba erwartet, sich für das Tagesgeschäft in der Villa verantwortlich zu fühlen. Ein seltsames Gefühl beschlich sie. War die Kur vielleicht nur ein Vorwand, um Alba an das Leben als Hausherrin zu gewöhnen? Sie an die Pflichten heranzuführen, die sie einmal übernehmen musste, wenn sie heiratete? Man ging selbstverständlich davon aus, dass Alba einen

Mann ehelichte, der in guten Verhältnissen lebte, so wie sie selbst. Alba wollte jetzt nicht daran denken, dass sie womöglich Opfer eines Komplotts werden sollte. Das war sicher nicht das Ziel. Ihre Mutter war nicht absichtlich krank geworden, und Alba war in der Tat alt genug, um einige Pflichten zu übernehmen. Sie hatte ohnehin nichts Sinnvolles zu tun. Dass sie keine Lust darauf hatte, die Position der Hausherrin auszufüllen, stand auf einem anderen Blatt. Alba ließ sich jedoch nichts davon anmerken und wandte sich an Margot. »Meine Mutter würde dich gern sehen. Sie benötigt Hilfe bei der Auswahl ihrer Garderobe.«

An Margots Gesichtsausdruck konnte Alba erkennen, dass das Hausmädchen über die bevorstehende Kur Bescheid wusste. Warum sie dennoch irgendwie unglücklich wirkte, konnte Alba nicht genau sagen. Vielleicht rührte ihre sauertöpfische Miene aber auch daher, dass sie nun Kittys Arbeit mit erledigen musste. Einen raschen Ersatz würde es sicher nicht für sie geben. Gutes Personal war nicht leicht zu finden, und Mutters Ansprüchen wurden nur wenige gerecht. Außerdem hatte sie mitbekommen, dass Vater der Ansicht war, es gebe zu viele Angestellte im Haus. Darüber wollte Alba sich nicht den Kopf zerbrechen; zudem hatte sie gar keine Zeit dafür, sonst würde sie noch die Verabredung mit ihren Freundinnen verpassen.

Eine halbe Stunde später lief Alba in Braunau vom Untertor herauf und erreichte den Florianusplatz. Sie hatte Otto gebeten, sie ein Stück zu Fuß gehen zu lassen, weil sie nachdenken und ein wenig frische Luft schnappen wollte. Sie nahm die Abzweigung links in die Schmeykalgasse, von wo aus sie zum Ringplatz kam, an dem heute der Wochenmarkt stattfand. Die Schmuckfassaden der Gebäude erstrahlten in zarten Pastelltönen. Die umliegenden Bauern und Händler boten ihre Waren auf dem Markt zum Kauf an. Viele waren mit Ochsenkarren gekommen, nicht alle besaßen moderne

Lieferwagen. Im Winter waren die Stände spärlicher gesät als in den wärmeren Monaten – was daran lag, dass es derzeit nichts zum Ernten gab und die Leute ihre Keller mit Kartoffeln, Kohl und Rüben voll hatten. Die meisten zumindest.

Aber da Alba ohnehin nichts vom Markt, sondern von der Apotheke mit Drogerie benötigte, setzte sie ihren Weg fort, ohne stehen zu bleiben, bis sie das Reihenhaus am Ringplatz mit der Nummer 129 erreichte, in dem sich die Apotheke befand. Vor dem Eingang hielt sie inne und schaute nach oben. »1894« prangte in verschnörkelten goldenen Lettern über der Pforte des dreistöckigen Gebäudes. Sie zog die Tür auf. Ein Glöckchen bimmelte, während sie den Innenraum betrat, der genau wie die Fassade im Stil der Neorenaissance gehalten war. Die Apothekerschränke mit ihren vielen Schubladen und Fächern waren aus dunklem Nussbaum gefertigt und mit gedrechselten Säulen und Figuren verziert. Der Duft von Parfum vermischte sich mit dem Aroma verschiedener Arzneitinkturen, die in großen Flaschen aufbewahrt wurden.

»Grüß Gott, Fräulein Lemberg«, grüßte der Apotheker sie. Er trug einen weißen Kittel, sauber gescheiteltes mausgraues Haar und eine Nickelbrille. »Was kann ich für Sie tun?«

»Servus, Herr Walzel«, erwiderte Alba. »Meine Mutter schickt mich, ich soll Leo-Pillen für sie besorgen.«

»Wie geht es Ihrer werten Frau Mama, wenn ich fragen darf?«, erkundigte er sich höflich, während er einen Schrank aufzog und ein grün-weißes Tablettenkästchen hervorholte, das er sodann auf den Tresen legte.

Alba war nicht überrascht, dass er von ihrer Grippe wusste. Natürlich hatte es sich bis nach Braunau herumgesprochen, dass Emilie Lemberg seit Wochen darniederlag. »Es geht aufwärts, danke der Nachfrage.«

Leo-Pillen, las Alba lautlos, während sie das grün-weiße Döschen betrachtete. Rein pflanzliches Laxans. Mit überaus milder, stets prompter Wirkung auf die Magen- und Darmtätigkeit. Keine Gewöhnung.

Ein Abführmittel, schlussfolgerte sie. Kein Wunder, dass Mutter so verschämt getan hatte. Dass es Emilie peinlich war, mit dem Doktor darüber zu sprechen, sah ihr ähnlich. Sie hielt es für eine Schwäche, die sie nicht mit ihm teilen wollte, und nicht für ein Leiden, das man womöglich anders behandeln konnte.

»Wie gut, dass es bergauf geht, das freut mich zu hören. Bitte bestellen Sie ihrer werten Frau Mutter die besten Genesungswünsche von mir.« Der Apotheker nickte Alba höflich zu, um seine Anteilnahme auszudrücken. Dabei kramte er ein Papiertütchen aus einer Schublade hervor und schob die Pillendose hinein.

Nachdem Alba bezahlt hatte, verließ sie die Apotheke und lief schräg über den Ringplatz an der alten Mariensäule vorbei, hinüber zum Café Herzog. Beim Eintreten wehten sie Düfte von frisch aufgebrühtem Kaffee und Gebäck an. Die Einrichtung war traditionell gehalten, mit gewienertem Parkettboden, Pariser Kaffeehausstühlen und kleinen runden Tischen. An der linken Seite des lang gezogenen Erdgeschosses gab es einen weißen Verkaufstresen mit dunkler Arbeitsplatte.

Das Café Herzog war nicht nur ein Wohlfühlort, an dem man sich einen guten Kaffee und Torte gönnen konnte, es war ein von früh bis spät und ganzjährig offener Raum, an dem die Stammgäste sogar telefonisch erreichbar waren. Einige ließen sich ihre Post zum Café Herzog schicken, empfingen dort Besuche und arbeiteten. Selten sah man auch Schriftsteller, die an ihren Manuskripten feilten, oder Redakteure des Braunauer Boten, die ihrem Text im Café Herzog den letzten Schliff gaben. Wer allein unterwegs war, konnte sich über die täglichen Geschehnisse informieren: Es lagen Zeitungen, Fachzeitschriften und Illustrierte aus. Außerdem hielten die Eigentümer des Cafés, die Familie Herzog, Adress- und Telefonbücher, Fahrpläne und Konversationslexika zur Verfügung, die man an der hinteren Wand in einem großen Regal finden konnte. Darüber hinaus bot man in dem beliebten Kaffeehaus an manchen Wochentagen Unterhaltung: Es wurde konzertiert, von Klassik über Schrammelmusik bis Swing – was vor allem die Älteren nicht gern sahen. Im Café Herzog gab es in den oberen Stockwerken separierte Bereiche, wo sich Männer zum Kartenspielen, Schach oder Billard trafen.

Doch Albas Aufmerksamkeit galt nicht dem Amüsement, sie schaute sich nach ihren Freundinnen um und entdeckte sie auch. Sie saßen an einem Tisch am Fenster und winkten ihr zu. Alba lachte. »Ich habe wohl Tomaten auf den Augen«, gab sie kopfschüttelnd von sich und war mit wenigen Schritten bei Gretl Pfaffenzeller und Anita Schwartz. Die Tochter eines jüdischen Industriellen war mit Alba zur Schule gegangen. Sie hatten sich immer gemocht, aber in den letzten Jahren ein wenig aus den Augen verloren, seit Alba das entfernte Pensionat in der Schweiz besucht und Anita in England ihren Abschluss gemacht hatte. Alba umarmte die liebenswerte dunkelhaarige junge Dame mit den ausdrucksstarken bernsteinfarbenen Augen. »Wie schön, dich zu sehen«, begrüßte Alba sie mit einem breiten Lächeln im Gesicht.

»Ich freue mich auch«, gab Anita herzlich zurück. Sie war schlank und trug ein schlichtes grünes Tageskleid mit Perlmuttknöpfen und Stehkragen.

Dann drückte Alba die blonde Gretl, die mit ihren grauen Männerhosen und braunen Stiefeln beinahe exotisch wirkte, an sich. Die Druckerei ihrer Eltern lag nicht weit entfernt in einer Nebengasse, vermutlich war Gretl direkt aus dem Betrieb hierhergekommen. Die dunklen Ränder unter den Fingernägeln der Freundin sprachen dafür. Alba beneidete Gretl darum, dass die Eltern sie im Geschäft mitarbeiten ließen. In diesem

Familienbetrieb wurden, im Gegensatz zur Weberei, alle Hände gebraucht.

Ein Kellner trat an ihren Tisch; er trug ein weißes gestärktes Hemd mit schwarzer Weste und Fliege zu seinen Bundfaltenhosen. Mit sich führte er ein Wägelchen, auf dem diverse Kuchen und Torten zur Auswahl standen. »Guten Tag, die Damen, was darf ich Ihnen anbieten?«

»Einen Verlängerten und Sachertorte für mich«, orderte Anita höflich.

»Ich nehme dasselbe«, verkündete Gretl mit einem Nicken.

»Ich hätte gern einen schwarzen Tee und Liwanzen mit Topfen und Schlag«, äußerte Alba. An ihre Freundinnen gerichtet meinte sie: »Ich mag die einfachen Sachen nun mal lieber.« Das Café war für die Torten berühmt, Schwarzwälder Kirsch, Nusstorte, Frankfurter Kranz – aber Alba machte sich nichts daraus. Kulinarisch kam sie eher nach ihrem Vater, der die einfache böhmische Küche bevorzugte.

Die drei tauschten Neuigkeiten aus und kamen aus dem Schnattern gar nicht mehr heraus. Es war eine halbe Ewigkeit her, seit sie zuletzt zusammengesessen hatten, aber es kam Alba vor, als sei es erst gestern gewesen. Sie fühlte sich so wohl wie lange nicht mehr. Dabei verspeisten sie die süßen Leckereien und lachten viel.

Anita hatte gerade berichtet, dass sie sich regelmäßig mit einem jungen Mann aus Dittersbach traf, dessen Eltern eine Tischlerei betrieben. Anitas Familie passte er nicht so recht in den Kram; sie besaßen in Braunau am Ölberg eine Bleicherei, Garn- und Stückfärberei in der vierten Generation.

»Wie steht es mit den Verehrern bei dir? Sie stehen doch sicher Schlange, jetzt, wo du wieder zurück bist«, wollte Gretl schließlich von Alba wissen.

Während Alba den Mund öffnete, um zu erklären, dass es keine gab, dachte sie an Miroslav. Aber ihn konnte sie wohl kaum als Verehrer bezeichnen.

Seit ihrem letzten Tag in der Weberei hatte sie ihn nur noch einmal gesehen. Er hatte nach der Arbeit eine Zigarette rauchend am Zaun vor der Weberei gestanden und zur Villa herübergeschaut, wo sie hinter der Gardine selbst sehnsüchtig zur Fabrik gesehen hatte. Alba konnte bis heute nicht sagen, ob er sie entdeckt hatte, aber sie hatte den Blick nicht von ihm lösen können, bis er in der Dunkelheit verschwunden war.

»Ich habe weder einen Freund noch bin ich auf der Suche nach einem Ehemann«, erklärte Alba resolut. »Sehr zum Leidwesen meiner Eltern.« Sie lächelte gequält, denn natürlich war das ein Thema, das vielleicht amüsant klang, sie jedoch belastete.

Gretl schnaubte. »Das kann ich mir denken!«

»Aber was ist mit dir?«, wollte Alba von Gretl wissen. »Ist da was zwischen dir und Ferdinand?«

Gretl, die gerade an ihrer Tasse genippt hatte, hielt sich die Hand vor den Mund, um Alba nicht im hohen Bogen ihren Kaffee ins Gesicht zu spucken. Sie hustete kurz, dann lachte sie. »Wie kommst du denn auf diese blödsinnige Idee?«

Alba merkte, dass sie rot wurde. Offenbar lag sie mit ihrer Vermutung komplett daneben. »Keine Ahnung«, murmelte Alba.

»Ich bin doch mit Kurt zusammen. Kurt Letzel. Schon seit einer halben Ewigkeit, wir wollen heiraten – einen Termin gibt es zwar noch nicht, aber verlobt sind wir seit Weihnachten. Mensch, Alba, das hast du nicht gewusst? Ich dachte, das wäre ein offenes Geheimnis.« Sie lachte laut, bis sich die ersten Gesichter anderer Gäste in ihre Richtung drehten. »Also bitte! Doch nicht mit Ferdinand!«

»Pst«, mahnte Anita, der die Aufmerksamkeit sichtlich unangenehm war.

»Ist das nicht die Jüdin? Dass die hier noch ins Café gehen darf, finde ich eine Unverschämtheit; im Reich, da machen sie es richtig, dass man Juden separiert«, schnappte Alba von einem benachbarten Tisch auf, an dem zwei dicke Matronen bei fetter Torte saßen. Albas Nackenhaare stellten sich auf. Sie schaute verstohlen zu Anita. Die musste es auch gehört haben, denn ihre Freundin war kreidebleich geworden, und das bis eben offene Lächeln war verblasst. Anita senkte verschämt den Blick. Wie schrecklich musste es für die Freundin sein, dass man in der Öffentlichkeit über ihre Abstammung herzog. Das konnte Alba nicht so stehenlassen.

»Kümmern Sie sich mal lieber um Ihre eigenen Angelegenheiten!«, rief Alba in Richtung der beiden Frauen. Die japsten empört nach Luft, wandten sich jedoch wieder ihren Leckereien zu. Dabei tuschelten sie leise, aber höhnisch miteinander.

»Ist schon gut, Alba«, meinte Anita bekümmert und legte ihr die Hand auf den Oberarm.

Vermutlich passiert Anita so etwas häufiger, überlegte Alba, die sich bis eben nur wenig Gedanken über die zunehmende Judenfeindlichkeit gemacht hatte. Judenhass an sich war nichts Neues, aber nun hatte Alba den Eindruck, dass mit der Sudetenkrise und Hitlers Ankündigungen, sich für die drei Millionen Deutschen im Land einsetzen zu wollen, auch die Bereitschaft wuchs, seine Gesinnung ebenfalls zu übernehmen. Nationalismus in Ehren, aber das ging zu weit. Viel zu weit. Alba wollte noch etwas sagen, als Anita den Mund öffnete.

»Ich habe Verwandte in Deutschland«, erklärte Anita leise an Gretl und Alba gerichtet, sodass es sonst niemand mitbekam. »Und die sind gerade dabei, ihr Haus zu verkaufen. Mein Onkel hat seine Arbeit verloren. Sie wandern aus, weil sie sagen, dass es nicht mehr auszuhalten ist. Sie gehen nach Amerika und wollen dort neu anfangen. Das, was drüben im Reich passiert, findet allerorts statt, nur vielleicht nicht so öffentlich wie unter Hitlers Führung. Aber ihr habt ja eben gesehen, wie man auch hier über Juden denkt. Oder in Schlesien, Österreich oder Polen. Es ist überall dasselbe.«

»Das wird auch wieder vorübergehen«, versuchte Alba, sie aufzumuntern, aber sie hörte selbst, dass sie nicht so zuversichtlich klang, wie sie es sich wünschte. »Und es sind wirklich nicht alle so, Anita.«

Sie sah an Anitas Gesicht, dass sie dazu eine andere Meinung hatte. Der Nationalismus wuchs überall, und auch die Partei unter Henlein war mittlerweile dafür bekannt, häufig auf den Versammlungen rechte Parolen zu schwingen.

»Ich bin Mitglied in der SdP«, erklärte Gretl, die offenbar dasselbe dachte. »Und wir werden garantiert keine Gesetze wie drüben im Reich befürworten, Anita. Mach dir keine Sorgen, bei uns wird es so was nicht geben. Das wäre doch unklug, wenn wir uns untereinander spalten würden. Wie Unterdrückung sich anfühlt, wissen wir ja schon.«

Anita schüttelte den Kopf. »Ich glaube nicht, dass man das vergleichen kann. Die Hetze, die man gegen uns Juden betreibt, wird immer hasserfüllter! Man muss sich in Europa doch nur mal umsehen!« Anita atmete geräuschvoll aus. »Ich finde die Entwicklung wirklich beunruhigend. Wenn ich mir vorstelle, dass auch in Prag Gesetze verabschiedet werden könnten, die es mir verbieten, ins Kino, in einen Park oder ins Schwimmbad zu gehen, wird mir ganz anders.«

»Das wird nicht passieren«, meinte Gretl mit fester Stimme, doch niemand am Tisch konnte das mit Sicherheit sagen. Alba war der Appetit jedenfalls vergangen. Sie schob ihren Teller von sich.

»Bitte«, meinte Anita betrübt. »Lasst euch nicht den Nachmittag verderben; nicht wir liegen falsch, sondern die beiden Damen da drüben.« Sie lächelte tapfer. »Alba, du wolltest uns doch gerade erzählen, ob es einen Verehrer in deinem Leben gibt. Das möchte ich auch gern wissen. Ich brenne darauf, mehr darüber zu hören.«

Alba stand der Sinn nicht danach, über eine Liebe, die nicht existierte, zu plaudern. Aber als sie Anita ins Gesicht sah, die sichtlich mit den Tränen kämpfte, konnte sie nicht anders. Schon allein, um das Thema zu wechseln und nicht über die schrecklichen politischen Entwicklungen in Europa zu sprechen. »Meine Eltern wollen, dass ich heirate. Standesgemäß natürlich. Aber den Gefallen werde ich ihnen nicht tun.«

Gretl beugte sich etwas nach vorn. »Nicht? Jetzt wird es spannend. Also gibt es doch jemanden, einen Mann, von dem deine Eltern nichts wissen dürfen? Wie aufregend!«

Alba spürte, wie eine verräterische Hitze über ihren Hals in ihre Wangen kroch. Sie fächelte sich Luft mit der Serviette zu. »Ich bin mir nicht sicher«, erklärte sie. »Aber es gibt jemanden, der … ach, was sage ich. Nein, vergesst es.« Sie winkte ab und trank eilig einen Schluck von ihrem nur mehr lauwarmen Tee.

»Wer A sagt, muss auch B sagen«, forderte Gretl sie mit einem Augenzwinkern auf.

»Finde ich auch«, stimmte Anita zu, und sogar sie brachte es fertig, nicht mehr so trübsinnig dreinzuschauen.

Alba gab sich einen Ruck. »Gut, ihr beiden, aber das behaltet ihr bitte für euch.« Sie holte geräuschvoll Luft, ehe sie fortfuhr. »In der Weberei arbeitet ein Tscheche. Miroslav heißt er. Eigentlich ist er total unverschämt. Und frech.« Die Erinnerung an ihre letzte Begegnung ließ Alba lächeln.

»Oh, schau nur, Anita«, flüsterte Gretl. »Wie verklärt sie schmachtet.«

»Das stimmt doch gar nicht«, protestierte Alba. Sie musste jedoch insgeheim einsehen, dass es der Wahrheit entsprach. »Aber egal, was ich denke, es kann nie was aus uns werden. Schon allein, weil er bei uns arbeitet. Und dann ist er auch noch Tscheche! Meine Eltern würden nie erlauben, dass ich mich mit ihm verabrede. Sosehr sie sich einen Ehemann für mich herbeisehnen, er muss natürlich das nötige Kleingeld mit in die Familie bringen. Stellt euch doch nur vor, was das für ein Skandal wäre! Nein, das geht nicht.«

Anita grinste. »Das klingt so romantisch, Alba.«

Die verdrehte die Augen. »Daran ist wenig romantisch, denn es wird nur bei der Vorstellung bleiben. Es ist nur der Reiz des Verbotenen, dass ich überhaupt einen Gedanken an ihn verschwende.« Alba wusste, dass das nicht stimmte, doch das behielt sie für sich. Sie hatte in den letzten Tagen viel zu häufig an Miroslav gedacht. Dabei hatte sie sich mehr als nur einmal gewünscht, sie hätte statt der Hand ihre Lippen auf seine Wange gedrückt.

Ihr wurde schwindelig, wenn sie darüber nachdachte. Sie hatte noch nie einen Jungen geküsst. Und schon gar keinen Mann. Obwohl sie in der Familie als Rebellin galt, war sie, was Erfahrungen mit dem anderen Geschlecht betraf, ein frommes Lamm.

»Du musst ihn treffen«, hauchte Anita verzückt.

Alba schüttelte den Kopf. »Vielleicht will er das ja gar nicht.«

Gretl lachte. »Was für ein Unsinn, Alba. Es gibt keinen Mann, der deinen Reizen widerstehen kann.«

Alba presste ihre Hände gegen die brennenden Wangen. »Ihr macht mich ganz verlegen. Vielleicht hätte ich gar nichts erzählen sollen. Ich weiß doch nicht einmal, ob er auch etwas für mich übrighat.«

»Du musst es herausfinden«, schlug Gretl mit wissendem Grinsen vor.

»Und wie sollte ich das anstellen? Soll ich ihn etwa bei der Arbeit aufsuchen und fragen? Nein, bestimmt nicht. Ich schlag ihn mir lieber schnell aus dem Kopf. Das könnte sowieso nie gut gehen.«

»Und wenn doch?«, fragte Anita, worauf Alba keine Antwort hatte.

»Bestimmt will er nur das eine«, wandte Alba ein.

Gretl zuckte mit den Schultern. »Selbst wenn. Willst du als Jungfrau in die Ehe gehen? Du solltest Erfahrungen sammeln, ehe du dich für einen Mann entscheidest.«

Alba lehnte sich im Stuhl zurück, ihr war schrecklich heiß geworden. »Herrje, seht nur. Ich bin rot wie eine Tomate. Das wird mir jetzt doch zu intim! Ich kann nicht darüber nachdenken. Nein. Das ist ganz und gar keine kluge Idee. Ich habe doch andere Ziele!«

»Ach, und die wären?«, wollte Gretl wissen.

»Ich möchte, dass Vater mich in der Weberei beschäftigt«, erklärte Alba.

Anita hob eine Braue. »Wieso das denn?«

»Gretl, du arbeitest doch auch bei euch im Betrieb«, fuhr Alba fort, ohne auf Anitas Frage einzugehen.

»Natürlich tue ich das. Bei uns werden alle Hände gebraucht«, gab Gretl zurück.

Ein junger Mann betrat das Café, kam zu ihnen an den Tisch und gab Gretl einen Schmatzer auf den Mund. Gretl verpasste ihm eine spielerische Ohrfeige. »Du bist mir einer, doch nicht am helllichten Tag, Kurt!« Sie grinste breit. »Meine Damen, darf ich vorstellen. Das ist der Kurt. Mein Verlobter.«

Der junge Mann trug einen etwas abgenutzten erdfarbenen Wollanzug und eine Schiebermütze auf dem braunen Haar. Er hatte einen schmalen Oberlippenbart und einen wachen Blick.

Kurt deutete eine Verbeugung an. »Servus! Komme ich ungelegen, oder darf ich meine Verlobte entführen?«

»Nun mal nicht so schnell, mein Lieber«, antwortete Gretl.

Nach der kurzen Vorstellungsrunde sah Alba auf die Uhr. Es war schon kurz nach sechs. Sie musste los, mit dem Chauffeur hatte sie verabredet, dass er sie um Punkt sechs Uhr abholen würde. »Ich muss ohnehin gehen, ich habe die Zeit vergessen. Der Fahrer wartet sicher schon auf mich.« Alba holte einen Schein aus der Tasche und legte ihn auf den Tisch. Dann umarmte sie Anita und Gretl und drückte Kurts Hand.

»Schöne Grüße an deinen Bruder. Wann kommt der Taugenichts denn aus Prag zurück? Sag ihm, ich vermisse unsere Diskussionen. Vor allem jetzt! Zu gern würde ich von ihm wissen, was er von Edens Rücktritt hält. Die Zeitungen sind voll davon. Europa ist ein einziger Krisenherd. Englands Krise dürfte gut für Hitler sein, das bereitet mir Kopfzerbrechen.«

»Kurt«, mahnte Gretl ihren Verlobten mit einem Augenzwinkern. »Anita und Alba haben kein Interesse daran, die weltpolitischen Probleme mit dir zu besprechen.«

Alba öffnete den Mund und schloss ihn sogleich wieder. Natürlich hatte sie mitbekommen, was los war. Nach Edens Rücktritt hatte Hitler das Parkett für sich genutzt und in einer dreistündigen Rede, die in zehn Staaten übertragen worden war, eine leise Drohung gegen die tschechische Regierung ausgesprochen. »Was denkst du denn über Hitlers Äußerungen, dass er sich der Rechte der Sudetendeutschen annehmen will, weil wir angeblich nicht in der Lage wären, das selbst zu tun?«

Kurt zog sich einen Stuhl heran und setzte sich mit der Lehne nach vorn gerichtet darauf. Sein Interesse war geweckt, die Augen funkelten interessiert. »Sieh mal einer an«, erwiderte er. »Ich glaube, dass das Geschwafel des Führers von wegen, er stelle keine territorialen Ansprüche gegen Frankreich, aalglatte Lügen sind, vor allem, weil er gleichzeitig die Wehrmacht zur

Sicherung des Friedens verstärkt. Witzig finde ich allerdings, dass ihm alle glauben.«

Alba dachte nicht lange nach, ehe sie antwortete. »Glauben wollen vielleicht, weil sich niemand vorstellen möchte, was alle wissen. Der Versailler Vertrag kann nicht so bezeichnet werden, es ist ein Wahnsinnspakt, bezüglich dessen Hitler ja bereits verkündet hat, dass er die darin beschriebenen Grenzen nicht auf Dauer akzeptieren wird. Dass er sich jetzt um uns als Minderheit so liebevoll kümmern will, wie er betont, ist doch nur ein Mittel zum Zweck. Schau doch mal nach Österreich, darauf schielt er schon lange.«

Alba merkte, dass weder Gretl noch Anita daran interessiert waren, sich über diese – zugegeben – unerfreulichen Themen der europäischen Politik zu unterhalten.

Kurt betrachtete Alba schweigend, ehe er vorschlug: »Dein Bruder sollte dich mal mitbringen, ich finde, du hast interessante Argumente. Wann ist er denn wieder da?«

Alba kniff kurz die Augen zusammen, weil sie sich nicht sicher war, was er meinte. »So wie ich es verstanden habe, ist er durch die Prüfung in Betriebswirtschaftslehre gerasselt und muss sie nachholen, ehe er heimkommt. Worüber sprecht ihr denn so und wo?«

Kurt grinste, einer seiner Schneidezähne stand leicht schief über einem anderen. »Na, worüber wohl! Es geht um die Zukunft unserer Heimat, Alba.«

Da Gretl vorhin erwähnt hatte, dass sie Mitglied der Sudetendeutschen Partei sei, ging Alba davon aus, dass Kurt es auch war. Mehr als ein Drittel der Deutschen in Böhmen waren bereits eingetreten, die Zahlen explodierten förmlich. Da Ferdinand in vielen Punkten nicht mit Henleins Politik übereinstimmte, konnte sich Alba vorstellen, dass die beiden gern hitzig diskutierten.

Kurz betrachtete sie Gretl und hoffte, dass dieser Kurt, der etwas an sich hatte, das ihr leichtes Bauchgrimmen bereitete, ihre Freundin nicht in Schwierigkeiten bringen würde. Natürlich gab es auch in Braunau tschechische Staatspolizei, und immer häufiger geriet diese mit den Bewohnern in Streitigkeiten. Kurt würde es bestimmt anders nennen.

»Ihr Lieben«, sagte Alba, weil sie nicht weiter auf das Thema eingehen wollte und sie hier im Kaffeehaus auch ganz sicher zu keinem Ergebnis kämen, das die Probleme im Land löste. »Ich muss mich leider verabschieden, sonst gibt unser Fahrer eine Suchmeldung nach mir auf!« Sie lachte, doch es klang ein wenig zu hoch und künstlich. Geschwind fasste sie Hut, Tasche und Mantel, rauschte aus dem Café und prallte prompt mit einem Mann zusammen.

Alba war so erschrocken darüber, dass ihr die Luft wegblieb. Starke Hände fassten sie an den Schultern, sonst hätte sie womöglich den Halt verloren und wäre gestürzt.

»Hoppla, da ist aber jemand in Eile.« Die dunkle Männerstimme klang belustigt, nicht verärgert.

Alba hob ihren Blick und schaute in Paul Weissers Gesicht. Er trug einen gut geschnittenen Mantel, der nicht geschlossen war. Der Schal war locker um seinen Hals geschwungen. Auf dem Kopf saß ein moderner Hut, der ihm gut stand. Pauls Lippen waren zu einem arroganten Lächeln verzogen, das sie bis unter die Haarwurzeln erröten ließ.

»Verzeihung«, brachte Alba gepresst hervor und trat einen Schritt nach hinten. »Ich muss dich übersehen haben.«

»Eindeutig«, gab er zurück und schmunzelte. »Dabei bin nicht einmal besonders klein.«

Alba unterdrückte ein gequältes Stöhnen. Von allen Menschen in dieser Stadt musste sie ausgerechnet ihn über den Haufen rennen? Wie unangenehm. »Nun, Paul, ich würde gern mit dir plaudern, aber ich habe leider keine Zeit und muss weiter.«

»Ja, das sehe ich, sonst hättest du dich wohl umgesehen, als du aus dem Café gerannt bist.«

Herrgott noch mal. Musste der Mann alles mit einem blöden Spruch quittieren? Sie war keine zwei Minuten mit ihm zusammen und schon hatte er sie auf die Palme gebracht. »Wenn du mich entschuldigen würdest. Unser Chauffeur wartet auf mich.«

Paul blickte sich um. »Wo denn? Ich sehe ihn nicht. Ich bestehe darauf, dich zu begleiten. Es ist spät, das ist viel zu gefährlich.«

Alba unterdrückte ein Augenrollen. Als ob sie ein Kind wäre, das man nicht allein gehen lassen konnte, wenn es dunkel wurde. Es war gerade mal kurz nach sechs. Um weiteren Konfrontationen aus dem Weg zu gehen, nicke sie schweigend. Paul bot ihr seinen Arm, den sie mit knirschenden Zähnen annahm. »Es ist gleich da vorn an der Ecke. Du solltest dir keine Umstände machen.«

»Bitte, Alba, das Gegenteil ist der Fall. Viel zu selten flaniere ich durch die Stadt mit einer hübschen jungen Dame an meiner Seite.«

Diese Schmeicheleien gingen ihr gegen den Strich.

Warum stört es mich so?, fragte sie sich dann. Bei allen anderen hätte sie sich über die Zuvorkommenheit gefreut. Aber das hier war eben Paul, der sie nicht begleitete, weil er sie mochte, sondern weil er glaubte, sie schaffe es nicht allein – was sie leider mit ihrer Unachtsamkeit auch beinahe bestätigt hatte.

»Ach, sieh, da vorn steht Vaters Admiral. Danke, Paul, den restlichen Weg schaffe ich allein.«

Paul machte keine Anstalten, ihrer Bitte nachzukommen, und ging einfach weiter, bis sie den Wagen erreichten. Er grüßte den Chauffeur, öffnete ihr höchstpersönlich die Tür und half ihr auch noch beim Einsteigen. Dann beugte Paul sich lächelnd zu ihr herunter, die Arme auf das Dach des Admirals gestützt. »Es war schön, dich zu sehen, Alba. Bitte bestelle deinen Eltern liebe Grüße von mir.«

»Guten Abend, Paul«, gab Alba zurück und merkte, dass sie eine trockene Kehle bekommen hatte.

Paul sagte nichts mehr, sondern schlug die Tür sacht zu und verschwand. Mit langen Schritten marschierte er in seinem edlen Mantel davon. Er war nicht hässlich, ganz und gar nicht, er war sogar recht ansehnlich. Und gebildet. Trotzdem konnte sie ihn nicht leiden mit seiner selbstsicheren, beinahe schon selbstgefälligen Art. Er gehörte zu einer Klasse von Männern, denen sie nicht vertrauen konnte. Alba wusste seit der letzten Begegnung, wie er über Frauen dachte, die mehr vom Leben wollten, als Heim und Herd zu hüten. Sie hatte ein mulmiges Gefühl im Bauch und würde den Eltern ganz bestimmt keine Grüße von ihm ausrichten, nein. Das würde nur dazu führen, dass sie ihr Fragen stellten oder, noch schlimmer, dass sie Paul als geeigneten Schwiegersohnkandidaten aufs Korn nehmen würden. Falls sie das nicht längst schon getan hatten.

Kapitel 11

Es war ein Tag Ende Feber mit strahlendem Sonnenschein und blauem Himmel. Das Wetter wurde dem traurigen Anlass nicht gerecht. Carl befand sich auf einem kleinen Podest vor der Belegschaft seiner Flachsspinnerei in Dittersbach. Alle Arbeiter hatten sich vor ihm versammelt. Der Betriebsleiter und Alba standen schräg hinter ihm, wie es sonst Emilie getan hätte. Carl brauchte sich nicht umzusehen, um zu wissen, dass seine Tochter Haltung bewahrte und weder fröhlich noch düster dreinblickte. Alba wusste, was sich gehörte. Sie besaß Anstand und das nötige Feingefühl, um sich im Hintergrund zu halten, aber doch mit ihrer Anwesenheit klarzumachen, warum sie gekommen war: Die Familie Lemberg handelte geschlossen, sie standen zusammen. In guten Zeiten wie auch in schlechten. Heute war einer der schlechten Tage. Gerade konnte er sich kaum vorstellen, dass wieder bessere kommen sollten.

Carl räusperte sich, seine Hände hingen neben seinem Körper. Er wollte sie zu Fäusten ballen, aber er ließ es sein. Er wollte nicht, dass man ihm ansah, wie sehr er mit sich kämpfte. Selten war ihm etwas so schwergefallen wie das, was er gleich tun musste. Unzählige Reden hatte er in den letzten Nächten

198

zu Papier gebracht, nur um jedes einzelne Blatt sogleich wieder zu zerreißen. Es gab keine passenden Worte für diesen Anlass.

Carl blickte in die Gesichter seiner Leute. Die meisten schienen es zu ahnen. Natürlich. Es konnte kein Geheimnis sein, dass der Laden schon lange nicht mehr lief. Zu häufig hatten die Maschinen stillgestanden, zu voll waren die Fertigwarenlager, zu klein die Aufträge, die man überhaupt noch erhalten hatte.

»Guten Tag, ich bedanke mich, dass ihr so zahlreich erschienen seid.« Er brauchte eine kurze Pause, seine Stimme zitterte, seine Knie fühlten sich weich an. Ihm war speiübel. Sein Herz raste. Er hatte das Gefühl, keine Luft zu bekommen. »Ich weiß, dass ihr alle hart arbeitet, um den Betrieb am Laufen zu halten. Wir haben gekämpft. Wir haben alles versucht. Leider muss ich euch heute mitteilen, dass es unmöglich ist, die Verluste weiter zu decken, die die Flachsspinnerei einfährt. Wir sind schon lange nicht mehr profitabel, und, das ist kein Geheimnis, die Regierung kümmert sich einen feuchten Kehricht darum, wie es uns geht. Wir erhalten keine Unterstützung, keine Aufträge, kein gar nichts. Ich wünschte, es wäre anders, aber ich mache es lieber kurz, um uns weiteres Leiden und auch Spekulationen zu ersparen. Der Betrieb wird eingestellt. Morgen schon. Ihr alle erhaltet euren Lohn für März, aber mehr kann ich euch nicht anbieten oder zahlen.«

Er sah in das blasse Gesicht von Heinz Strunk, einem der Gewerkschaftler, mit dem er schon so oft debattiert hatte. Er stand in der ersten Reihe und schwieg. Die Krawatte saß schief. Dieses Mal hatte es nichts zu verhandeln gegeben. Selbst die Zahlung für März konnte Carl sich eigentlich nicht leisten, und er hätte auch nicht zahlen müssen. Aber er konnte nicht einfach zusehen, wie die Leute in den Abgrund stürzten. Es gab kein Sicherheitsnetz im Land, wenn man Deutscher war. Kein Arbeitslosengeld. Carl wusste noch nicht, wie er den März finanzieren sollte, aber er würde eine Lösung finden. Das hatte er immer getan.

An dem Tag, an dem er seine Versprechen nicht mehr hielt, wollte Carl tot umfallen. Das schwor er sich in dieser Sekunde vor Gott und allem, was ihm heilig war. Er schluckte schwer, um den Kloß in seinem Hals loszuwerden. Ihm war bewusst, dass die meisten der Dittersbacher keine neue Stellung finden würden, nicht hier in der Gegend, und auch nicht anderswo im Sudetenland oder der übrigen Tschechoslowakei. Er wusste, dass viele Arbeitslose ins Reich umsiedelten, wo die Wirtschaft wieder brummte, seit Hitler an der Macht war. Doch diese Empfehlung konnte und wollte Carl nicht aussprechen, jeder musste das für sich entscheiden. Die Heimat aufzugeben, kam für viele ohnehin nicht infrage, aber hier gab es gerade kein Licht am Horizont.

Carl vernahm leise, bittere Stimmen, die schimpften, dass »der Lemberg« bestimmt genug zu Essen habe und dass er gar nicht von einem »uns« sprechen dürfe, weil er keiner von ihnen sei.

Dem konnte er nicht widersprechen; er tat es auch nicht, sondern spielte allen vor, dass er die Kommentare nicht gehört hatte. Carl wünschte seine Sorgen niemandem von ihnen, denn jedes einzelne Schicksal lastete auf seinen Schultern. Ja. Er hatte die finanziellen Mittel, um seine Familie zu ernähren, doch es zerriss ihm das Herz, die Arbeiter ins Ungewisse schicken zu müssen, die für ihn beinahe wie Kinder waren, um die er sich sorgte. Er hasste es, dass er das tun musste. Dass es keinen Ausweg gab. Er hasste sich selbst dafür, dass er es nicht geschafft hatte, das Ruder noch einmal herumzureißen.

»Ich kann eure Enttäuschung verstehen und ich hoffe, ihr glaubt mir, wenn ich sage, dass ich alles versucht habe.« Kurz dachte er an die fruchtlosen Banktermine, an die geplatzten Bestellungen und stornierten Aufträge in der letzten Zeit. Aber all das erwähnte er nicht, er wollte kein Mitleid. Nicht einmal das Verständnis der Leute würde ihm den Schritt erleichtern, die Fabrikhalle in dem Wissen, dass er nie mehr eine der Maschinen laufen hören würde, abzusperren. Nur eines war ihm gerade noch wichtig: dass er vor allen stand und sich den Blicken stellte. Carl würde nicht mit eingekniffenem Schwanz die Fabrik vom Betriebsleiter stilllegen lassen, wie es viele der anderen Unternehmer getan hatten, ohne anwesend zu sein.

Dittersbach lag nicht weit weg von Märzdorf, aber doch weit genug, dass er den Betriebsleiter hätte vorschicken können, wenn er es gewollt hätte, um nicht die traurigen Gesichter sehen zu müssen. Das Leid. Die Sorge. Den Kummer. Die Ängste, ob man in der kommenden Woche noch genug haben würde, um Essen auf den Tisch zu bringen. Carl war sich dessen bewusst, aber er konnte nichts für seine Leute tun.

Vielleicht würde er nach dem heutigen Tag nicht mehr herkommen. Es würde schwer zu ertragen sein, seine Fabrik zerfallen zu sehen.

Das hier war das Ende für Dittersbach. Ein bitteres. Von einer einst blühenden Industrie war kaum mehr übrig als ein mageres Skelett, ohne Aussicht, jemals wieder Fleisch auf die Knochen zu bekommen.

»Es schmerzt, dass ich keine besseren Nachrichten für euch habe. Ich wünschte, es wäre anders. Es gibt keine Aufträge abzuwickeln. Die Maschinen stehen ab heute still. Die letzte Rolle Garn aus unserer Fabrik wurde heute gefertigt. Ich danke euch von Herzen, dass ihr diesen Weg mitgegangen seid, bis zum Ende. Heute ist der Tag gekommen, der eine offene Wunde in meinem Herzen hinterlässt. Ich wünsche euch das Beste für die Zukunft und viel Glück.« Damit schloss Carl seine kurze Rede. Früher hätte er das Schicksal niemals mit Glück in Verbindung gebracht, sondern mit ehrlicher Arbeit, Fleiß und Anstand.

Seitdem war eine Menge passiert; heute brauchte man mehr als nur Geschick, um zu überleben.

Es war alles gesagt. Carl war trotz der niedrigen Temperaturen schweißgebadet. Mehr hätte er auch nicht erzählen können, ohne dass seine Stimme versagte. Seine Kehle fühlte sich an, als hätte sie jemand mit dem Reibeisen bearbeitet.

Niemand sprach ein Wort. Keiner rührte sich, als hoffte ein Teil der Dörfler noch immer, dass es einen anderen Ausweg gäbe. Erst nach einigen Sekunden bewegten sich die ersten. Eine Frau mit Kopftuch weinte leise und betupfte sich das Gesicht mit einem fadenscheinigen Taschentuch. Eine andere legte ihr einen Arm um die magere Schulter. Ein junger Mann, hager und klein, funkelte Carl böse an, aber kein Wort kam über seine schmalen Lippen.

Alle wussten, dass Carl die Wahrheit gesprochen hatte. Die Wut der Menschen galt der Regierung, die eine gesamte Bevölkerungsgruppe darben ließ. Nur einer machte sich selbst für diese Niederlage verantwortlich, und das war Carl.

Vielleicht ist das die Quittung für das, was ich damals getan habe, dachte er und schob den Gedanken sofort dorthin zurück, wo er hergekommen war. Nicht jetzt, sagte er sich. Nicht auch noch das.

Carl wandte sich ab, ging zum Haupteingang und trat ein letztes Mal in seine Fabrikhalle. Es war sauber und still. Niemand, der hier hereinkam, würde denken, dass es kein Morgen mehr gab. Er spürte, dass Alba neben ihn trat. Sie sagte nichts, sondern griff nach seiner Hand. Carl spürte die Kraft, die von seiner Tochter ausging. Fühlte ihren eisernen Willen, der sie aufrecht hielt und ihn mit ihr. Er konnte nicht sprechen, denn er wusste, wenn er seine Lippen nicht fest zusammenpresste, wie er es jetzt tat, dann würde er schreien. So laut, dass man es bis nach Braunau hörte.

Das hier war sein Leben, und ein Teil von ihm starb in diesem Moment.

Carl wandte sich ab, entzog Alba seine Hand und ging hinaus in den kühlen Febernachmittag. Es dauerte einige Minuten, bis auch Alba über die Schwelle trat. Der Betriebsleiter stand vor Carl und reichte ihm den Schlüssel.

Den Todesstoß sollte der Direktor seinem Kinde selbst verpassen, schien sein Blick zu sagen, und Carl nickte. Er würde sich nicht davor drücken. Schweigend nahm Carl den Schlüssel entgegen und drehte ihn zweimal im Schloss.

Er sprach danach noch mit dem Betriebsleiter, aber als er etwas später mit Alba in den Opel einstieg, wusste er nicht mehr, was er zu ihm gesagt hatte.

Carl stand unter Schock. Er konnte nur stumm vor sich hin starren. Alles kam ihm unwirklich vor, leider war er sich der Tatsache bewusst, dass es kein Albtraum war, aus dem er gleich erwachen würde. Das hier war seine Realität geworden.

Otto, der sonst immer fröhlich war und den so leicht nichts aus der Ruhe brachte, warf einen sorgenvollen Blick in den Rückspiegel. Lasst mich doch alle in Ruhe, wollte Carl brüllen, tat es aber nicht. Er musste Haltung bewahren. Wie immer.

Es musste weitergehen. Er hatte noch einen Betrieb, den er zu führen hatte. Auch da gab es Sorgen. Mehr als genug. Aber eine Frage war die drängendste, und um die musste er sich gleich kümmern: Wie konnte er die versprochenen Märzzahlungen finanzieren? Zwei Menschen gab es, die ihm in den Sinn kamen. Beide konnte er nicht fragen.

Er musste mit jemandem sprechen, der ihn verstand, der ihm half, seine Gedanken zu ordnen, ehe er etwas Unüberlegtes tat. »Fahr mich bitte zur Weisser-Fabrik nach Braunau, Otto.«

Carl würde Alfred nicht um Geld bitten. Aber mit seinem Freund zu diskutieren, würde ihm helfen, selbst eine Entscheidung zu treffen. Alfreds Fabrik lief wesentlich besser;

er hatte zur richtigen Zeit Kontakte ins Ausland geknüpft, die auch heute noch zahlungsfähige Kunden waren. Ein Glück, dachte Carl, dass nicht bei allen das Lebenswerk den Bach runtergeht.

* * *

Alba saß neben ihrem Vater im Fond des Wagens und wusste nicht, was sie sagen sollte. Es war ein schwieriger Tag gewesen, das musste nicht extra erwähnt werden. Sie hatte selbst mit den Tränen gekämpft, als sie vorhin in die Gesichter der Arbeiter geblickt hatte. Blankes Entsetzen hatte sich darin widergespiegelt, und ihr erging es nicht anders. Sie hatte gewusst, dass es schlecht um den Dittersbacher Betrieb stand – daraus hatte Vater kein Geheimnis gemacht –, aber nun dabei zu sein und zu sehen, wie eine ganze Ära zu Ende ging, war schlimmer gewesen, als sie es sich vorgestellt hatte. Es kam ihr so vor, als hätte Carl mit der Schließung gewartet, bis Mutter zur Kur war – um sie nicht noch mehr zu belasten. Ein feiner Zug von ihm, dachte Alba, aber Mutter hätte es überstanden. Sie war stärker, als ihre zerbrechliche Gestalt vermuten ließ. Das hatte sie wohl von ihrer Mutter Helene mitbekommen. In diesem Fall war das eine gute Sache, Mutter würde jeden Sturm überstehen, davon war Alba überzeugt. Was ihren Vater betraf, da war sie sich gerade nicht sicher. So wie heute hatte sie ihn noch nie erlebt. Es war beinahe, als wäre er gar nicht mehr anwesend. Sagte kein Wort. Starrte blicklos vor sich hin. Und was wollte er bei Alfred Weisser? Ja, die beiden waren befreundet, aber nach diesem Tag hätte Alba angenommen, dass der Vater schnellstmöglich nach Hause fahren würde und nicht zu seinem Freund. Vielleicht benötigte er einen geschäftlichen Rat; immerhin betrieben die Weissers eine mechanische Leinen-, Baumwoll- und Jacquard-Weberei.

Sie fragte nicht, und die Fahrt dauerte auch nur ein paar Minuten. Alba stieg mit aus und folgte dem Vater ins Gebäude. Sie machte sich nichts daraus, dass er ihr nicht die Tür aufhielt, zeigte es doch nur, dass er mit sich und seinen Gedanken beschäftigt war. Beim Pförtner musste Carl nicht mitteilen, wer er war. »Einen Augenblick bitte, Herr Lemberg, ich begleite Sie hinauf«, bekamen sie zu hören, aber Carl winkte nur ab und marschierte bereits weiter. Der Pförtner ließ ihn gewähren.

Alba wagte nicht, etwas zu sagen, aber hielt mit dem Vater Schritt. Beinahe jedenfalls; er war ihr einen halben Meter voraus, nahm eine Stufe nach der anderen, bis er im zweiten Stock der Weberei war, die ganz ähnlich wie der Lemberg-Betrieb angelegt war. Kurz darauf betraten sie Alfreds Büro, der zunächst Alba und dann ihren Vater begrüßte.

Alfred ging danach um seinen üppigen Schreibtisch herum und rief jemanden an. »Komm bitte kurz in mein Büro«, sprach er in die schwarze Hörmuschel.

Es dauerte nicht lange, bis sich die Tür öffnete und Paul eintrat. Als er Alba erblickte, bogen sich seine Mundwinkel kaum merklich nach oben. Sie lächelte nicht.

Carl schüttelte Pauls Hand, während dieser erklärte, wie leid es ihm tue, dass die Schließung in Dittersbach heute habe stattfinden müssen. Dann hörte sie ihren Vater zu Paul sagen: »Alba würde sich über eine Tasse Tee freuen, nicht wahr, Kind?«

Alba wollte Nein rufen, stattdessen biss sie in den sauren Apfel. Es war offensichtlich, dass Vater allein mit Alfred sprechen wollte, das konnte sie akzeptieren. Um seinetwillen würde sie Paul für ein paar Minuten ertragen.

»Nur, wenn es keine Umstände bereitet. Mir ist bewusst, dass das hier kein Kaffeehaus ist«, erwiderte Alba in Pauls Richtung, höflich, aber kühl.

Die Miene ihres Vaters war wie versteinert und Alfred reagierte gar nicht. Paul hingegen schon. Er trat zu Alba und schob sie mit einer federleichten Berührung in Richtung Tür. »Komm Alba, überlassen wir die Herren sich selbst. Das Gespräch übers Geschäft langweilt dich doch bestimmt nur.«

Sie wollte ihm entgegnen, dass der Einzige, der sie langweilen könnte, gerade mit ihr sprach. Aber so frech war sie nicht, wollte sie auch nicht sein. Mit ihrem Nervenkostüm war es nach diesem Tag nicht zum Besten bestellt.

»Natürlich«, war alles, was sie erwiderte.

Paul führte sie in sein Büro, das direkt nebenan lag. Es war seltsam, dass Alfred Paul angerufen hatte, aber es wäre noch merkwürdiger gewesen, wenn er seinen Sohn über den Flur schreiend herbeigerufen hätte.

Das Büro war geschmackvoll eingerichtet, gleichzeitig zweckmäßig. Der doppelseitige Schreibtisch war nicht besonders groß. Er war aus edlem Holz mit einer glänzenden Tischplatte gefertigt. Darauf befanden sich ein schwarzes Telefon, eine Messingtischlampe und einige Mappen und Blätter. An der Wand stand ein teils offenes Regal, in dem sich einige Bücher und Aktenordner aneinanderreihten. Daneben hing ein Kalender. Der Raum wirkte durch und durch männlich, pragmatisch, aber nicht kalt oder unpersönlich. Auf dem Fenstersims entdeckte sie eine Grünpflanze, die der feine Herr garantiert nicht selbst goss. An der anderen Wandseite stand ein schmales Sofa.

»Königsberger Möbelmanufaktur, falls du dich fragst, wo ich nach dem Studium eingekauft habe, um es mir hier gemütlich zu machen.«

Albas Kopf schnellte herum; sie wusste, dass ihre Mimik sie verriet. Sie musste so überrascht aussehen, wie sie sich fühlte. Pauls Mund verzog sich daraufhin zu einem breiten Grinsen, das ihn jünger wirken ließ. Nicht mehr ganz so blasiert. Aber immer noch verdammt selbstverliebt.

»Du wirst dir wohl denken können, dass mir nach diesem Tag nicht der Sinn nach dem Einkauf von Büroeinrichtungen steht«, gab sie kühl zurück.

Er bot ihr an, sich zu setzen, und ging nicht darauf ein.

Sie seufzte leise und ließ sich nieder. Die Beine überschlug sie nicht, sondern stellte sie sittsam nebeneinander, die Handtasche auf dem Schoß. Den Mantel behielt sie an.

Paul zog sich einen Stuhl heran. Zum Glück setzte er sich nicht neben sie aufs Sofa.

»Soll ich meiner Sekretärin sagen, dass sie uns Tee bringen soll? Oder möchtest du etwas anderes?«, erkundigte er sich mit gerunzelter Stirn.

»Ein Schnaps wär mir lieber«, sprudelte es aus Alba hervor.

Sie merkte zu spät, dass ihr Mund mal wieder schneller gewesen war als ihr Verstand, und biss sich auf die Unterlippe.

Paul hob eine Braue. »Auch das ist möglich, aber dafür müssen wir gar niemanden bemühen.« Er ging hinüber zum Aktenschrank, öffnete eine Tür und klappte eine Platte heraus. In dieser versteckten Minibar gab es augenscheinlich Hochprozentiges und Gläser.

An einem normalen Tag hätte Alba sich über die Finesse des Möbelstücks gefreut, heute gelang es ihr nicht. Sie beobachtete stumm, wie er Cognac in zwei Schwenker eingoss und ihr schließlich einen davon reichte, ehe er sich auf den Stuhl ihr gegenüber setzte. »Möchtest du über das reden, was dich bedrückt?«, fragte er.

Alba fühlte sich komisch. In ihrem Magen zog sich etwas zusammen. Sie konnte die Regung in ihrem Inneren nicht näher beschreiben; sie war nicht durch und durch schlecht, aber auch nicht gut. Sie war bizarr, so viel konnte sie definieren. Paul verständnisvoll? Das hatte sie nicht kommen sehen.

»Dann hast du es noch nicht gehört?«, wollte Alba von ihm wissen. Ihre Stimme klang rau. Sie hob das Glas an ihre Nase und roch an der bernsteinfarbenen Flüssigkeit. Sie erschnupperte Eiche, Pfeffer und den typischen Geruch von Hochprozentigem. Eigentlich war sie keine Frau, die dieser Art von Getränken zusprach, heute wollte sie eine Ausnahme machen.

Paul sagte nichts, aber ließ sie nicht aus den Augen. Sie war dankbar, dass er nicht darüber schwadronierte, was für einen guten Tropfen er ihr kredenzte. Das hätte sie nicht ausgehalten. Dass der Cognac edel und teuer war, verstand sich von selbst.

Da sie nun schon einmal hier war, konnte sie ihm auch ihr Herz ausschütten – oder so ähnlich. Sie musste es loswerden. »Ich komme eben mit Vater aus Dittersbach, wo wir der Belegschaft gekündigt und die Flachsspinnerei für immer zugesperrt haben. Der Betrieb ist stillgelegt. Tot, um genau zu sein. Er sagt es nicht, aber ich habe es gesehen, Paul. Mein Vater ist schwer getroffen. Ich weiß nicht, ob er sich von diesem Schlag erholt.«

Ein Muskel an Pauls Wange zuckte, er verlor jedoch kein Wort darüber, kippte nur den Cognac in einem Zug hinunter und hielt das Glas so fest, dass seine Knöchel weiß hervortraten.

Schließlich fragte er: »Du warst dabei? An seiner Seite?« Sie konnte nicht erkennen, ob es Anerkennung oder Entsetzen war, das sie in seinen Augen sah. An anderen Tagen hätte sie sich über das offensichtliche Erstaunen gefreut, wäre vielleicht sogar ein bisschen kratzbürstig geworden, aber heute fehlte ihr die nötige Energie, mit ihm zu kämpfen.

Alba trank einen kleinen Schluck. Der Cognac brannte in ihrer Kehle, sie verkniff sich, zu husten. »Was glaubst du denn? Dass ich zum Spaß hier sitze?« Sie funkelte ihn an und reckte ihr Kinn trotzig nach vorn. Das tat gut, aber ihr war klar, dass sie sich gerade wie eine Fünfzehnjährige und nicht wie eine erwachsene Frau verhielt. Sie war einfach durcheinander und hatte sich nicht so gut im Griff wie sonst.

Er rieb sich mit der Hand über die Stirn und wirkte sichtlich betroffen. »Ich bedaure, dass du das erleben musstest.«

»Ja. Ich auch«, gab Alba leise zurück und schaute in ihr Glas. »Aber nicht um meinetwillen, Paul.«

»Möchtest du noch etwas anderes?«, bot er an. Sie konnte nicht erkennen, was hinter seiner Stirn vor sich ging, und das wurmte sie.

»Nein, vielen Dank. Ich glaube nicht, dass es eine gute Idee wäre, wenn ich nach allem auch noch angetrunken aus deinem Büro torkeln würde.«

Es hatte kein Scherz sein sollen, dennoch mussten sie beide grinsen. Galgenhumor vielleicht. Die Stimmung war bizarr. Alba wusste, dass Paul ein arroganter Affe war, aber er besaß das nötige Taktgefühl, um im richtigen Moment Zurückhaltung zu üben.

Die Weissers standen, soweit Alba wusste, finanziell gut da, aber hatten auch Einschnitte hinnehmen müssen, wie alle anderen Industriellen.

Für einen Moment schwiegen sie gemeinsam. Es war nicht unangenehm. Sie wusste nicht, was sie hätte sagen sollen, und Paul wollte sie offenbar auch nicht mit sinnlosem Geschwafel ermüden. Sie rechnete es ihm hoch an, dass er nicht log, von wegen, dass alles wieder gut werden würde. Daran glaubte niemand mehr. Man hatte jedoch Angst, das auszusprechen, was ohnehin alle wussten. Im Land herrschte unter den Deutschen Massenarbeitslosigkeit, daraus resultierten Hunger und Verzweiflung. Menschen hatten schon aus nichtigeren Gründen Kriege angezettelt.

Irgendwann durchbrach Paul die Mauer des Schweigens. »Wenn es nicht so ein furchtbarer Tag wäre, würde ich dich bitten, mit mir auszugehen.«

Alba schluckte trocken. Sie spürte die Wirkung des Alkohols in ihrem Magen, aber gerade wünschte sie sich, sie hätte doch nicht Nein zu einem zweiten Cognac gesagt. Ihre Selbstkontrolle ließ sie für einen Augenblick im Stich. Sie riss die Augen weit auf und blickte ihm direkt ins Gesicht. Paul grinste nicht. Er wirkte verdammt ernst.

»Das will ich nicht hören. Deshalb bin ich nicht hier«, gab Alba mit einem leisen Seufzen von sich. An anderen Tagen hätte sie seine Einladung als Frechheit empfunden, jetzt gelang es ihr nicht einmal, sich darüber aufzuregen.

»Ich habe ja nicht gefragt.« Paul beobachtete jede ihrer Regungen.

»Es kam mir so vor. Was soll das?« Sie blickte erneut in das leere Glas und kam sich albern dabei vor.

»Ich will wissen, ob du Ja gesagt hättest.« Sie suchte in seinem Gesicht nach einer Reaktion, aber konnte weder Spott noch Hohn darin erkennen. Nur eine gewisse Neugier.

Oder war es Unsicherheit?

Nein. Das war unmöglich. Doch nicht Paul. Der eingebildete, selbstverliebte Unternehmersohn!

In der nächsten Sekunde zuckten seine Mundwinkel, als könne er kein Wässerchen trüben. Er stand auf und ging zum Fenster, drehte ihr den Rücken zu. »Schon gut, Alba. Du musst mir nicht antworten. Ich wollte dich an diesem so schwierigen Tag, wie du selbst sagst, nicht auch noch in Verlegenheit bringen. Bitte verzeih mir.«

Er wandte sich ihr wieder zu, die Hände hatte er in die Hosentaschen geschoben.

Sie zuckte nicht mit der Wimper und erwiderte seinen Blick. »Ich hätte Nein gesagt, Paul. Nur, damit du es weißt.«

Alba stand auf, stellte den Cognacschwenker auf seinem Schreibtisch ab und hoffte inständig, dass ihr Vater bald mit seiner Unterredung fertig war. Darauf wollte sie nicht länger in Pauls Büro warten. »Ich finde den Weg hinaus allein. Und falls mein Vater nach mir fragt, richte ihm doch bitte aus, dass ich etwas frische Luft brauchte und am Wagen auf ihn warte. Mit der Dittersbacher Betriebsstilllegung habe auch ich einen Teil meiner Zukunft begraben müssen, das muss ich erst einmal verdauen. Auf Wiedersehen, Paul.«

Alba wartete nicht auf eine Antwort, sondern rauschte aus Pauls Büro. Sie war nach seinem dreisten Versuch, mit ihr zu flirten, nur noch von dem Wunsch beseelt, von niemandem mehr angesprochen zu werden. Schon gar nicht von Paul. Das Schlimme war, für eine Sekunde hatte Alba wirklich darüber nachgedacht, welche Antwort sie ihm gegeben hätte, wenn er die Frage ernsthaft gestellt hätte.

Unsinn, sagte sie sich auf dem Weg nach draußen. Der Alkohol muss mir doch zu Kopf gestiegen sein.

Es dauerte glücklicherweise nicht mehr allzu lange, bis Vater aus dem Gebäude kam und sich zu ihr in den Fond des Wagens setzte. »Entschuldige, Alba, ich hätte dir das nicht zumuten sollen«, war alles, was er sagte.

Sie wollte ihm widersprechen, ließ es aber sein. Morgen war auch noch ein Tag; vielleicht konnten sie einander dann etwas hoffnungsvoller ins Gesicht blicken.

Zu Hause angekommen trafen sie auf Ferdinand, der gerade Margot seinen Mantel in die Hand drückte. Das Reisegepäck stand in der Halle.

Alba freute sich, ihren Bruder zu sehen, aber kam nicht dazu, ihn zu grüßen. Carl polterte los. »Jetzt kommst du!«, brüllte er, und es kam Alba so vor, als ob sich der ganze Frust und der tiefe Schmerz des Vaters nun am ältesten Sohn entluden. »*Du* hättest heute hinter mir stehen sollen, nicht deine Schwester!«

Ferdinands Züge entgleisten. Alba entdeckte all die Verletzungen, die ihr Bruder über die Jahre angestaut hatte, darin. Er antwortete nicht, war kreidebleich geworden, sein Blick starr.

»Vater …«, fing Alba an, aber Carl hob nur die Hand, um sie zu unterbrechen, dann stürmte er davon.

Sie hörten die Tür zu seinem Arbeitszimmer krachen.

Für einige Sekunden herrschte Stille, dann räusperte sich Alba. »Entschuldige, es war nicht leicht heute.« Sie nahm ihren Bruder in die Arme und drückte ihn an sich. Eine Träne rollte aus ihrem Augenwinkel, und sie presste die Lider zusammen. Sie wollte nicht weinen.

Ferdinand erwiderte die Umarmung. »Ich wäre gekommen, Alba. Wenn ich gewusst hätte, dass ich gebraucht werde, dass meine Anwesenheit erwünscht ist, hätte ich die Prüfung sausen lassen. Aber Vater hat mir nichts gesagt, obwohl wir letzte Woche wegen Mutters Gesundheitszustand telefoniert haben. Ich musste es gerade vom Personal erfahren, kannst du dir das vorstellen, Alba? Weißt du, wie das für mich ist?«

Tonlos krächzte er die Worte, die Alba so gut verstand und doch nicht begriff. Warum forderte Carl etwas von Ferdinand, ohne ihm die Gelegenheit zu geben, seine Ansprüche wirklich erfüllen zu können? »Komm, Ferdi, lass uns in der Küche essen, du hast sicher Hunger«, versuchte sie ihn aufzumuntern, weil es auf die vielen Fragen gerade einfach keine Antwort gab.

Kurz hielt sie den Atem an. Sie fürchtete, dass er Nein sagen könnte. Für einen Augenblick hatte sie in seinem Gesicht Widerstand entdeckt, als überlegte er, dem Vater nachzulaufen und ihm die Meinung zu geigen. Sie hätte ihm geraten, es nicht gerade heute zu tun. Offenbar war Ferdinand selbst darauf gekommen. Zum Glück.

Sie atmete erleichtert auf und ging mit ihm in die Küche, wo Kilian saß und eine heiße Schokolade löffelte, anstatt sie zu trinken.

Theresia lächelte, als sie Alba und Ferdinand erblickte. »Eure Mutter wäre nicht erfreut, wenn sie wüsste, dass ihr euch alle in meiner Küche herumtreibt!«

Alba und Ferdinand tauschten einen Blick, dann lächelten sie ebenfalls, aber die Traurigkeit schwang immer noch mit. Kilian rutschte zur Seite und machte Platz für die Geschwister.

»Dann ist es ja gut, dass sie nichts davon erfahren wird«, erklärte Ferdinand mit einem Zwinkern.

Theresia kniff ihn in die Wange. »Du brauchst es bei mir gar nicht mit deinem Charme zu versuchen, ich bin zu alt für so was.« Am leichten Erröten merkte man, dass Theresia sich über Ferdinands Neckerei genauso freute wie er selbst.

»Also, Kinder, was soll ich für euch kochen?«, wollte die Köchin wissen.

»Palatschinken«, antworteten sie unisono.

»Jesses, aber das ist doch kein Essen, es ist ein Nachtisch!«, schimpfte sie, machte sich jedoch bereits daran, Eier aus der Speisekammer zu holen.

Kapitel 12

Charlotte löffelte ihre Suppe schweigend. Der schmucklose Speisesaal des Mädchenpensionats hielt wenig für das Auge bereit. Die weiß getünchten Wände erschienen im dämmrigen Licht des Abends grau und kalt. Auf den Tischen gab es keinen Schmuck. Lediglich ein paar Grünpflanzen auf den Fensterbrettern bildeten Farbtupfer im tristen Einerlei. Die Eintönigkeit des Alltags im Pensionat ermüdete Charlotte zunehmend. Sie kam sich vor, als säße sie in einem Gefängnis. Nein, es musste sogar noch schlimmer sein. Im Knast, so hieß es in Romanen immer, bekam man wenigstens hin und wieder einmal Abwechslung geboten. Davon konnte sie hier nicht sprechen.

Nur leise unterhielten sich die Mädchen im Speisesaal miteinander. Eigentlich wurde erwartet, dass man still war. Das hingegen fiel Charlotte leicht, weil sie niemanden in Reichweite hatte, mit dem sie sich unterhalten wollte. Ihre Freundin und Zimmernachbarin Anna war bedauerlicherweise erkrankt – so schwer, dass man sie kürzlich nach Hause geholt hatte. Zuerst hatte es im Jänner mit einem leichten Ausschlag angefangen, der sich ausgebreitet hatte. Als auch noch hohes

Fieber und Schmerzen in Schüben hinzugekommen waren, war die Pensionatsleitung Bertha Schürli hektisch geworden.

»Syphilis«, hatten die ältesten Mädchen miteinander bei der Morgengymnastik getuschelt. Ob es stimmte, wusste Charlotte nicht, aber eines war klar: Allein das Gerücht zu verbreiten, genügte, um den Ruf des Pensionats nachhaltig zu ruinieren. Dem hatte man gegensteuern müssen.

Anna hatte wahrlich ausreichend Möglichkeiten gehabt, sich tatsächlich mit dieser bis vor Kurzem unbekannten Krankheit anzustecken. Oft genug waren sie im letzten Jahr gemeinsam in der Nacht ausgebüxt, um sich mit jungen Burschen aus der Umgebung zu treffen. Anna war kein Kind von Traurigkeit, im Gegenteil. Im Vergleich zu ihr war Charlotte schon immer die Tugend in Person gewesen, und das wollte etwas heißen. Womöglich hatte Anna sich gar nicht in der Schweiz angesteckt, sondern zu Hause in Bayern, wo sie die Weihnachtsferien verbracht hatte; das war nicht nachzuvollziehen. Annas Eltern hatten das Kind eilig und stillschweigend in einer Nacht- und Nebelaktion abgeholt. Anna hatte sich von niemandem verabschieden dürfen. Die offizielle Diagnose lautete Scharlach. Aber Charlotte wusste, dass Annas Zunge nicht verfärbt gewesen war – immerhin hatte sie das Zimmer mit ihr geteilt – und glaubte eher, dass die Gerüchte wahr waren.

»Oh, diese dumme Gans«, murmelte Charlotte und blickte düster in ihre Suppe. Wieso hatte Anna nicht aufpassen können? Jetzt musste sie sich das Zimmer mit Franziska von Hoyenhausen teilen, dem langweiligsten Mädchen der ganzen Schule.

Als endlich der Gong ertönte, der besagte, dass man aufstehen durfte, atmete Charlotte erleichtert auf. Sie brachte Teller, Besteck und Glas zu einem Rollwagen und begab sich dann auf ihr Zimmer. Zwei schmale Betten standen mit dem Kopfteil an der einen Seite, vor den beiden Fenstern befanden sich Schreibtische. An der Decke baumelte eine braune hässliche Lampe. Für Kleidung gab es zwei Kommoden. Ansonsten war nur noch ein Waschbecken im Raum.

Es dauerte nicht lange, bis Franziska auftauchte. Sogleich setzte sie sich an einen der beiden Schreibtische und schlug ihr Schulbuch auf. »Willst du nicht noch lernen?«, fragte Franziska, ohne Charlotte dabei anzusehen.

Charlotte verdrehte die Augen. »Wieso sollte ich?«

»Weil Frau Krümmel dich morgen ganz sicher in der Kunstgeschichtsstunde an die Tafel holen wird, so wie du dich letzte Woche blamiert hast. Sie will sichergehen, dass du deine Lektion gelernt hast.«

Charlotte war versucht, ihr Kissen zu nehmen und es Franziska um die Ohren zu hauen, nicht, weil sie log, sondern weil es sie nicht kümmerte, welche Noten sie bekam. Dieses ganze Getue um die Schule war ihr lästig. Sie wollte mehr vom Leben als das. »Diese ganze Lernerei ist doch sinnlos.« Es war ihr deutlich leichter gefallen, eine gewisse Motivation für die einzelnen Fächer aufzubringen, als sie Körper und Geist noch mit nächtlicher Zerstreuung hatte beleben können. Doch seit Mutter sie nach Weihnachten höchstpersönlich ins Pensionat zurückgebracht hatte, war es Charlotte nicht mehr gelungen, sich auch nur ein einziges Mal aus dem Haus zu schleichen. Annas Erkrankung hatte auch dazu beigetragen, dass Charlotte noch misstrauischer beäugt wurde als ohnehin schon.

Franziska war ein Wachhund – an ihr kam sie nicht vorbei. Wahrscheinlich war sie ihr deswegen als neue Zimmernachbarin zugeteilt worden. Ein paar Mal hatte Charlotte gewartet, bis sie glaubte, dass Franzi eingeschlafen war. Und das dauerte immer Ewigkeiten, meine Güte! Diese Person steckte ihre Nase in einem fort bis spät in die Nacht in Bücher. Wenn sie nicht für die Schule büffelte, schmökerte sie in einem Wälzer nach dem anderen. Aber keine Unterhaltungsliteratur, nein, sie schlug sich die Stunden mit Nietzsche oder Kant um die Ohren! Charlotte hätte sich eher den kleinen Fußzeh abgehackt, als sich freiwillig mit diesen Langweilern zu beschäftigen.

Immer wenn Charlotte glaubte, dass sie endlich eingeschlafen sei, und sich aus dem Zimmer schleichen wollte, hatte Franzi plötzlich die Augen aufgerissen und gefragt: »Wo gehst du hin, Charlotte?«

Nach dem fünften Mal hatte Charlotte es schließlich aufgegeben. Wenn sie eines nicht zulassen durfte, dann, dass man sie erwischte. Sie hatte keineswegs vergessen, mit welcher Missachtung sie Mutter nach ihrem kleinen Fauxpas an Weihnachten gestraft hatte. Charlotte wollte sich gar nicht erst ausmalen, was passieren würde, wenn sie von einem ihrer nächtlichen Ausflüge erfuhr. Gottlob hatte man Emilie wohl nichts von Annas Unpässlichkeit erzählt – wenigstens dafür war die Grippeerkrankung der Mutter gut gewesen. Charlotte seufzte tief. Nun saß sie hier fest.

Sie würde ganz sicher bald vor Langeweile eingehen. Die Winteröde mit ihrer Kälte, Dunkelheit und jetzt auch noch Fastenzeit versetzte sie allmählich in einen Zustand der Schwermütigkeit. Sie ließ sich rücklings aufs Bett fallen und starrte an die Decke.

»Hast du gar keinen Stolz?«, fragte Franzi jetzt und drehte sich in ihre Richtung.

Charlotte schaute mit gefurchter Stirn zu ihrer pummeligen Zimmergenossin. Diese schob sich ihre Nickelbrille ein Stück weiter die Nase hinauf.

Es war müßig, sich mit Franziska zu unterhalten. Sie verstand überhaupt nichts vom Leben. Spaß war ihr ein Fremdwort. Bei ihr gab es nur Lernen und Gehorsam. Grauenvoll.

»Ich wüsste nicht, was es mit Stolz zu tun hat, wenn ich meine Lebenszeit nicht mit Kunstgeschichte, Altgriechisch oder Geografie verschwenden möchte; ich würde das eher Selbsterhaltungstrieb nennen.«

»Warum bist du dann überhaupt hier?«

Das war die erste Frage, die aus ihrem Mund wirklich Sinn ergab. Charlotte setzte sich auf, und neue Lebensgeister wurden in ihr wach. Bisher hatte sie es unterlassen, ihre Familie zu informieren, dass es ein Mädchen im Pensionat gab, das unter einer Geschlechtskrankheit litt. Was, wenn sie diese Tatsache zu ihren Gunsten verdrehen konnte? Sie könnte zu Hause anrufen und sich darüber beklagen, welche Zustände im Pensionat herrschten und dass sie um ihre Gesundheit fürchtete. Charlotte wusste natürlich, dass Mutter nicht daheim, sondern zur Kur war. Das gereichte ihr nur zum Vorteil, denn Mutter hätte das Spiel ihrer Tochter vermutlich sofort durchschaut, bei ihr würde sie es gar nicht versuchen. Aber Vater, der würde schon bei der namentlichen Erwähnung der Krankheit vor Schreck den Hörer fallen lassen und ganz sicher jemanden schicken, der sie nach Hause brachte, um sie vor diesem Sodom und Gomorrha zu beschützen.

»Vielen Dank, Franziska, du hast mich auf eine Idee gebracht«, erklärte Charlotte mit einem selbstzufriedenen Lächeln.

Franziska begriff natürlich nicht, worauf Charlotte hinauswollte. »Ach, tatsächlich? Soll ich dich abfragen?«

Mit einer saloppen Geste winkte Charlotte ab. »Bestimmt nicht. Nein, danke. Sei jetzt ruhig, Franzi, ich muss nachdenken.«

Selig lächelnd entspannte sich Charlotte auf dem Bett und probte ihre kleine Rede so lange im Kopf, bis sie damit zufrieden war. Gleich morgen würde sie ihr Schicksal selbst in die Hand nehmen und sich in der Villa Lemberg telefonisch melden. Etwas musste sich dringend ändern, sie musste hier weg. Die Schulzeit hatte ohnehin schon viel zu lange gedauert! Sie war siebzehn, wenn sie jetzt nicht ihr Leben genoss, wann dann?

Wer brauchte schon die Matura? Charlotte jedenfalls nicht, wo doch alles, wonach sie sich sehnte, in einer gut situierten Ehe zu finden war. Sie wollte nur eines, weg von hier.

* * *

Die Familie saß beim gemeinsamen Abendessen im Speisezimmer zusammen. Auf ein Feuer im Kamin hatte man verzichtet. Es hing eine Schwere in der Luft, die man nicht durch die Düfte der Speisen erklären konnte. Ferdinand war bedrückt, obwohl seit der misslungenen Begrüßung nichts mehr vorgefallen war. Er hatte seinen Vater nicht auf den kleinen Ausbruch bei seiner Ankunft angesprochen, was hätte er auch sagen sollen? Es wäre ohnehin müßig gewesen, da er bei einer Diskussion mit dem Vater nur den Kürzeren ziehen konnte, das lag in der Natur der Sache. Carl Lemberg war nicht dafür bekannt, Fehler einzugestehen oder mit seinen Kindern auf Augenhöhe zu argumentieren. Sein Wort war Gesetz, das war so und würde immer so sein.

Ferdinand warf ihm einen kurzen Blick zu. Schweigend kaute Vater auf seinem Rinderschmorbraten. Die Luft war so dick, man konnte sie beinahe schneiden. Es war unschwer zu erkennen, dass Carl Lemberg nach der Schließung der Flachsspinnerei noch immer am Boden zerstört war. Dass die Zeiten schwierig waren, hatte Ferdinand natürlich gewusst, aber diese Neuigkeit hatte ihn überrascht. Und getroffen. Wie Vater ihm hatte vorwerfen können, dass er nicht anwesend gewesen war, konnte er noch weniger begreifen. Ferdinand war beleidigt, dass man ihm nichts davon mitgeteilt hatte, aber das brachte er nicht über die Lippen. Vater würde es ihm als Schwäche auslegen. Sei keine Memme, werde endlich ein Mann, würde er vermutlich brüllen, wie er es schon häufig getan hatte, wenn sein Ältester seiner Ansicht nach mal wieder etwas falsch gemacht hatte.

Trotzdem konnte Ferdinand nicht leugnen, dass es ihn bekümmerte, wie er behandelt wurde. Er hatte gehofft, dass man ihm mit seinen dreiundzwanzig Jahren endlich mehr Offenheit und Vertrauen schenken würde. Da war er leider eines Besseren belehrt worden. Er ließ seinen Blick über den Tisch schweifen. Auch Alba wirkte blass und angespannt und stocherte in ihrem Gemüse herum. Kilian hatte seinen Ellenbogen auf die Platte gestützt und gähnte, ohne sich die Hand vor den Mund zu halten.

Üblicherweise hätte der Vater ihn ermahnt. Aber gerade schien er es entweder nicht zu bemerken, oder es war ihm egal, ob der Jüngste die Tischmanieren befolgte.

»Kilian«, übernahm Alba diese Aufgabe. »Setz dich richtig hin.«

»Ich bin keine drei Jahre alt«, murrte der Vierzehnjährige.

»Dann benimm dich nicht wie ein Kleinkind«, warnte sie leise. Alba musste ihre Stimme nicht erheben, um gehört zu werden. Sie hatte diese besondere Ausstrahlung, die allen Menschen sofort klarmachte, dass sie über den Dingen stand. Vermutlich wusste sie nicht einmal selbst, welche Wirkung sie auf andere hatte, wenn sie einen Raum betrat.

Ferdinand war nicht eifersüchtig auf seine Schwester; er bewunderte sie dafür, war es doch etwas, das er sich für sich selbst wünschte. Ja, bei der Damenwelt kam er gut an. Mit gleichaltrigen Kommilitonen verstand er sich gut und konnte sich behaupten. Aber in der Kommunikation mit Älteren, so wie mit seinem Vater, fühlte er sich stets klein und unzulänglich.

Kilian streckte Alba die Zunge raus; dem Bruder war es egal, ob seine Schwester strenge Autorität ausstrahlte oder nicht. Das ist die Eigenheit der Jugend, dachte Ferdinand wehmütig. Die Sorgen eines Vierzehnjährigen kamen ihm gerade verlockend vor. Früher hätte Ferdinand über Kilians trotzige Reaktion gelacht, aber dafür fehlte allen am Tisch die Leichtigkeit vergangener Tage.

Als Vater seine Serviette seufzend beiseitelegte, hielten sie die Luft an. Kilian nahm eilig den Ellenbogen von der Tischkante und setzte sich stocksteif hin. Er wusste, dass er womöglich zu weit gegangen war.

»Wenn ihr mich entschuldigt«, erklärte Vater, ohne jemanden anzusehen. Sein Essen hatte er kaum angerührt. Er wirkte über Nacht gealtert. Tiefe Falten hatten sich um seinen streng zusammengekniffenen Mund eingegraben. Mit schweren Schritten verließ Vater den Raum. Als sich die Tür hinter ihm geschlossen hatte, atmeten die drei auf. Nicht, weil sie erleichtert waren, dass er weg war, sondern weil sie nun keine Angst mehr haben mussten, etwas zu sagen, das den Vater dazu veranlasste, laut zu werden.

Darauf konnte Ferdinand gut verzichten und seine Geschwister augenscheinlich auch. Er und Alba tauschten einen wissenden Blick. Kilian spielte mit einer Erbse auf seinem Teller und stützte das Kinn wieder auf den Ellenbogen.

Alba seufzte und schüttelte den Kopf. »Warte nur, bis Mutter zurück ist, Kilian. Du solltest dir so ein Benehmen gar nicht erst angewöhnen.«

Josef verließ den Raum schweigend und leise, wie es sich für gutes Personal gehörte. Er folgte vermutlich dem Hausherrn, um zu sehen, ob er noch etwas benötigte.

»Mensch, ich wusste gar nicht, dass du so eine Nervensäge sein kannst«, murrte der kleine Bruder, dem die Ereignisse der letzten Tage offenbar nicht so sehr aufs Gemüt geschlagen hatten wie allen anderen. Gut für ihn, überlegte Ferdinand, aber aus Pflichtbewusstsein stimmte er Alba zu. »Sie hat recht, Kilian. Benimm dich, wie es sich für einen Lemberg gehört.«

»Danke, Ferdi«, sagte Alba und legte das Besteck zur Seite. »Soll ich den Nachtisch bringen lassen?«

Ferdinand zuckte mit den Schultern, Appetit hatte er keinen mehr. »Was gibt es denn?«

»Schokoladenpudding, den mögt ihr doch so gern. Ich habe Theresia gesagt, sie soll sich keine großen Umstände machen und nicht noch Vanillesoße dazu kochen«, erklärte Alba und stand auf, um nach dem Mädchen zu klingeln.

Es dauerte ein paar Minuten, bis Margot auftauchte. Sie blickte sauertöpfisch drein, was nichts Neues war. Ihre Bewegungen waren jedoch ein wenig fahrig, als stände sie unter Strom.

»Stimmt etwas nicht, Margot?«, wollte Alba wissen und sprach damit aus, was er dachte.

Ferdinand hätte nichts gesagt, aber nun war er doch gespannt auf Margots Erklärung.

Das Hausmädchen schob die Teller ineinander. »Es ist nur so, dass ich auf einmal die Arbeit von zwei Angestellten übernehmen muss. Das geht nun mal nicht so schnell, wie das alle gern hätten. Ich komme kaum nach.«

Als Josef wieder das Zimmer betrat, arbeitete Margot schweigend weiter.

»Keinen Pudding für mich«, erklärte Ferdinand schließlich und stand auf. »Bitte entschuldigt mich ebenfalls, ich habe noch etwas zu besprechen.«

Er spürte Albas besorgten Blick im Rücken, als er den Raum in Richtung Arbeitszimmer verließ. Vielleicht beging er hier gerade einen großen Fehler, aber so mochte Ferdinand nicht weitermachen. Das konnte er nicht mehr mit sich vereinbaren.

Sein Herz klopfte schnell, als er die rechte Hand hob und leise anklopfte. Als das »Herein« ertönte, merkte Ferdinand, wie flau ihm im Magen geworden war. Er straffte sich, atmete tief durch und trat dann ein. Die Tür schloss er sanft hinter sich, um möglichst kein lautes Geräusch zu verursachen. Er wusste nicht einmal genau, wieso er sich so verhielt. Angst möglicherweise. Dann erinnerte er sich, was er sich vorgenommen hatte. Ferdinand wusste, wenn er sich selbst weiter im Spiegel betrachten wollte, ohne dabei das Gefühl zu haben, eine Duckmaus zu sein, musste er das aussprechen, was ihm auf der Seele lastete.

»Kann ich dich kurz sprechen?«, wandte er sich an seinen Vater.

Der saß hinter seinem Schreibtisch, vor ihm lagen ein paar Zettel ausgebreitet. Es roch nach Zigarettenqualm. Im Aschenbecher rauchte ein Stummel ganz leicht, er hatte ihn augenscheinlich nicht vollständig ausgedrückt.

»Ich dachte, du hast aufgehört«, entfuhr es Ferdinand, ohne dass er darüber nachgedacht hätte, dass es ihm nicht zustand, das zu äußern.

Kurz befürchtete er, dass der Vater aufbrausen würde, aber das Gegenteil war der Fall. Carl zog eine Schublade auf und holte eine Packung Zigaretten heraus. »Hier, möchtest du eine?«

Ferdinand winkte ab. »Nein, danke, ich rauche nicht.«

»Gute Entscheidung. Was führt dich zu mir? Du kannst dich setzen, wenn du möchtest.«

Dem Angebot des Vaters kam Ferdinand gern nach, obwohl er sich wunderte, dass er so entgegenkommend reagierte. Verlegen räusperte Ferdinand sich und erinnerte sich daran, warum er gekommen war: Er wollte für sich einstehen.

Ferdinand hatte noch ein Semester vor sich, dann würde das Leben in Märzdorf wieder sein tägliches Brot und kein kurzer Ausflug in den Ferien mehr sein. Dann konnte er nicht nach Prag abhauen, wenn es Vater mal wieder nicht gefiel, was er zu sagen hatte. Deshalb musste das zwischen ihnen geklärt werden, auch wenn der Zeitpunkt womöglich nicht gut gewählt war. Aber es lastete nun schon so lange auf Ferdinands Seele, dass er es nicht mehr aushielt, weiter zu schweigen. »Mein letztes

Semester bricht im Frühling an«, begann er und merkte, wie sein Puls in die Höhe schnellte.

»Das ist mir bekannt.«

»Mir ist klar, Vater, dass wir nicht immer einer Meinung sind. Dennoch betonst du immer wieder, dass du mich zu deinem Nachfolger machen willst.«

»Daran hat sich auch nichts geändert. Wieso zweifelst du?«

»Ich kann dir nichts recht machen, Vater. Es kommt mir manchmal so vor, als würdest du, wenn ich eine Meinung vertrete, absichtlich auf einer anderen beharren, nur um mir deutlich zu machen, was du von mir hältst.«

Oje. Das war womöglich zu explizit gewesen. Aber Vater brauste nicht auf, sondern schaute ihn interessiert an. »Stört es dich, dass ich nicht immer einig mit dir bin?«

»Nicht immer ist leicht untertrieben, Vater. Entschuldige, wenn ich kein Blatt vor den Mund nehme, aber ich glaube, das muss einmal zwischen uns geklärt werden. Willst du wirklich, dass ich dein Nachfolger werde? Du sprichst zwar stets darüber, aber es kommt mir so vor, als ob du es nur sagst, weil du niemand anderen hast. Ich habe nie gehört, dass du stolz bist auf das, was ich erreicht habe. Dass dir eine Idee von mir plausibel erscheint, kam bislang nie in einer deiner Aussagen vor. Wie soll das gehen mit uns, Vater? Ich erinnere dich an den Besuch der Weissers; die beiden kommen gut miteinander aus. Alfred respektiert seinen Sohn und umgekehrt. Aber wir? Wir sind wie Feuer und Wasser.«

»Was willst du mir damit mitteilen? Dass ich Alba zu meiner Nachfolgerin machen soll?«

Ferdinands Mund klappte auf, dann lachte er. Das konnte ja wohl nur ein Witz gewesen sein. »Bestimmt nicht, Vater, nein.«

»Gut, denn das werde ich nicht tun, auch wenn deine Schwester mir ständig damit in den Ohren liegt, dass sie in der

Weberei arbeiten möchte. Ich lehne das natürlich ab, es gehört sich nicht. Seit Mutter weg ist, geht sie mir ständig damit auf die Nerven. Aber jetzt geht es nicht um Alba, es geht um dich.«

»Genau, Vater.«

»Ich zwinge dich zu nichts, Ferdinand.«

Vater wollte nicht verstehen, was er ihm mitzuteilen versuchte, oder er begriff es tatsächlich nicht. Ferdinand mahnte sich, ruhig und sachlich zu bleiben, aber das war schwer, weil es schon so lange auf ihm lastete, das Gefühl zu haben, eine Enttäuschung für den Vater zu sein.

»Ich will die Fabrik leiten, irgendwann, wenn du so weit bist, mir das Zepter zu übergeben«, stellte er klar, ohne das Wesentliche auszusprechen.

»Was ist dann dein Problem?«

Du, wollte er schreien; stattdessen erklärte Ferdinand ruhig, obwohl ihm das Herz hart gegen die Rippen schlug: »Ich würde mir wünschen, dass du hin und wieder nicht mit dem Blick der Frustration auf mich herabschaust.«

»Das habe ich nie getan, Ferdinand.«

Er war baff und hob eine Braue. Merkte er es denn nicht selbst?

»Ferdinand«, fuhr Vater fort, »wenn ich besonders streng mit dir bin, dann doch nur, weil du mir wichtig bist. Du wirst das alles einmal – so Gott will – weiterführen in eine hoffentlich bessere Zukunft, als die, die wir jetzt erleben.«

Eine kurze Pause entstand. Sicher dachte Vater an die Krise – wirtschaftlich wie politisch – und daran, wie man daraus herauskommen konnte.

»Du bist keine Enttäuschung für mich, aber eines musst du noch lernen.«

»Ach ja?«

Vater nickte und zündete sich eine weitere Zigarette an. »Verrate es Mutter nicht. Bis sie wiederkommt, höre ich auf.«

»Selbstredend.«

»So, Ferdinand.« Er blies den Rauch aus. »Von dir erwarte ich, dass du aufhörst, in der Theorie zu leben. Du weißt nicht, was es heißt, den täglichen Anforderungen in der Weberei gerecht zu werden. Technische Spielereien hin oder her. Derzeit gibt es keine Möglichkeit, große Modernisierungen anzustreben; wir haben keine finanziellen Mittel dafür übrig. Das musst du verstehen.«

Ferdinand nickte, obwohl er es nicht wirklich verstand, aber er wagte nicht, nachzufragen. »Natürlich.«

»Gut.«

»Was ist mit dem Punkt Arbeitssicherheit? Da gäbe es einiges zu verbessern.«

Vater zog erneut an der Zigarette; kurz kniff er die Brauen zusammen, ehe er sprach, wobei blauer Dunst aus seinen Lippen strömte. »Wir fördern alles, was wir unter den gegebenen Umständen tun können.«

Ferdinand biss sich auf die Innenseite der Wange, um nicht zu widersprechen. Er war anderer Meinung, aber er wollte das bis hierhin positiv verlaufene Gespräch nicht zum Kippen bringen. »Natürlich, Vater. Ich verstehe.«

»Schau, Ferdinand, ich weiß, dass ich manchmal ungerecht war in der Vergangenheit. Die Sache mit Dittersbach belastet mich schon lange, und womöglich habe ich den Druck an falscher Stelle abgelassen. Du bist erwachsen, tust zumindest so, dann sollst du es auch wissen und damit umgehen: Wir kämpfen ums Überleben, Junge. Was ich von dir brauche, ist ein bedingungsloses Ja zur Firma Lemberg und zu unserer Familie. Mehr will ich für den Moment nicht von dir. Über Neuerungen, Änderungen und frischen Wind können wir dann reden, wenn wir mit dem Kopf wieder über Wasser schwimmen. Nicht jetzt. Nicht momentan. Habe ich mich da klar ausgedrückt?

Wenn du dich daran hältst, werden wir beide gut miteinander zurechtkommen.«

»Ja, Vater.« Ferdinand presste die Lippen zusammen, um nicht doch noch das auszusprechen, was in ihm vor sich ging. Er fühlte sich nicht ernstgenommen; das schmerzte und hinterließ ein tiefes Gefühl der Bitterkeit in ihm.

»Gut, dann ist alles geklärt.«

Das war eine Aussage, die keinen Widerspruch duldete. Vater drückte die Zigarette wieder aus und blickte auf die Papiere, die vor ihm lagen.

Damit war Ferdinand offenbar entlassen. Er hatte noch etwas zu sagen, aber wagte nicht, es auszusprechen. Ferdinand hatte nichts gewonnen, im Gegenteil. Es würde nur gut zwischen ihm und dem Vater laufen, wenn er zu allem Ja und Amen sagte. Was das Familienoberhaupt von ihm verlangte, hatte er zu befolgen. Es war zweifelhaft, ob Ferdinand sich damit würde zufriedengeben können. Dennoch erhob er sich widerspruchslos; er konnte immerhin anerkennen, dass Vater halbwegs offen mit ihm gesprochen hatte. Vielleicht konnte er nicht mehr erwarten. »Gute Nacht, Vater. Danke, dass du dir die Zeit für dieses Gespräch genommen hast.«

»Jederzeit, Junge. Gute Nacht.«

Mit einem dumpfen Druck in der Brust und dem Gefühl, aneinander vorbeigeredet zu haben, verließ Ferdinand das Arbeitszimmer und ging hinauf in sein eigenes.

Am nächsten Morgen schlief er lange, weil er bis spät in die Nacht gegrübelt hatte. Als er zum Frühstück hinunterkam, schien die Villa verlassen. Sonnenstrahlen ließen die Eiszapfen über den Fenstern tauen und es tropfte immer wieder aufs Fensterbrett. Der Himmel war von einem reinen hellen Blau und klar. Keine Wolke war am Horizont zu erkennen. Staubkörnchen tanzten in der Luft und rieselten lautlos auf die blank polierten Möbel herab.

Ferdinand wollte gerade nach einem Frühstück klingeln, als das Telefon in Vaters Zimmer schrillte. Er ging mit einem mulmigen Gefühl hinein. Es roch wieder frisch, der Aschenbecher war geleert. Vermutlich hatte Margot hier bereits aufgeräumt und gelüftet.

»Lemberg«, meldete sich Ferdinand und presste sich den schwarzen Hörer ans Ohr.

»Ferdi?«

Diese Stimme kannte er. »Charlotte! Geht es dir gut?«

»Ja, na ja«, gab sie ausweichend zurück. Sie klang ein wenig enttäuscht, als ob sie jemand anderen an der Strippe erwartet hätte.

»Ist Vater nicht da?«, fragte sie.

Ferdinand schaute auf die Standuhr an der vertäfelten Wand. Sie zeigte kurz nach neun an. »Nein, der ist natürlich bereits in der Fabrik. Was ist mit dir? Hast du keinen Unterricht?«

»Ich, äh …« Sie hustete. »Mir geht es nicht gut.«

Ferdinand verzog die Lippen. Er glaubte ihr kein Wort. Seine Schwester führte etwas im Schilde, und er war davon überzeugt, dass er gleich erfahren würde, worum es bei ihrem Anruf ging.

»Ich fühle mich hier nicht mehr gut aufgehoben«, jammerte sie. »Kannst du mich abholen kommen?«

»Ganz sicher nicht, Charlotte. Du wirst zur Schule gehen, bis du deinen Abschluss hast.« Himmel, zum Glück war er nicht ihr Vater.

»Aber das geht nicht!«, protestierte sie.

»Nein? Wieso nicht?« Nun war er amüsiert. Aber nur leicht, denn mit seinem Nervenkostüm stand es nicht zum Besten. Wusste Charlotte nichts von Dittersbach? Selbst wenn, er bezweifelte, dass sie begriff, warum ihre eigenen Bedürfnisse ein einziges Mal nicht von Belang waren.

»Ich verrate dir jetzt etwas.« Ihre Stimme klang gedämpft, als hielte sie eine Hand um die Sprechmuschel, damit niemand sonst etwas von dem mitbekam, was sie gleich zu sagen hatte.

»Ja? Was denn?« Spuck es endlich aus, dachte er; ich brauche eine Tasse Kaffee, und du stiehlst mir die Zeit mit deinem kindischen Geschwätz. Sie war wirklich ein anstrengendes Mädel.

»Meine Zimmergenossin hat die Syphilis, und ich habe Angst, dass sie mich ansteckt.«

Ferdinand riss die Augen auf. Er glaubte, sich verhört zu haben. »Was?«

»Ja, du hast mich richtig verstanden. Sie liegt ganz dicht neben mir, im Bett nebenan. Ich fürchte um meine Gesundheit.«

Einerseits war er wütend, andererseits erleichtert, dass Charlotte offenbar nicht wusste, dass man sich mit Syphilis nicht über die Atemluft ansteckte. Zudem hielt er es beim zweiten Nachdenken für äußerst unwahrscheinlich, dass es überhaupt stimmte, was sie da sagte. Es war ein renommiertes Pensionat, die Mädchen waren gut behütet – das war eine Grundvoraussetzung gewesen, damit Charlotte dort untergebracht wurde. »Du lügst.«

»Wie bitte? Ich lüge nicht! Natürlich lautet die offizielle Diagnose anders – aber ich weiß es besser. Anna ist ein Luder, sie schleicht sich oft nachts davon ...«

»Ach, und das weißt du, weil ...?«

»Zimmergenossin«, erklärte Charlotte langmütig, und er hörte ihrer Stimme an, dass sie lächelte. Sie glaubte, dass sie gewonnen hatte. Widerstand regte sich in Ferdinand. Üblicherweise hatte er Geduld mit den Flausen seiner Schwester, aber gerade konnte er dafür kein Verständnis aufbringen. Sie benahm sich unmöglich, stellte immer nur Forderungen, um ihren eigenen Willen zu bekommen.

»Bitte, Ferdi, jemand muss mich abholen, ich kann unter diesen Umständen doch nicht weiter aufs Pensionat gehen!«

»Erzähl mir, was wirklich dein Problem ist, und ich überleg es mir.«

Für einen Moment herrschte Schweigen, dann seufzte Charlotte am anderen Ende. »Anna hat wirklich diese schreckliche Krankheit, sie wurde von ihren Eltern abgeholt.«

Das wiederum klang ehrlich. Ferdinand begann zu zweifeln. »Ach du grüne Neune.«

»So ist es, Ferdi! Ich sehe keinen Sinn darin, weiter auf dieses Pensionat zu gehen. Ich sterbe hier, Ferdinand. Es ist unerträglich. Ich bin eingesperrt, es ist ein Gefängnis. Seit Annas Erkrankung werden wir noch strenger behütet. Es gibt nichts außer Unterricht und Pflichten. Nichts.«

Also daher wehte der Wind. Sein Mitleid hielt sich in Grenzen. Wirklich. Das Gespräch war die reinste Zeitverschwendung. »Werde endlich erwachsen, Charlotte. Kneif die Arschbacken zusammen, das müssen wir alle irgendwann tun.«

»Das ist nicht dein Ernst.«

»Und ob!«

»Ich werde jetzt Vater …«

»Ich warne dich«, unterbrach er sie. »Du wirst Vater mit deinen nichtigen Problemchen nicht behelligen. Haben wir uns verstanden? Wenn du dich nicht vernünftig benimmst, wirst du, statt im Pensionat zu bleiben, in eine der ständigen Erziehungseinrichtungen verschickt, wo sie jungen Dingern wie dir beibringen, was sich gehört. Ein Jahr freiwilliger Arbeitsdienst, na, wie klingt das? Ich weiß es, weil Vater mit mir darüber geredet hat, weil er offenbar ahnte, dass du mit so einem Unsinn ankommen würdest. Und das, wo Mutter noch nicht einmal gesund ist! Schämst du dich gar nicht, du Plagegeist?!« Es waren Lügen, aber Ferdinand hatte gerade nicht die Nerven, sich mit Charlottes Allüren zu befassen. Sie war nicht in der Lage, die Gesamtsituation zu erfassen, und würde es vermutlich auch nie sein. Alles drehte sich nur um sie. Vielleicht sollte er den Eltern wirklich vorschlagen, die Tochter für diesen Arbeitsdienst anzumelden, über den es gerade so viele Berichte im Rundfunk und in den Zeitungen gab. Beim freiwilligen Arbeitsdienst wurden Mädchen in Zeiten der Krise gern angenommen. Es war als ständige Erziehungseinrichtung auch sehr beliebt bei Eltern, vor allem bei denen mit rebellischen Töchtern. Ferdinand ahnte, dass sein Vorschlag bei Mutter auf fruchtbaren Boden fallen würde, und auch bei Vater würde er damit nicht auf taube Ohren stoßen. Dass seine Lüge plausibel klang, merkte er an Charlottes Reaktion.

»Das ist so ungerecht.«

Mehr fiel ihr nicht dazu ein? Ferdinand lächelte schwach. Dann hatte sie es auch nicht verdient, aus dem Pensionat erlöst zu werden. Sie sollte sich nicht so anstellen, wie schlimm konnte es schon sein? »Es war gut, deine Stimme zu hören«, erklärte er. »Bis bald, Charlotte.« Dann hängte er auf.

Kapitel 13

In den ersten Märztagen war die Stimmung in der Villa Lemberg weiterhin getrübt. Alba sehnte sich nach der Leichtigkeit der vergangenen Jahre ihrer Kindheit zurück. Zu den alltäglichen Problemen kamen die Spannungen zwischen Ferdinand und Vater. Er hatte in dieser Woche keine Vorlesungen und war deshalb noch in Märzdorf. Es war bislang zwar zu keinem offenen Zwist mehr gekommen, aber die Harmonie hing an einem seidenen Faden. Alba hatte aus diesem Grund auch nicht noch einmal das Gespräch mit ihrem Vater gesucht; sie wusste, es war sinnlos. Gerade erschien ihr der Wunsch, sich die eigenen Träume erfüllen zu wollen, als besonders egoistisch. Schon deswegen ließ sie für den Moment davon ab.

Niedergeschlagen machte Alba sich auf den Weg zu Frau Schlegel, um einige Haushaltsangelegenheiten mit ihr zu besprechen, als sie Margots leises Schimpfen hinter sich vernahm.

»Bügeln, waschen, staubsaugen – jetzt auch noch einkaufen! Was soll ich denn noch alles übernehmen? Ich habe nur zwei Hände und nicht acht!«

Alba verkniff sich ein Grinsen und huschte eilig die Stufen hinunter. Sie wollte von Margot weder gesehen noch in ein Gespräch verwickelt werden. Die langjährige Angestellte jammerte recht häufig, seit Kitty weg war. Dabei war Margot es gewesen, die immer betont hatte, dass sie Kittys Arbeit übernommen hätte, schon als sie noch im Haus beschäftigt gewesen war. Anscheinend hatte Margot sich überschätzt.

Alba erinnerte sich an das Gespräch, das sie kurz nach Mutters Abreise mit ihr geführt hatte. Sie hatte das Hausmädchen gefragt, ob sie wisse, was es mit dem Namen Karel auf sich habe. Margot hatte noch frostiger als üblich reagiert und fast nichts dazu gesagt. Sie hatte nur irgendwas gemurmelt von wegen »Arbeiter« und »Betriebsunfall vor Jahren«. Aber warum hätte Mutter sich dafür interessieren sollen?, überlegte Alba. Das kam ihr merkwürdig vor, und sie hatte nur nicht nachgehakt, weil Margot sofort wieder gejammert hatte, dass sie mit der Arbeit nicht mehr nachkomme, seit Kitty rausgeflogen sei. Seit dieser Unterhaltung mied Alba jeden Umgang mit Margot.

Alba fand Frau Schlegel in der Küche, wo sie gerade mit Theresia redete. Als die beiden die Tochter des Hauses entdeckten, verstummten sie.

»Ich wollte euch nicht unterbrechen«, erklärte Alba mit einem höflichen Lächeln.

»Nicht doch«, gab Maria zurück. »Kann ich etwas für Sie tun, Fräulein Lemberg?«

»Ja, ich wollte tatsächlich mit Ihnen sprechen. Was ist mit Margot los? Mir scheint, sie steht sehr unter Druck.« Alba wollte von der Hausdame hören, was sie davon hielt.

»Nun ja, es ist viel zu tun, in einem so großen Haus, das muss ich zugeben.« Ihre Miene ließ nicht erkennen, ob sie Margots Verhalten für übertrieben oder angemessen hielt.

»Dann denken Sie, dass wir wieder ein zweites Mädchen brauchen?«, hakte Alba nach.

»Nun, wenn Ihr Vater …«, fing Maria an und geriet ins Stocken.

»Mein Vater hat derzeit keinen Kopf dafür; bitte bespre-chen Sie diese Angelegenheiten mit mir«, unterbrach Alba sie ungeduldig. »Gibt es geeignete Kandidatinnen für einen Ersatz? Für Kitty meine ich.«

Die Hausdame hielt die Hände vor ihrem Bauch gefaltet. »Nun ja … In dieser Angelegenheit habe ich noch nichts unter-nommen. Ihre Mutter ist nicht zugegen und …«

»Meine Nichte fällt mir ein«, fiel Theresia der Hausdame ins Wort, während sie sich die Finger an einem Tuch abtrocknete. »Sie ist derzeit auf der Suche. Natürlich würde sie ein wenig unter ihren Möglichkeiten bleiben, wenn sie als Hausmädchen bei uns anfinge. Sie ist die Tochter meiner verstorbenen Schwester; sie ist ein gutes Mädchen, hat es nicht immer leicht gehabt. Ohne Vater aufzuwachsen, ist an sich ja schon schwer, aber …« Theresia stockte und räusperte sich. Es kam Alba so vor, als ob der Köchin etwas eingefallen war, das sie dann doch lieber nicht erzählen wollte. Alba wollte gerade nachfragen, als Theresia fortfuhr. »Die Lissi hat die Hauswirtschaftsschule in Reichenberg besucht, aber … es würde ihr bestimmt nichts aus-machen, denn mit der Stelle hier ist ja auch ein Bett verbunden, und das braucht jeder.«

Alba merkte Theresia an, wie unangenehm es ihr war, für die Nichte zu werben. »Ich bin mir sicher, deine Nichte ist ein fleißiges Mädchen«, erklärte Alba, um der Köchin ein gutes Gefühl zu vermitteln.

Theresias breites Lächeln sprach Bände. »Das ist sie. Das ist sie wirklich!«

»Und wieso ist sie arbeitslos?«, wollte Maria wissen.

»Aber Maria«, wandte sich Alba an die Hausdame. »In diesen Zeiten ist das doch nichts Ungewöhnliches. Ich bin der Meinung, wir sollten Theresias Nichte zu einem Vorstellungsgespräch laden und uns selbst ein Bild von ihr machen. Wie, sagtest du, heißt sie gleich?«

»Elisabeth. Elisabeth Ringel, aber alle rufen sie Lissi. Sie ist wirklich herzallerliebst. Und so klug und …«

»Ich verstehe schon«, meinte Maria mit einem Seufzen. Augenscheinlich gefiel es ihr nicht, dass hier Vetternwirtschaft betrieben wurde. Aber da sie vermutlich gerade keine bessere Lösung parat hatte, nickte die Hausdame. »Theresia, du weißt sicher am ehesten, wie du Fräulein Ringel erreichst. Sie soll am Freitag um neun Uhr hier sein, dann unterhalte ich mich mit ihr. Mit Ihrem Einverständnis, Fräulein Lemberg.«

Alba nickte. »Natürlich. Bitte lassen Sie mich wissen, wenn Sie mit ihr fertig sind; ich möchte mir selbst ein Bild von ihr machen, ehe wir eine Entscheidung treffen.«

Wenn Maria erstaunt war, dass Alba scheinbar mühelos in die Fußstapfen ihrer Mutter trat und die Pflichten der Hausherrin übernahm, so ließ sie sich nichts davon anmerken. Alba fand wenig Freude daran, aber beschweren würde sie sich nicht, sondern das tun, was man von ihr als Älteste erwartete.

»Natürlich, Fräulein Lemberg«, erklärte Maria mit einem höflichen Nicken.

»Ich hätte noch ein paar Dinge zu klären, Maria; es geht um die Speisenfolge der nächsten Tage und einige Haushaltsangelegenheiten.«

»Kommen Sie bitte, das besprechen wir gern in meinem Schreibzimmer.«

Alba folgte Maria. Nach einer zwanzigminütigen Unterhaltung fühlte sich Alba von der Last des Alltags niedergedrückt. Es war nicht so, dass sie die Aufgaben überforderten, das Gegenteil war der Fall. Es war alles so banal.

»Ich werde gleich spazieren gehen, das Wetter ist schön heute. Sagen Sie, soll ich etwas aus dem Dorf mitbringen? So kann ich Margot ja vielleicht entlasten«, schlug Alba vor, die immer noch traurig darüber war, dass der Vater ihr nicht erlaubt hatte, wieder in der Weberei anzufangen. Sie müsse sich jetzt um Mutters Pflichten kümmern, hatte er ihr mitgeteilt, und Alba hatte gewusst, dass jedes weitere Wort sinnlos war.

»Das geht doch nicht, Fräulein Lemberg«, wandte Frau Schlegel mit großen Augen ein.

»Doch, das geht sehr wohl. Also, was kann ich erledigen?«

»Ich weiß nicht, ob das eine gute Idee ist.«

»Hören Sie, Maria, ich werde niemandem berichten, dass ich einkaufen war, und die Leute im Dorf können ruhig sehen, wie ich einen Laden betrete.«

»Na schön, wir brauchen drei Stück Seife, Eier und die Lende, die ich beim Fleischhauer bestellt habe.«

»Sehen Sie, das war doch nicht so schwer«, gab Alba gut gelaunt zurück, ließ sich einen Einkaufskorb geben und ging nach oben. Sie machte sich leise vor sich hin pfeifend auf den Weg, nachdem sie sich warm eingepackt hatte.

Obwohl es noch immer kalt war, roch die Luft anders. Bis zum Frühling konnte es nicht mehr lang dauern. Die Vögel zwitscherten und flatterten zwischen den nackten Ästen der Bäume umher. Alba genoss es, zu Fuß durch den Ort zu schlendern. Märzdorf war wie die anderen Dörfer in der Umgebung lang gestreckt und zog sich entlang eines Baches, der von beiden Seiten bebaut war. Die Höfe waren viergebäudig, die Dächer mit Ziegeln und jetzt von Schnee bedeckt. Die Wohngebäude blickten mit dem Giebel zur Straße hin, parallel zu ihnen befand sich jeweils die Scheune – da gab es keine Unterschiede von Hof zu Hof, wenn man von der Größe einmal absah. Zwischen der Scheune, mit der längeren Seite zur Straße, standen die Gebäude mit dem Haupttor und der Ausgedingewohnung, die Bleibe für das Altenteil der Familie. Die Häuser waren alle weiß, grün, rot oder gelb gestrichen, die Giebel vieler Häuser waren auch mit Ornamenten geschmückt. Die Jahreszahl der Erbauung war dort oftmals vermerkt, manchmal fand man sogar den Namen des Bauherrn und den Namen der Ehefrau darauf. Die Böden hier waren ertragsreich, das sah man auch an der Größe der Bauernhäuser, die an Gutshöfe erinnerten. Alba hatte ihre Heimat und das Dörfchen in den Jahren des Pensionats sehr vermisst und konnte sich nicht mehr vorstellen, wieder von hier wegzugehen. Schon allein deswegen wollte sie einen Mann heiraten, der aus der Gegend stammte. Dass sie irgendwann einmal den Bund der Ehe eingehen musste, wusste sie selbst – auch wenn es hoffentlich nicht so bald sein würde. Auch diesmal huschten ihre Gedanken unwillkürlich kurz zu Paul und dann zu Miroslav.

Hier und da sah sie ein Totenbrett am Straßen- oder Feldrand, typisch für die Gegend, das hatte sie in der Schweiz nie gesehen. Die schmalen Holzstücke hatten häufig eine Inschrift mit dem Namen des Verstorbenen darauf und ein kleines Dach, um die Inschrift zu schützen. Es erinnerte jene, die vorübergingen, an den Tod und daran, dass sie den Verstorbenen ewige Ruhe wünschen sollten. In früheren Zeiten waren die Toten darauf aufgebahrt worden, bis sie in Leinentüchern begraben worden waren. Später, als Särge in Mode gekommen waren, hatte man den Brauch abgewandelt, und sie zierten fortan nur mehr die Weges- und Feldränder.

Nachdem Alba in Kinzels Warenhaus an der Ecke zum Niederdorf die Kleinigkeiten besorgt hatte, die Maria ihr aufgetragen hatte, holte sie die bestellte Lende beim Fleischhauer ab. Frau Lippert reichte ihr das Päckchen mit einer beinahe ehrfürchtigen Bewegung über den schmalen Tresen. »Sie werden sehen, die ist besonders zart«, erklärte die kleine Frau mit den roten Pausbäckchen.

Alba bedankte sich und verabschiedete sich mit den besten Wünschen für den restlichen Tag. Als sie vor der Tür auf die Straße trat, atmete sie kurz durch.

Vielleicht war das hier keine erfüllende Tätigkeit, aber sie war froh, dem Einerlei der vier Wände entkommen zu sein. In der Villa sprach man nur leise, niemand wollte etwas Falsches von sich geben, man fasste sich gegenseitig mit Samthandschuhen an, um die brüchige Harmonie nicht zu stören. Sie konnte sich nicht erinnern, wann sie zuletzt herzhaft gelacht hatte. Es kam ihr so vor, als wären seitdem Jahre vergangen.

Es ist wirklich so, als wäre jemand gestorben, überlegte Alba, während sie die Straße entlangging und in den rosa verfärbten Nachmittagshimmel schaute. Zwei Krähen flogen laut kreischend über sie hinweg.

Als Alba die nächste Straßenecke erreichte, nahm sie die Abkürzung durch eine schmale Gasse, die hinter einigen Bauernhöfen vorbeiführte. Nachdem sie ein paar Meter durch den mittlerweile plattgetretenen Schnee gegangen war, kam jemand aus dem Schatten einer alten Linde hervor. Sie erschrak, weil sie nicht damit gerechnet hatte. Es war Miroslav, und er blickte sie durchdringend an. Ihr Herz schlug sofort höher, wie immer, wenn sie ihm begegnete. Viel zu häufig hatte sie in der letzten Zeit an ihn gedacht. Sie zögerte jedoch, weil sie seinen Gesichtsausdruck nicht ganz deuten konnte. Was hatte er vor, wollte er sich ihr in den Weg stellen? Es sah beinahe so aus.

Sie hatte seit Tagen nicht mit ihm geredet, was nicht hieß, dass die Erinnerung an ihre letzte Begegnung ihr nicht ständig im Kopf herumspukte. Dass sie sich nicht insgeheim nach ihm sehnte, auch, wenn es nicht sein durfte. »Servus«, grüßte sie, weil sie nicht wusste, was sie sonst hätte sagen sollen.

Sein Kiefer war angespannt und die Schiebermütze saß ein wenig schief auf seinem Kopf. Alba fiel ein Loch in seiner fadenscheinigen Hose auf.

»Na, hast du einen schönen Tag?«, wollte er von ihr wissen. Es klang nicht freundlich, sondern irgendwie gereizt.

Etwas in ihr zog sich enttäuscht zusammen. Sie reckte ihr Kinn störrisch nach vorn. »Und wenn, müsste ich mich dann vor dir rechtfertigen?«

Sie würde ihn ihre Enttäuschung darüber nicht spüren lassen, dass sie die Erinnerung an ihre letzte Begegnung offenbar in ihren Gedanken so lange verklärt hatte, bis sie zu ihrer eigenen Wahrheit geworden war. Vermutlich hatte es diesen kurzen romantischen Augenblick zwischen ihnen gar nicht gegeben. Sie musste es sich eingebildet haben. Die Sehnsucht. Das Kribbeln im Bauch.

Miroslav vergrub die Hände in seinen Hosentaschen und stand breitbeinig vor ihr. Für einen Augenblick sagte niemand etwas, sie sahen sich nur tief in die Augen.

Albas Atem stockte, als sie in seinem Blick nicht Wut, sondern Verlangen erkannte.

Also hatte sie sich das alles doch nicht nur eingebildet.

Und dann ging ein Ruck durch ihn und er schaute weg.

»Ich frage mich, wie ihr das mit eurem Gewissen vereinbaren könnt.« Er musterte die Einkäufe in ihrem Korb.

Der Impuls, die Waren hinter ihrem Rücken zu verstecken, regte sich in ihr, aber sie ließ es sein. Er benahm sich unmöglich, sie hatte nichts Falsches getan.

Alba begriff allmählich, worauf er hinauswollte, doch sie musste es aus seinem Mund hören, deshalb fragte sie: »Was soll das, Miroslav?« Sie wurde aus ihm nicht schlau. Warum sagte er solche Sachen und schaute sie dann ganz anders an?

»Ich dachte, du wärst nicht so«, flüsterte er.

Kurz geriet sie ins Stocken. »Was soll das nur bedeuten?«

»Du sitzt hoch im Trockenen, futterst die besten Speisen, während in Dittersbach nach der Schließung das halbe Dorf hungern muss.«

Alba presste die Lippen zusammen und atmete aus. »Selbst wenn es dich etwas angehen würde, hättest du nicht das Recht, mich deswegen so anzugehen. Wir haben alles getan, was wir konnten. Vater hat die Spinnerei nicht leichtfertig aufgegeben.«

Er hob eine Braue.

»Klar, jetzt ist es allein dein Vater, der die Fabrik geschlossen hat. Du sitzt an seinem Tisch. Isst die Speisen, die aus seiner Küche kommen. Du bist genauso dafür verantwortlich wie er, dass die Leute jetzt auf Almosen hoffen müssen.«

»Was glaubst du eigentlich, wer du bist?!«, schimpfte Alba und ließ ihren Korb vor Wut fallen. »Kannst du nicht verstehen, dass die Flachsspinnerei nicht mehr zu halten war? Willst du etwa, dass wir *alles* verlieren? Dann bist auch du deine Stelle los.«

»Es geht doch immer nur um *euer* Geld. Ihr, die sowieso alles habt. Ich weiß nicht einmal, warum ich das mit dir diskutiere. Vielleicht, weil ich dumm bin. Vielleicht, weil ich glauben möchte, dass du nicht so bist. Nein, ich weiß es. Und das ist ja auch mein Problem!«

Sie starrten einander wütend in die Augen. Niemand rührte sich. Keiner wollte als Erster wegsehen. Ihr Atem kam schnell. Abgehackt. Sie hatte Mühe, sich zu kontrollieren.

»Ich sollte gehen und gar nicht länger mit dir sprechen.« Stattdessen wollte sie ihn küssen, weil sie sich trotz seiner Frechheiten nach ihm verzehrte.

»Und, warum tust du es nicht?« Sein Ausdruck war eine einzige Provokation. Bedauerlicherweise war sie nicht länger wütend, sondern ein anderes Gefühl breitete sich in ihr aus: Sehnsucht. »Du bist scharfsinnig, Miroslav. Warum macht einer wie du nur Hilfsarbeiten?« Sie wollte es wirklich wissen, wollte mehr von ihm und seiner Geschichte hören.

Er wirkte überrascht. »Du denkst, ich könnte mehr?«

Sie nickte. »Ich weiß es.«

Sein Ausdruck zeigte seine Verwirrung.

Alba trat einen Schritt näher.

»Da stehen wir zwei. Beide wollen wir etwas, was wir nicht haben können«, sagte Miroslav.

Alba verstand nicht, was er meinte. »Du musst schon Klartext mit mir reden.«

»Ich fürchte, dann haust du mir eine runter.« Nun grinste er spöttisch. »Kannst du dir das nicht denken?«

»Wenn du mich fragst, würde ich sagen, du weißt nicht, wann du den Mund halten musst!«

Miroslav schüttelte den Kopf und wirkte bedrückt. Er antwortete leise: »Du hast gar nichts verstanden.«

Alba blinzelte. »Nein. Vermutlich nicht. Erst bist du sauer auf mich, dann tust du so, als hättest du Verständnis für mich.«

Sein Blick wurde eindringlich. Dunkel. Alba atmete flach. In ihrem Magen kribbelte es, und auf einmal wurde ihr sehr warm unter ihrem dicken Mantel. »Begreifst du es wirklich nicht, Alba?« Seine Stimme klang heiser. Verheißungsvoll beinahe. »Ich suche doch nur nach einem Vorwand, damit ich dich sehen kann. Ich bin nicht wütend auf dich. Ganz im Gegenteil.«

Alba erschauderte kaum merklich und rührte sich nicht von der Stelle. Sie öffnete die Lippen, weil sie sich nicht mehr länger gegen die Anziehungskraft wehren wollte, die sich immer in seiner Nähe regte.

Miroslav fuhr fort: »Ich habe ein besonderes Talent, mich für Dinge zu interessieren, die für mich unerreichbar sind. Ich lasse mich davon nicht abhalten. Ich will dich, Alba, auch wenn ich dafür zur Hölle fahre.«

Alba hatte den Sinn der Worte noch nicht begriffen, als er näher trat. Sie war schrecklich nervös und konnte sich diese Aufregung selbst nicht erklären. Für den Bruchteil einer Sekunde blickten sie einander mit dem stummen Einverständnis von zwei Menschen in die Augen, die sich selbst genug waren.

Das hier war Irrsinn. Absolut falsch. Sie spürte, dass das, was gleich kommen würde, keine gute Idee war. Aber Alba wollte es wie noch nie etwas zuvor.

Sein Gesicht näherte sich ihrem. Die federleichte Berührung seiner Lippen auf ihren war wie ein Paukenschlag in völliger Stille.

Miroslav trat unvermittelt zurück. Der Kuss war vorbei, ehe er richtig angefangen hatte. Er zitterte leicht. Sein Mund stand offen, er sah so verwirrt aus, wie sie sich fühlte.

Alba war wie vom Donner gerührt, ihre Knie waren wachsweich. In ihrem Kopf drehte sich alles. Dann begriff sie, was eben geschehen war. Sie hatten eine unsichtbare Grenze überschritten, und niemand durfte jemals davon erfahren.

Sie fuhr sich mit den Fingerkuppen über die zarte Haut ihres Mundes. »Tu das nie wieder«, gab sie tonlos von sich, obwohl sie sich genau das wünschte.

Für einen Moment regte sich niemand. Alba glaubte, dass Miroslav ihren donnernden Herzschlag hören musste. Ohne weiter darüber nachzudenken, packte sie ihren Korb und rannte so schnell davon, dass sie stolperte. Nach einigen Metern blieb sie stehen und atmete gepresst. Der Drang umzukehren, war riesengroß. Ein Teil von ihr wollte zurück und ihm sagen, dass er sie noch einmal küssen sollte. Der andere wollte ihn nie wiedersehen.

Hoffentlich hat uns niemand beobachtet, war ihr nächster Gedanke.

Warum habe ich das zugelassen?, fragte sie sich immer wieder und schloss die Augen.

Sie hörte nichts, keine näher kommenden Schritte. Aber sie spürte seinen Blick im Rücken.

Nein. Sie konnte es nicht tun. Das hier war falsch. So falsch.

Warum hatte es sich dann nur so richtig angefühlt?

Alba rang mit sich. Atmete heftig und umklammerte den Henkel des Korbes so fest, dass ihr bereits die Finger schmerzten. Nein, schoss es ihr durch den Kopf. Obwohl sie sich nicht bereit fühlte, setzte sie ihren Weg nach Hause fort und hoffte, dass ihr dort niemand anmerken würde, wie aufgewühlt sie war.

* * *

»Vater, ich habe gesündigt.« Carl kniete im Beichtstuhl der Sankt-Georgs-Kirche und hatte die Hände zum Gebet gefaltet. Den Kopf hielt er gesenkt, die Lider geschlossen. »Ich bin zur Beichte gekommen.« Carl wusste, dass Priester Hildburg ihn durch das schmale Holzgitter erkennen konnte. Daher war es unmöglich, wirklich alles auszusprechen, was ihn bedrückte. Die Schließung in Dittersbach hatte neue Schuldgefühle in ihm ausgelöst, aber da war noch mehr. Sie hatte ihn auch an eine alte Schuld erinnert, die er am liebsten für immer vergessen hätte. Doch er hielt es nicht länger aus, zu schweigen. Keinen einzigen Tag mehr konnte er es ertragen. Die Last auf seinen Schultern und seiner Brust wurde mit jedem Atemzug erdrückender. Aber Carl war kein Unbekannter, das durfte er nicht vergessen. Der Mann auf der anderen Seite kannte die Geheimnisse all seiner Schäfchen im Dorf, sofern sie bereit waren, dafür Buße zu tun.

»Mein Sohn, Gott, der unser Herz erleuchtet, schenke dir wahre Erkenntnis deiner Sünden und seiner Barmherzigkeit«, erwiderte der Geistliche.

»Amen«, murmelte Carl.

»Was führt dich zu mir, mein Sohn?«

Carl wusste, das Bekenntnis sollte ehrlich und persönlich sein. Sinn dieser Beichte durfte dennoch nicht sein, dass sein Gegenüber am Ende genauestens Bescheid wusste. Trotzdem musste Carl einen Weg finden, sein Gewissen zu erleichtern, ohne dabei alles aufs Spiel zu setzen.

»Warum zögerst du?«, fragte Augustin Hildburg jetzt. »Nicht ich bin es, dem du von deinen Sünden berichtest; durch mich sprichst du zu Gott selbst und kannst um Vergebung bitten, wenn du dir deiner Schuld bewusst bist und ehrlich bereust. Gott ist gütig. Er liebt alle seine Schäfchen. Nur Mut.«

Carl holte tief Luft. »Es gibt etwas aus meiner Vergangenheit, das mich belastet. Es ist so lange her, dass ich mir nicht mehr sicher bin, was Wahrheit und was Lüge ist. Ich kann mit niemandem darüber sprechen, aber ich halte es nicht länger aus. Es zerfrisst mich von innen.«

»Mein Sohn, der Herr hat ein offenes Ohr für dich, immer und jederzeit.«

Carl fasste sich ein Herz und ließ den Kopf hängen und die Schultern nach vorn fallen. »Herr, ich bereue, dass ich Böses getan und Gutes unterlassen habe. Erbarme dich meiner Seele, o Herr.«

Kurzes Schweigen folgte, vermutlich wartete der Geistliche darauf, dass Carl etwas hinzufügte, aber mehr konnte er nicht äußern, ohne sich und alles, was ihm wichtig war, in Gefahr zu bringen.

»Um die Absolution zu erhalten, solltest du dir vielleicht noch ein wenig mehr von der Seele reden«, versuchte der Priester ihn zu ermutigen.

Carl dachte nach, wie er es formulieren konnte, ohne zu viel preiszugeben. »Als ich jung war, musste jemand sterben. Ich komme nicht darüber hinweg.« Es fühlte sich tatsächlich gut an, es einmal auszusprechen, auch wenn damit längst nicht alles gesagt war.

»Ich weiß, du warst im Krieg. Viele Unschuldige mussten zu dieser schrecklichen Zeit ihr Leben lassen. Es ist eine große Belastung für jeden Einzelnen. Die Last ist immens und das Los der Männer, die ihre Heimat mit ihrem Leben schützen, ist ein schweres. Gott, der Allmächtige, sieht dich und er liebt dich.«

An dieser Stelle gab es für Carl nichts mehr hinzuzufügen, obwohl er nicht wegen der Erlebnisse der Kriegstage hier war. Aber das konnte er dem Priester nicht erzählen. Niemandem.

»Ich bereue meine Taten«, war alles, was er noch hinzufügte, und das war die Wahrheit.

»Gott, der barmherzige Vater, hat durch den Tod und die Auferstehung seines Sohnes die Welt mit sich versöhnt und den Heiligen Geist gesandt zur Vergebung der Sünden. Durch den Dienst der Kirche schenke er dir Verzeihung und Frieden. So spreche ich dich los von deinen Sünden. Im Namen des Vaters und des Sohnes und des Heiligen Geistes. Dein Bußwerk sind fünf Ave-Maria und sieben Rosenkränze. Nun gehe in Frieden. Gott segne dich.«

»Amen.«

Carl erhob sich ohne einen Laut, trat vom alten Beichtstuhl weg und setzte sich in eine der hinteren Kirchenbänke, um seine Buße zu tun. Dabei wusste er, dass Gott ihm nicht das vergeben konnte, weshalb er wirklich hergekommen war. Denn Carl hatte nur einen Teil der Wahrheit ausgesprochen und das, was damals geschehen war, war unverzeihlich.

Als er etwas später die prächtige Barockkirche verließ, ging es ihm dennoch besser. Er dachte nicht mehr an die Vergangenheit, sondern an die Zukunft seiner Familie. Im Gebet zu Gott hatte er die Zuversicht erlangt, dass auch aus scheinbar ausweglosen Situationen ein Weg zu finden war. Er musste aktiv werden. Niemals verzeihen hätte Carl sich hingegen können, wenn er länger im Nichtstun verharrte. Er hatte die alte Schuld losgelassen und würde von jetzt an nach vorn blicken. Die Schließung der Flachsspinnerei war keine Strafe Gottes, auch wenn es sich für Carl so angefühlt hatte.

Als Carl nach Hause kam, kleidete er sich für das Abendessen um und zog sich anschließend für ein kurzes Telefonat in sein Arbeitszimmer zurück.

Unsicher hielt er den Hörer in der Hand. Die beiden Nummern, die infrage kamen, kannte er auswendig. Welche sollte er wählen?

Wäre er anständig, fiele die Entscheidung nicht schwer. Aber sein Stolz kam ihm dabei in die Quere. Er ließ das Telefon wieder los und lehnte sich zurück.

Carl seufzte und zündete sich eine Zigarette an. Während er grüblerisch den blauen Dunst inhalierte, wägte er das Für und Wider ein ums andere Mal ab.

Es gab eine Frau in Prag, die mehr Geld hatte, als sie ausgeben konnte. Aber sollte Emilie jemals davon erfahren, dass er sich für das Unternehmen einen Kredit von seiner Geliebten hatte geben lassen, könnte Carl nie mehr in den Spiegel sehen. Emilie wäre am Boden zerstört. Er hatte in ihren Augen moralisch als Ehemann und Vater völlig versagt und hoffte, dass sie niemals davon erfahren würde.

Die andere Option war nicht viel erfreulicher. Helene Schwemmer würde ihm für den Rest ihres Lebens vorhalten, dass er bei ihr hatte betteln müssen. Sie würde ihn als schlechten Geschäftsmann beschimpfen, was er von sich weisen müsste. Das würde unweigerlich zu Streit führen – entweder das oder er fand einen Weg, die überhebliche Art seiner Schwiegermutter zu ertragen. Das Schicksal der Flachsspinnerei war unausweichlich gewesen, er hatte alle Möglichkeiten ausgeschöpft. Es war nicht seine Schuld. Carl klopfte die Asche ab und zog noch einmal am Glimmstängel.

Er traf eine Entscheidung und wählte eine Nummer. Sein Blutdruck stieg, und ihm wurde leicht schwindelig. Jetzt gab es kein Zurück mehr.

* * *

Sonnenstrahlen ließen die Schneedecke wie Millionen Diamanten funkeln. Es war klirrend kalt. Ihr Atem hinterließ kleine weiße Wölkchen in der Luft.

Alba genoss den herrlichen Wintertag und hatte die Sonnenstunden genutzt, um im Dorf bei Winters Warenhandlung nach einer ganz speziellen Seife zu suchen, um sie Theresia zu schenken. Sie hatte bald Geburtstag. Es war nur eine Kleinigkeit, aber die Köchin würde sich darüber freuen. Alba hatte den kleinen Ausflug auch genutzt, um nicht ständig an Miroslav und ihre letzte Begegnung zu denken. Obwohl sie sich noch immer nach ihm sehnte, war sie zu dem Schluss gekommen, dass sie so etwas wie einen Kuss nie wieder zulassen durfte, auch wenn sie sich mit jeder Faser ihres Seins nach ihm verzehrte.

Alba befand sich gerade auf dem Rückweg, als ungewohnte Geräusche ihre Aufmerksamkeit erregten. Sie blieb stehen und sah sich um. Etwas entfernt, ganz in der Nähe des Arbeiterwohnhauses, sah sie einige junge Burschen raufen. Zuerst dachte sie sich nichts dabei, bis sie jemanden heranlaufen sah. Es war Miroslav.

Alba machte ein paar Schritte und blieb dann wieder stehen.

»Ihr Fieslinge! Auf einen Unschuldigen eindreschen, das könnt ihr!«, schimpfte Miroslav und zog einen der Jungen hinter sich. Alba kannte ihn, es war Peter Kirschner, ein geistig zurückgebliebener Bub, der auch noch einen Klumpfuß hatte. Es sah ganz danach aus, als ob die gemeinen Burschen Peter erst gehänselt und dann verprügelt hatten.

Sie waren in der Überzahl – selbst Miroslav und Peter zusammen hatten keine Chance gegen sie.

Das sahen die Übeltäter auch so und fingen schon damit an, die beiden mit Fäusten zu bearbeiten. Miroslav wurde von dreien festgehalten, er kam nicht dagegen an; Peter ließen sie jetzt in Ruhe. »Was willst du Dahergelaufener denn überhaupt?«, ätzte der eine, und dann krachten seine Knöchel auch schon in Miroslavs Gesicht, der sich zwar wehrte, aber allein keine Chance hatte. Alba konnte das nicht länger mit ansehen.

»Hört ihr wohl auf! Saubande! Auseinander! Na los! Ich werde eure Eltern benachrichtigen, die werden sich bestimmt über einen Besuch von mir freuen!« Sie hatte keine Ahnung, ob diese Drohung bei den Jugendlichen überhaupt noch wirkte, aber wie durch ein Wunder ließen sie von den beiden ab und stürmten davon.

Blut lief aus Miroslavs Nase, Peter betastete sein Gesicht. Als er Alba näher kommen sah, erschrak er und rannte in die andere Richtung davon.

»Warte, ich tu dir doch nichts!«, rief sie ihm hinterher, aber da war er schon mit seinem Hinkefuß verschwunden.

»Oje«, sagte sie dann zu Miroslav. »Dich hats ja ganz schön erwischt. Warte, hier ist mein Taschentuch.«

Sie betupfte sein Gesicht. Er grinste.

»Von dir lasse ich mich gern verarzten«, neckte er sie.

Alba musste gegen ihren Willen ebenfalls grinsen. »Na, so schlimm scheint es ja doch nicht zu sein. Hier, das kannst du behalten.« Sie drückte ihm das Tuch in die Hand – das Blut würde ohnehin nur noch schwer rauszubekommen sein.

»Danke«, murmelte er, aber der Schalk blitzte aus seinen Augen.

»Ganz schön mutig«, meinte Alba.

»Hätt' ich etwa zuschauen sollen?«, empörte sich Miroslav.

»Viele andere hätten es getan.«

Für einen Moment schwieg er, dann zuckte er mit den Schultern. »Ich bin kein Held oder so was.«

»Nein.« Sie schmunzelte. »Das seh ich. Pass auf dich auf. Es kann sein, dass sie dir noch mal irgendwo auflauern.«

»Machst du dir Sorgen um mich?«

Darauf wollte sie ihm keine Antwort geben. »Wiedersehen, Miroslav.« Sie lief davon, ohne ihn noch einmal anzuschauen, denn sie fürchtete, er könnte sehen, was in ihr vor sich ging. Und das sollte auf keinen Fall passieren. In ihrem Bauch kribbelte es auch so schon viel zu sehr.

Kapitel 14

Ferdinand ließ die Zeitung vom 11. März 1938 sinken, in der er gerade einen Artikel über die österreichische Volksbefragung gelesen hatte. »Bundeskanzler Schuschnigg ruft alle auf, für ein freies deutsches Österreich zu stimmen. Das Ganze ist doch eine einzige Farce«, brummte Ferdinand. »Dabei wissen wir doch schon, wer in Wien bald das Sagen haben wird. Hitler predigt seit Monaten, dass er gleiches Blut in einem gemeinsamen Reich sehen will.«

Die Familie, bis auf Emilie und Charlotte, die nach wie vor nicht in Märzdorf waren, saß beim Frühstück zusammen.

Lediglich Vaters Interesse schien geweckt. »Hitler ist einfach konsequent, der macht, was er ankündigt. Und verstehen kann ich ihn! Wenn man einen Krieg verliert, muss man bittere Pillen schlucken, da führt kein Weg dran vorbei; aber lange kann man das nicht aushalten – und da stehen wir heute. Österreich und wir Sudetendeutsche wollten mit dem Kriegsende 1918 ja schon ans Reich angeschlossen werden, aber im Versailler Vertrag ist ein Verbot niedergeschrieben, falls du das vergessen hast. Nur Schikane.«

»Seit wann hält sich Hitler an Verträge? Die Österreicher haben sich schon im Juli-Abkommen vom letzten Jahr zu

Sklaven gemacht, es fehlt nur der letzte Schritt. Und im Feber hat Hitler Schuschnigg auf seinem Berghof antanzen lassen. Wenn du mich fragst, ist Österreich bald Geschichte. Lang hats ja nicht gehalten.«

»Was der Vertrag von Versailles an Demütigung für das Reich gebracht hat, ist eine Frechheit sondergleichen. Für uns Sudetendeutsche und auch für die Österreicher ist es der Diktatfrieden von Saint-Germain-en-Laye. Hätten sich die Alliierten damals nicht quergestellt, wären wir heute ein Teil von Deutsch-Österreich.«

»Ob das besser wäre? Von Hitler möchte ich jedenfalls nicht regiert werden«, brummte Ferdinand.

»Der Wirtschaft würde es unter ihm deutlich besser gehen und damit auch uns.« Vater warf Ferdinand einen vernichtenden Blick zu, und er konnte die unausgesprochenen Worte förmlich hören: Findest du die Hodža-Regierung etwa besser?

Ferdinand hielt die Klappe. Er wollte keinen Streit vom Zaun brechen.

»Was hast du denn gegen das Deutsche Reich?«, wollte Kilian wissen und löste damit ein wenig von der wachsenden Spannung zwischen Ferdinand und dem Vater.

Ferdinand betrachtete seinen kleinen Bruder. Ihm fehlte die Muße, zu erklären, was seiner Meinung nach alles gegen Hitler sprach, auch wenn die Massen das anders beurteilten.

»Wenn ihr hier am Tisch von Hitlers Rassevorstellungen anfangen wollt, lasst es sein! Ich halte das Gequassel von reinem Blut im Übrigen für blanken Unsinn«, erklärte Alba spitz. »Innerlich sind wir alle gleich«, fügte sie an, und Ferdinand wusste, sie wäre bereit, ihre Stimme zu erheben, falls es jemand wagte, ihr zu widersprechen.

Vater winkte nur ab. Er wirkte auf einmal sehr müde. Beinahe erschöpft. »Kinder, ich muss umgehend verreisen«, verkündete er kurz angebunden und wechselte damit so unvermittelt das

Thema, dass Ferdinand stutzig wurde. Üblicherweise unterrichtete er die Familie einige Tage im Voraus von seinen Plänen, vor allem, da Emilie gerade ebenfalls nicht zugegen war. Das kam Ferdinand merkwürdig vor, aber er sagte nichts dazu.

»Ach wirklich? Wie lange?«, wollte Alba wissen, die ohnehin den besseren Draht zum Vater hatte.

»Ich weiß noch nicht, wann ich wieder zurück sein werde«, meinte Vater nur und stand auf. »Ein paar Tage kann es dauern.«

Damit verließ das Familienoberhaupt ohne jede weitere Erklärung das Esszimmer. Ferdinand fand es zwar seltsam, hatte aber keine Lust, mit seinen Geschwistern über Vaters Verhalten zu spekulieren, deshalb widmete er sich wieder der Tageszeitung.

Ferdinand hörte, dass Alba etwas murmelte, das beinahe so klang wie: »Irgendwann wird Vater mich auch einmal ernst nehmen.«

Er ging nicht darauf ein, denn er war davon überzeugt, dass der Einzige, den Carl Lemberg wirklich für voll nahm, er selbst war.

Etwas später, Kilian war bereits zur Schule unterwegs, faltete Ferdinand die Zeitung zusammen und verließ den Frühstückstisch. Das Wetter war stürmisch heute, es nieselte und ein kalter Wind peitschte um die Häuser. Der Schnee war angetaut und die milderen Temperaturen verwandelten die einst prachtvolle weiße Masse in einen grauen Matsch mit tiefen Pfützen. Davon ließ Ferdinand sich nicht abhalten. Er schlüpfte in seinen Mantel, setzte den Hut auf und wollte hinüber in die Fabrik gehen. Nach dem Rechten sehen, während Vater nicht hier war. Offizielle Aufgaben hatte er in der Weberei zwar keine übertragen bekommen, aber das machte nichts. Je eher er sich in den Betrieb einbrachte, desto besser.

Ferdinand hatte das Grundstück der Villa noch nicht verlassen, als er eine Fahrradfahrerin bemerkte, die mit ihrem schwarzen Drahtesel im Schneematsch der Straße das Gleichgewicht verlor und stürzte. Ferdinand flitzte los und war mit wenigen Schritten bei ihr.

Die junge Frau stieß einen undamenhaften Fluch aus. Ihr Wollfilzhut war in den Schmutz gefallen, die Strümpfe zerrissen. Der Rock war nass und verschmutzt.

»Sind Sie verletzt?«, erkundigte sich Ferdinand und half ihr unaufgefordert auf die Beine.

Als sie wieder aufrecht vor ihm stand, hob sie ihren Blick. Ferdinand verlor sich für einen Moment im Blaugrau ihrer Augen, die von dichten schwarzen Wimpern umrahmt waren. Ihre blonden Haare waren leicht gewellt und im Nacken zusammengebunden.

Ferdinand löste sich aus der Starre, hob ihren Hut auf und reichte ihn ihr. »Ich fürchte, er ist ruiniert.« Er grinste schief.

»So eine Schande«, murmelte die Frau und sah bekümmert an sich herab. »Wie sehe ich nur aus?«

»Wenn Sie mich fragen, ganz entzückend, Fräulein …«

Sie antwortete mit einem tiefen Seufzen. »Ich habe leider keine Zeit für Unterhaltungen dieser Art. Danke, dass Sie mir geholfen haben, aber nun muss ich weiter.« Sie hob ihr schwarzes Rad der Firma Germania, die hier im Sudetenland fertigte und für gute Qualität bekannt war, aus dem Schmutz.

Die Pechmarie hatte eine hübsche gerade Nase und schön geschwungene Augenbrauen. Ihre zarte Gesichtshaut war gerötet, ob von der Kälte oder vor Verlegenheit, konnte Ferdinand nicht sagen. Aber eines wusste er genau, er musste sie wiedersehen. Er war Feuer und Flamme für sie. Er konnte es selbst nicht beschreiben, was es war, das ihn so fesselte. Obwohl er noch nicht einmal ihren Namen kannte, wusste Ferdinand, dass er sie kennenlernen musste.

Als sie den Mund öffnete, zerplatzte diese kleine wohlige Blase und ließ Ferdinand verunsichert zurück.

»Schlimmer hätte mein Tag nicht anfangen können«, schimpfte sie düster vor sich hin, während sie davonging, ohne Ferdinand eines weiteren Blickes zu würdigen. Ihren Bewegungen wohnte eine besondere Eleganz inne, die schwungvoll und auf eine seltsame Weise herausfordernd weiblich wirkte.

»Meiner hätte nicht schöner beginnen können«, rief er ihr fröhlich hinterher. »Bitte, verraten Sie mir nur Ihren Namen, dann kann ich als glücklicher Mann sterben.«

Sein Versuch schien auf fruchtbaren Boden zu fallen. Sie blieb stehen und drehte sich um. »Schwer krank sehen Sie mir nicht aus, aber bitte, wenn es Sie glücklich macht: Elisabeth Ringel. Und jetzt muss ich wirklich weiter, obwohl wenig Hoffnung besteht, dass ich das, was ich mir vorgenommen habe, in diesem Zustand erreichen werde. Daher lassen Sie mich nun bitte in Ruhe, ich habe wirklich keine Zeit, mit Ihnen zu palavern.«

Ferdinand vermochte diese kryptische Äußerung nicht zu deuten und entschied sich dafür, nichts darauf zu erwidern. Immerhin wusste er jetzt, nach wem er suchen musste. Der Name Ringel war nicht häufig in der Gegend zu finden. Es konnte also nicht schwierig sein, herauszufinden, wo sie wohnte, zumal sie mit dem Rad unterwegs war. Leise vor sich hin pfeifend setzte er seinen Weg durch den Nieselregen zur Fabrik fort.

Dort angekommen begrüßte er den Fabrikleiter und folgte seiner Einladung, ihn ein wenig durch den Betrieb zu führen. »Da haben wir zwei neue Mitarbeiter, weil doch neulich einige nach Chile ausgewandert sind. Hier hätten wir den Weber August Walzel«, erklärte Herr Scholz.

»Bist du aus der Gegend?«, wollte Ferdinand wissen. Ihm kam das Gesicht nicht bekannt vor. Er sah aus wie ein Mann, der aus der Kindheit, unter Auslassung der jugendlichen Freuden, direkt zum Leiden des Alters übergegangen war. Obwohl der Neue erst um die vierzig sein konnte, wirkte er durch seinen mageren, etwas gebeugten Körper viel älter. Ferdinand fragte sich, was ihm wohl widerfahren war, dass er so in sich verschlossen und verhärmt wirkte.

»Nein«, gab der Weber zurück. »Walzel ist hier ein häufiger Name, ich weiß, aber ich komme aus Brünn, wo ich auch die Textilfachschule besucht habe, nicht aus dem Dorf.«

»Er hat die besten Zeugnisse«, erklärte Herr Scholz, dann gingen sie weiter. »Und hier haben wir Franz Stauder, noch ganz frisch von der Schule, er hatte auch nur die besten Empfehlungen.«

Der junge Franz wirkte verlegen, aber er hatte einen offenen wachen Blick. Sein Gesicht war völlig unauffällig, ebenso wie das blonde gewellte Haar. Er strahlte Ehrlichkeit und diesen besonderen Willen aus, den nur tüchtige Leute in sich trugen.

»Dann wünsche ich alles Gute zum Einstand bei uns«, erklärte Ferdinand höflich.

»Normalerweise hätten wir gar niemanden gebraucht, aber ganz unerwartet ist ein Ehepaar gegangen, die sind ausgewandert nach Chile.« Herr Scholz trat ein wenig näher an Ferdinand heran. »Waren Juden, wissen Sie.«

Ferdinand begriff. Er sagte nichts dazu, aber er dachte sich seinen Teil. »Setzen wir unseren Rundgang fort«, meinte er stattdessen.

* * *

Alba saß im Salon bei einer Tasse Tee; zuvor hatte sie in einem Technikmagazin geblättert, das sie sich aus Vaters Arbeitszimmer stibitzt hatte. Elektrotechnik und Maschinenbau stand auf der Vorderseite in großen Buchstaben, darunter war kleiner geschrieben: Zeitschrift des Österreichischen Verbandes für Elektrotechnik. An und für sich sehr spannend, aber gerade fehlte ihr die Geduld, sich mit den Artikeln zu befassen.

Ihre Gedanken schweiften immer wieder ab. Das hier war das erste Vorstellungsgespräch, das sie führen würde, und sie war ein wenig nervös. Die Standuhr an der Wand verkündete, dass es gleich halb zehn war. Wann kommt Maria denn endlich mit der Kandidatin?, fragte sie sich erneut. Im selben Moment klopfte es an der Tür, dann wurde die Klinke heruntergedrückt und die Hausdame trat, zunächst ohne die Besucherin, ein.

»Welches Gefühl haben Sie?«, erkundigte sich Alba bei Maria Schlegel, nachdem die rundliche Frau ihr kurz und knapp vom Gespräch berichtet hatte.

»Das Abschlusszeugnis ist hervorragend, aber vom letzten Arbeitgeber hat sie äußerst schlechte Referenzen bekommen«, schloss Maria ihre Zusammenfassung.

Alba hatte schon gemerkt, dass die Hausdame unentschlossen war. Aber nach Rücksprache mit Mutter hatte diese mit ihr abgestimmt, dass Kittys Stelle neu besetzt werden sollte. Allmählich ging es bergauf mit ihr, die Genesung schritt voran, zum Glück. Alba hätte deshalb am liebsten gewartet, bis Mutter wieder zu Hause war, ehe man jemand Neues in die Villa brachte. Nicht dass Mutter sich nachher beschwerte, welche Wahl Alba getroffen hatte. Nein, sagte Alba sich, ich habe einen gesunden Menschenverstand, ich kann wohl selbst einschätzen, wer zu uns passt und wer nicht. »Führen Sie sie bitte zu mir, ich möchte das Mädchen kennenlernen.«

Ich habe ja sonst nichts zu tun, fügte sie im Geiste an. Ansonsten würde sie nur wieder stundenlang an Miroslav und das Gefühl von seinen Lippen auf ihren denken. Sie konnte ihn einfach nicht vergessen, nicht aus ihren Gedanken verbannen, obwohl sie es schon so oft versucht hatte. Je mehr sie sich verbot, an ihn zu denken, desto häufiger kam es vor. Alba fühlte sich fürchterlich dämlich. So hatte sie nie sein wollen. Und nun war es doch passiert.

»Sehr wohl, gnädiges Fräulein«, erwiderte Maria gerade mit einem leichten Kopfnicken und brachte Alba damit ins Hier und Jetzt zurück. Die Hausdame verschwand kurz und führte gleich darauf die blonde Frau in den Salon, die sich für die Stelle als Hausmädchen bei ihnen vorstellte.

Bei ihrem Anblick erschrak Alba. Der Rock hatte nasse und schmutzige Flecken, die Strümpfe waren ruiniert und die knöchelhohen Stiefel starrten vor Dreck. »Herrje, was ist Ihnen denn passiert?«, sprudelte es aus Alba hervor.

»Da haben wir Fräulein Elisabeth Ringel«, erklärte Maria Schlegel knapp, die Hände hatte sie vor ihrem Leib gefaltet.

»Danke, Maria, Sie können uns allein lassen.«

Die langjährige Angestellte machte große Augen, widersetzte sich Albas Aufforderung aber nicht. Elisabeth Ringel trat daraufhin zögerlich näher, während sich die Tür hinter ihr leise schloss.

Alba erhob sich und schaute Elisabeth mit einem, wie sie hoffte, offenen Lächeln an. Sie verzichtete auf einen Händedruck. »Bitte, setz dich«, wies sie das Fräulein mit einer freundlichen Geste an.

»Ich weiß nicht, vielleicht sollte ich lieber nicht … ehe ich Ihre Möbel ruiniere.«

Alba gefiel ihre Reaktion. »Unsinn, bitte nimm Platz. Falls wir uns für dich entscheiden, kannst du die Flecken ja gleich wieder herausschrubben.«

Es hatte ein Scherz werden sollen, und tatsächlich erschien ein leises Lächeln auf den Lippen der hübschen Frau. Sie setzte sich steif auf die Stuhlkante und wirkte ein wenig befangen. Ihr Blick jedoch war offen und klar.

»Wie geht es dir?«, wollte Alba wissen.

Elisabeth reagierte zunächst mit einem kurzen Stirnrunzeln, dann antwortete sie. »Wenn Sie auf mein Äußeres anspielen – ich hatte eine unerfreuliche Begegnung mit einer Pfütze aus

Schneematsch auf dem Weg zu Ihnen. Zum Glück ist mein Fahrrad heil geblieben, aber dafür sehe ich aus, als hätte ich die Straße mit meinen Klamotten gewischt.«

»Hast du dir etwas getan?« Alba gefiel es, dass Elisabeth nicht auf den Mund gefallen war, ohne dabei einen Haufen Stuss zu plappern, wie es Kitty immer getan hatte. Das Mädchen hier war intelligent.

»Nein, nein, alles in Ordnung. Schrecklich peinlich ist es mir aber, deshalb wäre ich fast zu spät gekommen, und ich schäme mich fürchterlich für meinen Auftritt.«

»Nun, jetzt bist du ja da. Und, was sagst du zu unserem Haus? Hättest du Interesse, für die Familie zu arbeiten?«

»Aber natürlich, sehr gern sogar. Ich … würde mich sehr freuen. Meine Tante hat nur in den höchsten Tönen über Sie gesprochen.«

»Unsere Hausdame ist nicht ganz überzeugt, das kann ich dir verraten. Sie fragt sich, was es mit deinem letzten Arbeitszeugnis auf sich hat, obwohl du auf der Schule nur die besten Noten hattest. Das passt nicht ganz zusammen. Möchtest du es mir erklären?«

Ein Schatten huschte über Elisabeths Gesicht, doch sogleich fing sie sich wieder. Aber Alba bemerkte, dass die junge Frau ihre Schultern ein wenig nach oben zog und sich verspannte. »Bedauerlicherweise gab es bei meiner letzten Anstellung einige Missverständnisse.«

»Ach ja?«

Elisabeth knetete ihre Finger im Schoß; sie wirkte angespannt und bemerkte ihre nervöse Geste vermutlich selbst nicht einmal. Alba spürte, dass es mehr dazu zu sagen gab. »Ich fress dich nicht, wenn du es mir erzählst.«

Ihre Gesprächspartnerin schien sich nach wie vor nicht sicher zu sein, und Alba konnte verstehen, weshalb. Es kam jetzt für Elisabeth darauf an, dass sie das Richtige sagte, um die Zusage zu bekommen.

»Wie Sie sich vorstellen können, ist es nach dem letzten Zeugnis schwierig, einen neuen Arbeitgeber zu finden. In meiner Lage und angesichts der allgemeinen wirtschaftlichen Entwicklung …«

»Papperlapapp«, fiel Alba ihr ins Wort. »Wenn du bei uns eingestellt werden willst, gibt es eine Regel: keine Lügen. Keine Ausreden. Wenn man einen Fehler macht, steht man dazu.«

Kurz hatte Alba befürchtet, dass Elisabeth nun den Kopf einziehen und sich unterwürfig geben würde, aber das Gegenteil war der Fall. Sie saß aufrecht und wich Albas Blick nicht aus, sah ihr geradewegs in die Augen.

Dann fing sie an zu sprechen. Ihre Stimme war fest und klar, sie war sich ihrer sicher, und das imponierte Alba. »Der Sohn des Hauses hat sich mir unsittlich genähert. Daraufhin habe ich mich beschwert. Nur, wir wissen ja, wie es läuft, als Frau zieht man den Kürzeren – gleichwohl noch mehr, wenn man zum Personal gehört. Aber ich hatte es satt, mich von diesem Widerling begrapschen zu lassen. Ich fürchtete um mein Wohl und habe darauf bestanden, dass er sich entschuldigt und mich in Ruhe lässt. Das wiederum führte zu meiner Kündigung und zu dem schlechten Zeugnis, denn die Familie konnte natürlich nicht zulassen, dass das wahre Wesen des Sohnes öffentlich bekannt wird. Ich hätte das wissen müssen, habe ich vermutlich auch, aber manchmal bin ich stur und starrköpfig, da können Sie meine Tante fragen. Das ist nicht gut für mich, im Gegenteil, es hat nur dazu geführt, dass ich jetzt keine Stelle mehr finde; dabei bin ich diejenige, die unrecht behandelt wurde. Aber als Angestellte hat man leider nicht so viele Rechte, und als Frau schon gleich gar nicht. Tut mir leid, ich wiederhole mich. Ich bin sehr direkt und ich verstehe, wenn Ihnen das zu anstrengend ist. Aber eines muss ich noch sagen, ehe Sie mich bitten, zu gehen: Ich bin weder faul noch erzähle ich Lügen, und gestohlen habe ich auch nichts.«

»Bravo!«, erwiderte Alba aufrichtig erfreut. »Ich bin auf deiner Seite, Elisabeth, das kann man nicht dulden.«

»Dann glauben Sie mir? Und Sie können mich gern Lissi nennen, das bin ich gewohnt.«

»Wieso solltest du lügen, Lissi?«

»Damit ich die Stelle bekomme natürlich.«

Alba lachte. »Du bist klug und hübsch. Ich kann mir sehr gut vorstellen, dass du Ärger mit Männern hast, die ihre Griffel nicht bei sich behalten können. Es ist bedauerlich, dass man sich das als Frau bieten lassen muss, wenn man nicht will, dass der Ruf ruiniert wird. Ich kann dir versichern, dass dir bei uns nichts dergleichen passieren wird. Wir sind ein anständiger Haushalt mit Prinzipien.«

Sie las in Elisabeths Blick, dass die junge Frau davon noch nicht überzeugt war. Das sah Alba ihr nach, sie kannten sich ja nicht. Und für Ferdinand hätte Alba ihre Hand ins Feuer gelegt, ebenso für Kilian und ihren Vater. Niemand überschritt hier die Grenzen der Sittlichkeit, und keiner der Familienangehörigen würde sich einer Angestellten nähern.

Bis auf sie selbst vielleicht, aber das war etwas ganz anderes.

Oje. Jetzt dachte sie schon wieder an Miroslav.

Alba blinzelte ein paar Mal und erhob sich. »Du bist eingestellt, Lissi. Warte bitte einen Augenblick.«

Elisabeth war bereits aufgestanden und hielt inne.

Alba ging zur Tür und holte Maria, die dahinter gewartet hatte, herein. »Bitte mach alles für Lissi fertig, sie kann sofort anfangen.« Dann wandte sie sich an die junge Frau. »Wenn das für dich in Ordnung ist, natürlich.«

Lissi knickste und ihre Mundwinkel bogen sich ein wenig nach oben. Ihre Augen strahlten, sie war sichtlich erleichtert. »Ganz herzlichen Dank, ich werde Sie nicht enttäuschen.«

Maria warf ihr einen strengen Blick zu. »Das hofft auch deine Tante.«

Alba unterdrückte ein Augenrollen. Das hätte sich die Hausdame sparen können, dachte sie. Stattdessen sagte sie: »Möchtest du ihr Guten Tag sagen, Lissi? Maria, begleite Elisabeth doch bitte in die Küche.« Dann wandte sie sich wieder an das neue Hausmädchen. »Wir freuen uns sehr, dass du nun ein Teil dieses Haushaltes sein wirst.«

Nach einer kurzen Verabschiedung zog sich Alba Stiefel, Schal und Mantel an, um einen Spaziergang zu unternehmen. Es war zu früh, als dass sie Hoffnungen hegen konnte, Miroslav zu begegnen, denn die Webstühle liefen noch, aber sie wusste natürlich auch nicht, ob er heute in der Früh- oder Spätschicht eingeteilt war.

Alba ging über den Hof und bog nach rechts ab, um in Richtung Wald zu laufen. Dass ihr dabei feiner Nieselregen das Gesicht benetzte, ignorierte sie, genauso wie den kalten Wind. Was für ein ungemütlicher Tag. Während sie einen Schritt vor den anderen setzte, dachte sie an Elisabeth. Sie hatte die junge Frau auf Anhieb gemocht, sie strahlte eine natürliche Präsenz aus, die Alba imponierte. Sie war klug und schön – vielleicht war es das, was Alba mit ihr verband. Sicher hatte Elisabeth auch damit zu kämpfen, ernst genommen zu werden – vermutlich sogar noch mehr als Alba selbst, die sich darauf berufen konnte, die Tochter von Carl Lemberg zu sein, wenn ihr einer blöd daherkam. Ob es jemals Zeiten geben würde, in denen Frauen vor übergriffigen Kerlen sicher waren? Sie hoffte es. Sie hoffte es sehr.

Alba kam am zugefrorenen Ziegelteich vorbei, auf dem man im Winter oft Schlittschuhfahrer entdecken konnte. Auch heute sah Alba einen älteren Knaben, der mit seinen Schuhen, an denen er zuvor die Kufen festgeschraubt hatte, über einen Wassergraben sprang. Sie hörte einen Aufschrei; der Bub war beim Sprung hängen geblieben, gestürzt und brach in der aufgesprungenen Eisdecke ein.

»O mein Gott«, stieß Alba entsetzt hervor und schlug die Hände vor den Mund. Das Eis war nicht mehr dick genug gewesen. Was sollte sie tun? Sie lief sofort los, aber sie war noch viel zu weit entfernt, als dass sie ihm hätte helfen können.

Ein paar Sekunden später entdeckte sie jemanden, der dem Jungen zu Hilfe kam. Es war Miroslav. Ohne zu zögern, sprang er selbst in den Wassergraben und zog den Knaben am Kragen heraus. Gerade rechtzeitig, ehe der Junge unter der Eisdecke verloren gewesen wäre. Alba hatte die beiden noch nicht erreicht, aber sie sah, wie Miroslav und der Bursche aus dem Graben krochen und schwer atmend auf dem Boden liegen blieben.

»Seid ihr in Ordnung?«, rief sie, als sie nur noch wenige Meter entfernt war.

Miroslav setzte sich auf und kümmerte sich um den Jungen, der wie Espenlaub zitterte. Beide waren nass wie begossene Pudel. Alba handelte, ohne nachzudenken. Sie zog ihren Mantel aus und wickelte den Buben darin ein. »Was machst du nur für Sachen!«, brachte sie mit bebender Stimme hervor. Was für ein Schreck! »Wer bist du?«

»L-leo«, brachte er mit klappernden Zähnen hervor. »H-hof-m-meister.«

Alba wusste, wo die Familie ihren Hof hatte. »Komm, ich bring dich nach Hause.«

Kurz schaute sie Miroslav ins Gesicht. Ihre Blicke verhakten sich ineinander, niemand sagte ein Wort. Sie wollte ihm um den Hals fallen, ihm für seinen Mut und seinen selbstlosen Einsatz danken, aber sie konnte es nicht. Ihre Kehle war wie zugeschnürt. Sie räusperte sich. »Ich bringe ihn nach Hause«, brachte sie schließlich mit rauer Stimme hervor. »Und du solltest auch schleunigst etwas Trockenes anziehen.«

Ein leises Lächeln stahl sich auf seine Lippen, das Albas Herz berührte. Auf seiner Miene lag nicht mehr dieser strenge, höhnische Ausdruck, mit dem er ihr damals beim

Firmen-Weihnachtsfest begegnet war. Sie hatte es geschafft, hinter Miroslavs Fassade zu blicken, und erkannt, dass es nur ein Schutzwall war, den er errichtet hatte. Vermutlich, weil er Angst hatte, verletzt zu werden. Ihr blieb keine Gelegenheit, etwas zu sagen, denn der Junge musste schleunigst nach Hause – und Miroslav auch. »Danke«, war alles, was sie von sich gab, während sie die Kufen von den Schuhen löste und dem Knaben auf die wackeligen Beine half, die ihn kaum tragen wollten.

Die Mutter war entsetzt und gleichzeitig unfassbar erleichtert, als Alba den Glückspilz zu Hause abgab. »Fräulein Lemberg, wie können wir Ihnen nur danken?«, fragte Frau Hofmeister und wollte sie hereinbitten.

»Danken Sie nicht mir, sondern einem unserer Arbeiter. Ich habe den Jungen nur nach Hause begleitet, weil Miroslav selbst völlig durchnässt ist. Ich möchte Ihnen keine Umstände bereiten, kümmern Sie sich lieber um Leo. Und lassen Sie ihn nicht noch einmal aufs Eis, das ist nach dem Tauwetter jetzt einfach nicht mehr dick genug.«

»Aber natürlich, ich hab's ihm heut Morgen auch gesagt, aber er hat nicht hören wollen. Komm, Leo.« Sie drückte dem Jungen einen Kuss auf den Scheitel und zog ihn eng an ihren schmalen Körper. »Ich weiß gar nicht, was ich gemacht hätte, wenn dir was passiert wäre. Jesses Maria, ich zittere ja selbst vor Schreck. Dich stecke ich erst einmal in trockene Sachen und dann ins Bett mit einer Wärmflasche, nicht, dass du mir krank wirst. Danke nochmals, Fräulein Lemberg, ich weiß wirklich nicht, wie ich …«

»Es ist in Ordnung. Servus, Leo, auf Wiedersehen, Frau Hofmeister.«

Die Bäuerin bot Alba ihr warmes weiches Überziehtuch an, das alle Braunauerinnen der Gegend hier im Winter statt eines Mantels trugen. Sie besitze ein feines zur Sonntagstracht, das sie Alba geben könne, erklärte die Frau höflich, aber Alba lehnte lächelnd ab. Sie bekam daraufhin ihren nassen Mantel von der Bäuerin mit einer weiteren Dankestirade zurück – das Kleidungsstück war vermutlich ruiniert, aber das war Alba egal. Sie warf ihn sich über den Arm und ging schnellen Schrittes nach Hause. Dort zog sie sich nur rasch einen trockenen Mantel über und machte sich auf den Weg zum Haus Amerika, wo Miroslav lebte, wie viele andere auswärtige Arbeiter.

An der Haustür traf sie auf einen mageren Mann mit sauertöpfischer Miene, der gerade eine Zigarette rauchte. Er musste neu sein, sie kannte ihn nicht, wollte jetzt aber nicht fragen, wer er war oder wo er herkam. Sie wagte nicht, einfach hineinzugehen. Vielleicht war es auch keine gute Idee gewesen, herzukommen. Jeder kannte sie. Beging sie gerade einen Fehler und beschwor Gerede herauf? Nein, sagte sie sich und straffte ihren Rücken. »Ist Miroslav heil angekommen? Ich will nur sichergehen, nachdem er eben einen Jungen aus dem Wassergraben gefischt hat«, sprach sie den Mann an.

»Wenn Sie den Tschechen meinen, ja. Der ist da und schlottert sich auf seiner Bude was zusammen.«

Alba stutzte kurz über die Härte, die ihr von diesem Arbeiter entgegenschlug.

Immerhin war Miroslav hier, das war alles, was sie wissen wollte; deshalb ging sie nicht auf seinen Spruch ein. »Welche Wohnung ist seine?«, fragte sie stattdessen.

»Machen Sie jetzt auch Hausbesuche?« Der anzügliche Kommentar schockierte Alba so sehr, dass sie für einen Moment sprachlos vor dem Neuen stand.

»Wenn ich Sie wäre, würde ich aufpassen, was ich von mir gebe. Noch eine Frechheit dieser Art und Sie können Ihre Sachen gleich wieder packen. Und jetzt sagen Sie mir, wo Miroslavs Wohnung ist; ich möchte sichergehen, dass er nach der Rettung des Knaben alles hat, was er benötigt. Wenn alle Männer so viel Schneid hätten wie er, gäbe es weitaus weniger Probleme in unserer Gesellschaft. Wie sagten Sie noch gleich, ist ihr Name?«

»Walzel. August Walzel«, brummte er auf einmal kleinlaut und senkte den Blick. »Zweiter Stock, dritte Wohnung rechts.«

Sie schenkte Walzel ein herablassendes Lächeln und ging wortlos an ihm vorbei.

Geht doch, dachte Alba entnervt und schob sich hinein ins Haus. Mit einem Kribbeln im Magen ging sie die Stiegen hinauf und dann über den schmalen Flur, der mit Linoleum ausgelegt war. Vor seiner Tür blieb sie stehen und atmete einmal durch, dann klopfte sie. Es dauerte nicht lange, bis jemand die Tür öffnete.

Als Miroslav vor ihr stand und sie mit vor Überraschung geweiteten Augen ansah, wurden ihre Knie weich. Er trug ein langes Feinrippunterhemd und eine Pyjamahose. Die Füße waren nackt. Sie sah, dass seine nassen Klamotten über einem Stuhl zum Trocknen hingen.

Er hatte die Türklinke noch in der Hand und rührte sich nicht. Seine Lippen waren leicht geöffnet. Miroslav sah aus, als hätte er den Teufel höchstpersönlich gesehen, was Alba zum Schmunzeln brachte.

»Wie ich sehe, geht es dir gut«, gab sie schließlich von sich.

»Das stimmt«, erwiderte er.

»Brauchst du etwas? Eine heiße Suppe vielleicht? Ich könnte unsere Köchin bitten, dir etwas zuzubereiten.«

Miroslav neigte seinen Kopf ein wenig und betrachtete sie stumm. Die Intensität in seinem Blick raubte ihr den Atem. »Nein. Das würde nur Fragen aufwerfen, die uns beiden nicht guttun. Möchtest du reinkommen?«, bot er ihr stattdessen an und trat zur Seite. Hätte jemand etwas davon mitbekommen, hätte das zu Gerüchten geführt, aber es war niemand zu sehen.

In ihr zog sich etwas sehnsuchtsvoll zusammen. »Ich glaube nicht, dass das eine gute Idee ist.«

Sein Gesichtsausdruck verhärtete sich schlagartig. »Ich verstehe«, gab er kurz angebunden zurück.

Sie wollte sich erklären, aber ihr fielen nicht die passenden Worte ein. In ihrem Kopf flossen die Gedanken unsortiert umeinander. »Wie ich sehe, geht es dir gut, Miroslav. Das war alles, was ich wissen wollte.«

Lügnerin, schoss es ihr durch den Kopf. Aber das, was wirklich in ihr vorging, konnte sie ihm unmöglich sagen. Wozu sollte das auch führen? Sie hatten keine gemeinsame Zukunft. Selbst wenn es für einen Moment möglich erschien, so wusste Alba in der nächsten Sekunde, dass es niemals sein konnte. Und Miroslav wusste es auch, sie sah es in seinen Augen, die nun voller Bedauern in einem dunklen Grün schimmerten.

»Dann … Servus, Miroslav. Und danke noch mal, dass du so beherzt geholfen hast. Warum warst du überhaupt dort unterwegs?«

Er stützte sich mit der linken Hand am Türrahmen ab. Ihr fiel auf, wie groß er war. Sehnig und schlank. Hör auf damit, ermahnte sie sich.

Dann öffnete er seine Lippen und verzog sie zu einem wehmütigen Lächeln. »Ich bin jeden Tag nach der Arbeit draußen – weil ich hoffe, dich bei einem deiner Spaziergänge zu sehen. Das ist alles, was ich von dir bekomme, Alba, aber es ist mehr, als ich zu hoffen wagte. Ich bewundere dich aus der Ferne, weil ich dich nicht in Schwierigkeiten bringen will.«

Er trat näher, küsste sie auf den Mund, ohne sie mit den Händen oder seinem Körper zu berühren. Es war ein sanfter, zärtlicher Kuss, in dem so viele Emotionen lagen, dass Alba ein tiefer Seufzer entfuhr. Dann trat Miroslav zurück. Albas Atem kam flach. Sie war wie vom Donner gerührt.

Für eine Sekunde war sie sprachlos, bis sie die Bedeutung seiner Worte begriff. Nach dem Kuss war ihr Verstand benebelt. Nein, das konnte nicht sein, es durfte nicht sein. Gleichzeitig war sie nicht überrascht, denn sie spürte es auch. Der Impuls, näher zu treten, ihre Arme um ihn zu schlingen und ihn noch einmal zu küssen, kam ihr gerade so verlockend vor, dass sie Mühe hatte, sich zu kontrollieren.

Es ging nicht. Nicht hier. Und auch sonst nirgendwo.

»Du solltest gehen.« Seine Stimme klang tonlos.

»Du schickst mich weg?«, murmelte sie und senkte den Blick, damit er nicht in ihren Augen lesen konnte, wie sehr sie sich nach ihm verzehrte.

Es konnte nicht sein. Es durfte nicht sein. Er hatte recht, und doch hatten sie seine Worte getroffen.

Warum bloß war die Welt nur voller Regeln und Verpflichtungen für sie? Alba wandte sich ab und hastete ohne ein weiteres Wort aus dem Haus zurück in die Villa, wo sie sich ein heißes Bad einließ, um die Ereignisse des Tages von sich abzuwaschen. Aber es gelang ihr nicht. Sie musste immer wieder an Miroslav denken. An den traurigen Blick, in dem die Gewissheit gelegen hatte, dass für sie niemals die Möglichkeit bestand, ihren Gefühlen zu folgen. Sie fühlte sich zu Miroslav hingezogen, sie wollte immerzu in seiner Nähe sein. Alba hatte wenig Erfahrung mit Herzensdingen, aber so ähnlich musste es sein, wenn man sich Hals über Kopf in jemanden verliebte.

* * *

Liebe Mutter,

endlich komme ich dazu, dir zu schreiben. Die Tage im Pensionat sind gut gefüllt und mir geht es gut. Ich kann dir berichten, dass sich meine schulischen Leistungen verbessern, seit ich verstanden habe, weshalb ich hier bin. Auch beim Klavierspiel mache ich große Fortschritte, ich übe jeden Tag und die Lehrstücke gehen mir flott von der Hand.

Ich hoffe, du weißt, wie sehr ich dich und alle anderen vermisse. Ich sehne den Tag herbei, an dem ich wieder nach Hause kommen kann. Bis dahin werde ich mein Bestmögliches tun, um euch mit Stolz zu erfüllen. Bitte, liebe Mutter, sei dir gewiss, dass ich meine Ausrutscher in den letzten Ferien zutiefst bereue. Ich weiß wirklich nicht, was in mich gefahren ist.

Ich hoffe, deine Genesung schreitet fort. Es hat mich sehr gefreut, als du mir geschrieben und von den vielen Anwendungen und Möglichkeiten erzählt hast, die sie in der Spindlermühle anbieten.

Als Nächstes werde ich mich meiner Stickarbeit widmen. Ich bin mir sicher, du wirst Freude an dem kleinen Deckchen haben, an dem ich arbeite. Vielleicht kann ich es bald fertigstellen, dann sende ich es dir zu.

Bis dahin verbleibe ich mit den allerbesten Wünschen,

alles Liebe,
deine Tochter Charlotte

Emilie faltete Charlottes Brief zusammen und schob ihn dann wieder in den Umschlag zurück. Sie saß mit einer Decke auf den Beinen in einem Lehnstuhl am Fenster des Sanatoriums und ließ sich von der Sonne wärmen. Allmählich kam sie wieder zu Kräften. Zuerst war es ihr schwergefallen, sich auf das Leben fern von zu Hause einzulassen. Zu groß war die Sorge gewesen, dass der Haushalt ohne sie nicht reibungslos funktionieren könnte, dass die Schließung Dittersbachs wie eine dunkle Wolke über der Familie hing. Emilie war froh, dass sie nicht hatte dabei sein müssen. Niederlagen konnte sie nicht gut ertragen. Und das war eine sehr bittere, die alle hart getroffen hatte. Aber nun war es vorbei und es ging sicher bald bergauf. Emilie wollte daran glauben.

Ein wenig Sorgen machte sie sich weiterhin um Alba. Hoffentlich sah das Kind ein, dass sie sich in ihr Schicksal zu fügen hatte. Eine Ehe war in diesen Zeiten vor allem eine wirtschaftliche Frage. Aber Margots Brief, den sie vor Charlottes gelesen hatte, konnte sie ein wenig beruhigen. Margot hatte geschrieben, dass Alba sich immer vorbildlicher in den Alltag einbrachte, die Aufgaben in der Villa souverän an ihrer statt meisterte und sich um alles kümmerte, was sonst Emilies Aufgabe war. Danach konnte Emilie sich entspannen, sich auf ihre Genesung konzentrieren. Besser hätte es sich nicht mit Alba entwickeln können. So war diese Grippe Fluch und Segen zu gleich.

Es gab nur eine Sache in Margots Brief, die Emilie noch immer leicht beunruhigte. Sie schrieb, dass Alba nach Karel gefragt habe, dessen Namen Emilie im Fieberwahn häufig gerufen hatte. Emilie kannte Margot lange; das Hausmädchen war loyal und würde niemals etwas tun, das Emilie bloßstellte. Emilie war sich nicht einmal sicher, was Margot wirklich wusste. Es gab Dinge, über die man nicht sprach, weil Schweigen die einzige Möglichkeit war, zu vergessen. Dass Margot ihn im Zusammenhang mit Alba in ihrem Brief erwähnte, ließ allerdings darauf schließen, dass das Hausmädchen womöglich doch wusste, welche Rolle Karel in Emilies Leben einmal gespielt hatte. Es war lange her, so lange, dass Emilie nie geglaubt hatte, dass er ihr noch einmal gefährlich werden könnte.

Nun, wenn es nach Margots Auffassung ging, war zu diesem Thema alles gesagt.

»Ich habe Alba erklärt, dass es sich bei Karel um einen Arbeiter handelt, der in einen Unfall verwickelt worden ist, und dass es Sie seinerzeit belastet hat. Das hat Alba eingeleuchtet, Betriebsunfälle sind für alle Beteiligten schwierig«, hatte in dem Brief gestanden.

Emilie atmete leise aus und ärgerte sich. Margot hätte gar nichts erzählen sollen; womöglich würde Alba Verdacht schöpfen, weil Emilie sich sonst auch nicht übermäßig für das Schicksal der Belegschaft interessierte.

Emilie seufzte und ließ sich im Stuhl zurücksinken und das Gesicht von der Sonne bescheinen. Jetzt war sie hier und musste sich vorerst mit keinem Gedanken mehr daran befassen, und bis sie wieder nach Hause zurückkehrte, hatte Alba diesen Unsinn hoffentlich schon wieder vergessen. Die Wochen in der Kur würde Emilie von jetzt an genießen, sich verwöhnen lassen und einmal im Leben nur an sich und ihre eigenen Bedürfnisse denken. Das hatte sie noch nie getan.

Das Personal in diesem Haus war vorbildlich, ebenso wie die Anwendungen. Da hatte Doktor Gürsch nicht zu viel versprochen.

Emilie merkte, dass sie noch immer den Umschlag mit Charlottes Brief in den Händen hielt. Sie legte ihn neben ihre Teetasse und dachte noch einmal an ihre jüngste Tochter im Pensionat, die aus ihren Verfehlungen glücklicherweise gelernt hatte. Emilie war nicht nachtragend, aber die Enttäuschung, die sie nach Charlottes Fehlverhalten in den Weihnachtsferien empfunden hatte, war noch nicht vollständig verklungen. Daher freute es Emilie umso mehr, dass ihre Tochter offenbar wieder auf dem richtigen Pfad voranschritt und sich um ihre Zukunft sorgte.

»Frau Lemberg, darf ich Ihnen noch etwas bringen? Und ich möchte Sie kurz an Ihre Vier-Uhr-Anwendung erinnern«, holte eine Krankenschwester sie aus ihren Überlegungen. Es war eine junge nette Frau Mitte dreißig in weißer Kleidung und mit akkurat gebügeltem Häubchen. Ihren Namen konnte sie sich nie merken. Marianne oder Marlene, etwas in dieser Richtung zumindest.

»Recht herzlichen Dank, aber nein, keinen Kamillentee mehr für mich.« Sie gab dem Mädchen mit einem knappen Nicken zu verstehen, dass es wieder gehen durfte.

Emilie vernahm die gedämpften Stimmen zweier Männer, die sich neben ihr unterhielten. Der eine sprach mit Wiener Dialekt. »Ostmark wirds jetzt heißen, eine neue Zeit beginnt nach dem Umsturz für uns«, hörte sie ihn sagen. »Wurde auch Zeit.«

Sie bekam hier wenig mit; zur Abwechslung einmal ließ sie sich treiben. Aber davon, dass deutsche Truppen in Wien einmarschiert waren, hatte sogar Emilie gehört, auch, weil die Zeitungen darüber schrieben. Für niemanden schien es überraschend gewesen zu sein. Die Österreicher waren eher begeistert als schockiert. Hitler hatte schon vor Jahren Interesse an Deutschlands Nachbarn verkündet und kein Geheimnis daraus gemacht, was sein Ziel war: Er wollte das Deutsche Reich zu einer Größe ausdehnen, die dem Volk seiner Meinung nach würdig war. Immerzu hatte er in den letzten Monaten verkündet, dass endlich das vollbracht werden solle, was nach dem großen Krieg durch die Verträge von Saint Germain und Versailles seiner Meinung nach verhindert worden war: Das Deutsche Reich sollte mit der Republik Österreich vereinigt werden, um die Deutschen, zu denen er die Österreicher ebenfalls zählte, zu stärken. Schuschnigg war nur eine Marionette in diesem Spiel gewesen, er durfte die Bühne jetzt verlassen. Was das heute für die Nachbarländer bedeutete, war Emilie jedoch unklar, vermutlich nichts Gutes. Sie war müde von den politischen Diskussionen, die man derzeit allerorts mitanhören musste.

»Der Schuschnigg ist jetzt jedenfalls weg vom Fenster«, erklärte der andere Mann, und Emilie hörte nicht mehr hin, während die beiden darüber diskutierten, welcher Posten in der österreichischen Regierung nun von wem übernommen werden könnte. Emilie schloss die Augen und machte ein kleines Nickerchen. Etwas Zeit blieb ihr noch, ehe sie zur nächsten Anwendung aufbrechen musste.

Kapitel 15

Die Vorlesung heute war ausnehmend langweilig, aber daran lag es nicht, dass Ferdinand sich nicht konzentrieren konnte. Es spielte auch keine Rolle, ob er zuhörte oder nicht, das Semester war so gut wie vorbei und der Professor wiederholte sich.

»Was starrst du heute immerzu Löcher in die Luft?«, flüsterte Johann Meier, sein Studienkollege. Johann war schlank, hatte dunkelblondes Haar und ein energisches Kinn. Er stammte aus einer wohlhabenden Familie, die sich auf die Produktion von Möbeln spezialisiert hatte.

»Ich weiß nicht«, murmelte er. »Mir macht das alles zu schaffen.«

»Ich kann dir nicht folgen«, gab Johann zurück. Er hatte gut reden, kannte er doch Situationen, wie Ferdinand sie mit seinem Vater erlebt hatte, nicht. Der Glückliche.

»Keine Ahnung«, brummte Ferdinand. »Manchmal frag ich mich, wofür ich das hier eigentlich alles mache.«

In diesem Moment beendete der Professor die Vorlesung und es wurde unruhig im Hörsaal.

»Du siehst aus, als könntest du ein Glas Bier vertragen.«

»Das ist das erste Gute, was ich heute gehört habe«, erwiderte Ferdinand.

Eine Viertelstunde später saßen sie im Gasthaus Zum goldenen Hahn und bestellten sich zwei Pils.

»Jetzt sprich. Wo drückt der Schuh?«, forderte Johann ihn auf.

»Wir haben kürzlich eine Spinnerei stilllegen müssen«, erwiderte Ferdinand. »Meine Zukunft liegt nicht golden und hell vor mir.«

»Du bist tüchtig, du kriegst das schon hin.«

»Es ehrt dich, dass du das sagst, aber mein Vater sieht das nicht so. Manchmal frage ich mich, warum er mir nichts zutraut.«

»Du wirst schon noch die Gelegenheit haben, dich zu beweisen.«

»Ich hoffe, du hast recht.« Ferdinand nahm einen tiefen Zug.

Gerade kamen zwei junge Damen ins Gasthaus. Johann beugte sich zu Ferdinand über den Tisch. »Na, wie wäre es, laden wir die beiden auf ein Glas ein? Dann kommst du auf andere Gedanken.«

Ferdinand rührte sich nicht. Eigentlich hatte er überhaupt keine Lust darauf, sich mit den Frauen zu unterhalten. Was war nur mit ihm los?

Normalerweise hätte er sich so eine Gelegenheit nicht entgehen lassen. Dass er es tat, irritierte ihn. Er hatte in den letzten Tagen immer wieder an die Begegnung mit der jungen Fahrradfahrerin zurückgedacht. Sie hatte etwas in ihm berührt, das er nicht erklären konnte.

In seinem Kopf drehte sich alles. Ferdinand trank sein Glas aus. »Für mich reicht es heute, Johann, lass gut sein. Ich zahl das Bier.« Er warf ein paar Münzen auf den Tisch und verließ das Gasthaus. Vielleicht half ja ein Spaziergang an der Moldau, um wieder klar denken zu können. Es sah ihm gar nicht ähnlich, dass er immer wieder an ein und dieselbe Frau dachte.

* * *

Es waren zwei Tage vergangen, seit Miroslav den Buben aus dem Graben gezogen hatte. Seitdem hatte sie ihn nicht wiedergesehen, aber sie konnte einfach nicht vergessen, wie es sich anfühlte, in seiner Nähe zu sein. Das war gefährlich. Gefährlich schön. Sie hatte ihren Spaziergang heute ausgedehnt, in der Hoffnung, ihm vielleicht zu begegnen, hatte ihn aber nicht entdecken können. Als sie nach Hause zurückkehrte und durch das offene Tor zur Villa laufen wollte, kam ein kleiner Bengel um die Ecke geschossen. »Bist du Alba?«, fragte der Junge mit den ausgebeulten Latzhosen. Eine Jacke trug er nicht, nur einen Wollpullover. Seine gestrickten Strümpfe hingen über den ausgetretenen Stiefelchen und gaben seine Knie frei.

»Ja, die bin ich, wer will das wissen?«, fragte sie mit einem milden Lächeln.

Statt ihr zu antworten, reichte er ihr einen gefalteten Zettel, der ein paar Dreckspritzer abbekommen hatte. Der Bub hatte schwarze Ränder unter den Nägeln.

»Hier, das ist für dich«, erklärte er.

Alba nahm das Papier entgegen, wollte gerade noch etwas zu dem Jungen sagen, aber der war schon um die Ecke davongeflitzt. Sofort schlug ihr Herz höher, während sie sich fragte, von wem der Zettel wohl sein könnte. Sie schaute sich um, es war zwar niemand zu sehen. Die Neugier war groß, aber sie zügelte sich. Sie lief nach oben, nahm dabei zwei Stufen mit einem Schritt. Vor ihrem Zimmer blieb sie stehen und drehte das Papier unschlüssig in den Händen. Alba war unfassbar gespannt, welche Nachricht sich auf dem Papier befinden mochte, gleichzeitig hatte sie auch Angst davor. Dann drückte sie die Klinke herunter und huschte in ihr Zimmer.

* * *

Carl stieg aus dem Fond des Admirals, den Otto soeben geparkt hatte. Nachdem er gedacht hatte, dass der Frühling jetzt kommen würde, war es in den letzten Tagen noch einmal knackig kalt geworden. Heute war es wieder wärmer und die Eiszapfen an der Dachkante begannen zu tauen. Carl hatte zuvor einige geschäftliche Termine in Prag wahrgenommen und auch Jarmila besucht. Gerade wünschte er sich, er könnte wieder zu seiner Geliebten umkehren, denn das, was ihm gleich bevorstand, verursachte ihm Magenschmerzen. Mit fahrigen Bewegungen holte Carl sein Zigarettenpäckchen aus der Manteltasche und rauchte zügig, ehe er über die dünne Schneedecke zu dem Gebäude stapfte und klingelte.

»Guten Tag, Herr Lemberg«, begrüßte ihn nach wenigen Augenblicken der affektiert dreinblickende Butler und deutete eine Verbeugung an.

»Vielen Dank, Johannes«, gab Carl zurück und trat über die Schwelle. Er kam sich dabei vor, als hätte er soeben das Tor zur Hölle durchquert.

Der Gang nach Canossa war nichts gegen das, was vor ihm lag.

Carl reichte dem Butler zunächst Mantel und Hut. Daraufhin richtete er sich die Manschetten und wartete darauf, von Johannes zur Hausherrin begleitet zu werden. Natürlich kannte er den Weg, er war schon oft in der Warnsdorfer Villa, Emilies Heimat, gewesen. Die Atmosphäre von überkommener Fülle und Reichtum war erschlagend. Stuckdecken, edle Leuchter, exquisite Läufer auf dem teuren Parkett waren in diesem Haus so normal wie bei anderen die Gardinen an den Fenstern.

»Bitte, kommen Sie, Herr Lemberg«, forderte Johannes ihn auf und verbeugte sich noch einmal, ehe er sich in Bewegung setzte.

Ihre schweren Schritte hallten über den Flur, in dem abgesehen davon eine unheilvolle Stille herrschte. Es war düster im Haus, die dunkle Holzvertäfelung verstärkte den Eindruck der Enge, die sich immer schwerer über Carls Brust legte. Er schluckte trocken, aber das Gefühl, dass ihm jemand langsam die Kehle zuschnürte, ließ sich davon nicht vertreiben.

Johannes drückte die Klinke der Tür zum Salon herunter, nachdem er kurz angeklopft hatte, und kündigte den Besucher an.

Carl wollte nur eines: davonlaufen.

Aber das kam nicht infrage.

Er hatte in den letzten Tagen mit sich gerungen. Und wie. Mehr als einmal hatte Carl während der Stunden, in denen er Nähe und Trost an Jarmilas Seite gesucht hatte, mit sich gehadert, ob er das Richtige tat. Aber er hatte seine Geliebte einfach nicht um Geld bitten können, obwohl sie ihm sicher kommentarlos unter die Arme gegriffen hätte. Dafür respektierte er Emilie zu sehr.

Stattdessen stand er nun auf dem teuren Perser in der opulenten Villa seiner Schwiegermutter und wartete darauf, dass der alte Drachen sich ihm zuwandte. Die Stille des Salons wirkte, als hielte die Welt für einen Sekundenbruchteil den Atem an. Oder war es nur er selbst, der keine Luft mehr bekam?

Sie residierte auf ihrem Lehnstuhl, als wäre es ein Thron. Auf der Nase saß eine schmale Brille, die halb heruntergerutscht war, während sie die Zeitung las. Der Artikel war vermutlich nicht so spannend, wie sie tat, sie ließ ihn nur gern warten, um zu demonstrieren, wer hier das Sagen hatte.

Carl hätte am Liebsten auf dem Absatz kehrtgemacht, aber er zwang sich, regungslos zu verharren, aufrecht zu stehen und nicht die Hände zu Fäusten zu ballen. Er würde warten, bis sie bereit war, mit ihm zu sprechen – und wenn es bis morgen früh dauerte. Keine ihrer Provokationen würde er an sich heranlassen, er hatte nur ein Ziel: sein Wort zu halten. Die Arbeiter vertrauten darauf, dass seine Versprechungen nicht nur heiße Luft gewesen waren.

Innerlich zählte Carl langsam. Er kam bis zweiundsiebzig, als er endlich die Zeitung rascheln hörte, die seine Schwiegermutter nun beiseitelegte. Sie nahm die Brille von ihrer Nase und lenkte ihren stechenden Blick in seine Richtung. Die Bitterkeit auf ihren Zügen galt nicht ihm, sondern der gesamten Menschheit, aber Helene ließ sie trotzdem an allen aus, die ihr gerade in die Quere kamen. Carl war gewappnet. Das hoffte er zumindest.

»Carl, wie schön, dich zu sehen.« Sie hob ihre knochige Hand und hielt sie ihm hin. Die pergamentartige Haut war von Altersflecken übersät.

Er durfte also endlich näher treten. Seine Schwiegermutter kostete diesen Augenblick aus, daran bestand nicht der geringste Zweifel. Bei ihrem Telefonat vor ein paar Tagen hatte Carl ihr bereits erklärt, dass es sich um eine delikate Angelegenheit handele, weshalb er sie persönlich sprechen müsse.

»Guten Tag, Helene.« Seine Stimme klang sicher und fest, sie zeigte keinerlei Gefühlsregung.

Dass er vor ihr stand, ihre Hand schüttelte und sie nicht einmal den mageren Hintern aus dem Sessel hob, glich jedoch einer Demütigung sondergleichen, auf die sicher gleich die nächste folgte.

Es war seine persönlichste Niederlage, dass er gerade sie um Hilfe bitten musste.

»Was führt dich zu mir?«, fragte Helene in blasiertem, näselndem Tonfall, nachdem sie kurz über Emilies Befinden geplaudert hatten. Er stand noch immer vor ihr wie ein Schuljunge. Für einen Moment glaubte er, etwas wie stilles Vergnügen auf ihrem faltigen Gesicht zu erkennen. Es überraschte ihn nicht; auf diesen Tag hatte Helene vermutlich lange gewartet.

Carl fragte nicht nach einem Stuhl. Wenn sie ihn so behandeln wollte wie einen Angestellten, der um einen Lohnvorschuss bat, dann würde er es akzeptieren.

Carl war bereits tief gesunken, tiefer als er es sich vor einigen Jahren noch hätte ausmalen können. Nun würde er auch das überstehen. Er konnte jedoch nicht verhindern, dass seine Stimme ein wenig zitterte, als er ihr das erklärte, was sie ohnehin schon wusste. »Die aktuelle wirtschaftliche Lage zwingt mich dazu, dich um einen Kredit zu bitten. Natürlich werde ich dir alles auf den letzten Heller zurückzahlen, mit Zinsen.«

Helene schnaufte aus. Ihr Blick verriet nichts als Enttäuschung.

Damit konnte er leben; er wusste, dass sie ihn nicht schätzte, dass sie ihn für einen schlechten Geschäftsmann hielt.

Er hatte große Angst, dass sie Nein sagen könnte. Gewundert hätte es ihn nicht. Seine Anspannung wuchs ins schier Unermessliche.

Er konnte nicht darauf vertrauen, dass Helene Rücksicht darauf nehmen würde, dass nicht nur sein Schicksal besiegelt wäre, wenn sie ihm den Kredit verwehrte.

Er spürte sein Herz bis zum Hals hinauf schlagen; er bekam kaum noch Luft. Aber die Krawatte zu lockern, kam nicht infrage, eher würde er tot umfallen. Das hier war schon schlimm genug, er musste sich vor ihr nicht noch mehr demütigen.

»Du bittest mich um Geld?«, gab sie zurück, und für einen kurzen Moment glaubte Carl, ein Lächeln auf ihrem faltigen Gesicht zu erkennen, dann war es so plötzlich verschwunden, wie es aufgetaucht war.

Er wusste, dass sie diesen Augenblick auskostete, und er versuchte, sich seine Wut darüber nicht anmerken zu lassen. »In der Tat, liebe Schwiegermutter. Du bist die Einzige, der ich in dieser Angelegenheit vertraue.«

»Oder die Einzige, die du fragen kannst. Ich bin deine einzige Option. Ist es nicht so?«

Dass Helene diesen Sieg über ihn genoss, hätte sie nicht so deutlich zeigen müssen, er wusste es auch so. Carl knirschte mit den Zähnen. Aber das würde er ertragen und noch mehr. Selbst wenn er vor ihr auf die Knie gehen müsste, er würde es tun. »So ist es. Und bitte, Emilie sollte nichts davon erfahren«, ergänzte Carl. »Ich möchte sie nicht damit belasten, vor allem nicht in der jetzigen Situation.«

»Dem kann ich nur zustimmen. Schlimm genug, in welche Lage du meine Tochter gebracht hast.«

Carls Nackenhaare stellten sich auf. Als ob es seine Unfähigkeit wäre, die zu dieser prekären Lage geführt hatte. Er musste ruhig bleiben. Sie wollte ihn nur aufstacheln. Heute nicht, entschied er. Heute würde er nicht darauf eingehen. »Ich nehme an, du möchtest es schriftlich festhalten?«

Sie winkte ab. »Langweile mich nicht mit den Details, Carl; mein Notar wird alles vorbereiten. Ich rufe ihn gleich an. Nenn mir die Summe, die du benötigst, und belästige mich dann nicht weiter mit diesem banalen Zeug.«

Banal, wiederholte er in seinem Kopf.

Was daran sollte bitte schön banal sein?

Es ging für viele ums Überleben. Aber dass Helene sich nicht für das Schicksal der Einzelnen interessierte, wusste er natürlich. Deshalb hatte er ihr gegenüber auch mit keinem Wort erwähnt, dass er die Kreditsumme dafür benötigte, um die gesamte Dittersbacher Belegschaft mit einem letzten Monatsgehalt in die Arbeitslosigkeit zu entlassen. Die Steuerzahlungen Anfang des Jahres hatte er gerade noch selbst aufbringen können; mit dem, was sie in Märzdorf erwirtschafteten, kamen sie in Zukunft dann hoffentlich über die Runden. Und wenn Dittersbach abgewickelt war, würde sich die Lage entspannen. Ein neuer Auftrag würde genügen, um Helene ihr

Geld in Raten zurückzuzahlen. Dafür würde er sorgen, und wenn es das Letzte war, was er tat.

Natürlich hatte Carl nicht vor, bald zu sterben. Ein Teil von ihm fühlte sich aber wie betäubt. Nachdem er ihr schließlich die Summe genannt hatte, erhob sich Helene schwerfällig, ohne dass ein Laut über ihre Lippen kam. Sie war alt und gebrechlich, aber die lästigen Wehwehchen führten nicht dazu, dass sie weicher wurde, im Gegenteil. Sie kam ihm bitterer vor als jemals zuvor.

»Wenn du mich kurz entschuldigst«, erklärte sie Carl, ohne ihm dabei ins Gesicht zu blicken, und verließ den Salon, vermutlich, um in ihr Arbeitszimmer zu gehen, das früher ihrem Mann gehört hatte.

Carl ließ sich in einen Sessel sinken und betupfte sich die Stirn mit einem Taschentuch, um den kalten Schweiß, der sich dort gebildet hatte, zu entfernen. Kurz dachte er daran, sich eine Zigarette anzuzünden, aber aus Gründen des Anstands verzichtete er darauf. Helene mochte es nicht, wenn man rauchte – und Carl hatte kein Interesse daran, dass sie Emilie anrief und ihr erzählte, dass er dem Laster neuerdings wieder frönte. Er fragte sich, wie lange es wohl dauern konnte, bis die Formalitäten erledigt waren und er das Geld auf der Bank hatte. Neun, zehn Tage vielleicht. Sobald die Unterschrift geleistet war, würde er von hier verschwinden. Drei Kreuze würde er machen, so viel war sicher. Hoffentlich kam nichts mehr dazwischen.

* * *

Ein Graupelschauer hatte Ferdinand überrascht, als er zu Fuß im Dorf unterwegs gewesen war. Er schlug den Mantelkragen nach oben und huschte die letzten Schritte über den Kiesweg zur Villa. Weil er keine Lust hatte, darauf zu warten, dass ihm jemand die Tür öffnete, ging er ums Haus herum. Ferdinand betrat die Villa durch die Hintertür und gelangte in die Küche. Nach seiner Rückkehr aus Prag hatte er versucht, Elisabeth Ringel ausfindig zu machen. Aber seine Suche hatte nichts ergeben, niemand schien sie zu kennen. Ferdinand stieß einen tiefen Seufzer der Frustration aus. Da traf er zum ersten Mal eine Frau, die ihm nicht mehr aus dem Kopf ging, und dann war sie spurlos verschwunden.

Aschenputtel hat wenigstens einen Schuh hinterlassen!, dachte er zermürbt. Während er sich die kleinen Eiskügelchen von der Schulter fegte, sah er sich in der feuchtwarmen Küche um.

Ihn traf beinahe der Schlag, als er das neue Hausmädchen entdeckte. In Bluse, Rock und mit Häubchen stand Elisabeth Ringel in der Mitte der Küche und polierte einige gusseisernen Pfannen und Töpfe auf Hochglanz.

Es war ein Schock, sie hier so plötzlich vor sich zu sehen. Kurz fragte er sich, ob er sich das alles nur einbildete. Aber nein, es war keine Fata Morgana. Sie war es wirklich.

Für einen Moment geschah nichts. Sie starrten sich stumm an. Auch Elisabeth wirkte überrascht, ihn zu sehen, aber sie hielt sich wacker im Vergleich zu Ferdinand, der befürchtete, gleich umzukippen.

»Sie waren zum Mittagessen gar nicht da«, unterbrach Theresia die Stille. Bis eben hatte er gar nicht bemerkt, dass die Köchin auch anwesend war. »Es gibt Ringelwurst mit Stampf und Erbsen, das magst du doch so gern. Komm, setz dich, oder ich lasse dir was von Lissi hinauf ins Speisezimmer bringen. Na los, Lissi, begrüß unseren jungen Herrn Lemberg, wie es sich gehört.«

Theresia saß auf der schmalen Küchenbank unter dem Fenster und schälte gelbe Rüben. Ferdinand konnte jedoch den Blick nicht von Lissi abwenden. Ihm war ein wenig schwindelig.

»Guten Tag, Herr Lemberg«, grüßte sie und knickste, dabei senkte sie den Blick.

Als Ferdinand begriff, was das bedeutete, musste er sich setzen. Er zog einen Küchenstuhl zurück und ließ sich matt darauf sinken.

Elisabeth Ringel war für ihn unerreichbar. Niemals konnte er mit ihr auf einer Ebene stehen – sie war eine Angestellte und damit tabu. Die Regeln im Haus waren klar festgelegt. Bis heute hatte Ferdinand stets gelacht, wenn Mutter oder Vater ihm eingetrichtert hatten, dass das Personal zwar mit Respekt behandelt werden musste, man aber niemals die Grenze zwischen Angestelltenverhältnis und Freundschaft überschreiten durfte.

Die Erkenntnis traf ihn unvermittelt und hart. Er brachte kein Wort über die Lippen. Wollte das Schicksal ihm einen Streich spielen?

»Lissi ist meine Nichte«, erklärte Theresia. »Gehts dir nicht gut, Ferdinand? Du bist ja auf einmal ganz bleich geworden.«

Auch das noch, dachte er. »Nein, nein, alles in Ordnung. Ich … mir fiel nur eben ein, dass ich etwas vergessen habe.« Er sprang so schnell auf, dass der Stuhl mit einem lauten Krachen umkippte.

»Und was ist mit dem Essen?«, wollte Theresia wissen.

»Später«, würgte er tonlos hervor. »Ich esse später.«

Ferdinand hastete aus der Küche, rannte die Stufen nach oben in sein Zimmer, wo er immer wieder hin und her lief. Aber es war egal, wie lange er über das nachdachte, was er eben erfahren hatte. Nichts änderte die Tatsache, dass er seine Träume begraben musste, ehe er wirklich angefangen hatte zu verstehen, was überhaupt mit ihm passiert war.

Es würde eine lange Zeit werden, bis er zum letzten Semester nach Prag aufbrechen konnte. Entweder das oder er fand einen Grund, warum er nicht so lange warten musste. Gerade schien es ihm der einzige Ausweg zu sein, den Koffer zu packen und so viel Abstand wie möglich zwischen sich und die Versuchung, der er niemals erliegen durfte, zu bringen.

Kapitel 16

Die Sonnenstrahlen der ersten Frühlingstage fielen durch die hohen Fenster des Mädchenpensionats. Charlotte saß beim Handarbeitsunterricht. Auf ihrem Schoß lag ein weißes Deckchen, das bestickt werden sollte. »Autsch«, stieß sie hervor, als sie sich aus Versehen in den Finger stach. Sofort schoss hellrotes Blut aus der kleinen Wunde und tropfte auf den edlen Stoff.

So ein Mist, dachte sie, als sie das Malheur betrachtete. Blut geht so schlecht raus. Jetzt habe ich es ruiniert.

»Charlotte, ist alles in Ordnung?«, erkundigte sich die Lehrerin bei ihr. Frau Resch trug ein dunkles einfaches Tageskleid und hatte das graue Haar zu einem strengen Knoten gebunden. Auf der Nase saß eine runde Brille, die ihrem Aussehen nicht schmeichelte.

Kurz überlegte Charlotte, alles hinzuschmeißen und davonzulaufen. Sie hasste diese verdammten Stickarbeiten. Die Verlockung war groß, all ihren Frust auf dieses Stück Stoff zu projizieren, sich endlich einmal alles von der Seele zu schreien.

Aber sie tat es nicht, sondern nickte der Lehrerin zu. »Nur ein kleines Missgeschick«, gab sie unterwürfig von sich und schaute ihr nicht in die Augen, weil sie wusste, dass man sonst erkennen konnte, dass sie alles andere als fügsam war.

Sie wischte das Blut an ihrem Finger mit einem Taschentuch ab.

Ja, sie hielt den Schein aufrecht, versuchte zur Zeit gar nicht mehr, sich nachts davonzuschleichen. Ohne ihre Freundin war es ohnehin nicht mehr dasselbe, und mit den anderen Mädchen kam sie nicht so gut klar. Sie vertraute niemandem sonst, zu groß war das Risiko, erwischt zu werden.

In Charlottes Ohren klingelten noch immer Ferdinands Drohungen von der Mädchen-Erziehungsanstalt. Sie zweifelte keine Sekunde daran, dass man sie wahr machen würde, wenn sie sich nur einen weiteren Fehltritt erlaubte.

Nein. Alles, nur das nicht.

Während sie weiter stickte, fasste sie den endgültigen Entschluss, dass sie die paar Monate bis zu den Ferien nun auch noch überstehen würde. Und dann, im Sommer, wenn sie wieder zu Hause war, würde sie einen Plan entwickeln, der ihr zur Freiheit verhalf. Oder zur Ehe. Es war ihr beides recht. Sie schob die Gedanken an Alba zur Seite. Zur Not würde es Charlotte gelingen, ihre Eltern davon zu überzeugen, dass sie als Erste heiraten durfte. Denn auch Vater und Mutter würden vermutlich irgendwann zu der Einsicht gelangen, dass Alba niemals einen Mann fand, der sie mit ihren verrückten Vorstellungen von Frauenrechten und Berufswunsch ehelichte. Schon der Gedanke an die irrsinnigen Ideen ihrer Schwester lösten ein Magengrummeln bei Charlotte aus. Sie atmete kurz durch, dann dachte sie daran, dass sie im Sommer ihre Koffer zum letzten Mal aus diesem verdammten Pensionat schleppen würde. Sie sehnte den Tag herbei, an dem sie »Auf Nimmerwiedersehen« zu dieser Einrichtung sagen konnte, die sie so schrecklich langweilte. Bis dahin würde sie die brave Tochter spielen, an guten Zensuren und ihrem Benehmen arbeiten. Ein wenig Feinschliff konnte sie dem noch verpassen. Je besser sie wurde, desto höher standen ihre Chancen auf eine sehr gute Partie. Während sie sich in ihren Träumen verlor, in denen sie sich ausmalte, welche Eigenschaften, welches Aussehen und welchen Namen ihr Zukünftiger sein Eigen nennen sollte, schlich sich ein Lächeln auf ihr Gesicht. Die Zukunft gehört mir, dachte Charlotte zufrieden.

* * *

Alba war aufgeregt, als sie ein letztes Mal prüfend in den Spiegel über ihrer Kosmetikkommode schaute. Sie konnte heute getrost darauf verzichten, sich ein paar Mal in die Wangen zu kneifen, um eine gesunde Röte hervorzulocken; das war wie von selbst geschehen, als sie eben die Nachricht von Miroslav gelesen hatte.

In den letzten Tagen hatten sie einander ein paar Mal geschrieben – der kleine Lausbub mit den zerschrammten Knien hatte den Boten für sie gespielt und Alba jeden Tag bei ihrem Spaziergang abgepasst, um ihr eine kurze Nachricht zuzustecken.

Im ersten Briefchen hatte Miroslav sich in einer krakeligen Handschrift bei ihr für den Kuss entschuldigt. Gleichzeitig hatte er geschrieben, dass er es gern noch einmal tun würde.

Oje. Alba wurde warm, wenn sie daran dachte.

Natürlich hatte sie ihm zurückgeschrieben, dass es kein weiteres Mal geben würde.

Danach hatte Miroslav sie in seiner nächsten Nachricht dazu aufgefordert, ehrlich zu sein.

Wenn du mich nie wieder sehen willst, dann sag nur ein Wort und ich werde verschwinden, dann werde ich mein Glück anderswo suchen, hatte darauf gestanden.

Alba hatte zwei ganze Tage lang nicht reagiert, weil sie selbst nicht wusste, was richtig oder falsch war. Zwei Herzen kämpften in ihrer Brust. Sie sehnte sich nach ihm, konnte aber nicht vergessen, was alles gegen das, was er von ihr wollte, sprach.

Ich kann dir nicht sagen, dass ich dich nie wieder sehen möchte, weil es nicht stimmt. Und ich bin keine Lügnerin.

Diese Zeilen hatte sie gestern an ihn geschrieben, woraufhin der kleine Junge heute Morgen bei Theresia einen Zettel für sie an der Küchentür abgegeben hatte.

Triff mich morgen um vier beim Luzifer. Bitte. Ich muss dich sehen.

Der Platz bei den Märzdorfer Felsen war bei Kletterern sehr beliebt; um diese Jahreszeit war dort aber sicher nicht viel los, weil das Wetter zu unbeständig und zu kalt war. Sie würden allein sein. Ungestört.

Alba hatte den ganzen Tag überlegt, ob sie hingehen sollte oder nicht. Es war nicht nur ein Treffen; es war die Entscheidung für oder gegen ihn, das wussten sie beide.

Die Angst, dass Miroslav spurlos verschwinden würde, wenn sie nicht dort auftauchte, hatte sie schließlich dazu bewogen, seiner Einladung zu folgen.

Alba verließ ihr Zimmer und ging hinunter. Am Fuß der Treppe begegnete sie Ferdinand. Er sah aus, als hätte er ein Gespenst gesehen. »Was ist denn mit dir passiert?«, wollte sie von ihm wissen. »Ist Vater zurück und ihr seid direkt wieder aneinandergeraten?«

»Nein, das ist es nicht. Er wird erst heute Abend aus Warnsdorf nach Hause kommen.«

Alba hatte keine Ahnung, warum er bei Großmutter gewesen war; hoffentlich ging es ihr gut. Sie würde sie nachher einmal anrufen, aber nicht jetzt.

Ferdinand fuhr fort. »Es geht um das neue Hausmädchen.«

»Ach ja?«

»Hast du sie eingestellt?«

Alba begriff nicht und fand Ferdinands Verhalten äußerst merkwürdig. »Wieso? Kennst du sie? Ich hoffe, sie ist keine Verflossene!«, neckte sie ihn.

Ferdinands gequälter Gesichtsausdruck gefiel ihr gar nicht und ihr Lächeln erstarb.

»Nein, keine Verflossene«, brummte er.

»Du, ich habe jetzt keine Zeit, mit dir über die Angestellten zu plaudern. Wenn sie etwas falsch gemacht hat, dann klär das bitte mit Frau Schlegel, ich muss los.«

»Wo willst du denn hin?«

Beinahe hätte sie gesagt, das gehe ihn gar nichts an. Gerade rechtzeitig erinnerte sie sich daran, dass sie nicht wollte, dass jemand Verdacht schöpfte. »Ich gehe spazieren, wie jeden Tag.« Sie drückte Ferdinand einen Kuss auf die Wange. »Bis später, Ferdi.«

Dann schlängelte sie sich an ihm vorbei und wollte gehen, aber in diesem Moment rief Josef nach ihr. »Fräulein Lemberg, Telefon für Sie.«

Wer kann das jetzt sein?, überlegte sie und lief ins Arbeitszimmer.

»Danke, Josef.« Sie nahm ihm den Hörer ab. »Ja?«

»Hallo, Alba«, erklang eine männliche Stimme am anderen Ende der Leitung. »Hier spricht Paul.«

Alba ließ sich in Vaters Stuhl fallen, weil sie ahnte, was er wollte, ehe er es ausgesprochen hatte. »Hallo, Paul.«

»Wie geht es dir, Alba? Ich weiß, die Umstände unseres letzten Treffens waren … schwierig, deshalb wollte ich mich nach deinem Befinden erkundigen.«

Sie lehnte sich zurück und wunderte sich, wie melodisch und angenehm seine Stimme durch das Telefon klang. Alba schloss die Augen und sah sein Gesicht vor sich. Seine klaren Züge, die gerade Nase und den aufmerksamen Blick, der alles zu erkennen schien, was in ihr vor sich ging. Obwohl sie nicht mit allem, was er von sich gab, übereinstimmte, musste sie zugeben, dass er sich ihr gegenüber zuletzt stets höflich und korrekt benommen hatte. Sie würde fast sagen, es war angenehm gewesen, mit ihm zusammen zu sein.

»Es geht mir gut«, erwiderte sie, weil sie ihm unmöglich ihr Herz ausschütten konnte.

Paul würde sowieso nicht nachvollziehen können, warum sie in der Weberei arbeiten wollte.

»Ich bin froh, das zu hören. Sieh mal, Alba, ich möchte dich gern einladen. Ich habe zwei Karten fürs Wochenende für die neue Braunauer Bühne.«

Nie im Leben würde sie mit Paul ausgehen, da konnte er so nett sein, wie er wollte. »Tut mir leid, da bin ich verhindert.«

»Das ist aber schade«, hörte sie ihn sagen. »Dann vielleicht ein andermal.«

»Ja, ein andermal.« Sie musste ihn loswerden. Schnell. Zuerst hatte sie das Telefonat als angenehm empfunden, aber mit ihm ausgehen? Das kam nicht infrage. »Vielen Dank, dass du mich angerufen hast, Paul. Ich muss jetzt leider auflegen, weil ich einen Termin habe.« Das stimmte sogar, aber sie behielt natürlich für sich, dass sie sich mit einem anderen Mann treffen wollte.

»Auf Wiedersehen, Alba.« Dann legte Paul auf und Alba atmete tief durch. Aber viel Zeit ließ sie sich nicht, schließlich wollte sie Miroslav nicht verpassen.

Alba ging aus dem Arbeitszimmer, schnappte sich ihren leichten Mantel und verließ die Villa. Dabei zwang sie sich, langsam zu laufen, obwohl alles in ihr danach schrie, dass sie rennen sollte, um Miroslav rechtzeitig zu erreichen.

* * *

Carl fühlte sich um Jahre gealtert, als er sich auf die Rücksitzbank des Opels sinken ließ. Otto schloss die Tür hinter ihm, dann stieg er ein und fuhr los. Carl schaute nicht noch einmal zurück zu Helenes Villa, doch ganz konnte er nicht verhindern, die Demütigungen der letzten Tage immer wieder in seinem Kopf zu hören.

Egal, sagte er sich. Dass Helene ihn für einen Versager hielt, hatte er vorher schon gewusst. Sie hatte das Geld angewiesen, das war alles, was wichtig war. Nun besaß er die Summe, die es ihm ermöglichte, seiner Belegschaft aus Dittersbach den letzten Lohn zu zahlen. Es würde eine weitere bittere Erfahrung werden, die Carl seiner langen Liste hinzufügen konnte. Aber es war auch eine Genugtuung für ihn, dass er nun überhaupt dazu in der Lage war. Es war nicht selbstverständlich, was er tat, und aus diesem Grund war er stolz auf sich.

Er war ein Ehrenmann. Auf seiner weißen Weste gab es nur einen einzigen dunklen Fleck. Es schwelte diese eine Sache in ihm, die Carl trotz der Beichte noch immer belastete. Eine erdrückende Schwere lastete auf seiner Brust, er wurde die alte Schuld nicht los. Carl schloss die Augen und ließ seinen Kopf gegen die Rückenlehne fallen.

Er durfte sich diesen Moment nicht durch sein Gewissen trüben lassen. So schwer die Begegnung mit Helene auch gewesen sein mochte, so hatte sie doch dazu geführt, dass er noch einmal den Kopf aus der Schlinge hatte ziehen können.

Er musste loslassen. Nach vorn schauen.

Es dauerte ein paar Minuten, bis es ihm gelang. Je weiter er sich von Helenes Villa entfernte, desto freier fühlte er sich.

Endlich konnte er aufatmen.

Das vertraute Geräusch des Motors und das Ruckeln des Wagens auf den vom Tauwetter aufgeweichten Straßen schaukelten Carl in einen sanften Schlummer. Er war auf dem Weg nach Hause. Endlich. Von jetzt an würde es aufwärtsgehen. Es musste. Alles andere würde er nicht überstehen.

* * *

Alba liebte es, das erste Grün der Blätter zu entdecken. Sie freute sich auf die verschwenderische Fülle, mit der der Frühling in Kürze das ganze Land überziehen würde. Sie nahm heute jedoch nur wenig Notiz davon, während sie über den schmalen Weg hinaufeilte, um zu ihrem heimlichen Treffen zu gelangen. Hoffentlich bin ich nicht zu spät, dachte sie immer wieder und keuchte vor Anstrengung.

Von hier oben am Märzdorfer Felsen hatte man einen fantastischen Ausblick über das gesamte lang gezogene Tal. In einigen Tagen würde man die Bauern auf ihren Feldern beim Säen entdecken. Das im Erdreich liegende Weizenkorn wuchs nun bald wieder im Frühling heran. Vom Winter mit seiner feierlichen Stille und der Ruhe der Natur musste man nun Abschied nehmen. Die Vögel riefen es laut von den Bäumen.

Als sie den Luzifer, einen ganz bestimmten Felsen, erreichte, schaute sie sich um. Sie konnte Miroslav nirgends entdecken.

Alba atmete aus und nahm das Hämmern ihres schnell schlagenden Herzens wahr.

Vielleicht hat er es sich doch anders überlegt, dachte sie und merkte, wie sehr sie diese Möglichkeit traf.

Auf einmal löste sich eine Gestalt aus dem Schatten der Steine. »Miroslav«, entfuhr es ihr. Sie war erleichtert, ihn zu sehen. Und unfassbar nervös.

Er trat näher. »Hast du gedacht, ich komme nicht?«

»Für einen Moment. Ja.« Ihre Stimme klang atemlos.

»Ich bin gut darin, mich unsichtbar zu machen«, erwiderte er und blieb ungefähr einen Meter entfernt von ihr stehen. »Ich habe eher befürchtet, du würdest nicht auftauchen.«

»Und, bist du erleichtert?«

»Sehr.« Ein schwaches Lächeln umspielte seine Mundwinkel.

Sie war verlegen, wusste nicht, wie sie sich verhalten sollte. Auf dem Weg hinauf hatte sie sich jedoch eine Sache vorgenommen: Sie würde ihre Entscheidung unabhängig davon treffen, aus welcher Familie sie stammte. Alles, was hier oben zählte, war ihr Herz.

Die Erinnerung daran machte ihr das, was jetzt folgte, leichter. »Warum wolltest du mich sehen?«, fragte sie.

»Weißt du das nicht?«

»Vielleicht muss ich es noch einmal hören.«

Miroslav trat näher und nahm ihre Hände in seine. »Ich sag es gern noch mal, einmal, tausendmal, so oft, wie du es hören willst. Ich will dich, Alba, ich will dich wie nichts zuvor in meinem Leben. Mein Herz gehört dir, ich lege es in deine Hände.«

Ihr wurde schwindelig vor Glück. »Ich will dich auch, Miroslav.«

Und dann stellte sie sich auf die Zehenspitzen, schlang ihre Arme um ihn und küsste ihn. Dieses Mal ließen sie sich Zeit. Sie berührte sein Gesicht, fuhr mit den Fingern über seine Wangenknochen und atmete seinen vertrauten Duft ein. Sie genoss die Nähe und das Gefühl, endlich mit ihm zusammen sein zu können. So lange hatte sie sich danach gesehnt, dass sie kaum glauben konnte, dass ihre Träume endlich wahr wurden. Seine Körperwärme hüllte sie ein wie ein warmer Mantel.

Gemeinsam kosteten sie jede einzelne Sekunde aus, bis sie irgendwann glückselig voreinander standen. »Ich lasse dich nie mehr los«, wisperte er dicht an ihren Lippen.

»Niemand darf davon erfahren. Zumindest nicht jetzt.«

»Das weiß ich«, erklärte er leise und zog sie fester in seine Arme.

»Aber es geht nicht nur um uns, es geht auch um das, was ich sein will.«

»Was meinst du, Liebste?«

»Ich habe Träume, Pläne.«

»Ich werde dich unterstützen, das verspreche ich dir bei allem, was mir heilig ist.«

Ihr Herz machte einen freudigen Satz. »Wir werden uns heimlich treffen müssen.«

»Das ist mir klar, es macht die Sache nur geheimnisvoller«, erklärte er mit einem breiten Grinsen. »Ich kann dir helfen, mehr über die Weberei zu lernen. Dort sind wir nach Feierabend auch ungestört.«

Das Kribbeln in ihrem Bauch verstärkte sich noch einmal. »Du könntest mir ein guter Lehrer sein.« Sie betrachtete sein geliebtes Gesicht, seine markanten Züge, die sie von der ersten Sekunde an so fasziniert hatten.

Er tippte mit dem Zeigefinger auf ihre Nasenspitze. »Ich fürchte, dass du nicht gut mit meiner Autorität klarkommen wirst, weil du einen so großen Dickkopf hast und doch immer tust, was du willst.«

Sie lachte. »Du bist gemein. Wenn ich folgsam und brav wäre, stünde ich jetzt nicht hier bei dir.«

»Es war nur ein Scherz, natürlich bringe ich dir alles bei, was ich weiß. Und du hast keine Ahnung, wie froh ich darüber bin, dass du dich nicht an die Regeln hältst. Ich habe mich so sehr nach dir gesehnt, Alba.«

»Und ich mich nach dir. Es wird nicht leicht werden«, hauchte sie an seinen Lippen; dann trat sie zurück, um ihm tief in die Augen zu sehen. Was sie darin erkannte, ließ ihr Herz höherschlagen. In seinem Blick lag so viel Liebe und Wärme, dass sie glaubte, auf Wolken zu schweben.

Er nahm ihre Hand und drückte einen Kuss auf die zarte Haut. »Bei allem, was mir heilig ist, schwöre ich dir, dass ich dich unterstütze, egal, was kommt.«

Sie strahlte über das ganze Gesicht. »Ich danke dir für dein Vertrauen.«

Es würde nicht leicht werden, mit all dem, was sie sich vom Leben wünschte, akzeptiert zu werden. Aber Alba würde alles dafür tun, damit auch ihre Familie irgendwann einsah, dass ihre Wünsche das Richtige waren. Auch, was Miroslav betraf. Doch vorerst durfte niemand davon erfahren. Es war aufregend, mit ihm hier zu sein. Als hätte sie endlich das eine Puzzleteil in ihrem Leben gefunden, das ihr immer gefehlt hatte.

»Ich habe mich getäuscht«, erklärte sie schließlich.

»Was meinst du?«

»Als du mich das erste Mal geküsst hast, dachte ich, es wäre ein Fehler gewesen.«

Er grinste. »Das habe ich gemerkt.«

Sie gab ihm einen spielerischen Klaps auf den Oberarm. »Du verdirbst mir den großen Moment!«

»Oh, Verzeihung, die Dame. Los, versuch es noch mal«, neckte er sie.

»Miroslav, ich kann nicht ernst sein, wenn du so albern bist.« Sie lachte. Dann umarmte sie ihn und schaute ihm tief in die Augen. »Ich habe keine Angst mehr vor dem, was ich für dich empfinde. Was andere über uns denken werden, ist mir egal.« Sie strich ihm durch das Haar und lächelte. »Wenn wir füreinander einstehen, kann uns niemand etwas anhaben.«

»Ich bin mir nicht ganz sicher, ob du recht hast, aber für den Moment will ich dir glauben. Du bist mein, und ich lasse dich nie mehr los.«

»Das hoffe ich. Ich werde für das, was mir wichtig ist, kämpfen. Wie eine Löwin.«

Sie berührten sich immer wieder, ungläubig, dass das hier Wirklichkeit geworden war. Gemeinsam vergaßen sie die Zeit und genossen den verbotenen Augenblick. Viel später verließen sie den Luzifer Hand in Hand.

»Ich muss gehen«, wisperte Alba und küsste ihn noch einmal innig zum Abschied, ehe sich ihre Wege für den heutigen Tag trennten.

Mehr denn je war Alba sich bewusst, dass sie für mehr bestimmt war als das, was ihre Eltern für sie vorgesehen hatten. Sie blickte hinauf in die Wolken und atmete tief ergriffen ein.

Gänse zogen in einer Formation über den Frühlingshimmel. Ihre Rufe hallten weit über die Felder bis zu ihnen hinauf. Nur gemeinsam gelang es den Vögeln, die große Reise zu überstehen. Sie bildeten eine Einheit, obwohl jeder getrennt für sich rackern musste. Zusammen würden sie es auch als Familie schaffen, diese schwierigen Zeiten zu überstehen. Vielleicht war mit Dittersbach eine Ära zu Ende gegangen, aber das hinderte Alba nicht daran, an die Zukunft zu glauben. Das war sie sich und dem Vermächtnis ihrer Vorfahren schuldig. Alba hegte keinen Zweifel daran, dass es ihr gelingen konnte. Sie würde ihre Lieben mit Geduld und Können davon überzeugen, dass sie es wert war, ernst genommen zu werden. Und sie wusste mit einer Klarheit, die tief aus ihrem Innersten entsprang, dass das keine Träumerei oder Illusion war. Es war ihre Bestimmung, dafür zu sorgen, dass die Weberei Lemberg wieder zum Glanz alter Tage fand. Und diesem Ruf würde sie mit Miroslav an ihrer Seite folgen.

Epilog

Carl trat aus dem Schatten der Kirche in den sonnigen Frühlingsabend. Statt wie üblich nach der Freitagsmesse den Nachhauseweg anzutreten, schlug er einen Bogen und ging auf den Friedhof. Warum, wusste er selbst nicht genau, aber etwas zog ihn dorthin. Nein. Nicht etwas; er wusste genau, was es war: sein Gewissen.

Er konnte so viel beichten, wie er wollte, so viele Rosenkränze beten, dass er Blasen an den Fingern bekam. Nichts würde etwas an dem ändern, was tief in ihm schwelte.

Der Boden knirschte unter Carls Füßen. Vögel zwitscherten in der Abendsonne. Es war friedlich. Nicht still.

Hier und da waren ein paar Leute unterwegs, um Gräber zu pflegen, oder einfach um zu trauern. Carl war weder für das eine noch das andere hier. Als er die Ruhestätte, die er suchte, erreicht hatte, blieb er stehen.

Was mache ich hier eigentlich?, dachte er, obwohl die Antwort klar war. Er wollte sich vergewissern, dass sie wirklich unter der Erde lag.

Leider blieb die erhoffte Erleichterung danach aus. Carl starrte blicklos auf das schmucklose Holzkreuz. Für mehr hatte es nicht gereicht, obwohl er eine anonyme Spende an die Pfarrgemeinde gesandt hatte.

Carl schluckte trocken, dann wandte er sich ab und spazierte nach Hause. Ein dumpfes Pochen in seiner Magengrube beschäftigte ihn und ließ ihn nicht zur Ruhe kommen.

Er wusste nicht, was mit ihm los war. Es war doch alles gut. Seine Probleme waren gelöst. Vorerst. Dittersbach war zwar geschlossen, aber der Betrieb in Märzdorf stand nach dem Kredit der Schwiegermutter wieder gut da. Er konnte sich nicht erklären, warum er trotzdem eine innere Anspannung in sich trug, die ihn nun schon seit Wochen begleitete und die sich einfach nicht lösen wollte.

Carl ging in sein Arbeitszimmer und wählte die Nummer des Sanatoriums. Ein Gespräch mit Emilie würde ihn sicher ein wenig beruhigen. Sie erdete ihn, wenn er mit seinen Gedanken abhob; so war es schon immer gewesen. Tatsächlich vermisste er seine Gattin allmählich, obwohl Alba Emilies Pflichten übernommen hatte und im Haushalt alles reibungslos lief. Er dachte an Charlotte, die ihm eifrig aus dem Pensionat schrieb. Auch sie hatte eine Entwicklung durchlaufen, die Carl erfreute. Und Ferdinand würde seinen Weg ebenfalls finden, dafür würde er sorgen. Sobald der Junge erst einmal im Betrieb war und er ihn unter seine Fittiche nahm, würde es auch mit Ferdinand harmonischer werden. Für Kilian wäre es auch eine Bereicherung, wenn der große Bruder wieder zu Hause war, aber bis zum Sommer mussten sie sich alle noch gedulden.

»Liebling«, sagte er, als er Emilie endlich in der Leitung hatte. »Wie geht es dir?«

»Carl, wie schön, deine Stimme zu hören. Mir geht es besser. Ich denke, es geht nun tatsächlich bergauf mit meiner Genesung.«

Carl spielte mit einem Kugelschreiber zwischen seinen Fingern. »Das freut mich zu hören. Wie wäre es, wenn wir dich zu Ostern besuchen?«

»Das klingt ganz fantastisch. Hier liegt noch ausreichend Schnee; ich weiß doch, wie sehr die Kinder Wintersport lieben. Ihr könntet Ski fahren.«

»Das klingt großartig.« Kurz zog sich sein Magen zusammen, dann erinnerte er sich, dass die finanzielle Lage derzeit etwas entspannter aussah und sie sich einen spontanen Urlaub in einem exklusiven Hotel leisten konnten. Dank seiner Schwiegermutter. Das war der einzige Wermutstropfen bei der Sache, aber er wollte jetzt nicht an die Niederlage denken, als er bei ihr zu Kreuze hatte kriechen müssen. Er hatte getan, was getan werden musste.

Ein kurzes Zähneknirschen konnte Carl nicht verhindern, aber er entspannte sich sofort wieder. Auch für die Rückzahlung ihrer Finanzspritze würde sich zu gegebener Zeit eine Lösung finden.

Die schlimmsten Brände waren gelöscht, Carl konnte aufatmen. Ein Urlaub würde ihm dabei sicher helfen. Auch dass es Emilie wieder besser ging, trug dazu bei, dass etwas von Carls Druck abfiel. Bis zu ihrer schweren Grippe war ihm nicht bewusst gewesen, wie viel Arbeit sie ihm in der Villa abnahm, auch mit den Kindern. Natürlich wusste Carl, dass Alba sich gewisse Freiheiten herausnahm, aber er sah es mit einem lachenden Auge, denn ihr Schneid, sich Wissen über die Firma anzueignen, imponierte ihm ebenso wie er ihn erschreckte. Eine Frau wie seine Tochter war ihm noch nie untergekommen. Es war gut, dass Emilie bald wieder selbst ein Auge auf sie haben würde, nicht dass Carl etwas entging. Alba war hübsch, sie war oft und viel unterwegs. Er ging zwar davon aus, dass sie wusste, was sich gehörte, aber sicher sein konnte man sich dabei als Vater nie.

Kurz plauderte er mit Emilie über ihre Kur und die Anwendungen und stimmte ein genaues Datum für den Urlaub ab. Danach legte er auf und zündete sich eine Zigarette an. Er kam nicht von diesem Laster los, obwohl er wusste, dass es nicht gut für ihn war. Der Arzt hatte neulich erst wieder betont, das Rauchen sei nicht förderlich für seine Gesundheit. Das wusste Carl selbst, aber er ignorierte den Rat des Mediziners. Der Moment der tiefen Entspannung, wenn er den ersten Zug nahm, überwog alles andere. Carl lehnte sich im Stuhl zurück und drehte sich in Richtung Fenster um. Er sah in den rosa gefärbten Abendhimmel hinaus. Ein Schwalbenschwarm flog über die Fabrikhallen der Weberei. Ein Gefühl der Leichtigkeit breitete sich in ihm aus. Plötzlich wog die Last auf seinen Schultern nicht mehr so schwer.

Er hatte es geschafft; das Unternehmen war gerettet, das Auskommen der Familie war gesichert. Und am allerwichtigsten dabei war, dass er sich endlich wieder sicher fühlte. Sein Geheimnis war mit dieser Frau begraben worden. Ihm konnte ihr Wissen nichts mehr anhaben. Carl war frei. Von jetzt an würde es mit dem Imperium der Familie Lemberg nur mehr bergauf gehen. Dafür würde er sorgen. Dafür war er bestimmt. Das war sein Leben, sein ganzer Stolz. Carl spürte, wie sich seine Brust ein Stück weitete, während sich seine Mundwinkel nach oben bogen. Er würde alles dafür tun, dem Unternehmen zu neuem Erfolg zu verhelfen; obenan stand, dass er die Verbindungen der Familie Lemberg in die notwendige Richtung lenkte. Dabei würde ihm Emilie helfen; es war gut, dass sie bald nach Hause kam. Es war an der Zeit, auch für seine Kinder die geschicktesten Entscheidungen zu treffen, um den Weg in die Zukunft weiterhin mit den Steinen des Erfolgs zu pflastern. Allianzen mussten geschmiedet werden, und dafür gab es bekanntlich keinen besseren Weg, als die Sprösslinge mit den richtigen Partnern zu verheiraten. Er sah klar vor sich, dass die Familie Lemberg damit zu neuer, nie da gewesener Stärke wachsen konnte. Wachsen würde. Er würde sich darum kümmern. Wie immer. Carl wurde von einer ganz neuen Art des Friedens ergriffen, der sich wie ein Schleier über sein Gemüt legte. Alle Entbehrungen der Vergangenheit, alle Kämpfe, die er hatte führen müssen, hatte er gern auf sich genommen, denn das trug dazu bei, dass seine Familie heute die größten Schwierigkeiten überwunden hatte. Er war stolz auf das, was er erreicht hatte, und schwor sich, weiterhin alles dafür zu tun, dass das Unternehmen der Lembergs in neuem Glanz erstrahlte. Denn das war es, worauf der Erfolg der Familie errichtet war; das persönliche Glück entsprang aus der Mitte des Familienunternehmens. Carl spürte, wie eine mächtige frische Kraft in ihm wuchs. Er beschloss, nicht mehr an die Vergangenheit zu denken oder gar deswegen zu hadern. Das, was geschehen war, lag hinter ihm, und niemand konnte ihm mehr etwas anhaben. Sein Geheimnis war sicher. Endlich konnte er wieder frei atmen.

DANKSAGUNG DER AUTORIN

Liebe Leserin, lieber Leser,
zuerst möchte ich mich herzlich bei Ihnen bedanken, dass Sie dieses Buch gelesen haben. Ich hoffe sehr, dass Sie einige unterhaltsame Stunden mit meiner Geschichte aus Böhmen verbringen konnten. Für mich ist es immer ein besonderer Moment, wenn ich das gedankliche »Ende« unter ein Manuskript setze. In diesem Roman stecken eine Menge Herzblut und viele, viele Stunden an Arbeit, Reisen und Recherche. Mir hat das Schreiben große Freude bereitet und ich kann es kaum erwarten, mit der Arbeit für Band 2 zu beginnen.

Es gibt eine ganze Reihe von Menschen, ohne die ein Projekt wie dieses nicht möglich wäre, und ich kann nicht alle aufzählen, denn es wären viel zu viele. Aber einige möchte ich nun doch nennen, unter anderem die Mitglieder des Heimatkreises Braunau, die mich herzlich in ihre Runde aufgenommen haben. Auch an Dáša Heeg geht mein Dank, die mir mit Rat und Tat zur Seite gestanden hat, als ich mich auf dieses Projekt vorbereitet habe.

Dem Team von Amazon Publishing möchte ich ebenfalls danken; die Zusammenarbeit ist mir eine große Freude. Angela Kuepper hat mir als Lektorin sehr wertvolle Denkanstöße gegeben und ich bin glücklich über die Zusammenarbeit, denn durch ihre akribische Arbeit, ihre feinfühligen Hinweise und ihre praktischen Tipps wird jeder Text besser.

Wenn Ihnen das Buch gefallen hat und Sie, liebe Leserin, lieber Leser, mehr aus meinem Schreiballtag erfahren möchten, folgen Sie mir gern auf den sozialen Medien. Sie finden mich auf Facebook und auch auf Instagram unter »karinlindbergschreibt«. Wenn Sie über neue Projekte auf dem Laufenden bleiben wollen, melden Sie sich gern zu meinem Newsletter unter www.karinlindberg.info an.

Nun bleibt mir nichts weiter, als Ihnen alles Gute zu wünschen. Ich hoffe, wir lesen uns wieder!

Herzliche Grüße

Karin Lindberg

Folge der Autorin auf Amazon

Wenn dir dieses Buch gefallen hat, folge Karin Lindberg auf Amazon. Dann erhältst du eine Benachrichtigung, wenn die Autorin ihr nächstes Buch veröffentlicht. Um der Autorin zu folgen, gehe bitte folgendermaßen vor:

Desktop:
1) Suche auf Amazon.de oder in der Amazon App nach dem Namen der Autorin.
2) Klicke auf den Namen der Autorin, um auf die Autorenseite zu gelangen.
3) Klicke auf den »Folgen«-Button.

Smartphone und Tablet:
1) Suche auf Amazon.de oder in der Amazon App nach dem Namen der Autorin.
2) Klicke auf einen Titel der Autorin.
3) Klicke auf den Namen der Autorin, um auf die Autorenseite zu gelangen.
4) Klicke auf den »Folgen«-Button.

Kindle eReader und Kindle App:
Wenn du dieses Buch auf einem Kindle eReader oder in der Kindle App liest, wird dir automatisch angeboten, der Autorin zu folgen, nachdem du die letzte Seite des Buches gelesen hast.

FSC
www.fsc.org
MIX
Papier | Fördert
gute Waldnutzung
FSC® C083411

Zeitfracht Medien GmbH
Ferdinand-Jühlke-Straße 7
99095 Erfurt, Deutschland
produktsicherheit@kolibri360.de

Druck:
CPI Druckdienstleistungen GmbH
im Auftrag der
Zeitfracht Medien GmbH
Ein Unternehmen der Zeitfracht - Gruppe
Ferdinand-Jühlke-Str. 7
99095 Erfurt